Oscar Hijuelos wurde am 1951 als Sohn kubanischer Einwanderer in New York geboren. Er spielte bereits früh Gitarre in puertorikanischen Bands und studierte Literatur am New Yorker City College. Seine sechs Romane für Erwachsene wurden vielfach ausgezeichnet und zum Teil verfilmt. Für ›Die Mambo Kings spielen Songs der Liebe‹ erhielt Oscar Hijuelos 1990 als erster Latino-Schriftsteller den Pulitzer-Preis. ›Runaway‹ ist sein erster Roman für junge Leser.

Oskar Hijuelos

Runaway

Aus dem Amerikanischen
von Günter Ohnemus

Fischer Taschenbuch Verlag

www.fischerverlage.de

Veröffentlicht im Fischer Taschenbuch Verlag,
einem Unternehmen der S. Fischer Verlag GmbH,
Frankfurt am Main, Dezember 2011

Die amerikanische Originalausgabe erschien 2008
unter dem Titel ›Dark Dude‹ bei Atheneum Books for Young Readers,
an imprint of Simon & Schuster
Children's Publishing Division, New York
Die deutsche Erstausgabe erschien 2010 als Hardcover
in der Reihe ›Die Bücher mit dem blauen Band‹
Für die deutschsprachige Ausgabe
© S. Fischer Verlag GmbH, Frankfurt am Main 2012
Lektorat: Alexandra Rak
Druck und Bindung: CPI – Clausen & Bosse, Leck
Printed in Germany
ISBN 978-3-596-80923-3

Nach den Regeln der neuen Rechtschreibung

Für Lori Carlson

Teil 1

Vor dem Haus

DARK DUDE 1. Von Farbigen benutzte Bezeichnung für einen Jungen oder Mann mit heller Hautfarbe (umgangssprachlich, Harlem 1965–1979). 2. Jemand, der wegen seiner hellen Haut mit Misstrauen betrachtet wird, besonders in kriminellen Kreisen. 3. Jemand, der nicht als clever gilt, nicht als »streetwise«. 4. Ein Weißer, der nicht als »hip« gilt. Vergl. »spießig« »Uncool«. 5. Ein Außenseiter, besonders aus der Sicht von Ghettobewohnern.

THE DICTIONARY OF AMERICAN SLANG

Eins

Also, wenn es auch immer heißt, dass das Leben beschissen sein kann, hat man in Wirklichkeit noch nicht mal die Hälfte von diesem Spruch kapiert, bevor man nicht ein Plumpsklo ausgeräumt hat. Das war jetzt das vierte Mal in zwölf Monaten, dass ich mich da reingekniet habe, in den ganzen Mansch und alles – und ich hatte die Schnauze voll. Aber ich hab es für meinen alten Kumpel aus unserer alten Gegend getan, für Gilberto, und das nicht bloß, weil er mir sonst eins über den Schädel gegeben hätte, sondern als Dank dafür, dass er mich so lange auf seiner Farm wohnen ließ. Ganz richtig, auf einer Farm.

Aber egal, ich will euch jetzt erzählen, wie ein Typ aus New York City, nämlich ich, fast um die Ecke von seinem Zuhause gelandet ist, nur ungefähr tausend Meilen entfernt, in Wisconsin.

Erst mal müsst ihr jetzt Musik hören – nichts mit schmalzigen Geigen und Trompeten, sondern vielleicht ein bisschen coolen Motownsound –, also was viel Besseres als dieses flache Countrygedudel und Polkazeugs, das hier draußen die Radios überschwemmt, so dass man wie verrückt am Knopf drehen muss, wenn man mal was anderes hören will. Und dann müsst ihr euch vorstellen, *dass die Zeit zurückläuft*, dass alles zurückgespult wird, nicht bis zu den Dinosauriern oder zu irgendwelchen mittelalterlichen Rittern, die Drachen erschlagen wollen, sondern bloß ein paar Jahre zurück.

Und jetzt stellt euch mich auf der Treppe vor unserem Haus vor, an einem heißen New Yorker Sommernachmittag, mit zwei zusammengerollten Comicheften in der Gesäßtasche – *Spider-Man* und *Die fantastischen Vier* –, die unbedingt gelesen werden wollen. Auf der Straße spielen ein paar Leute Stickball, und ich bin auf der Treppe festgeschweißt, weil ich mit meiner Moms zum A&P gehen soll, aber sie braucht ewig, bis sie von da wieder heimkommt, wo sie grade ist.

Ich sitze ganz brav da wie der Ministrant, der ich früher war, obwohl ich mir gerade im Schreibwarenladen die beiden Hefte »ausgeliehen« habe, und auf meinem Gesicht liegt ein frommer Ausdruck, den ich immer aufsetze, wenn ich mal was richtig Abgefahrenes tun will, vom Dach Wasserbomben auf ahnungslose Leute werfen oder einen Mülleimer runterkippen, aber ich trau mich solche Sachen einfach nie.

Ich bin also dagesessen, als mein Kumpel Gilberto Flores in seiner ganzen Länge von einsachtundachtzig und mit dem breitesten Grinsen, das ich je im Leben gesehen habe, den Hügel von der Amsterdam Avenue heraufgetänzelt kam.

Niemand sah so aus wie Gilberto. Er hatte einen riesigen Afro, eine lange Narbe im Gesicht, große Ohren, und er lächelte die ganze Zeit.

Ich habe mich immer gefreut, wenn ich ihn sah.

»He, Gilberto, wieso bist du denn so gut drauf?«

Er konnte sich kaum einkriegen.

»Rico, Mann«, sagte er. Er hatte einen Zahnstocher zwischen den Lippen und strich sich seinen Spitzbart, wie er es immer machte, wenn ein Mädchen mit einem hübschen Hintern vorbeiging. »Ich bin reich!«

»Wie meinst du das, ›reich‹?«, fragte ich, weil ich ja jede Menge Scheiß von ihm gewohnt war.

Er kam mit großen Schritten zu mir herüber und pflanzte einen seiner Füße, Größe 45, auf die oberste Stufe. »Weißt du noch, dass ich vor ein paar Wochen dieses Lotterielos in Jacks Schreibwarenladen gekauft hab?«

»Klar, ich war doch dabei«, sagte ich und nickte.

»Naja«, sagte er dann und beugte sein dürres Gestell zu mir herüber. »Ich hab den Jackpot abgeräumt. *Und ich meine abgeräumt!*«

»Ohne Scheiß?«, sagte ich und sprang auf. »Du meinst, so was wie ne Million?«

»Nee, Mann. Ich hab nicht alle Zahlen gehabt«, sagte er und schüttelte den Kopf. »Aber es hat für einen massigen Schwung Dollars gereicht!« Er hob die Hand, und wir klatschten uns ab.

»Wie massig denn?« Ich erwartete, dass es vielleicht ein paar tausend Dollar waren.

»Viel!«, sagte er. »Genug, dass ich von hier abhauen kann!«

»Ja? Wie viel denn?«, fragte ich noch einmal.

Er sah sich auf der Straße um. Dann zog er einen kleinen Block aus der Gesäßtasche und schrieb eine Zahl darauf.

»Verarsch mich nicht!« Ich schlug mir an die Stirn. »Verdammt, Gilberto, ist das wirklich wahr? Fünfundsiebzigtausend Dollar?«

»Hey, nicht so laut!«, sagte er. »Und behalt es für dich, ja?«

»Ist das wirklich wahr?« Ich spürte, wie mein Gesicht heiß wurde.

»Aber sicher doch«, sagte er und grinste von einem Ohr zum andern. »Jedenfalls hab ich was für dich, Kleiner.«

Er langte in eine andere Tasche und holte ein paar Geldscheine heraus, hielt sie fest in der Faust, als wären es Drogen, und legte sie dann in meine Hand.

»Das sind zweihundert, aber sag niemandem, dass das von mir kommt, ja?«

Zweihundert Dollar! Ich schaut nicht einmal hin, steckte die Scheine einfach in die Tasche.

»Aber wieso schenkst du mir das denn?«, fragte ich.

»Weil du dabei warst, als ich das Los gekauft hab! Weißt
wie ich dir den Kopf gerubbelt habe? Es hat funktioniert,
Du hast mir Glück gebracht!«

»Ja?«, fragte ich und war stolz auf meinen Kopf.

»Ganz bestimmt!« Dann nahm er mich in den Schwitzkasten un.
rubbelte mir den Kopf, als wollte er diesen Augenblick noch mal
durchleben. Ich fand diesen altmodischen stoppligen Bürstenschnitt, den ich mir wegen meiner Mutter jeden Sommer verpassen lassen musste, absolut nervig, aber hey, er hat schließlich Gilberto Glück gebracht.

Er packte mich an der Schulter, wirbelte mich ein paarmal herum
und sagte dann: »Kauf deiner Moms ein neues Kleid oder irgendwas anderes. Kauf dir einen Schwung von diesen Science-Fiction-
Heften, auf die du so scharf bist, okay?«

»Verdammt«, sagte ich. »Mir hat noch nie jemand so ne Menge
Geld geschenkt.« Ich wär am liebsten einfach herumgesprungen.
»Dank dir dafür.«

»Ah, nicht der Rede wert.« Er klopfte mir auf die Schulter. »Du
bist einfach mein Kleiner. Mein kleiner Bruder, das ist alles.«

Naja, das stimmte irgendwie. Gilberto war achtzehn, drei Jahre älter als ich, und er war wie der große Bruder, den ich nicht hatte.
Ich meine, er hat mir immer etwas beigebracht.

Zum Beispiel, wie man auf dem Dach eines Wohnhauses einen
Drachen fliegen lässt, ohne dass man runterfällt.

Und wie man mit einem Besenstiel und einem roten Taschentuch
Tauben zähmt.

Wie man aus Balsaholz Spielzeugautos schnitzt, und wie man
richtig laut pfeift.

Wie man sich samstagnachmittags in das Kino an der 110ten
Straße schwindelt.

...chen Jungs vertrauen, die Mokassins tragen.

...e man merkt, wenn Mädchen Einlagen im BH haben (»Ihre
... geben dann irgendwie nach«).

...erto ist ein erstklassiger Eisschnellläufer, und er wollte mich
...ogar mal (irgendwie) zum Schlittschuhlaufen anstiften und hat
mich mit zum Wollman Rink im Central Park genommen, wo er
sich immer mit seinen schicken Freundinnen von der East Side
getroffen hat. Egal, wie oft es mich hingehauen hat, er hat mir
immer wieder aufgeholfen und gesagt: »Probiers noch mal, Rico,
beim nächsten Mal klappts bestimmt.«

Ich meine, wenn Gilberto nicht gewesen wäre, dann wäre ich
wahrscheinlich nie aus unserer Gegend rausgekommen, weil
meine Moms ja furchtbar ängstlich war, aber er hat ihr immer gesagt, dass er auf mich aufpasst. Er schaute sie dabei so ernst und
vertrauenswürdig an, dass sie mich immer wegließ, solange sie
wusste, dass ich mit ihm zusammen war. Wir waren wirklich wie
Brüder, obwohl wir nicht so aussahen. Gilberto ist ein ganz dunkler Puerto Ricaner, und ich bin, naja, ich bin der hellste *cubano*,
der je auf diesem Planeten gelebt hat. Ehrlich.

Gilberto war eigentlich der Einzige, der mich nicht damit aufgezogen hat, dass ich wie ein Weißer aussehe. Manchmal ist er Leuten ins Gesicht gesprungen, die mich als Milchbrötchensaftsack
bezeichnet haben, und er hat sogar ein paarmal meinetwegen irgendwelche Ärsche durch die Mangel gedreht.

Und jetzt sind wir auf der Treppe vor meinem Haus gesessen und
haben versucht, kühl zu bleiben. Ich meine nicht cool, sondern
wirklich kühl, weil es nämlich verdammt heiß war. So heiß, dass
die Tauben ganz rammdösig wirkten, als sie auf dem Bürgersteig
herumpickten. So heiß, dass es wahnsinnig aus den Gullys stank.

»Mensch, Mann, ich muss jetzt los«, sagte er und stand auf. »Ich hab ein Date.« Und er machte eine Handbewegung, als würde er die Formen eines richtig scharfen Mädchens in die Luft zeichnen. »Ich seh dich später, Rico. Okay?«

»Ja. Viel Spaß, Mann«, sagte ich. »Und danke für die Moneten, Gilberto«, sage ich dann noch, weil ich mir plötzlich reich vorkam. Er ging fröhlich pfeifend zur Avenue hinunter, und ich war überhaupt nicht neidisch auf seinen großen Gewinn, so wie ich es vielleicht bei jemand anderem gewesen wäre. Es war einfach genau richtig – es hätte keinem netteren Typ passieren können.

Eine Zeitlang habe ich noch beim Stickball zugeschaut, wie die Jungs den Hügel runter gespielt haben, bloß mit Besenstielen und rosa Gummibällen für fünfunddreißig Cent, und sie haben sich wirklich mächtig reingehängt und zwischen den Innings einen Joint geraucht. Sie kümmerten sich wirklich um nichts und niemanden, waren völlig rücksichtslos. Ich meine, dieser Puerto Ricaner, Poppo, ist einfach auf die Kühlerhaube eines Wagens gesprungen, um einen Flugball zu fangen, und hat da seine Schuhabdrücke und Dellen hinterlassen, als wäre das nichts und scheißegal! Man konnte sogar sehen, wer von ihnen ein Junkie war, zum Beispiel dieser Typ, den sie Bumpy nannten. Er hat einfach ewig gebraucht, bis er da auf dem Kanaldeckel zurechtgekommen ist, der ihr Homeplate war. Er hatte eine unangezündete Zigarette zwischen den Lippen und bewegte sich ganz langsam, als wäre er ein Taucher im Ozean oder ein Astronaut, der auf dem Mond herumstakst.

Aber auf Moms zu warten, wurde langsam öde, und ich habe ja schon gesagt, dass es heiß war. So verdammt heiß, dass ich am liebsten vor den offenen Hydranten auf der anderen Seite des Hügels gelaufen wäre. Meine Treppe war genau oben an

der Straße, und ich sah die kleinen Kinder, die durch das hoch-
zischende Wasser liefen, um der Hitze zu entkommen. Und eins
kann ich auch sagen: Das Wasser sah ganz verdammt verführe-
risch aus. Aber ich fand wohl, dass ich schon ein bisschen zu alt
dafür war, obwohl ich wirklich gern hingelaufen wäre. Also hab
ich mich von der Treppe verzogen und bin nach oben gegangen,
weil ich dachte, dass meine Moms früher oder später schon auftauchen würde.

Zwei

Ich hab mich immer ganz prima gefühlt, wenn ich mich mit Gilberto getroffen habe, aber als ich jetzt in unsere Wohnung im dritten Stock gegangen bin, war meine gute Laune weg. Bis aufs Wohnzimmer, das zur Straße hinausging, war alles dunkel, weil meine Moms dauernd die Glühbirnen rausdrehte, um bei der Stromrechnung zu sparen. Als ich die Birne im Flur festgedreht hatte, sah ich als Erstes gerahmte Bilder von Jesus, der sein strahlendes Herz in der Hand hält, dann einen Haufen Familienfotos aus Kuba, wo ich nie gewesen bin – für mich war das bloß diese krokodilförmige Insel südlich von Florida, die man von Landkarten kennt – , dann noch ein paar Fotos von mir, zusammen mit meiner Familie.

Meine Mutter hatte braune Haare, und ihre Hautfarbe lag irgendwo zwischen zimtfarben und *café con leche*. Das Gleiche gilt für meine pummlige kleine Schwester Isabel. Und mein Pops hatte wellige dunkle Haare und braune Augen. Und dann ich. Hellbraune Augen, blonde Haare, helle Haut und *Sommersprossen*! Völlig aus der Art geschlagen – und dann auch noch mit Brille! Meine eigenen Cousins und Cousinen nannten mich immer »*blanquito*« und »Pinky« und hatten noch ein paar andere Sachen auf Lager.

Ich meine, mein Aussehen war schon ein Schlag ins Gesicht. Als ich auf mein Zimmer ging, war es, als würde ich immer noch hören, was unsere Gäste immer sagten, wenn sie mich zum ersten Mal sahen.

»Oh, was für ein hübscher, bezaubernder weißer Junge.«

»Ist das wirklich euer Sohn?«

»*¿No me digas?* Aber er sieht so … so … anders aus als ihr!«

Und dann musste ich noch an etwas denken, das meine Moms mir mal erzählt hat.

»*Mamá*«, hatte ich sie damals gefragt. »Wieso seh ich denn so anders aus?«

»*¿Qúe?*«, fragte sie mich auf spanisch.

»Wieso bin ich denn so hell?«

»*¡Es nada!*«, sagte sie zu mir. »Das ist eben so. Du hast bloß Glück gehabt, das ist alles. *Tienes que tener orgullo de ser tan blanco.* Du solltest stolz darauf sein, dass du so weiß bist.«

»Aber wie ist das denn passiert?«

»Wie? Was tut das schon zur Sache? Du wirst es leichter haben im Leben.«

»Aber ich will es wissen.«

Sie hat dann eine kleine Show abgezogen. »Wenn du es unbedingt wissen musst, *hijo*, ich hab dich in der Mülltonne vor genau diesem Hause hier gefunden.«

»Was?«

»*Ríe, es un chiste*«, sagte sie. »Komm jetzt und lach. Das war ein Witz!«

Schließlich, als sie sah, dass ich das nicht so witzig fand, erzählte sie mir die ganze Geschichte.

»Es ist ganz einfach«, sagte sie. »Einer deiner Urgroßväter war ein Ire – *un irlandés*. Du hast sein Blut, *me entiendes?*«

Ich nickte, weil es ja logisch klang, und ich stellte mir vor, wie ein blonder Ire vor hundert Jahren irgendwo in Kuba vom Schiff stieg und in meine Familie eingeheiratet hat. Aber trotzdem habe ich mich gefragt: Wieso denn ich und niemand sonst?

Ich habe viel darüber nachgedacht, sogar wenn ich es gar nicht wollte.

Zum Beispiel immer, wenn ich in einem anderen Viertel in eine Bodega gegangen bin und ein paar Latinos mich böse angeschaut haben, als hätte ich da nichts verloren. Oder wenn ich mit meiner Moms in einem Kaufhaus die Sonderangebote durchschaute und die Leute zu uns herübersahen, als würden sie überlegen, was diese Kubanerin wohl mit diesem Jungen zu tun hatte, ob sie vielleicht ein Hausmädchen war, das auf mich aufpasste. Und ich will gar nicht von den vielen Malen anfangen, wenn ich in den Harlem Park zum Softballspielen gegangen bin: Ich habe immer ein bisschen Geld dabeigehabt, mit dem ich mich freikaufen konnte, weil ich nicht nur Latinos, sondern auch schwarze Abzockspezialisten anzog, für die meine Haut so was wie eine blinkende Neonschrift war: »Raub mich aus.«

Ich bin so oft abgezogen worden, dass ich am liebsten eine Maske getragen hätte wie ein Superheld, damit ich meine Ruhe hätte.

Und ich musste mich noch mit anderen Gespenstern in unserem Flur abgeben. Jedes Mal, wenn ich reinkam, musste ich daran denken, wie mein Pops sternhagelvoll heimkam, und wie er dann immer eine Ewigkeit brauchte, bis er die Tür aufgesperrt hatte, und wie er einmal gegen das Bücherregal im Flur gerumst ist und ihm der ganze Scheiß entgegenkam, die ganzen Glastiere und die billigen Porzellanfiguren, die meine Moms gesammelt hat und aus irgendeinem Grund im Flur aufbewahrte, und wie sie das damals sehr, sehr traurig gemacht hat.

Und dann sehr, sehr zornig.

Aber egal, mein kleines Zimmer lag am Ende dieses langen und schmalen Flurs, neben dem Zimmer meiner Schwester. Ich bewahrte darin meine Lieblingssachen auf: meine Comichefte, meine lädierte Stella-Gitarre, mein Kofferradio und ganze Stapel von antiquarischen Science-Fiction-Taschenbüchern und Horrorheften.

Mann, war es heiß hier drin. Ich nahm die Kombizange auf meiner Kommode, damit ich das Fenster aufmachen konnte. Weil mein Zimmer auf die Feuertreppe hinausgeht, hat meine Mutter vom Hausmeister ein paar Löcher in die Fensterrahmen bohren lassen, damit sie die Fenster mit diesen 10 Zentimeter langen Nägeln sichern konnte, falls jemand einsteigen wollte. Sie hat diesen Tick entwickelt, nachdem letzten Sommer jemand bei uns eingebrochen hatte und die paar Sachen aus der Wohnung mitgehen ließ, die überhaupt ein bisschen was wert waren: die Goldkette meiner Mutter mit dem Kreuz, einen goldenen Ring, zwei von den Timex-Uhren meines Pops, und aus irgendeinem Grund auch noch das Hänsel-und-Gretel-Wetterhäuschen, das uns eine unserer Nachbarinnen geschenkt hat, als sie es in unserer Gegend nicht mehr aushielt und für immer weggezogen ist.

Meine Mutter regte sich sowieso schon über einen ganzen Haufen Sachen auf, aber dieser Einbruch hat ihr den Rest gegeben. Plötzlich mussten alle Fenster zu sein, wenn wir aus der Wohnung gingen, sogar im Sommer. Das hat mich verrückt gemacht. Abgesehen davon, dass es in der ganzen Bude heiß wie in einem Backofen war, musste ich jedes Mal, wenn ich mein Fenster aufmachen wollte, diese großen Nägel mit einer Kombizange rausziehen.

Als ich das jetzt machte, habe ich den Kopf rausgestreckt, weil ich sehen wollte, ob mein anderer Kumpel da war – Jimmy.

»Hey, Jimmy, bist du da?«, rief ich nach unten.

Jimmy wohnte auf der anderen Seite des Hinterhofs in einer Kellerwohnung des Hauses, in dem sein Vater Hausmeister war. Es war ein düsterer Ort, man konnte sich ganz gut vorstellen, dass Dracula da unten hauste. Ich wusste nicht, wie Jimmy damit zurechtkam, dass er neben einem Heizkeller und tickenden elektrischen Zählern in einer Wohnung ohne Fenster wohnte, aber er kam damit zurecht. Er hatte in letzter Zeit besonders blass ausgesehen. Ich glaube, das Leben da unten hatte ihm allmählich zugesetzt, und ich hätte schwören können, dass er nach Keller roch – nach Asche und elektrischen Leitungen und Heizöl. Ich bin da nie gerne hingegangen. Deswegen kam Jimmy meistens zu mir hoch, wenn wir uns trafen.

»Hey, Jimmy, bist du da?«, versuchte ich es noch mal.

Zuerst habe ich nichts gehört. Ich dachte, dass er vielleicht irgendwo anders im Haus war und den Gang fegte.

Aber nach ein paar Augenblicken sah ich ihn aus dem Kellerdurchgang kommen. Er war zur Hälfte Ire und zur Hälfte Puerto Ricaner, ein ganz dünner Typ, hatte ein ärmelloses T-Shirt und Jeans an, hielt sich die Hand über die Augen wie ein indianischer Kundschafter und blinzelte hinter seiner Brille, weil er von der Helligkeit geblendet wurde. Er trug eine dünne Kette mit einem Kreuz um den Hals. Und er hielt einen Besen in der Hand.

»Hey, Rico, was gibts?«, rief er.

»Hast du ne Sekunde Zeit? Ich muss dir was erzählen!«

»Ja gut, aber ich muss für meinen Pops arbeiten«, sagte Jimmy, als würde er das als Schinderei empfinden.

Während ich wartete, nahm ich die Geldscheine, die Gilberto mir geschenkt hatte, und breitete sie auf meinem Bett aus. Zweihundert Mäuse! Zwanzig phantastische Zehn-Dollar-Scheine. Ich steckte hundert Dollar in einen Socken und bunkerte ihn unter meinem Bett als eiserne Reserve für schlechte Zeiten. Dann überlegte ich, dass ich meinem Pops vielleicht vierzig Dollar geben sollte, weil er immer knapp bei Kasse war, nachdem er letztes Jahr krank geworden war und einen seiner zwei Jobs gekündigt hatte. Und meiner Moms sollte ich vielleicht ein paar Dollar geben, damit sie sich ein neues Kleid kaufen könnte, und Isabel einen Zeh-

.r, damit ihr die Hershey-Schokolade nicht ausging, die sie so gerne aß. Und mir wäre immer noch genug übrig geblieben, damit ich mir die hübsche alte Harmony-Gitarre kaufen konnte, die ich mir in einem Pfandhaus an der 125sten Straße angeschaut hatte, die fünfzehn Dollar kostete und viel besser war als die billige Stella, die ich hatte.

Dann überlegte ich, dass ich Jimmy zwanzig Dollar rüberlassen sollte, damit er sich erstklassige Sachen zum Zeichnen kaufen konnte, also zum Beispiel richtiges Zeichenpapier und gute Tuschfedern statt dem billigen gelben Papier und den Kugelschreibern, die er für die Illustrationen in unseren selbstgemachten Comics benutzte. Ich schrieb die Sachen, und er zeichnete. Ich meine, der Junge konnte *zeichnen*! Und zwar so ziemlich alles – von irgendwelchen Miezen im *Playboy* bis zu Szenen aus unserer Gegend. Und es war ein Kinderspiel für ihn, zum Beispiel Betty und Veronica aus den *Archie*-Heften zu nehmen und sie zu zeichnen, wie sie ohne Klamotten aussahen. Und wenn er Spider-Man und den Unglaublichen Hulk abzeichnen sollte, dann konnte ihm keiner das Wasser reichen. Er hat sogar an der Highschool ein paar Preise für seine Zeichnungen gewonnen. Das war, bevor er von der Schule abgegangen ist, damit er seinem Vater im Haus helfen konnte – Mülltonnen rausbringen und die Gänge fegen und wischen. Und dafür konnte er dann zu Hause wohnen und essen.

Wie Jimmy mit seinem Pops zurechtkam, war mir ein Rätsel.

Einmal war ich dabei, als Jimmy seinem Vater dieses wahnsinnige Bild zeigte, das er im Riverside Park gemalt hatte – eine Zeichnung, die er mit Wasserfarben coloriert hatte. Sein Pops hat kaum hingeschaut, als er sagte: »Na, und was ist das wert? Zehn Cent?«

Und er hat Jimmy ein Zehn-Cent-Stück hingeworfen.

Dann weiß ich noch das andere Mal, als Jimmy ein völlig blutunterlaufenes Gesicht hatte, weil sein Pops ein Typ war, der einem eine reingehaut oder einen schlägt, bloß weil man ihn falsch anschaute. So viel zu: »Dann hat man einfach Pech gehabt.«

Aber obwohl sein Pops ihm das Gefühl gab, dass er bloß ein Stück Scheiße war, hat Jimmy sich davon beim Zeichnen unserer Comics nicht beeindrucken lassen, hat sich stundenlang in meinem Zimmer verkrochen und vor sich hin gearbeitet. Einer unserer Superhelden hieß »El Gato« oder »Die Katze«, und dieser Typ konnte sich in ein superathletisches Katzenwesen verwandeln und überall hinkommen – die Wände hoch, Aufzugschächte runter, über Hausdächer, und er konnte sogar fliegen – solang er diese Katze war. Wir haben mal eine achtseitige Geschichte gemacht, in der die Katze sich in eine Hundefrau verliebt hat, und die Geschichte hat uns so gefallen, dass wir in der Schule mit einem Vervielfältigungsapparat vierzig Abzüge gemacht haben. Okay, es ist alles ganz blau und verschwommen geworden, und es hat nach Farbe gerochen wie Schulaufgabenvorlagen, aber wir waren so stolz auf »Die Abenteuer El Gatos«, dass wir das Heft vor der U-Bahn und an Straßenecken für zehn Cent das Stück verkaufen wollten.

Als wir bloß zehn Stück verkauft hatten, war Jimmy ziemlich geknickt, weil es ihm so vorkam, als wäre das Ganze die Mühe nicht wert.

»Wer will denn das Zeug schon haben?«, sagte er, als ich ihm das letzte Mal von einer neuen Idee erzählt hatte.

»Zum Beispiel einer von den großen Comic-Verlagen! Die wollen das haben!«, sagte ich. »Ich meine, Superman ist von zwei Leuten in unserem Alter erfunden worden! Und schau, was mit dem Typ passiert ist! Hab ich recht, oder was?« Ich musste Jimmy immer wieder einbläuen, dass das eben Teil eines Lernprozesses war.

Er zuckte bloß die Achseln, als wäre alles egal.

Und jedes Mal, wenn ich eine neue Idee hatte, musste ich ihm zureden, damit er seinen Hintern in Bewegung setzte und sich an die Arbeit machte.

Und jetzt, als ich Jimmy an die Tür klopfen hörte und ihn reinließ, schwitzte er wie verrückt, und zwar so stark, dass ihm seine Brille, die er mit Klebestreifen zusammengeklebt hatte, immer wieder die Nase runterrutschte.

»Verdammt, ist das heiß, Rico«, sagte er. »Das ist ja unglaublich.«

Es war so brutal heiß, dass sogar die Fliegen nur mühsam auf dem Fenstersims entlangkrabbelten, und die billigen Linoleumfliesen auf unseren Fußböden verzogen sich und richteten sich auf, als würden sie am liebsten abhauen.

»Also, was gibts?«, fragte er.

»Ich hab was für dich«, sagte ich und zeigte mit dem Kopf auf mein Zimmer.

Ich wollte ihm unbedingt das mit Gilberto erzählen, aber ich hielt erst mal die Klappe.

Er ließ sich auf mein Bett plumpsen, und ich sagte: »Du hast doch immer von diesen Zeichensachen geredet, die du kaufen wolltest, oder?«

»Ja, und was ist damit?«

»Naja, ich hab die Knete.«

»Ehrlich?«

Ich gab ihm zwei Zehn-Dollar-Scheine.

»Wo hast du die denn her?«

»Ein Vögelchen hat mir das zugesteckt«, sagte ich aufgekratzt.

»Was denn für ein Vögelchen?«

»Hey, ist das so wichtig?«

Er schaute die beiden Scheine wieder an. »Und ich muss es nicht zurückzahlen?«

»Nee, das ist für dich, und meinen Segen hast du noch dazu« sagte ich.

Er faltete die Scheine ganz winzig zusammen, bevor er sie in die Tasche steckte. Dann steckte er sich eine Zigarette an. Er raucht schon, seit er zehn war, sieben Jahre waren das jetzt.

»Aber, Jimmy«, sagte ich. »Ich geb dir das, damit du dir dieses Spezialpapier und die anderen Sachen kaufst.«

»Ja, klar, Bristolkarton und den ganzen Scheiß.« Er nickte.

»Und wenn du erst mal richtig in Schwung bist«, sagte ich begeistert, »dann machen wir ein richtig professionelles Comic und zeigen es den Verlagen. Hörst du mich?« Wir klatschten uns ab. »Dann sind wir ein richtiges Team!«

Aber er wirkte nicht sehr begeistert.

»Nein, ich meine das wirklich. Das wäre eine echte Chance für uns, oder?«

Okay, ich hatte nicht erwartet, dass er vor lauter Freude rumspringt und mir den Hintern küsst als Dank für mein Geschenk, aber dass es ihm so egal war, hat mir ziemlich die Luft rausgelassen.

»Klar, Rico«, sagte er mit einem leichten Seufzen. »Wie du willst.«

»Wenn du willst«, sagte ich, »dann geh ich morgen mit dir in den Laden für Künstlerbedarf.«

Der Laden war in der Stadt, am Broadway, irgendwo in den Achtzigern.

»Nee, lass mal«, sagte er und tupfte sich seinen nassen Kopf mit einem Zipfel seines T-Shirts ab. »Es zu verdammt heiß dafür. Wir machen das ein andermal, ja?«

...n langte er in die Tasche seiner Jeans und holte einen Joint ...raus. Er wollte ihn anzünden.

»Jimmy, mach mal langsam«, sage ich. »Meine Moms hat ne Nase wie ein Spürhund. Und glaub mir, sie weiß, wie *yerba* riecht.«

»Okay, gehn wir aufs Dach.«

Obwohl ich immer Angst hatte, dass uns jemand erwischt, zum Beispiel Mr Casey, der Hausmeister, war das Jimmy völlig egal. Er schaute sich einfach gerne Harlem von oben an, mit den ganzen Wassertürmen und den Türmen der Kirchen, die in der Sonne ganz golden glänzten. Er mochte das besonders, wenn er high war. Aber als wir durch den Flur gingen, ging die Wohnungstür auf, und meine Moms kam rein. »Na, hallo, Jeemy«, sagte sie freundlich. »Wie geht's?« Aber mich schaute sie verärgert an. »*¿Ay, pero Rico, por qué no me estabas esperando?*« – »Wieso hast du nicht auf mich gewartet?« Sie schüttelte den Kopf. »Warum hast du mich die Treppen rauflaufen lassen?«

»Ma«, sagte ich. »Ich hab mich bloß mit Jimmy unterhalten.«

»Ja, unterhalten«, sagte sie. »Aber jetzt gehen wir zum A&P.«

Danach ging Jimmy, und während meine Moms im Bad war und da drin die ganze Zeit vor sich hin redete und sich über mich beklagte, fing ich langsam an, mir alles noch mal zu überlegen – nicht das mit Jimmy, sondern ob ich wirklich Geld für ein Kleid ausgeben sollte.

Drei

Jimmy hat diese Zeichensachen nie gekauft, aber ich hab ihm deswegen nicht zugesetzt. Ein Monat verging, und dann hatte die ganze Gegend von Gilbertos Großzügigkeit Wind bekommen. Wenn sein Lotteriegewinn ein Geheimnis sein sollte, dann blieb er das nicht lange. Gilbertos Mutter gab in dem Schönheitssalon damit an, in dem meine Mutter arbeitete, und erzählte allen und jedem, ihr Sohn hätte ihr genug Geld geschenkt, dass sie sich davon ein kleines Häuschen in Puerto Rico kaufen könnte, falls sie das wollte.

Und Gilberto konnte der Versuchung nicht widerstehen, den kleinen Kindern in unserer Straße alles mögliche Spielzeug zu kaufen, besonders diese Springstöcke – sehr angesagt. Man konnte nicht durch die Straße gehen, ohne dass man Kinder auf den Bürgersteig entlang oder vom Bordstein hüpfen sah, oder sie verschwanden eine Kellertreppe hinunter, und dabei tauchten ihre Köpfe immer wieder auf und verschwanden wie hüpfende Basketbälle. Ich meine, seinetwegen waren sie alle Springstock-verrückt. Aber er war auch sonst freigebig, spendierte den Kindern ein Eis, wenn der Eiswagen mit seinem *Kling-kling-ding-ding* vorbeikam. Er verteilte sogar Zwanzig-Dollar-Scheine an ein paar von den ärmeren Leuten in unserem Block, die von Sozialhilfe lebten.

Er schien in Dollars zu schwimmen. Ich rechnete halb damit, dass er mit einem nagelneuen Mustang oder einer Harley-Davidson aufkreuzt, aber das passierte dann doch nicht.

Einmal, als ich zufällig Gilberto auf der Straße traf, juckte es mich einfach, ihn zu fragen, was er mit dem Geld vorhatte.

»Naja, Mann, das Allerklügste auf der Welt!«, sagte er und legte mir den Arm um die Schulter, als wir den Hügel nach oben zu meiner Treppe gingen. »Ja, mein Lieber, Ende September fang ich an diesem richtig schnuckligen kleinen College im Mittelwesten zu studieren an.«

»College? Du gehst aufs College? Im Mittelwesten? In *unserem* Mittelwesten? Du machst Quatsch, oder?«

»Nein, ich mach keinen Quatsch. Es ist ein College im südlichen Mittelwesten.«

Mir blieb fast die Luft weg. Wisconsin? Das Erste, was mir dabei in den Kopf kam, war etwas, das ich in der vierten Klasse für Schwester Hillary gemacht hatte – oder Schwester Hillarious, wie wir diese pummlige Dominikanernonne aus Sinsinawa in Wisconsin nannten. Ich musste aus Pappkarton das Modell einer Farm in Wisconsin basteln, mit Silos, Getreidefeldern und, oh ja, Guernsey-Rindern und Holsteiner Kühen. Ich konnte nie auseinanderhalten, welche Kühe welche waren. Irgendwie konnte ich mir Gilberto da nicht vorstellen – überhaupt nicht.

Ich kratzte mich an der Nase.

»Aber wieso zum Teufel denn Wisconsin? Stehen da nicht überall diese ganzen Kühe rum?«, fragte ich.

Er schüttelte den Kopf, als verstehe er nicht, wie man so eine verrückte Frage stellen konnte. »Schau mal, ich zeig dir was.«

Und er langte in die Gesäßtasche seiner Jeans und zog einen Hochglanzprospekt heraus. Der Prospekt war ganz zerknittert, als hätte er ihn schon eine Million Mal auseinandergefaltet und wieder zusammengelegt. Wir hockten uns auf die Treppe vor unserem Haus. Als ich den Prospekt auf meinem Schoß auseinanderfaltete, sah ich unter den Worten »Milton College. Wo Träume wahr werden!« unheimlich hübsche Fotos von grünen Grasflächen, schattigen Weidenbäumen und gesunden jungen Leuten in weißen Klamotten, die auf dem gepflegten Rasen an einem Teich saßen, Bücher lasen und sich unterhielten. Im Hintergrund standen diese hübschen Gebäude, die aussahen wie Kirchen, mit Bogenfenstern. Und auf jedem Foto sah man ein großes Stück eines heiteren blauen Himmels, der vor Sonnenlicht nur so brummte, als würde die Zukunft auf diese Studenten herunterstrahlen.

»Na, wie findest du das?«, fragte mich Gilberto genau in dem Augenblick, als eine Ratte aus dem Keller kam und an uns vorbei auf die Straße lief.

»Was? Hässlich, Mann«, sagte ich und sah, wie die wachsamen Augen der Ratte unter einem geparkten Auto herausschauten. Gilberto klatschte mir aufs Knie.

»Nein, nicht das Viech da, Blödmann, das College!«

»Doch, sieht gut aus«, sagte ich und schaute mir den Prospekt noch mal an. »Aber ist das wirklich was für dich? Ich meine, es sieht echt langweilig aus.«

Gilberto fuhr sich mit den Fingern durch die Haare, wie er es immer machte, wenn er sich über mich ärgerte.

»Langweilig? Wie zum Teufel willst du das denn wissen?«

Er hatte recht, aber das konnte ich nicht zugeben. Ich glaube, mich störte schon jetzt die Vorstellung, dass er wegging.

»Und was willst du da drüben überhaupt studieren?«, fragte ich und warf noch mal einen Blick auf den Prospekt. »Tierzucht?«

Das war eines der »Hauptfächer«, die in dem Prospekt aufgeführt waren, zusammen mit »Gartenbau«, »Agrarwissenschaften« und »anderen reizvollen Wissensgebieten«.

Er schüttelte bloß den Kopf.

»Schau, Rico, was ich dann schließlich studiere, ist ganz verdammt unwichtig für mich. Worauf es ankommt, ist, dass ich es im Leben ein bisschen weiterbringe.«

Dann packte er mich an den Schultern.

»Ich will dich jetzt was fragen«, sagte er, und sein Gesicht hatte diesen Schau-mich-an-und-hör-mir-genau-zu-Ausdruck. »Wenn du in meiner Haut stecken würdest und die Chance hättest, von diesem ganzen Scheiß hier wegzukommen, würdest du das denn nicht wollen?«

»Doch, ich glaub schon«, antwortete ich, auch wenn ich mir nicht vorstellen konnte, irgendwo anders zu leben.

»Ich meine, was soll ich denn tun, soll ich auf ewig in dieser Gegend rumhängen?« Er stand auf, fing an, auf dem Bürgersteig hin und her zu gehen und prüfte die Räder eines geparkten Oldsmobile, als wollte er herausfinden, wo die Ratte steckte. »Ich weiß bloß, dass das jetzt eine richtig gute Gelegenheit für mich ist. Und als ich die Leute da drüben angerufen und ihnen gesagt habe, dass ich den Tipp mit ihrem College von einem meiner Lehrer habe und dass ich nicht an einem öffentlichen College landen möchte, waren sie wahnsinnig nett. Wenn ich ein Abschlusszeugnis von der Highschool hätte, würden sie mich aufnehmen, auch so kurzfristig. Und was noch schöner ist« – er lächelte wieder und strich sich über seinen Spitzbart –, »sie haben mir sogar ein Teilstipendium angeboten, weil Typen wie wir ja sozial benachteiligt sind und alles.«

»Das ist cool«, gab ich zu.

»Ich meine, das ist ein normaler Ort, wo Leute normale Sachen machen, und du musst nicht dauernd aufpassen, dass einer von hinten ankommt. Es gibt keine Gangs, keine Drogen, keine Räuber, keine dampfigen U-Bahnen, verstehst du?«

Er war so in Fahrt geraten, dass er wie ein Prediger klang.

»Also, wer wird denn, wenn er bei Verstand ist, so eine Chance sausen lassen?«, sagte er dann. »Das ist ne tolle Gelegenheit, eine Möglichkeit, dass dieser Typ hier wieder ein bisschen Power tankt.« Während er mit seinem Zahnstocher auf mich zeigte, sagte er noch: »Ich will noch was anderes sehen als diese abgestürzte Gegend hier, und ich will nicht, dass das am Ende noch Vietnam ist.«

Ich schaute auf meine Schuhe hinunter und wusste, dass Gilberto recht hatte. Ich versuchte zu lächeln, aber es ging nicht.

»Wieso schaust du denn so verdammt finster?«, fragte Gilberto.

»Du solltest dich für mich freuen.«

»Das tu ich doch, es ist bloß – «

»Rico«, sagte er, legte den Arm um mich und schaute mich mit einem breiten Grinsen an wie ein Bruder. »Wenn du Angst hast, dass ich hier abhaue und meinen kleinen *cubano* hier vergesse, meinen Kumpel, dann schlag dir diesen Blödsinn aus dem Kopf, verstanden?«

Aber es ließ sich nicht ändern. Ich *hatte* Mitleid mit mir selber. Gleichzeitig wusste ich, dass das absolut idiotisch war und dass ich es locker nehmen musste. Schließlich quälte ich mir ein Lächeln ab und sagte zu Gilberto, es wäre eine der tollsten Sachen auf der Welt, dass er aufs College ging.

Vier

In einer anderen verdammt heißen Nacht, an einem Samstag, als seine Moms im Norden war und ihre Schwester in Albany besuchte, gab Gilberto eine Abschiedsparty. Ich hatte ihm den Nachmittag über geholfen, den Aufschnitt, die Chips, die Limos und das Bier zu besorgen. Danach, in der Wohnung seiner Moms, fand Gilberto, dass er mir ausgerechnet Unterricht in lateinamerikanischen Tänzen geben sollte.

»Wie kommst du denn darauf?«, fragte ich.

»Weil es an der Zeit ist. Du siehst vielleicht nicht so aus, aber du bist zu hundert Prozent kubanisch. Und als guter *cubano* musst du diese Bewegungen beherrschen, klar?«

Ich musste ihm zustimmen und nickte. Schließlich gelten die Kubaner als mit die besten Tänzer der ganzen Welt.

»Außerdem wird es eine verdammt scharfe Party. Okay, Bruder?«

Ich nickte noch einmal, ganz kleinlaut und bedripst. Die Wahrheit war, dass meine Moms und mein Pops mir aus irgendeinem Grund nie das Tanzen beigebracht hatten – was hätte ich also tun sollen? Besonders, weil das meine erste Party war, auf der getanzt wurde.

Also wartete ich, während Gilberto die Mambo- und Cha-Cha-Cha-Plattensammlung seiner Moms durchging, die sich auf dem Musikschrank im Wohnzimmer stapelte, und eine alte zerkratzte Platte auf die Spindel des Plattenwechslers steckte.

Dann drehte er an ein paar Knöpfen. Das Radio ging an: »Splish, splash, I was taking a bath, *bap bap bap pa boom!*«, schmetterte es aus dem Lautsprecher. Dann drückt er auf den Schalter für den Plattenspieler. Die Platte rutschte an der Spindel nach unten, landete mit einem gedämpften Geräusch auf dem Plattenteller, die Nadel glitt in die Rillen: *ritsch, ritsch, ratsch, ratsch,* heiße Rhythmen von einem Klavier, dann wieder ein Ratschen, klagende Trompeten, dann Trommeln und Bongos und eine Kuhglocke, die durchdrehte, *ritsch, ritsch, ratsch, ratsch,* der Rhythmus ging *Dat dat dat – dat dat,* aber richtig schnell und auf eine Art, die mich jetzt schon ganz durcheinanderbrachte.

»Na, komm jetzt, Mann«, sagte Gilberto und zog mich hoch.

Und da stand ich nun vor Gilberto und kam mir ganz beschissen brav vor – (genauer gesagt: wahnsinnig kleinlaut und schüchtern und voller Angst, wie ein Trottel dazustehen). Wir fingen trotzdem an.

»Als Erstes musst du den einfachen Latin Shimmy lernen«, sagte er. »Das heißt, wie du die Hüften bewegst. Und dann machst du jetzt das mit den Füßen, du setzt den rechten Fuß nach vorne, als würdest du dich vor jemandem verbeugen, dann wieder zurück, dann den linken Fuß raus, dann wieder zurück, dann trittst du mit dem rechten Fuß wieder zurück, während du auf den Fersen rollst, aber immer im Takt, eins, zwei, drei, eins, zwei, und immer in den Hüften kreisen. Hast du das, Rico?«

»Ich glaub schon«, antwortete ich kleinlaut.

»Und vor allem, Bruder, musst du dir vorstellen, dass du mit dem schärfsten Mädchen der Welt tanzt. Ich meine, du musst deine *huevos* zeigen. Musst zeigen, dass du Eier hast, kapiert?«

»Okay«, sagte ich und zuckte die Achseln.

Naja, ich bin ziemlich rumgestolpert und habe Fehler gemacht, als hätte ich Sandsäcke an den Beinen. Ich konnte hauptsächlich Rock 'n' Roll tanzen und das nicht besonders elegant. Aber Gilberto ließ nicht locker, wiederholte immer wieder wie ein Ausbilder bei den Marines: »Eins, zwei, drei, eins, zwei!« und »Geh in die Knie und beweg die Hüften!« und »Sei kein Schlappschwanz!«

und »Nein! Wir tanzen hier keinen verdammten Mashed Potato!«

Wir machten das eine Stunde lang, und die ganze Zeit habe ich mir überlegt, was wohl die Leute dachten, die von der Straße in Gilbertos Fenster reinschauten und einen ungeschickten, weißen, linksfüßigen Dödel sahen, der Mambo zu tanzen versuchte.

▌ ▐ ▌

Weil das meine erste Party war – wenn sie nicht bei Gilberto stattgefunden hätte, dann hätte meine Moms mich nie gehen lassen –, verbrachte ich Stunden vor dem Spiegel im Badezimmer. Es dauerte so lange, dass meine kleine Schwester anfing, sich über mich lustig zu machen.

»Rico ist verliebt! Rico ist verliebt!«, sagte Isabel immer wieder und dehnte dabei das Wort »verliebt« auf ungefähr zehn Silben.

Ich putzte mir dreimal die Zähne, ertränkte meine Haare mit dem Vitalis Haarwasser meines Pops und klatschte mir jede Menge Old Spice ins Gesicht, so viel, dass ich einen Niesanfall bekam. Ich zog ein neues Hemd an, dann die bügelfreie Hose, die nie knittert, und schwarze Wildlederschuhe, und ich hoffte, dass ich damit richtig cool aussah. Aber jedes Mal, wenn ich in den Spiegel schaute, wünschte ich mir, es würde einen Knopf geben, auf den ich drücken könnte, damit meine Haut ein paar Stufen dunkler würde, meine hellbraunen Augen richtig braun würden und meine Haare schwarz, eben so, wie man bei einem Fernseher die Helligkeit regulieren kann.

Ich kam ungefähr um acht auf die Party, nachdem mich meine Moms gründlich bearbeitet hatte.

»Ich möchte nicht, dass du Zigaretten rauchst – oder sonst was!«, warnte sie mich. »Und du lässt dich nicht mit den schlimmen Jungs ein! Und du bist um elf wieder zu Hause. Wenn es später wird, kannst du dich auf was gefasst machen.«

»Aber *mamá*, es ist doch bloß auf der anderen Straßenseite.«

»Das ist mir egal! Wenn du nicht um elf zu Hause bist, schick ich deinen Poppy rüber, damit er dich holt. *Me prometes*, okay?«

»Okay, okay.«

Aber ich musste mir deswegen eigentlich keine Sorgen machen: Als mein Pops von seiner Doppelschicht im Havana-Seville-Restaurant nach Hause gekommen war, döste er auf der Wohnzimmercouch vor sich hin, weil die Hitze und die beiden eiskalten Biere, die er gleich nach dem Heimkommen getrunken hatte, ihn mattsetzten. Sogar an meinem Ende des Flurs und trotz der lauten Stimmen, die von irgendeiner blöden Gameshow aus unserem Schwarzweißfernseher kamen, konnte ich ihn vor sich hin schnarchen hören. Wenn ich Glück hatte, schlief er die ganze Nacht durch.

Als ich mit Jimmy, der mal wieder im Zeitlupentempo neben mir her schlich, in Gilbertos Wohnung ankam, ging es schon hoch her. Es waren so viele Leute da, dass man fast nicht vom Fleck kam, und weil in alle Lampen bunte Glühbirnen eingeschraubt waren, konnte man fast nichts erkennen. Allen lief schon der Schweiß herunter, obwohl die Fenster offen standen und Gilberto überall Ventilatoren angeschmissen hatte. Eine Mischung aus Soul und lateinamerikanischer Musik kam laut aus dem Wohnzimmer, und ein paar der besten Mädchen aus unserer Gegend und Mädchen, die ich noch nie gesehen hatte, tanzten in einem verrückten Durcheinander von Körpern den Watusi oder den Mashed Potato oder einen Boogaloo in lateinamerikanischem Stil, und alle bogen und bewegten sich zur Musik und glitten in alle Richtungen.

Viele der Jungs aus dem Viertel standen in kleinen Gruppen zusammen und unterhielten sich lautstark – erzählten Witze, klatschten sich ab und machten einfach so vor sich hin. Sie tranken Gilbertos Spezialpunsch mit Rum, Gin und Wodka, als wären sie Kamele und als wäre der Punsch das einzige Wasser in der Wüste. Jedes zweite Ding, über das geredet wurde war »fucking dies« und »fucking das«. Wenn ein Mädchen vorbeikam, wurden sie noch ein bisschen ruppiger und versuchten, ihre Sprüche loszuwerden. (Die Typen in Armeesachen bekamen es am besten hin.) Es war irgendwie gleichzeitig chaotisch und aufregend, besonders, als dieser Typ, Chops, von der Hitze oder vom Alkohol bewusstlos wurde, an die Wohnzimmerwand knallte und ein paar Familienbilder mitriss, und als zuerst alle lachten und dann klatschten, als er von alleine wieder hochkam.

Dann kamen eine Weile nur lateinamerikanische Platten. Gleich am Anfang schleppte Gilberto mich auf die Tanzfläche und stellte mich dieser schönen *cubanita* vor, Alicia, die mich misstrauisch beäugte. Sie war so scharf, dass ich nicht auf die Tanzfläche gegangen wäre, wenn ich nicht vorher etwas von Gilbertos atomstarkem, gigantischem Keiner-kommt-hier-lebend-raus-Wunderpunsch getrunken hätte. Ich kippte ein Glas runter, dann noch eines.

Und ich kann euch sagen, mit dem Zeug hätte man ein Raumschiff zum Planeten Krypton schicken können. Ich fühlte mich fast von einem Moment auf den anderen so locker, dass ich durch das Zimmer hätte schweben können. Ein paar Songs lang war ich der tollste Tänzer auf der Welt, auch wenn ich Alicia manchmal auf die Füße gestiegen bin. Ich wollte cool bleiben, aber es hat nicht hingehauen: Ich meine, durch diesen ganzen Punsch habe ich irgendwann Elefantenbeine gekriegt und konnte nicht mal den Takt halten.

Alicia ist bald irgendwo zwischen den anderen Leuten verschwunden.

Aber das machte mir eigentlich nichts aus. Mir hatte es hauptsächlich dieser Punsch angetan. Ein paar Schluck, und schon war der Plastikbecher wieder leer. Und dann, wie durch Zauberei, war immer jemand da, der nachschenkte. Mann, das Zeug hat mir vielleicht die Zunge gelockert: Ich erzählte jedem, dass Jimmy und ich eines Tages die Comic-Welt erobern würden. Und ich erzählte von meinem Gitarrespiel und davon, wie mein Nachbar Mr Lopez mir die ersten Akkorde beigebracht hatte, als ich erst sieben Jahre alt war. Und ich gab damit an, dass ich so ziemlich alles spielen könnte – Beatles Songs, Dylan, die Temptations –, aber keiner nahm mir das wirklich ab.

Ein bisschen später verlor ich mein Zeitgefühl. Ich wusste nicht immer, wo Jimmy gerade steckte. Einen Augenblick stand er neben mir, klopfte mit dem Fuß zum Rhythmus der Musik auf den Boden, und im nächsten Moment stand er am Fenster und rauchte. Dann war er selber auf der Tanzfläche, und seine Hüften schwangen wie ein Pendel, als er einen Latin Shimmy hinlegte, obwohl er dabei Bier aus der Flasche tankt. In einem Augenblick war er ein Zombie und im nächsten wie unter Strom.

Es war wie so ein Clark-Kent-Superman-Doppelleben. Als er wieder neben mir stand, war er nicht besonders in Fahrt. Er hing so ein bisschen da, als würde ihn die Schwerkraft runterziehen. Und dann, als er was von dem Joint in die Nase bekam, den jemand draußen auf der Feuertreppe rauchte, verschwand er wieder.

Als ich ihm nachging, sah ich, wie er hinten auf die Feuertreppe

rauskletterte. Die Leute hielten mir den Joint hin, aber mir reichte
der Punsch.

Gilberto steuerte jetzt direkt auf uns zu.

»Na, wie läufts bei dir, James? Rico hier sagt, dass ihr zwei zusammen Comics macht.«

»Ja, schon. Rico ist das Hirn hinter dem Ganzen.«

»Ach was«, antwortete Gilberto. »Vergiss das Hirn, aufs Talent
kommt es an! Ich hab ein bisschen was von deinen Sachen gesehen. Das ist verdammt klasse!«

»Ja, aber ich hab das bloß abgezeichnet …«

»Ich kann nur sagen, dass ich das nicht könnte«, sagte Gilberto.

»Also rede dein Talent mal nicht so klein, ja?«

Und Gilberto spielte jetzt wieder den älteren Bruder, zog mich an
sich und erdrückte mich fast.

»Noch eins, Jimmy«, sagte er und erwürgte mich fast mit seinem
Arm. »Ich hau hier sehr bald ab. Und ich will dich nur um eines
bitten – wirklich ernsthaft bitten –, nämlich dass du auf meinen
kleinen Kumpel hier aufpasst. Ich meine, ich will nicht, dass er in
Schwierigkeiten gerät, und vor allem will ich nicht, dass er sich
auf irgendwelchen Blödsinn einlässt – keine Drogen, kein Heroin,
verstehst du?«

Jimmy schob seine Brille hoch und nickte.

Dann drückte Gilberto Jimmy den Finger in die Brust.

»Es ist mir ernst damit. Wenn ich weg bin, will ich nämlich, dass
jemand auf den Jungen hier aufpasst.«

»Geht klar«, sagte Jimmy und zuckte dabei fast zurück.

»Prima!«, sagte Gilberto.

Und er gab Jimmy so einen Schlag auf die Schulter, dass Jimmys
Brille auf den Boden fiel.

Ich blieb noch ein paar Stunden länger da. Ich tanzte, die Mädchen leuchteten rosa wie herumschwebende Luftballons. Ich hörte immer wieder *ha, ha,* die ganze Nacht, wenn Gilbertos Freunde sich nicht mehr einkriegten über den braven fünfzehnjährigen Rico, der über die Tanzfläche stolperte.

Das Zimmer drehte sich wie verrückt auf alle möglichen Arten. Ich musste mich zweimal übergeben.

Als ich schließlich auf die Wanduhr schaute, konnte ich nicht mehr sehen, wie spät es war, weil die Zeiger herumzappelten wie komische Tierchen in einem Comic, auch wenn ich die Augen zusammenkniff. Jimmy war da schon weg, mit zehn Dollar, die ich ihm geliehen hatte. – Ich wusste nicht, wohin.

Dann passierte etwas Verrücktes.

Gilbertos Türklingel läutete. Nicht bloß, *bing, bing,* wie bei jemandem, der noch spät vorbeikommt, jemand drückte fest und anhaltend auf den Klingelknopf. Keiner reagierte. Dann klopfte es an der Tür. Und eine schrille weibliche Stimme rief: »¡*Abre la puerta!*« – »Macht die Tür auf!« – auf spanisch, immer und immer wieder.

Weil ich keine Uhr hatte, fragte ich Eddie, wie spät es war.

»Drei Uhr morgens.«

Oh du liebe Scheiße!, dachte ich.

Dann wurde das Klopfen stärker, bis schließlich jemand die Tür aufmachte. Naja, und da spazierte meine Moms herein, mit einem Besen in der Hand. Und sie sah ganz verdammt sauer aus. Sie schob sich durch die Leute und als Erstes scheuerte sie mir eine und schrie mich auf spanisch in einer Geschwindigkeit von tausend Wörtern pro Minute an. Dann zog sie mich am rechten Ohr raus, obwohl Gilberto angelaufen kam und ihr zu erklären versuchte, dass das alles bloß ein harmloses Vergnügen war.

»Oh, ja? Ich sollte die Polizei rufen!«, sagte sie zu ihm.

Als ich aus Gilbertos Wohnung ging, hörte ich wieder Gelächter, und draußen auf der Straße machte sich meine Moms mit diesem Besen schwer über mich her, drosch mich auf den Rücken und auf den Hintern, als hätte ich eine Bank ausgeraubt und nicht einfach nur getan, was die meisten Leute in meinem Alter in unserer Gegend taten. Und während sie auf mich einschlug, fragte ich mich, warum sie so scheißwütend auf mich war. Während sie schrie und schrie, wünschte ich mir, ich könnte mir ein Raumschiff bauen und zum Mond abhauen, oder ich könnte mich in einer der Mülltonnen auf dem Bürgersteig verstecken, und am liebsten wäre ich einfach in eine andere Zeit und an einen anderen Ort verschwunden wie Flash Gordon oder Green Lantern.

Ein paar Tage darauf half ich Gilberto, seine Koffer runterzutragen. Unten wartete ein Wagen, der ihn zum Flughafen bringen sollte. Ein Gypsy-Taxi ohne Lizenz. Ich schaute zu, wie Gilberto zum Abschied seine Mutter küsste. Es war komisch: Sie heulte und heulte, als würde er in den Krieg ziehen.

Und mir war auch ein bisschen zum Heulen.

Wir sagten »Auf Wiedersehn« oder »Machs gut« oder was man eben so sagt, wenn jemand aufs College geht. Ich meine, es war eine große Sache. Die *New York Amsterdam News* hatte sogar einen Fotografen geschickt, der ein paar Fotos von Gilbertos Abreise machen sollte (in der Ausgabe des nächsten Tags war ein Foto von Gilberto, wie er aus dem Fenster des Gypsy-Taxis winkte, und als Bildunterschrift stand da *Glücklicher Lotteriegewinner aus Harlem bei der Abreise zum Collge*).

Ein Haufen Leute kamen an, um ihm Glück zu wünschen, und

überall auf der Straße sah man Leute, die aus ihren Fenstern hingen und zum Abschied winkten.

Es war einfach gleichzeitig wahnsinnig schön und traurig.

»Du bist also okay, oder?«, fragte mich Gilberto, kurz bevor es losging.

»Ja, es ist bloß ...«

»Was?«

»Du vergisst mich auch nicht, oder?«, sagte ich leise.

»Dich vergessen? Nee, Mann. Du bist doch hier«, sagte er und schlug sich auf die Brust.

Dann umarmte er mich ganz fest.

»Du passt gut auf und bleibst sauber, ja?«, sagte er und schaute mir in die Augen. »Wenn ich nämlich hör, dass du Scheiß baust, komm ich persönlich wieder hierher und trete dich so in den Arsch, dass dir Hören und Sehen vergeht.«

Ich lächelte, weil ich wusste, dass er das tun würde.

Dann umarmte er einfach seine Moms noch mal, stieg in das Taxi und fuhr in Richtung Bronx, dann östlich in Richtung JFK zu einem Flugzeug, das ihn in das Wunderland voll Butter, Milch und Getreide bringen sollte, das Wisconsin hieß.

Fünf

Verrückt. Mies. Rammelvoll. Schrottbude.

Das alles war meine neue Highschool unten an der Columbus Avenue. »Jo Mama's« haben die Schüler den Laden getauft.

Ich fing im September da an, nachdem ich von meiner katholischen Schule in der Bronx abgegangen war, um meinem Pops das Schulgeld zu sparen.

Stellt euch eine große senffarbene Schüssel vor, in der sich ungefähr fünftausend schwarze und braune Bohnen befinden, und dann stochert da mal ein bisschen herum, bis ihr da und dort ein paar weiße Bohnen findet. Ihr könnt sehen, dass die meisten Bohnen sich um ihren eigenen Kram kümmern, aber ein paar von ihnen legen es darauf an, die weißen Bohnen zu schikanieren und sie anzurempeln. Stellt euch vor, dass ein paar von dieses Bohnen so hoch nach oben gehen, dass sie über den Schüsselrand rutschen oder eklige Farben annehmen, und ein paar von den anderen verlangen jedes Mal Geld, wenn sie die weißen Bohnen anrempeln. Stellt euch vor, dass eine von den weißen Bohnen über den Rand schaut und am liebsten aus dieser Schüssel springen möchte wie eine springende Bohne in einem Comic.

Naja, und diese weiße Bohne war ich.

Einmal an einem Abend, ungefähr zwei Monate, nachdem Gilberto weggegangen war, saß ich über einem Teller *frijoles negros*, als mir dieser Vergleich mit den Bohnen in den Kopf kam.

»Rico«, fragte meine Moms. »*¿Qué te pasa?*«

»Oh, ich hab bloß so vor mich hin gedacht, Mommy.«

»Ja, du denkst immer nach«, sagte sie. »Du solltest mal darüber nachdenken, wie schwer dein Poppy arbeitet, damit was auf den Tisch kommt, und jetzt iss!«

»Ich weiß schon, *mamá*«, antwortete ich.

»Schau nur deine Schwester an, sie hat alles auf ihrem Teller aufgegessen!«

Das tat sie immer. Meine kleine pummlige Schwester machte sich gerade über einen Hähnchenschenkel her.

»Sie hat die richtige Einstellung, nicht wahr, Rolando?«, sagte meine Moms zu meinem Pops. »Sie weiß zu schätzen, was wir im Schweiße unseres Angesichts leisten, anders als *El Príncipe* hier« – der Prinz –, »der es immer leicht gehabt hat.«

»Ganz wie du sagst, *mi amorcita*«, sagte mein Pops und trank einen Schluck Bier.

»Ja, meine Liebste«, war seine häufigste Reaktion auf so ziemlich alles, was sie sagte. Er blinzelte mir dabei immer zu und nickte dann leise, als wollte er sagen: *Provoziere sie nicht.*

Trotzdem hab ich das immer irgendwie getan. Jeden verdammten Abend.

»Aber *mamá*, wie kannst du so was sagen, wo ich doch einen Job am Morgen habe und einen nach der Schule und dir jede Woche die Hälfte von meinem Geld abgebe.«

»*¿Que?*«, sagte sie, als könnte sie mein Englisch nicht verstehen. Sie machte das immer, wenn ich etwas sagte, das sie nicht hören wollte. Ich versuchte es mit Spanisch, das im Vergleich zu meinem Englisch ziemlich miserabel war.

»Was hat er gesagt?«, fragte sie meinen Pops. Ich konnte an ihrem Gesicht ablesen, was sie dachte: *Da haben wir es wieder –, mein eigener Sohn, von Kubanern geboren und erzogen, weigert sich, spanisch zu sprechen, als wäre er was Besseres.*

Mein Pops seufzte.

»Er hat nur gesagt, dass er sich Mühe gibt, uns zu unterstützen«, erklärte er ihr.

»Naja, das ist ja auch das mindeste, was er tun kann«, sagte sie auf spanisch. »Nach den ganzen Belastungen, die er uns aufgebürdet hat.«

Oh ja, die Belastungen. Es endete immer bei den Belastungen. So ziemlich jeden Tag. Als hätten wir es irgendwie zu Reichtum gebracht, wenn ich als kleines Kind nicht krank geworden wäre. Ich konnte mich an fast nichts von damals erinnern, weil ich ja erst fünf Jahre alt war. Nur dass meine Moms eines Tages ins Badezimmer kam und alles voller Blut war; sie ist dann in mein Zimmer gerannt, und hat mich schlafend auf dem blutgetränkten Laken gefunden, und es ist wie verrückt aus mir rausgelaufen. Ja, sie ist ausgeflippt, hat bei Nachbarn geklopft – wir hatten kein Telefon – und sie gebeten, einen Arzt zu rufen. Es hat sich dann herausgestellt, dass irgendetwas in mir wirklich völlig durcheinander war, und ich hab zwei verdammte Jahre lang eine Tour durch einen Haufen Krankenhäuser gemacht – ganz richtig, *zwei* Jahre lang! Mir ist es dann am Ende besser gegangen, aber in dieser Zeit ist ein ganzer Haufen schiefgelaufen.

1. (Oder *número uno*) Ich war einsam und hatte dauernd eine Scheißangst.
2. Meine Leute fehlten mir, aber ich sah sie nicht wahnsinnig oft – eins der Krankenhäuser war oben in Massachusetts.
3. Während ich da oben festsaß, redete niemand mit mir spanisch, und als ich heimkam und wieder Spanisch hörte, klang es ziemlich komisch für meine Ohren. Damals fing meine Moms an, dauernd das Gesicht zu verziehen, weil sie nicht immer verstand, was zum Teufel ich gesagt hatte.
4. Mein Pops gab meiner Moms die Schuld an meiner Krankheit, und meine Moms gab mir die Schuld dafür, dass ich so

ein empfindliches kleines Weichei war. Sie wollte mich nicht mehr aus dem Haus lassen, wenn es regnete, als würde das Blut wieder aus mir rauslaufen, wenn ich nass wurde oder was. Damals fing ich an, mich wie ein Muttersöhnchen und Musterknabe aufzuführen (und damals flüchtete ich mich auch in Science-Fiction-Comics und freundete mich mit Jimmy und Gilberto an).

Aber am schlimmsten waren diese ganzen Rechnungen – für den Aufenthalt in den Krankenhäusern, für Medikamente und Ärzte – *los gastos* –, mit deren Bezahlung mein Pops, auch mit seinen zwei Jobs, nicht mehr richtig nachkam und die der Grund waren, dass auf seinem Gesicht dauernd ein besorgter Ausdruck lag. Und sie waren auch der Grund, warum meine Moms, ganz egal, wie viel ich beisteuerte, sich immer noch benahm, als hätte ich ihnen mein Krankheit absichtlich aufgehalst.

Ja, die Belastungen.

Ich schaute einfach auf den Tisch. Dann schaute ich noch ein bisschen weiter nach unten, wo eine Küchenschabe über das Linoleum zockelte und bestimmt auf dem Weg zu einem Küchenschabefest hinter den Bodenleisten war.

Als ich nicht reagierte, sagte sie: »Hast du nicht gehört, was ich gerade zu dir gesagt habe?«

Ich nickte.

»Wieso hast du dann nicht so viel Respekt und antwortest mir?«

»Du hast mich nichts gefragt, *mamá*. Was wolltest du denn von mir?«

»Von dir? Nichts.«

Dann schaute sie mich an, als wäre alles meine Schuld.

Wahrscheinlich konnte sie es wirklich nicht ausstehen, wie wir wohnten. Als sie vor vielen Jahren in Kuba meinen Pops kennengelernt hat, der so ein toller, gutaussehender Typ war und sich um sie bemühte, hat sie mit allem gerechnet, nur nicht damit, dass wir in einem Loch wie unserer Wohnung landen. Vor langer Zeit hat sie mir einmal erzählt, dass sie in Kuba in einem hübschen kleinen Haus auf dem Land aufgewachsen ist, wo überall wunderschöne Blumen und hohe Palmen wuchsen. Ich meine, sie war nicht reich, aber sie war glücklich. Aber dann kam mein Pops mit diesen ganzen Ideen an, dass man nach Norden gehen könnte, nach New York City, wo sogar einer wie er, der aus der Pampas kam und keine besondere Ausbildung hatte, ein besseres Leben finden könnte (das war übrigens noch Jahre vor der kubanischen Revolution). Also zogen sie ohne große Englischkenntnisse nach New York, wo ich auf die Welt kam, und mein Pops nahm jede Arbeit an, die er kriegen konnte. Dann wurde er Kellner, und wir zogen in dieses poplige Haus, in dem wir noch immer wohnten. Er hat nie viel Geld verdient, und es war sowieso schon schwer genug, ohne dass ich auch noch daherkam und ihnen krank wurde. Irgendwie gehörte ich zu diesem bösen Zauber, der meiner Moms die alten Träume geraubt hatte.

Wahrscheinlich hatte sie sich in ihrem Kopf eine Formel zurechtgelegt: Die vielen Jahre, in denen mein Pops in einem zweiten Job arbeitete, um unsere Schulden abzuzahlen, hatten direkt zu dem Herzinfarkt geführt, der ihn letzten Winter fast erledigt hätte.

Aber sie hatte mich sowieso schon immer auf dem Kieker gehabt. Sogar schon, bevor Pops krank wurde. Ich kapierte das nicht. Manchmal schaute sie mich an, als würde sie mich um meine weiße Haut beneiden. Ich kam mir immer ganz komisch vor, wenn sie mich mit diesem verwunderten Gesicht anschaute, als wär ich irgendein reicher weißer Junge, der sich in unserer Wohnung einfach mal so mit irgendwelchen Spics einließ. Mit irgendwelchen Kanaken. Es war das Gesicht, mit dem sie mich jetzt anschaute.

»Von dir erwarte ich nichts«, sagte sie noch einmal und räumte meinen Teller ab. »Leb du nur dein fröhliches Lotterleben«, sagte sie. »Nimm jede Droge, die du willst, und lass es dir gutgehen. Mich kümmert das nicht.«

Drogen? Das war noch so eins von ihren Themen.

»*Mamá*, ich nehm keine Drogen.«

»Nein, du bist ein Unschuldslamm. *Un santo.* Deswegen warst du bei Gilberto ja auch so betrunken, und *quién sabe más!*« – »wer weiß, was sonst noch!«

In diesem Augenblick konnte ich wirklich verstehen, warum mein Pops immer eine Flasche Ryewhiskey da hatte. Ich konnte verstehen, warum er auf dem Heimweg von der Arbeit in einer Kneipe in unserer Gegend einen Zwischenstopp einlegte, in Mr Farrentinos Bar.

Auch schon vor seinem Herzinfarkt.

Bevor ich an diesem Abend ins Bett ging, kam mein Pops zu mir und legte mir seine großen warmen Hände aufs Gesicht. Er zog mich zu sich heran und sagte leise: »*Sin embargo, Rico, no olvidas que tu mamá es una mujer buena*« – »Egal, was passiert, Rico, vergiss nicht, dass deine Mutter eine gute Frau ist.«

Vielleicht. Mann, aber sie war ein schwieriger Fall.

In dieser Nacht konnte ich nicht schlafen. Und während meine Leute Fernsehen schauten – ich hörte die Melodie aus *Die Hillbilly-Bären* –, suchte ich in einem großen Stapel unserer Geschichten, die alle mit Kuli auf gelbe Blöcke geschrieben waren, nach einer guten Story.

Ich hatte mich nämlich ein paar Tage zuvor überwunden und einen der Comic-Verlage angerufen. DC Comics, die Leute, die *Superman* rausbrachten.

Es lief so ab:

Kling, kling, kling, kling.

In der Vermittlung nahm jemand ab.

»Und wen möchten Sie bitte sprechen?«

Ich sagte: »Mr Julius Schwartz.« Das war der Name, der kleingedruckt auf der ersten Seite jedes DC-Comics aufgeführt war.

»Einen Augenblick bitte.«

Mein Magen krampfte sich zusammen, meine Knie füllten sich mit Blei.

Dann war eine Stimme am Telefon, die nach einem kräftigen Typ mit einem breiten Brustkorb klang: »Ja, bitte. Julius Schwartz am Apparat.«

Ich ließ ihm die ganze Info rüber, hauptsächlich, dass Jimmy und ich alle Arten von Geschichten und Figuren in der Mache hatten. Erzählte ihm von *The Mountain* und von *Lord Lightning*, aber als ich den *Latin Dagger* aufs Tablett brachte, war er ganz besonders interessiert.

»Der *Latin Dagger* haben Sie gesagt? Das klingt gut. Wovon handelt es denn?«

»Naja, Er ist ein Superheld aus dem Ghetto. Ich meine, er ist Puerto Ricaner oder vielleicht Kubaner …«

»Ja?«

»Aber er ist eine Mischung aus Zorro, Batman und Zeus. Ich meine, er ist ein dunkler Typ, aber sehr cool.«

Er lachte.

»Ihre Stimme klingt irgendwie jung«, sagte er. »Sind Sie jung?«

Ich log.

»Ich bin achtzehn.«

»Naja, das ist jung, glauben Sie mir.« Und ich hörte ein raues Lachen, das aus seinem Brustkorb kam. »Aber egal, wie alt Sie sind«, sagte er, »ich sage Ihnen, was Sie zu tun haben.«

»Okay.«

»Sie besorgen sich Bristolkarton im Standardformat von 28 mal 43 und schicken mir eine voll ausgeführte Story. Sie muss nicht ausgemalt sein, aber mit guten Stiften gezeichnet, okay? Und Sie schicken sie zusammen mit einem adressierten und frankierten Rückumschlag, ja?«

»Ja.«

»Also, erst einmal auf Wiedersehen, und wenn Sie die Sachen schicken, dann beziehen Sie sich bitte auf unser Telefonat, ja?« Und er legte auf.

I I I

Ich hätte Jimmy wahnsinnig gern sofort von dem Telefonat erzählt, aber ich dachte mir, ich sollte mir zuerst klar werden, welche *Latin-Dagger*-Geschichte die beste war, bevor ich ihn an die Arbeit gehen ließ.

Ich las eine der Geschichten durch. Und fand sie immer noch in Ordnung.

Sie handelte von einem dürren verkrüppelten Latino, einem Jungen namens Ricky Ramirez. Er wohnte in einer schrecklichen Gegend, überall Junkies und Kriminelle, und weil er ein guter Junge war, wünschte er sich, dass er das alles ändern könnte. Als er in einer regnerischen Nacht auf seinen Krücken nach Hause geht, kommt er an einem alten Spanier vorbei, der in einer Gasse liegt, weil ein paar Typen ihn grade durch die Mangel gedreht haben. Der alte Mann ruft um Hilfe, aber niemand ist stehengeblieben und hat ihm geholfen, bis Ricky kam. Der alte Mann hat einen langen weißen Bart und ist nicht so angezogen wie ein normaler Mensch. Er sieht aus wie ein Weiser aus einer König-Artus-Geschichte. Es stellt sich heraus, dass er ein siebenhundertjähriger Zauberer aus Spanien ist. Und als Ricky ihm hilft, verspricht der alte Zauberer, ihm als Belohnung für seine Güte etwas zu geben, das seine kaputten Beine wieder in Ordnung bringt. Und dieses Etwas ist ein geheimer Zauberbann.

Aber eine Bedingung ist mit diesem Geschenk verbunden: Ricky muss sein Leben guten Taten weihen. Der Zauberer sagt Ricky, dass die Vorsehung ihn aus einem bestimmten Grund gesandt habe. Und dieser Grund sei, dass die Welt einen neuen Helden brauche, der die Mächte des Bösen bekämpft.

Der Zauberbann würde nicht nur seine Beine wieder in Ordnung bringen, sondern er würde ihm auch die stärksten Waffen verleihen, mit denen er das Böse bekämpfen konnte.

Einen Zauberdolch und einen Umhang, der ihn unverwundbar mache!

Oh, höre meine Worte, junger Mann. Jedes
Mal, wenn du den Zauberspruch wiederholst,
ob bei Tag oder bei Nacht, wirst du eine Stunde
lang stärker sein als jeder Sterbliche. Du
wirst groß sein, doch mit deiner Macht wird
dir auch große Verantwortung zuteil!

Nachdem er Ricky anweist, den Spruch vor einer Kirche aufzusagen, wo die Mächte des Guten sich am leichtesten aufrufen lassen, stirbt der alte Mann, und als der die Augen schließt, löst er sich einfach in Luft auf.

Pfft!

Und Ricky tut, was angehende Superhelden eben tun. Er folgt den Anweisungen des alten Mannes. Er begibt sich zu einer Kirche und fängt an, den Zauberspruch aufzusagen. Dann wirbeln diese ganzen mystischen Kräfte vom Himmel herunter und erfassen ihn. Er wird in die Luft gehoben und spürt, wie er sich verändert. Sein Körper ist nicht mehr schwach; seine Beine sind auf einmal stark und der Rest seines Körpers auch. Als er, von einem grauen Nebel umgeben, wieder auf dem Boden landet, hat er nicht mehr seine normalen Sachen an, sondern er trägt einen hautengen Anzug und einen Umhang um die Schultern. Die Krönung des Ganzen ist ein leuchtender Dolch, der aus dem Himmel in seine Hand fällt. Der Dolch spricht zu ihm:

Ich bin geschmiedet worden auf den Schlachtfeldern
der menschlichen Torheit, aber mit mir zusammen wirst du
mithelfen, die Grausamkeiten und das Unrecht
auszurotten, die vor deinen Augen geschehen, jeden Tag.

Die erste große Schlacht findet gleich in dieser Nacht statt, als alle diese Schreckenswesen aus der Hölle kommen –

Denn das Böse will das Gute vernichten, bevor
es blühen kann!

Er bekämpft diese Wesen in einer phänomenalen Schlacht und schneidet sie mit seinem Zauberdolch alle in Stücke und sieht dann, wie jedes dieser zerstückelten Schreckenswesen sich vermehrt. Aber dann fällt ihm ein, wie er sie loswerden kann. Er schleudert sie mit Superkraft in den Weltraum, wo sie bleiben und auf ihrer Bahn um die Erde kreisen, auf ewig versteinert und hilflos.

Wenn die Stunde vorbei ist, wird er wieder der alte dürre Junge, und obwohl er jetzt ohne seine Krücken gehen kann, beschließt er, sie weiter zu benutzen, weil sie zu seiner geheimen Identität gehören. Er nimmt sich vor, diese eine Stunde, in der ihm Supermacht gewährt wird, jeden Tag zu nutzen, um gute Taten zu vollbringen. Und er geht nach Hause, um mit seiner verwitweten Mutter zu Abend zu essen. Als sie fragt: »Was gibts Neues?«, sagt er: »Nicht viel, Moms. Einfach noch ein Tag in meinem stinknormalen Leben.« Aber er blinzelt dem Leser zu, während er das sagt.

Okay, er war kein Spider-Man, aber die Idee war trotzdem ziemlich gut. Das war genau die richtige Geschichte. Ich stand unter Strom, machte das Fenster auf, steckte den Kopf raus, pfiff und rief Jimmys Namen in den Hof. Er reagierte nicht.

Wenn ich es mir recht überlegte, hatte ich im letzten Monat wirklich nicht viel von ihm gesehen.

Sechs

Am Morgen, nach meiner Frühschicht in Mr Gordons Wäscherei, fuhr ich mit dem Bus zur Schule. Ungefähr um zehn vor neun ging ich durch das Haupttor von Jo Mama's, an dem ein paar Schüler bei Stichproben nach Waffen und Drogen durchsucht wurden. Dann ging ich eine Treppe in den Homeroom im zweiten Stock hinauf, wo meine Lehrerin Mrs Thompson, eine Schwarze, versuchte die Anwesenheitsliste zusammenzustellen. Aber das war nicht einfach: In einem Klassenzimmer, in dem die Schüler sich gegenseitig aufzogen, mit Zeugs herumschmissen, Radio hörten, Bubblegumblasen vor dem Mund hatten und Mrs Thompson praktisch nicht beachteten, war es fast, als würde sie nicht existieren.

Kurz vor dem Klingeln, mit dem der Schultag offiziell begann, und gerade, als Mrs Thompson mit einer ihrer Reden zum Thema »Ihr hasst jetzt vielleicht die Schule, aber später einmal werdet ihr froh sein« loslegte, hörte man von der Straße herauf drei Schüsse – *peng, peng, peng*. Dann, eine Minute später, krachten noch zwei Schüsse, lauter, näher, und es gab einen Widerhall, als kämen sie von unten aus der Eingangshalle.

Mrs Thompson sagte, alle sollten auf ihrem Platz bleiben, und schoss aus dem Klassenzimmer, währen wir ganz verrückt vor Aufregung waren.

»War das ne 45er? Oder ne 9 mm?«, fragte jemand.

»Oder ne Schrotflinte. Das war cool. Oder?«

Dann ging der Feueralarm los, und aus der Sprechanlage kam eine Durchsage. Der Rektor, Mr Myers, teilte uns allen mit, dass es »einen Vorfall mit Schusswaffen« gegeben hatte und dass wir alle Ruhe bewahren sollten. Ein paar aus meiner Klasse, diese gefährlich aussehenden Schwarzen, standen auf und rannten auf den

Flur hinaus, als müssten sie einen Kumpel raushauen, aber wir anderen warteten ab.

Dann kam Mrs Thompson mit den neuesten Nachrichten wieder zurück. Sie wirkte so besorgt, dass auch die größten Klugscheißer keine blöden Bemerkungen machten. Auf einmal flog kein Radiergummi und kein Schokoladenpapier mehr durch die Gegend. »Liebe Kinder«, fing sie an. Sie hatte ein ernstes Gesicht. »Wie ihr gehört habt, hat es an unserer Schule wieder eine Schießerei gegeben.«

Wieder eine Schießerei? Das ist ja toll!, dachte ich.

Sie sah ein paar Blätter auf ihrem Pult durch, seufzte schwer und sprach dann weiter. »Aber vergesst nicht, gleichgültig, wie oft sich so ein tragisches Ereignis wiederholt, wir müssen positiv bleiben, verstanden?«

»Mhm«, machten ein paar, und »Ja, Mrs Thompson«, sagten einige, während die meisten hofften – man konnte das spüren –, dass sie den Rest des Tages frei bekamen. Dann, gerade als Mrs Thompson uns aus einem Buch vorlesen wollte, wurde dieser Wunsch erfüllt. In einer zweiten Durchsage wurde verkündet, dass der Unterricht ausfiel. Als wir in die Halle zogen, wirkten ein paar Leute wirklich betroffen, aber die meisten freuten sich, als wäre plötzlich ein Feiertag.

Ich wurde von den anderen mitgezogen und sah im Erdgeschoss, dass ein Teil des Flurs da unten mit gelben Bändern abgesperrt war. Auch wenn die Sicherheitsleute versuchten, alle schnell aus dem Gebäude zu schleusen, musste man einfach hinschauen. Und da war er, ein schwarzer Junge, der in seinem eigenen Blut lag, Converse-Schuhe anhatte. Seine Füße zuckten wie verrückt. Während die Schulschwester die Blutung mit dicken Bandagen zu stillen versuchte, lag er benommen da, mit aufgerissenen, schockstarren Augen, in denen man lesen konnte: Scheiße, jetzt hat es mich erwischt. Er zitterte am ganzen Leib. Die Sicherheitsleute brüllten die ganze Zeit, dass man weitergehen sollte, aber ich konnte mich vom Anblick dieses armen Kerls überhaupt nicht losreißen.

Als ein Haufen Cops hereinstürmten, und dahinter die Sanitäter aus einem Rettungswagen, stieß mich einer von den Sicherheitsleuten mit einem Schlagstock in die Schulter: »Hey, Junge, bist du taub? Hau verdammt nochmal ab hier, ich meine das ernst. Los jetzt!«

Und ich ging wie betäubt in Richtung Straße.

In diesem Augenblick entdeckte mich Mrs Thompson unter den ganzen Leuten und kam extra zu mir herüber. Sie hatte ein freundliches Gesicht, voller Sommersprossen, und ihr Gesicht war weich und angenehm bis auf die Augen. Die wirkten, als hätten sie schon jede Menge trauriger Dinge gesehen, und sie verzogen sich zu engen Schlitzen, wenn sie mit einem redete.

»Ich glaub, du bist neu hier, Junge, oder?«

»Ja, Ma'am. Es ist mein erstes Semester.«

»Also, lass dich von so was nicht durcheinanderbringen. Es kommt eben vor. Einige von den Leuten, die hierher kommen, haben kein bisschen Verstand im Kopf.«

»Das ist mal sicher«, sagte ich und versuchte, dabei cool zu klingen.

Sie lächelte. »Du wirst gut durchkommen, solang du sauber bleibst und das Ziel nicht aus den Augen verlierst, und dieses Ziel heißt Bildung«, sagte sie und zog das Wort in die Länge: *Bil-dung*.

»Ja, Ma'am.«

»Und, Rico, wenn du Rat brauchst, kannst du immer zu mir in mein Büro kommen.«

»Danke, Mrs Thompson«, antwortete ich so brav und ernst wie es nur ging.

Als sie weg war, wurde ich ziemlich nachdenklich und alles, und ich wäre am liebsten zu dem Schreibwarenladen in der Nähe gegangen, um mir die neuesten Comics anzuschauen. Superhelden hatten einfach etwas, das mich immer wieder aufbaute; wäre es nicht toll, wenn es sie wirklich gäbe, hier auf der Welt und nicht bloß zwischen den Umschlägen eines Comichefts? Und als ich in diese Stimmung geriet und mir wieder diese ganze Geschichte vom Kampf des Guten gegen das Böse durch den Kopf gehen ließ, kam mir der Gedanke, dass der da oben wahrscheinlich der größte verdammte Superheld überhaupt war. Aber wenn Er das war, dann musste man sich doch fragen, warum der Typ es nicht hinkriegte, Jungs davor zu bewahren, dass sie abgeknallt wurden?

Jedenfalls hing ich noch so lange auf der Straße rum, dass ich sah, wie die Sanitäter den Jungen auf einer Trage rausrollten und in den Rettungswagen schoben. Er hatte einen Transfusionsschlauch am Arm hängen, eine Sauerstoffmaske im Gesicht, und seine Turnschuhe zuckten wie verrückt.

Sieben

Später, als ich wieder in der Stadt war, ging ich auf dem Weg zur Bibliothek in der 125. Straße die Amsterdam Avenue hinunter. Ich las gerade dieses wirklich tolle Buch, das wir in Englisch durchnahmen, *Die Abenteuer des Huckleberry Finn*, über einen Jungen, der mit einem Sklaven abhaut, weil sie die Freiheit finden wollen, was für mich ein neuer Gedanke war. Ich wollte sehen, ob es da in den Bibliotheksregalen noch andere Bücher von diesem Autor gab, Mark Twain.

Und genau da an der Ecke zur 119. Straße lief mir Jimmy über den Weg. Er hatte einen zerknitterten Regenmantel an und auf dem Kopf eine Baseballmütze von den Yankees.

Er war so erschrocken wie ich.

»Wo hast du denn gesteckt, James? Ich hab dich in letzter Zeit gar nicht mehr gesehen«, sagte ich, als wir uns zur Begrüßung mit den Handknöcheln berührten.

»Also … äh … mal da, mal dort.«

»Wie lange ist das jetzt her? Einen Monat!«

»Also, Mann, mein Pops hat mich die ganze Zeit genervt, und ich hab mir gesagt, verdammt nochmal, und hab mir einen neuen Job besorgt – in der Bar von Mr F. Ich helf da in der Küche aus und so.«

»Ohne Scheiß?«, sagte ich überrascht.

Wir gingen zusammen weiter.

»Und wie läufts bei dir?«, fragte Jimmy. »Wieso bist du denn nicht in der Schule?«

Ich erzählte ihm das mit der Schießerei. Dann erzählte ich ihm, dass dieser Herausgeber von DC anscheinend am Latin Dagger interessiert war.

Jimmy zeigte kaum eine Reaktion.

»Ist das nicht toll?«, bohrte ich nach.

Er zuckte bloß die Achseln und schaute sich ungeduldig um.

»Hör mal, ich weiß nicht, ob ich mich wirklich noch für die Sachen interessiere«, sagte er schließlich. »Ich meine, es ist eben so, dass man manchmal wieder was anderes machen muss.«

Aber irgendwas machte ihn anscheinend nervös: Er schob sich dauernd die Brille auf der Nase hoch, und der Schweiß lief ihm nur so von der Stirn.

»Aber Jimmy, wär es nicht toll, wenn du ein paar Dollar mit etwas verdienst, das du gerne tust?«, fragte ich und klopfte ihm auf die Schulter. Er blieb ganz abrupt stehen.

»Komm schon, Rico«, sagte er. »Glaubst du denn im Ernst, dass daraus je was wird?«

»Vielleicht nicht, aber es kann nicht schaden, wenn man es probiert, oder?«

Er holte eine Zigarette heraus und steckte sie sich an, obwohl er gerade einen Schwung Abgase von einem vorbeifahrenden Bus abbekam. »Hör zu, ich hab jetzt echt keine Lust, mich mit dir zu streiten, okay?« Er rieb sich die Nase. »Ich steh im Moment einfach nicht mehr auf diese Sachen.«

Als er das sagte, sah ich in seinen Augen, wie oft er verprügelt worden sein musste. Aber da war auch noch etwas anderes: Ich meine, er sah irgendwie krank und mitgenommen aus.

»Komm schon, was ist in letzter Zeit eigentlich mit dir los?«, fragte ich.

»Willst du das wirklich wissen?«, sagte er und machte einen Schritt auf die Straße hinaus, um auszuspucken.

»Ja«, sagte ich. Und dann noch: »Ich will es wirklich wissen.«

Er fixierte mich mit einem starren Blick.

»Dann komm mit. Ich kann ein bisschen Rückendeckung gebrauchen«, sagte er und latschte weiter.

Ich hatte also diese geheimnisvolle Info im Kopf, und wir gingen ein paar Blocks weit den Hügel hinunter und kamen zu den Sozialbauten an der Ecke 124. Straße und Amsterdam Avenue. Das waren so große kastenförmige Klinkergebäude, vielleicht zwanzig Stockwerke hoch, mit ewigen Reihen von Wohnungen, jede mit derselben Art von Fenster, und eine sah aus wie die andere. So beschissen es sein konnte, in einem Mietshaus zu wohnen, hatten unsere Häuser wenigstens Charakter – es gab Säulen und manchmal aus Stein gemeißelte Engel und Sterne an den Treppenaufgängen zu den Häusern. Aber an den Sozialbauten gab es nichts Schönes. Ich war noch nie in einem der Häuser gewesen und bin auf meinem Weg zu den Geschäften auf der 125. Straße immer ganz schnell an ihnen vorbeigegangen.

Man wollte da eigentlich überhaupt nicht sein.

Sogar mein Pops hat zu mir gesagt: »Egal, was du sonst anstellst, geh nie in so ein Haus rein.«

Aber genau das machten wir jetzt. Wir gingen auf einem Weg voller Sprünge und Risse zu einem Spielplatz hinüber, auf dem diese großen – und ich meine *großen* – schwarzen Typen, die sich Halstücher um den Kopf gebunden hatten, bei irgendwelchen kümmerlichen Ginkgobäumen rumhingen, an deren dürren Ästen Beutel voller Marihuana baumelten.

»Ja, und was machen wir hier?«, fragte ich Jimmy.

»Naja, du wolltest doch wissen, was mit mir los ist, richtig?«

»Ja.«

»Naja, dann schau dir das mal an. Aber bleib cool.«

Wir kamen näher, und ich war nicht gerade begeistert von der Art, auf die diese schwarzen Typen mich anschauten.

Wenn ihr glaubt, dass ich Angst hatte, liegt ihr schon ganz richtig.

Aber als wir bei ihnen ankamen, klatschte sich einer mit Jimmy ab – als würde er ihn schon eine Zeitlang kennen.

»Kommst du wegen Clyde?«, sagte der Typ zu Jimmy.

»Ja, wegen Clyde.«

»Dann kommt mit.«

Wir kamen zu einem Seiteneingang; der Typ klopfte an die Eisentür. Zwei blutunterlaufene Augen linsten durch ein mit Sprüngen durchzogenes Fenster zu uns heraus: Dann drückte der Typ die Tür auf. Während er das machte, zog er eine 22er aus dem Gürtel, die er uns kurz sehen ließ, bevor er sie lächelnd wieder in den Hosenbund steckte. Dann schwang die Tür ganz auf.

Wir gingen hinein. Oder um es anders auszudrücken: Jimmy ging vor, und ich schlich hinter ihm her. Wir warteten ein paar Minuten unter dem unangenehmen hepatitisgelben Neonlicht, das dauernd an- und ausging. Ich lehnte mich an eine Wand und schaute einfach bloß auf meine Mokassins hinunter, weil schließlich alles besser war, als in diese vielen Augen zu schauen, die auf mich gerichtet waren. Und mein Kumpel Jimmy? Der klimperte die ganze Zeit in den Taschen seines Regenmantels mit Kleingeld und tippte immer wieder nervös mit dem rechten Fuß auf den Boden. Schließlich stand auf einmal ein kräftiger Schwarzer vor uns, der über dem rechten Auge eine Klappe trug wie ein Pirat und aus der dunkelsten Ecke des Flurs zu kommen schien.

Das musste wohl Clyde sein.

Er musterte mich grimmig von oben bis unten, ganz angewidert, und sein Mund verzog sich, als würde er etwas Scheußliches kauen.

»Wer ist denn das Milchgesicht hier?«, brüllte er Jimmy an, der ein paar Schritte rückwärts ging und sich in eine Ecke verzog.

Ich wollte ganz verdammt dringend da raus.

»Hey, Jimmy, ich hab dich gefragt, was mit dem Milchgesicht hier ist?« Und er rammte Jimmy den Zeigefinger in die Brust.

»Er heißt Rico. Er ist ein *cubano*«, sagte Jimmy schließlich, holte ein Taschentuch heraus und tupfte sich damit die Stirn.

»*Cubano?*« Er spuckte aus. »Was soll denn das heißen? Er ist ein weißes Arschloch.«

Dann starrte er Jimmy durchdringend an. Jimmy zitterte.

»Ja, ich weiß schon, ich weiß schon, aber ich schwör, er ist cool.«

»Cool? Was? Einen Scheiß ist er«, sagte Clyde und knackte mit den Fingerknöcheln, richtig laut. »Es gibt keinen weißen Arsch auf der Welt, der das ist!«

Das klang, als wäre es etwas absolut Widerwärtiges, ein Weißer zu sein, und ich lächelte leise und zuckte die Achseln – warum, weiß ich nicht –, aber Clyde musterte mich mit einem noch gehässigeren Blick, als wäre meine Anwesenheit nichts, worüber man sich lustig machen konnte.

»Hör mal«, sagte Jimmy und hob die Hände. »Er ist mein Kumpel. Glaubst du vielleicht, ich will dich verscheißern?«

Clyde musterte mich noch einmal und fand vielleicht, dass ich doch nicht gefährlich war, jedenfalls beruhigte er sich und benahm sich jetzt ganz anders. »Gut, gut«, sagte er wie ein freundlicher Ladenbesitzer, legte Jimmy den Arm um die Schulter und fragte: »Also, was können wir heute für dich tun, Bruder?«

»Naja, wir haben ja darüber geredet, oder?«

»Oh ja«, sagte Clyde und nickte. »Ich habs da. Aber lass zuerst die Knete rüberwachsen.«

Jimmy drehte sich um und holte ein Bündel Geldscheine, um das ein Gummiband gewickelt war, aus der linken Tasche seines Regenmantels. Die Art, mit der er meinen Blick vermied, als er Clyde das Geld gab, machte mich noch nervöser.

»Sind das dreihundert?«, fragte er.

»Ja, Mann. Zähl es nach, wenn du willst.«

Und Clyde zählte es, zweimal, und als er fertig war, ging er in eine Ecke, wo er hinter ein paar Rohren eine Blechdose aufbewahrte, öffnete die Dose und nahm einen Umschlag heraus, den er Jimmy gab.

Als Jimmy einen kurzen Blick in den Umschlag warf, sagte Clyde: »Vertrau mir, mein Freund. Es ist alles da. Und absolut, absolut sauber, das Beste vom Besten, allererste Sahne.«

»Ich weiß, Mann«, sagte Jimmy und drückte ihm kräftig die Hand. Clyde lächelte, und ich – naja, ich hab mir fast in die Hose gemacht.

»Dann haben wir jetzt alles, oder?«, sagte Clyde.

»Ja«, sagte Jimmy. »Aber tu mir einen Gefallen und gib mir zwei Tüten für mich.«

»Ah, ja, das hätte ich mir denken können«, sagte Clyde lachend. Und während Jimmy zwei Zehndollar-Scheine aus seiner Tasche holte, langte Clyde in die Brusttasche seines Hemds und zog eine Zigarettenschachtel heraus. Nur dass da keine Zigaretten drin waren, sondern ein ganzer Schwung kleiner durchsichtiger Tüten – so groß wie die Papierhüllen für Rasierklingen –, in denen sich weißes Pulver befand. Clyde ließ zwei Päckchen in Jimmys Hand gleiten.

In den Päckchen war Heroin: Ich wusste das von den kleinen leeren Tütchen, die ich auf dem Boden des Schülerklos im Jo Mama's gesehen hatte, und aus einem Film, den sie einmal in der Aula gezeigt hatten, in dem es um Drogen ging und wie man sie vermeidet, und die Hälfte aller Zuschauer waren ganz high und kicherig, während der Film lief.

Aber ich wusste auch aus einem anderen Grund, was es war. Ich konnte es in Jimmys Augen lesen. Er sah aus, als würde er sich schämen, aber als wäre es ihm gleichzeitig scheißegal.

Ich wusste nur, dass ich da raus wollte, aber dann fragte Jimmy, der den Stoff jetzt in der Hand hatte: »Ist es okay, wenn ich jetzt was nehme?«

»Hier?« Clyde wirkte wieder schwer gereizt. Aber dann sagte er: »Gut, geh da rüber unter die Treppe. Und du hast hoffentlich dein eigenes Zeug dabei!«

»Hab ich.« Dann schaute Jimmy mich an und sagte: »Komm jetzt, Rico. Und keine Vorträge bitte – hilf mir einfach.«

Und auf einmal stand ich neben Jimmy im Treppenhaus und hatte immer noch nicht ganz verstanden, was »hilf mir« eigentlich bedeuten sollte. Als er ein kleines Lederfutteral herausholte und es aufmachte, konnte ich kaum fassen, was da drin war: der Schraubdeckel einer Flasche, eine Zange, eine kleine Plastikflasche mit Wasser, ein Feuerzeug, eine schmale Spritze, so wie meine Tante sie für ihre Zuckerkrankheit benutzt. »Himmel, Jimmy«, sagte ich. Ich fand, er musste total *loco* sein, dass er so was machte. Und ich? Nein, verdammt! Ich würde mir nicht für eine Million Dollar eine Spritze in den Arm rammen – die Spritzen, die ich im Krankenhaus gesehen hatte, reichten mir für den Rest meines Lebens –, aber genau das wollte Jimmy jetzt tun. Jedenfalls kann ich euch sagen, Leute, dass er sich folgendermaßen darauf vorbereitet hat: Zuerst hat er das Pulver in den Schraubdeckel gefüllt, den er mit der Zange festhielt, dann hat er Wasser dazugetan und das ganze mit seinem Ronson-Feuerzeug erhitzt. Nach ein paar Augenblicken hat es zu kochen angefangen. Als es so weit war, nahm er die Spritze und fing an, die Flüssigkeit in den Zylinder hochzusaugen. Er fischte einen Gummischlauch aus seiner Tasche und schaute mich an.

»Tu mir einen Gefallen – leg mir den Schlauch um den Unterarm. Halt ihn fest, okay?«

Als ich zögerte, weil ich fand, dass das wie etwas aus einem Horrorfilm war, schaute mich Jimmy zornig an. »Komm schon, stell dich nicht an wie so ein Milchgesicht.«

Also tat ich, was er von mir wollte, obwohl ich es Scheiße fand, und als sich seine Venen langsam dick und dunkelblau abhoben, wurde mir auch ein bisschen übel. Er spritzte sich Heroin. Stoff. Schnee. Junk. Smack. Skag. Den weißen Engel. Ich hatte noch nie gesehen, wie sich jemand Heroin gespritzt hat, und schon gar nicht mein bester Freund. Ich meine, wann zum Teufel hatte er denn damit angefangen, sich das Zeug zu spritzen?

Dann drückte er auf den Spritzenstempel. Wenn ich ehrlich sein soll, fand dich das irgendwie interessant: das Heroin, so klar wie Wasser, floss in einer Richtung raus, und Jimmys Blut floss in entgegengesetzter Richtung in den Zylinder, bis sich eine rotes Auge bildete, das da drin schwamm. Das dauerte vielleicht dreißig Sekunden. In der Zeit bekam Jimmy richtige Glubschaugen, die Pupillen wurden so groß wie Murmeln, während seine Backen und die ganze Haut plötzlich schlaff wurden, als hätten seine Muskeln den Geist aufgegeben.

»Oh, Mann, ich fühl mich so wohl«, sagte er, als das Zeug in seinen Körper schoss.

Dann ruckte sein Kopf nach hinten, und seine Augen wurden glasig wie auf den Bildern in unsrer Kirche, auf denen der heilige Franziskus in Ekstase dargestellt ist.

Wir gingen, Jimmy in Zeitlupe, und ich gab mir Mühe, diese ganzen Blicke zu ignorieren, die auf uns gerichtet waren. Als die

Tür – Gott sei Dank! – hinter uns zufiel, warf ich noch einen letzten Blick auf Clyde. Er war ein widerlicher Kerl, aber er zwinkerte mir mit seinem heilen Auge zu, als wollte er sagen: *Du hängst auch noch mal an der Nadel, du weißes Kerlchen, und du bist hier immer willkommen, ja? Nichts für ungut!*

Als wir wieder draußen auf der Amsterdam Avenue waren, musste ich aufpassen, dass Jimmy da auf dem Bürgersteig nicht wegkippte. Ein paarmal sah ich, wie sein Kopf nach hinten fiel und er in den Knien einknickte, als würde er gleich zusammenklappen. Aber dann machte er eine komische Gymnastikübung, bei der er die Arme weit über den Kopf hob und sie ausstreckte, und er fing sich wieder. Ich weiß nicht, wie ihm zumute war oder wo seine Gedanken waren, aber er benahm sich in einem Augenblick wie ein Zombie, und im nächsten Moment war er wieder ganz da.

»Gehts dir gut, Jimmy?«, fragte ich ihn.

»Gut? Mensch, ich fühl mich ganz gottverdammt prima … so prima wie nur sonst jemand auf dem ganzen Erdenrund.«

Ja, »auf dem ganzen Erdenrund«, so hat er das ausgedrückt.

Dann während er sich eine Zigarette ansteckte, sagte er: »Also los.«

Wir arbeiteten uns langsam – und ich meine: langsam – den Hügel hinauf, als Jimmy fand, wir sollten in den A&P gehen. Er kaufte Kaugummi und eine große Flasche Kirschlimo und ließ noch eine Sprühdose mit Schlagsahne und eine Packung Schoko-Mallomars mitgehen, die er einfach in die Taschen seines Regenmantels steckte. Wahrscheinlich kriegt man einen Riesenhunger auf Süßigkeiten, wenn man H spritzt. Gleich als wir uns im Park hinsetzten, riss Jimmy die Packung Mallomars auf. Er gab mir eines und verdrückte dann den ganzen Rest selber, eins nach dem anderen, immer mit einen großen Klacks Schlagsahne drauf.

Er lehnte sich eine Zeitlang zurück, stützte die Füße aufs Geländer, als wäre er an einem schönen Strand.

Dann fing er an, sich wie verrückt zu kratzen.

»Wieso juckt es dich denn dauernd?«, fragte ich.

»Das kriegt man einfach«, sagte er. »Es ist so, als würden kleine Gummikugeln in deinem Körper rumkreisen, direkt unter der Haut.«

»Wie Gänsehaut?«, fragte ich, weil ich witzig sein und mir nicht anmerken lassen wollte, dass ich eine Heidenangst hatte.

»Nee, Mann, das gehört einfach zu diesem prima Gefühl dazu«, sagte er, ließ den Kopf nach vorne fallen und schloss die Augen.

»Wie prima ist das denn?«

»Richtig prima – es überkommt dich total, am ganzen Körper.«

»Verdammt«, sagte ich.

Er lachte, *ha, ha,* und schaute mich an, als wäre er betrunken.

»Aber das Wichtigste ist, dass es dir hilft, die ganzen scheußlichen Sachen in deinem Leben zu vergessen.«

»Ja«, sagte ich und dachte, wenn ich so einen Vater hätte, würde ich auch so high werden wollen.

Dann schaute er in den Himmel und verschwand für eine Zeit im Land der Träume.

»Okay, man fühlt sich also prima«, sagte ich, als er wieder runterkam. »Aber wann zum Teufel hast du mit diesem Mist angefangen?« Ich musste ihn das einfach fragen.

»Wann?« Er lachte. »Es war wie ein Wunder!«

»Wirklich?«

»Ja, ein ganz verdammtes Superwunder. Vor ungefähr einem halben Jahr bin ich unsere Straße langgegangen und hab mich ziemlich beschissen gefühlt«, sagte er und kratzte sich am Kinn. »So beschissen, dass ich bloß auf den Bürgersteig runtergeschaut hab, als könnte ich den Kopf nicht oben behalten, verstehst du?«

»Mhm.«

»Und was seh ich da – ein kleines Päcken mit meinem Namen drauf direkt am Randstein. Liegt einfach da! Also hab ich es einfach aufgehoben. Ich hab es in meinen Geldbeutel gesteckt und bin damit eine Woche herumgelaufen, bis ich fand, ich sollte es probieren. Ich hab das Ding aufgerissen und es mir unter die Nase gehalten, und Mann, ich war auf einen Schlag ganz woanders, wie in den Ferien. Also hab ich mir mehr davon besorgt, und … naja.« – er fing wieder an, sich unter dem Hemd zu kratzen.

»Das wars dann. Nach und nach wollte ich mehr haben. Nicht jeden Tag, aber wenn ich es mir leisten konnte, ja?«

»Aber wie hast du dir denn das Zeug leisten können? Ich meine, das ist doch teuer, oder?«

Er lachte wieder, und der Kopf kippte ihm nach hinten. Oben flog ein Flugzeug vorbei, westlich über Harlem, auf dem Weg vom Flughafen LaGuardia irgendwohin.

»Ich will dich was fragen, Rico«, sagte er und war für eine Sekunde wieder ganz nüchtern. »Wenn du mich anschaust, was siehst du dann?«

»Ich seh meinen Kumpel Jimmy – den coolen Künstler.«

»Nee«, sagte er und fuchtelte mit dem Zeigefinger vor meinen Augen herum. »Ich meine, was sehen die meisten Leute dann?«

»Ich weiß es nicht.«

Aber ich wusste es. Ich wollte es bloß nicht sagen.

»Was sie sehen, ist ein bescheuert aussehender Typ mit einer kaputten Brille, der aussieht, als könnte er keiner Fliege was zuleide tun, stimmts?«

»Wahrscheinlich.«

»Na also, da hast du es.« Er kratzte sich wieder. »Ich seh so verdammt harmlos aus. Ich kann alle möglichen Botengänge für irgendwelche Leute machen, ohne dass ich groß auffalle.«

»Was sind denn das für Leute?«, fragte ich, weil ich dachte, dass er sich mit irgendwelchen Gaunern eingelassen hatte.

»Ah, Mann, das kann ich dir nicht sagen, Rico. Damit würde ich ihr Vertrauen missbrauchen. Aber es ist um Klassen besser, als für meinen Pops zu arbeiten.«

Er steckte sich eine Zigarette an.

»Aber du hast doch gesagt, du arbeitest in einer Bar?«

»Ja, das mach ich auch noch«, sagte er und blies einen riesigen, vollkommen runden Ring in die Luft.

Als ich nach Hause kam, war ich in einer ganz schön schlechten Stimmung.

Ich meine, der Latin Dagger würde auf der Strecke bleiben, vielleicht für immer.

Und jetzt musste ich mir auch noch um Jimmy Sorgen machen.

Ihr könnt mir glauben, dass mich das schwer beschäftigt hat.

Ich musste einfach dauernd daran denken, dass ich Jimmy dabei geholfen hatte, sich den Arm mit diesem Schlauch abzubinden. Und ich konnte dieses blutige Auge in der Spritze nicht vergessen, das mich anstarrte. Dann dachte ich an ein paar andere Sachen. An diesen netten schwarzen Jungen, den lächelnden Alvin, der an einem Tag im Park Drachen steigen ließ und dann an einem anderen Tag auf einem Dach so zugedröhnt war, dass er über den Rand rutschte und alle sechs Stockwerke nach unten stürzte. Oder dieser Puerto Ricaner, der früher mal bei den Golden-Gloves-Turnieren geboxt hat, er hieß Miguel, und der einmal so verdammt high war, dass er in einem Wohnhaus rückwärts die Treppe runtergefallen ist und sich das Genick gebrochen hat. Geschichten, die man gehört hat, aber einfach nicht glauben wollte.

Dann hörte mein Hirn nicht mehr auf zu arbeiten.

Ich dachte an alle die Leute, die man einmal gekannt hat und die dann tot in irgendeiner dreckigen Toilette aufgefunden worden waren und noch eine Nadel im Arm hatten.

Und ich konnte den Jungen nicht vergessen, den ich an diesem Vormittag in der Schule gesehen hatte – seine schreckstarren Augen verfolgten mich den ganzen Tag, seine Converse-Schuhe zuckten wie verrückt …

Und als ich nach Hause kam, saß auch noch mein Pops schnarchend am Küchentisch, der Kopf war nach vorne gesunken, das Kinn lag auf der Brust, und meine Moms schwänzelte um ihn herum.

Mann, es war alles ganz schön durcheinander.

Aber eines hat den Tag gerettet: Auf dem Wohnzimmertisch erwartete mich ein Brief von Gilberto.

Ich war mir ganz sicher, dass der Geruch von Getreide und frischer Luft aus dem Umschlag kam, als ich ihn aufriss.

Hey Rico,

ich melde mich bloß mal kurz, damit du weißt, dass ich noch ganz bin, und weil ich dir was über die Gegend hier erzählen will. Erst mal sieht das College wirklich genauso aus wie in dem Prospekt, und die Stadt ist auch ziemlich cool. Es gibt einen großen Park mit einem See, und am Wochenende kommen alle mit Kind und Kegel her zum Grillen, oder sie fahren mit Motorbooten zum Fischen oder Wasserskilaufen raus. Es gibt überall Farmen in dieser verrückten Gegend, und die Luft ist wieder noch was anderes. Und die Mädchen! Es ist wie in einem Candy Shop, Mann! Sie sind ganz verdammt freundlich, und sogar die schönsten sind überhaupt nicht hochnäsig. Und das Beste ist, dass ich ziemlich auffalle, einfach weil ich anders bin als alle anderen – ich bin wahrscheinlich der einzige Typ aus New York City hier draußen und ganz bestimmt der einzige Puerto Ricaner in dem ganzen verrückten Staat voller Normalos hier.

Ich wohne in einem Studentenheim auf dem Campus, in einem Zimmer zusammen mit diesem stillen Typ, der Chuck heißt, und auch wenn mir das nichts ausmacht, hab ich mir schon überlegt, ob ich mir nicht was für mich alleine besorge, vielleicht eine Farm – man kann sie hier in der Gegend ganz billig mieten.

Was das College betrifft – naja, da sag ich nur: Schule ist Schule. Es ist immer dasselbe. Das Wichtige ist, dass ich es versuche. Hey, was hab ich denn zu verlieren, ha?

Jetzt im Moment hab ich eigentlich nicht viel mehr zu sagen, Fortsetzung folgt. Ich hoffe, dir geht es gut und du bleibst sauber. Tu mir einen Gefallen und schau mal bei meiner Moms

vorbei, und wenn du bloß hallo sagst. Ich möchte nicht, dass sie
sich einsam fühlt und alles.

Bis später, mein Cubano. Mein Bruder.

G.

Ich habe den Brief dreimal gelesen und war dankbar dafür, dass
wenigstens jemand anders etwas Gutes erlebt hat.

Acht

Ich stieg schon bald dahinter, wie das bei Jimmy jetzt lief. Es stimmte schon, er arbeitete als Tellerwäscher in Mr Farrentinos Bar, der Stammkneipe meines Pops. Ich sah Jimmy immer hinten in der Küche, wenn ich reinkam, um meinen Pops zu suchen, falls er mal wieder nicht zum Abendessen erschienen war. Meine Moms schickte gerne mich los, um ihn nach Hause zu bringen. Mann, das war manchmal nicht einfach. Es dröhnte immer scharfer Rock oder Soul aus einer großen beleuchteten Musikbox, und diese ganzen hübschen Bedienungen umschwärmten meinen Pops. Für sie war er »dieser nette Kubaner Rolando, der immer ein gutes Trinkgeld dalässt«.

Ich muss sagen, dass mein Pops ein gutaussehender Mann war, ein bisschen schwer, ungefähr einsachtundachtzig wie Gilberto, aber sehr breit, und er hatte dunkle hinreißend ausdrucksvolle Augen. Manchmal, wenn ich reinkam, sah ich ihn, wie er mit unter dem Kinn verschränkten Händen dasaß und eine bestimmte Bedienung fixierte. Aber ich nahm das nicht weiter ernst – alle Männer in der Bar machten das.

»Also, Poppy, komm nach Hause«, sagte ich dann immer.

»Einen Moment noch«, sagte er.

Er schaute dann den Barmann an, hob den Zeigefinger und bestellte noch einen Whiskey und ein Bier.

Manchmal ging er gleich mit, und manchmal konnte ihn nichts von seinem Barhocker loseisen.

»Okay Poppy«, sagte ich dann. »Aber du weißt, dass Mommy durchdreht.«

Mein Pops zuckte bloß die Schultern, ganz ruhig.

Und ich wartete und wartete und wartete.

An einem dieser Abende, als Pops es mal wieder in die Länge zog, dachte ich, ich schlüpf mal kurz hinter den Tresen und begrüße Jimmy. Er wusch gerade Geschirr in einem riesigen Becken, aber am Ende des Flurs sah ich durch eine offene Tür Mr Farrentino in seinem Büro sitzen. Er war so ein massiger Italiener, von dem die Leute sagten, er sei »nette Mafia«. Ich habe ihn immer gemocht. Mein erster Job, mit zehn, war in einer Eisdiele, die er führte. Dann hatte er sich einen eigenen Lebensmittelladen an einer Straßenecke gekauft, den er so lang betrieb, bis er genug Geld hatte und die Bar kaufen konnte.

Er hatte unheimlich rosige Backen wie ein Weihnachtsmann, sah aus wie die Gesundheit in Person, und diese Backen waren so rosig wie immer, als ich jetzt den Flur entlangging, um ihn zu begrüßen. Als ich vor dem Büro stand, musste ich zweimal hinschauen. Erst mal saß da diese platinblonde Latina in einem silbernen Minirock neben ihm, und dann rammte er sich gerade eine Spritze in den Arm. Ich war schon am Umdrehen, als ich seine Stimme hörte: »Komm doch rein, Rico.«

Als wäre alles ganz normal. Er drückte sich das Zeug rein, und während seine Augen ganz glasig wurden, fragte er mich: »Also Rico, mein Junge, wie läufts bei dir?«

Dann zog er die Spritze wieder aus seinem dicken Unterarm, tränkte ein Stück Watte mit Wundalkohol und tupfte sich die Einstichstelle ab.

»Mir gehts gut«, sagte ich. »Und selber?«

»*Wunderbar*«, sagte er, gerade als er richtig abhob.

Die Latina hatte ihr eigenes Besteck in der Hand, und als er fertig war, bereitete sie sich auf einen Schuss vor, aber weil sie eine Dame war, drehte sie mir den Rücken zu.

Ich meine, es war gespenstisch, wie eine Szene aus *Unheimliche Geschichten*.

Als ich gerade gehen wollte, dämmerte es mir auf einmal: Es war also Mr Farrentino, für den Jimmy den Stoff kaufte.

»Und Rico«, rief mir Mr Farrentino nach. »Was du gerade gesehen hast, bleibt unter uns, ja?«

»Ja«, sagte ich.

»Naja, du warst immer ein guter Junge«, sagte er jetzt dankbar. »Komm mal hier rüber.«

Zuerst dachte ich, er wollte mir Heroin anbieten, aber er langte in eine Tasche, zog ein Bündel Geldscheine heraus, lauter Zwanziger, und wollte es mir in die Brusttasche stecken.

»Nee«, sagte ich und ging einen Schritt zurück. »Das müssen Sie nicht für mich tun.«

Er lachte.

»Das ist nicht für dich, sondern für deinen Vater. Ich hab gehört, dass es ihm schlecht geht.«

Mein Pops gab zwar jede Menge Geld in dem Laden aus und Mr Farrentino bekam das Geld sowieso wieder zurück, aber ich sagte: »Ich kanns nicht nehmen, Mr Farrentino. Sie sind jetzt bloß high.«

Und dann ging ich wieder raus in die verrauchte Bar.

Mein Pops war mächtig betrunken und laberte einen Typ voll, der noch betrunkener war.

»Poppy«, sagte ich. »Wir müssen los.«

Er muss einen bestimmten Unterton in meiner Stimme gehört haben, weil er wenigstens diesmal »Ja, gut« sagte, umständlich ein paar Dollarscheine aus seinem Geldbeutel holte und sie auf den Tresen legte. Es waren fünf, aber ich nahm drei davon wieder weg.

Er hat es nicht einmal gemerkt.

Dann begann unsere Reise, sie war drei Häuserblocks weit. Farrentinos Bar lag im Untergeschoss, und meinen Pops bloß die Treppe hochzukriegen, war allein schon eine ganz schöne Tour. Er muss ungefähr hundertfünfzehn Kilo gewogen haben, und weil er sich sowieso nur schwer geradehalten konnte, rutschte er alle paar Stufen, die wir nach oben geschafft hatten, wieder ein paar Stufen zurück, als würde ihn der berühmte Sog der Schwerkraft nach unten ziehen. Aber ich versuchte immer wieder, ihn diese Treppe hochzukriegen, schob ihn mit beiden Händen an und kam nicht vom Fleck, bis Jimmy in einer langen Schürze herauskam, um mir zu helfen. Als wir beide anschoben, schafften wir es schließlich.

»Na, jetzt bin ich dir aber was schuldig«, rief ich Jimmy nach, als er in die Bar zurückging.

»Nee, Mann, bist du nicht«, rief er zurück. »Glaub mir, das bist du nicht.«

Als wir auf dem Bürgersteig standen, dauerte es noch ungefähr zwanzig Minuten, bis ich meinen Pops zu unserem Haus verfrachtet hatte. Dann erwarteten uns noch vier Treppenabsätze, und das ganze Theater fing von vorne an. Sechs Stufen rauf, zwei wieder runter. Fünf Stufen rauf, drei runter undsoweiter undsoweiter. Inzwischen wog er ungefähr fünfhundert Kilo, und nur, weil Mrs Lopez, die im zweiten Stock wohnte und hörte, wie ich mich mit ihm abmühte, herauskam und mir half, bekam ich meinen Pops überhaupt zu unserer Wohnung hoch.

Neun

Der Rest des Jahres zog vorbei wie ein langsames Schiff nach China, hauptsächlich wegen der Schule. Ich ging absolut nicht gerne hin. Es war schon ein Horrortrip, wenn man bloß zum Pinkeln in die knüppelvollen Klos ging, wo sich die Leute anturnten. Ich habe mir oft gewünscht, ich wäre unsichtbar, aber dieser Wunsch ging nie in Erfüllung.

Und ich konnte mir nicht einmal die Haare wachsen lassen; meine Moms bestand darauf, dass ich sie mir mindestens einmal im Monat schneiden ließ.

(»Rico, du siehst ja langsam aus wie ein Mädchen«, sagte sie immer.)

Das kam an dieser Schule besonders blöde an. Erst mal waren die Weißen, die anscheinend nie angemacht wurden, Hippies. Irgendwie wurden sie von den Schlägern, den Junkies und den Abzockspezialisten in Ruhe gelassen. Es waren meistens Juden aus einer besseren Gegend als unserer – wieso sie an dieser Schule waren, war mir schleierhaft –, aber ich kannte sie von ihren Jamsessions nach der Schule. Viele von ihnen wollten Musiker werden, und manchmal kamen sie mit ihren Gitarren, Flöten und Mundharmonikas – einer spielte sogar Geige – an und veranstalteten draußen auf der Straße improvisierte Sessions, wenn die Schule vorbei war. Und ein paar von ihnen dealten auch – verkauften Pot, Haschisch und LSD, und ihre Musik und die Drogen kamen bei den härteren Typen an der Schule gut an.

Ich brachte die lädierte Stella mit in die Schule, weil ich nicht riskieren wollte, dass mir meine geliebte Harmony geklaut wurde, und ich spielte gern mit diesen Leuten. Ich meine, ich war nicht der tollste Gitarrenspieler auf der Welt, aber schlecht war ich auch nicht.

Und diese Hippies waren wenigstens nett zu mir. Bei einigen anderen am Jo Mama's war das nicht so.

Einmal bin ich spät am Nachmittag aus der Schule rausgekommen. Ich wollte in den ASPIRA Club eintreten, der für uns Latinos unter den Schülern gegründet worden ist, aber als ich da hineinging, hat es nur ungefähr eine halbe Minute gedauert, bis ich es mir anders überlegt habe. Der Typ hinter dem Schreibtisch schaute mich von oben bis unten an, als wollte er sagen: *Was willst du denn hier?*

Also bin ich sofort wieder rausgegangen, weil ich keine Lust hatte, irgendetwas zu erklären. Wieso hätte ich das auch tun sollen?

Dann, als ich zur Bushaltestelle ging, kamen drei schwarze Jungs auf mich zu, irgendwie aus dem Nichts.

Bis dahin hatten sich ja schon eine Menge Schwarzer mit mir beschäftigt. Manche schauten bloß finster rüber, manche lächelten wie Katzen, die eine Maus taxierten, und manche, wenn sie mies aufgelegt waren, weil sie einen schlechten Tag hatten, holten ein Messer raus und wollten Geld sehen. Wenn man ihnen keines gab oder weglaufen wollte, konnte es unangenehm werden, und sie schubsten einen rum oder hauten einem eine rein. Aber wenn ich die Hände hob wie in einem Cowboyfilm, in dem die Bösen die Guten ausrauben, ließen sie mich meistens in Ruhe, solang ich ihnen mein Riesenvermögen von einem Dollar dreißig überließ. Ich nahm das alles ganz gelassen – *Okay* und *Pech gehabt.* Wenn man einigermaßen cool war, zogen sie einfach wieder ab. Einmal habe ich sogar erlebt, dass einer von denen, die mich gerade ausgenommen hatten, mich anlächelte, als er davonlief, so als hätte es ihm gefallen, dass ich das so cool nahm, oder als hätten wir in einem anderen Leben Freunde sein können.

Aber mit diesen drei Typen war es anders. Sie wollten ihre miese Laune einfach an mir auslassen.

»Hast du Knete für uns, du Dämlack?«, fragte einer von ihnen. Als ich nichts sagte und weitergehen wollte, gab er mir einen Schlag gegen den Kopf. Einen richtigen Killerschlag. Der Zweite schlug mich zu Boden, und als ich auf dem Bürgersteig lag, fing der Dritte an zu treten, als wollte er mir die Rippen brechen. Dann durchsuchte einer von ihnen meine Taschen, nahm meinen Geldbeutel, in dem meine Buskarte war, mein Schulausweis und vier Dollar.

Schließlich zertrat mir einer von ihnen noch die Brille, als wär es die lustigste Sache auf der Welt. Dann klatschten sie sich ab und verschwanden grölend und lachend auf der Avenue. Die ganze Geschichte hatte zwei wirklich sehr lange Minuten gedauert.

Ich verfluchte mich selber, dass ich mein Radar abgeschaltet hatte, das vor Widerlingen warnte, sammelte die Überreste meiner Brille auf, rappelte mich wieder hoch und machte mich auf den Heimweg. Meine Nase blutete, die Rippen taten mir weh, und mein Kopf und mein Ego waren ganz verdammt angeschlagen. Wenn so etwas passiert, kann man sich alles Mögliche einreden: dass man einfach Pech gehabt hat, dass man zu blöde war, nicht besser aufzupassen. Aber diese Typen wollten sich irgendjemanden vornehmen. Ich meine, es passierte so schnell, dass ich mich nicht einmal mehr daran erinnern konnte, wie sie aussahen, außer dass sie schwarz waren oder, wie meine Moms und mein Pops es ausgedrückt hätten, dass sie *negritos americanos* waren, denen man immer aus dem Weg gehen musste, was natürlich an meiner Schule und in New York ein Witz war.

Ich fühlte mich beschissen – womit hatte ich es denn verdient, dass mich jemand so durch die Mangel drehte? Mit nichts. Also sagte ich mir, dass es ein extremer Zufall war, wie wenn man von einem Auto oder sonst was überfahren wird. Aber, Mann, es war schwer, an den Spielplätzen und den Blocks mit den Sozialwohnungen vorbeizugehen, wo alle diese anderen schwarzen Typen mit ihren dröhnenden Radios rumhingen, und sich nicht zu wünschen, dass sie alle verschwinden würden.

Weil ich fand, dass es auch nicht richtig war, so zu denken, sagte ich mir immer wieder, dass ich besser aufpassen musste (als hätte das etwas geholfen!).

Und dass ich keinen Hass auf Schwarze entwickeln sollte, nur weil es ein paar miese Typen unter ihnen gab.

Und dass ich tun sollte, wovon die Priester in der Kirche immer sprachen – nämlich Vergebung üben: die andere Wange hinhalten und den ganzen Scheiß, so wie Jesus das tun würde.

Ja, ganz richtig.

Aber ich kann euch eines sagen: Wenn es regnet, dann duscht es aber auch gleich richtig, wie es so schön heißt.

Keine zwanzig Minuten später, als ich an der 108. Straße vorbeikam, schmiss ein Latinojunge mit einer Limoflasche nach mir, und später, als ich unseren Block entlangging, lieferte sich Irish Eddie einen Boxkampf mit diesem schmächtigen Puerto Ricaner, Fernando. Ein Zweihundert-Pfund-Mann gegen ein Fliegengewicht, und sie hängten sich da auf der Straße mächtig rein. Ungefähr zwanzig Leute, die meisten Freunde von Eddie, standen im Kreis um sie herum und skandierten »Box, Box!«, und sie riefen lauter so Sachen wie »Mach diesen Spic alle!« Das war allerdings nicht einfach. Der kleine Fernando war ein wieselflinker gefährlicher Typ, der seinem größeren Gegner mit blitzschnellen Schlägen das Gesicht ramponierte. Aber das machte Eddie, einen der fiesesten Typen in der Gegend, bloß noch wilder. Er war ganz schön sauer. Aber auch wenn er deklassiert wurde, ausgetanzt und mit Schlägen eingedeckt, marschierte Eddie die ganze Zeit nach vorne, und jedes Mal, wenn er getroffen wurde, lächelte er, wischte sich die Spucke und das Blut aus der Fresse und sagte: »Komm her. Ist das alles, was du drauf hast, du hässlicher *Spic!*«

Zuerst war es irgendwie aufregend, jeder Fight ist cool, solange man nicht selber vermöbelt wird, und es hat mir Spaß gemacht, dass dieser kleine Typ den großen so zugerichtet hat. Es war wieder das Gute gegen das Böse. Und es lenkte mich von der Scheiße ab, die ich gerade hinter mir hatte. Wenigstens für eine kurze Zeit. Aber irgendwas störte mich. Nämlich, dass ich das Wort »Spic« immer und immer wieder hörte und den Hass spürte, den Eddie auf Fernando hatte und umgekehrt. Das Wort traf mich wie ein Schlag aufs Ohr, weil ich dabei an meine Moms und meinen Pops denken musste und an die Geschichten, die sie erzählt haben: wie einige Weiße sie am Anfang behandelt haben, als sie nach New York gekommen sind, und wie sie ausgelacht wurden, weil sie nicht Englisch konnten und einfach anders aussahen – die alte Geschichte mit der Hautfarbe. Also war ich natürlich für Fernando, aber gleichzeitig fühlte ich mich komisch dabei, weil ich, genau betrachtet, eher so aussah wie Eddie, und dafür schämte ich mich ganz verdammt.

Aber plötzlich wurde der Kampf fies: Eddie, der keine Lust mehr hatte, so viele Schläge einzustecken, griff sich den Deckel einer Mülltonne und knallte ihn Fernando ins Gesicht. Zwei Zähne flogen raus, die Lippe platzte ihm auf, und der arme Kerl lag schließlich auf dem Boden. Dann trat Eddie ihn in die Rippen und gegen den Kopf und murmelte: »Na, gefällt dir das, Spic?« Es war, als würde ich eine Wiederholung der Szene sehen, die ich gerade erlebt hatte, genauso fies und gemein, und alles in mir verkrampfte sich, dass ich dachte, ich müsste mich übergeben.

Ich weiß auch nicht, was zum Teufel ich mir dabei gedacht habe, aber ich ging rüber und versuchte, Eddie von dem Jungen wegzuziehen. Wie in einer der Comic-Geschichten, in denen der schwächliche Junge plötzlich Superkräfte bekommt und sich entscheidet, das Richtige zu tun. Als ich Eddie am Arm packte, holte er mit dem Ellbogen aus und rammte ihn mir in die Schulter, dass ich fast durch die Luft geflogen wäre. Ich wäre auf den Bürgersteig gefallen, wenn mich nicht ein paar Leute aufgefangen und wieder in Richtung Eddie geschubst hätten. Eddie ließ Fernando los und schaute mich jetzt mit einem absolut fiesen Blick an.

»Du kümmerst dich um deine eigenen Angelegenheiten, ja?«, sagte er. »Oder du kommst als Nächster an die Reihe!«

Ich hatte Angst, musste aber trotzdem meine Klappe aufreißen.

»Lass doch den Typ in Ruhe«, sagte ich. »Was hat er dir überhaupt getan?«

Das machte Eddie noch wütender.

»Und wieso kümmerst du dich um einen Spic?«

»Es ist einfach nicht in Ordnung«, sagte ich. »Und wieso nennst du ihn überhaupt einen Spic?«

Und dann ging er auf mich zu und rammte mir immer wieder seinen Finger in die Brust.

»Ah ja … das hab ich vergessen … Bist du nicht auch ein Spic?«

Und jetzt hab ich mich schlimmer angestellt als der ungläubige Thomas. Statt zu sagen *Ja, bin ich*, bin ich einfach nur rot geworden, nicht weil ich Angst hatte, sondern weil ich wirklich nicht wusste, was ich ihm antworten sollte.

»Dann verfick dich«, sagte er.

Und vielleicht hätte er mir noch einen Schlag verpasst, wenn nicht ausgerechnet mein Pops, der das alles von unserem Fenster aus beobachtet hatte, mit einem Baseballschläger runtergekommen wäre. Er schob sich durch die Leute, die da herumstanden, und stellte sich zwischen mich und Eddie. Dann sagte mein Pops wie ein knallharter Macho, stocknüchtern und bedrohlich wie jemand, der es ernst meint: »Du lässt meinen Sohn in Ruhe, verstanden?« Und dann legte er mir einfach den Arm um die Schulter und ging mit mir zu unserem Haus, wo wir uns auf die Eingangstreppe setzten.

Der Witz dabei war, dass mein Pops dachte, Eddie hätte mir das Gesicht so zugerichtet. Aber ich sagte ihm, wie es war – dass sich diese schwarzen Typen über mich hergemacht hatten.

»Du musst einfach vorsichtiger sein«, sagte er. »Da draußen gibts ne Menge *sinvergüenzas*.« Er meinte widerliche Ratten. »Halte dich einfach von ihnen fern, ja?«

»Ja, Pops«, sagte ich, als hätte ich eine Wahl.

»Und von *mierdas* wie diesem Eddie. Wir müssen alle miteinander auskommen, stimmts?«

»Ja, Pops, aber der Typ ist ne üble Nummer. Er hat Fernando einen Spic genannt, und –«

Aber mein Pops unterbrach mich und legte mir einen Finger auf die Lippen.

»Nimm dieses Wort nie, nie in den Mund, mein Junge«, sagte er. »Und außerdem«, sagte er dann noch, und das traf mich wie ein Messerstich, »trifft dieses Wort auf dich überhaupt nicht zu. Du bist ein *americano*, vergiss das nie.«

Wir saßen ein Zeitlang da, als die Polizisten – *irische* Polizisten – mit kreischenden Reifen in einem Streifenwagen ankamen und den Leuten sagten, sie sollten sich verziehen. Sie fragten nicht, wer was oder warum angefangen hatte. Eddie kam ungeschoren davon, und Fernando humpelte mit seinem arg zugerichteten

Gesicht zur Notaufnahme, um sich seine fünfzig Stiche abzuholen. Schließlich ging ich nach oben und bekam es da mit meiner Moms zu tun, die regelrecht ausflippte, weil der Ersatz für meine Brille zehn Dollar kosten würde.

Zehn

Danach fing ich an, die Schule zu schwänzen. Zuerst die eine oder andere Stunde, dann ganze Tage, an denen ich einfach überall in der Stadt herumlief. Den Central Park Zoo fand ich schon sehr cool, besonders das Polargelände mit den watschelnden Pinguinen, und ich konnte Stunden damit zubringen, den Leuten auf der Eisbahn einfach dabei zuzuschauen, wie sie im Kreis herumfuhren. Dann bin ich durch die guten Gegenden gezogen, an der East Side, und habe gesehen, wie reiche Leute lebten, mit den ganzen Butlern, die Türen aufhielten, und Chauffeuren, die ihre Autos wachsten und polierten. Manchmal besuchte ich die Hippies aus meiner Klasse, die auch wie verrückt die Schule schwänzten. Und die ganze Zeit habe ich gedacht, dass es niemand merken würde oder wichtig nahm, aber die Schulbehörde – das heißt, meine Homeroom-Lehrerin Mrs Thompson – nahm es wichtig.

■ ▮ ▮

Eines Tages – es war im Februar – saß ich gerade in Kunsterziehung und unsere Lehrerin sprach über Michelangelo, als Mrs Thompson mit einem sehr ernsten Gesicht hereinkam, als wäre sie auf einer Spezialmission.

»Rico«, sagte sie, nachdem sie mit meiner Lehrerin gesprochen hatte und zu mir herübergekommen war. »Nimm deine Bücher und komm.«

Auf dem Weg zum Rektorat im ersten Stock sagte sie bloß: »Rico, ich bin in letzter Zeit sehr enttäuscht von dir.«

Im Rektorat saßen fünf Leute an einem langen Tisch. Ich kannte den Rektor, Mr Myers, von den Fotos im Flur. Aber die anderen –

zwei Männer und zwei Frauen, die mich streng anschauten – hatte ich nie zuvor gesehen. Der Rektor stand auf und sprach als Erster. Er gab mir die Hand. Sie war fleischig, warm und weich, nicht so wie die Hände meines Pops.

»Rico«, fing er an, »falls du dich wunderst, warum wir dich hierher geholt haben ...« *Bla-bla-bla* ... »Wenn du dich bitte daran erinnerst«, machte er dann weiter. *Blu-bla-bla.*

Dann kam jemand anders an die Reihe, der mich schwer anödete: ein Sozialarbeiter. Er blätterte in ein paar Papieren.

»Du hast letzten Herbst einen Intelligenztest gemacht. Erinnerst du dich?«

Ich gab keine Antwort. Ich atmete bloß tief durch und klopfte mit den Fingern auf den Tisch.

»*Rieeeko*«, sagte jemand anders gereizt. »Hörst du uns zu?« Er verzog das Gesicht, als ich nicht sofort antwortete.

»Ich habe dir eine Frage gestellt, junger Mann«, versuchte er es noch einmal.

Ich gab schließlich nach und sagte: »Ja.«

»Also, du hast ein bemerkenswert hohes Ergebnis erzielt. Du liegst in der besten Gruppe.«

Ich hatte keine Ahnung, worüber er redete: Ich wusste bloß, dass der Test blöde war.

»Okay, und?«, sagte ich, ohne ihn anzuschauen.

»Und du hast anscheinend gute Noten in den Klassenarbeiten.«

Sonst noch was? Ich zuckte bloß die Achseln.

Und wieder *Bla-bla-bla.*

Und dann hörte ich wieder zu.

»Junger Mann, der Punkt ist, dass du das *Potential* hast, unter den besten Schülern an unserer Schule zu sein«, sagte dieser Typ jetzt. »Ist dir das überhaupt klar?«

»Nicht besonders«, sagte ich, weil mich diese hochgestochenen Wörter nervten.

Er überging meine Antwort und ratterte weiter. »Tatsache ist aber, dass du dich nicht an die Spielregeln hältst.«

»Wie meinen Sie das denn?«, fragte ich beleidigt. »Reicht es nicht, dass ich in diesen blöden Prüfungen so gut abschneide?«

Er hatte bisher gelächelt, aber jetzt wurde er sehr ernst.

»Darum geht es nicht. Nach Mrs Thompsons Anwesenheitslisten hast du wieder und wieder den Unterricht geschwänzt. Trifft das zu?« Er zog die Augenbrauen mächtig hoch.

»Ja, und?«, sagte ich.

»Kannst du uns sagen, wieso?«

Ich zuckte die Achseln.

»Ich weiß es nicht. Ich fühl mich hier eben einfach bedrängt.«

»Ich verstehe«, sagte er. »Und dieses Gefühl, das du hast – hat das vielleicht etwas mit der *Diversität* der Schülerschaft zu tun?«

»Wie meinen Sie das denn?«, fragte ich.

»Macht dir der Umstand zu schaffen, dass die Mehrzahl unserer Schüler schwarz ist?«

Sie schauten sich alle an und nickten, als hätte er gerade die tollste Frage auf der Welt gestellt.

»Nicht besonders«, sagte ich. »Es ist nur so, dass einige von ihnen keine Weißen mögen, das ist alles.«

Er seufzte.

»Dann betrachtest du dich also als Weißen?«

»Ich betrachte mich als gar nichts, wenn Sie es genau wissen wollen.«

»Soweit ich weiß, kommst du aus einer kubanischen Familie, ist das so?« Er hatte eine unangezündete Pfeife in der Hand, an der er jetzt zu nuckeln anfing.

»Ja, das stimmt.«

»Dann würde ich meinen, dass du dich vielleicht besser anstrengen solltest, mit deinen hispanischen Mitschülern zurechtzukommen.« Er stand auf und zeigte mit seiner Pfeife auf mich. »Wir haben an der Schule einige Clubs für hispanische Jugendliche wie dich.«

Wie mich? Wen wollte der Typ denn zum Narren halten?

»Ich weiß das schon«, sagte ich. »Aber das ist eigentlich nicht mein Ding.«

Sie fingen jetzt an miteinander zu flüstern.

Dann stellte der Rektor mich jemand anderem vor. Da war so ein nervöser dünner Typ mit einem feingestreiften Hemd, der seine Gleitsichtbrille ganz weit vorne auf der Nase trug. Dr. Fein, der Schulpsychologe. Er hatte einen fürchterlichen Ausschlag an den Handgelenken und hatte mich bis jetzt die ganze Zeit angestarrt.

»Also, Rico, kannst du mir mal etwas sagen?«, fragte Dr. Fein.

»Ja, sicher.«

»Was willst du eigentlich mit deinem Leben anfangen?«

Ich dachte einige Zeit darüber nach.

»Also, vielleicht eines Tages Comics schreiben und vielleicht Science-Fiction-Geschichten. Aber das weiß ich nicht genau. Auf jeden Fall irgendeine Art von Büchern.« Mann, da haben sie mächtig die Ohren gespitzt. »Aber ich würde auch gern als Gitarrist bei einer Band wie den Stones spielen oder ernste Sachen wie dieser Spanier Segovia – ich kann nämlich Noten lesen.« Sie nickten alle, waren anscheinend beeindruckt. »Sonst hab ich eigentlich überhaupt keine Vorstellung.« Ich zuckte wieder die Achseln.

Dann hörte ich ein *Tsch-tsch-tsch*, und der stinklangweilige Fragenexpress rollte auf mich zu. *Tuut, tuut!* Jetzt fingen sie nämlich an, noch weiter herumzuschnüffeln.

Waren wir zu Hause glücklich? (»Ja«, sagte ich, weil ich fand, dass das niemanden etwas anging.)

Hatten mich mein Pops oder meine Moms jemals geschlagen? (»Würden sie nie machen«, antwortete ich, auch wenn sie es manchmal taten.)

War ich stolz auf meine kubanischen Wurzeln? (»Da können Sie sicher sein«, sagte ich, obwohl ich eigentlich noch nie darüber nachgedacht hatte.)

War ich mir klar darüber, dass das Schuleschwänzen meine Aussichten aufs College beeinflussen konnte, auch wenn ich bei diesen wahnsinnig entscheidenden Prüfungen so gut abschnitt? (»Mhm«, antwortete ich, schwer überrascht.)

Dann betrachtete mich der Schulpsychologe von oben bis unten, kratzte sich das Handgelenk blutig und sagte, ich müsste den Unterricht wieder besuchen, sonst würden sie, die Schulverwaltung, mir die Sozialarbeiter auf den Hals schicken, die sich um Schulschwänzer kümmerten.

Naja, auch wenn ich wusste, dass sie irgendwie recht hatten, musste ich das Bild ein bisschen zurechtrücken, das sie von der Schule hatten.

»Wissen Sie was? Sie stopfen vierzig Kinder in ein hübsches kleines Klassenzimmer, ja? Und ein paar von diesen Kindern erzählen den Lehrern, sie sollen sich selber ficken, und ein paar sind so high, dass sie wegtreten. Ich meine, ich hab mal in einer Klasse erlebt, dass einer in den hinteren Reihen angefangen hat, sich einen runterzuholen! Wie soll denn verdammt nochmal jemand etwas lernen, wenn dauernd diese Sachen ablaufen?«

Sie murmelten eine Zeitlang untereinander. Und dann sagte Mrs Thompson, die ja so freundlich war und alles: »Rico, du musst verstehen, dass wir nur versuchen, dir zu helfen.«

»Mhm«, sagte ich und zuckte die Achseln.

»Ich will nicht, dass du dir deine Zukunft verbaust, nur weil dir ein paar deiner Kurse nicht behagen, verstehst du?«, sagte sie und schaute mich mit diesen verdammten freundlichen Augen an.

Aber was soll so eine Wendung: *die mir nicht behagen?*

Ich nickte, wenn auch nicht nur deshalb.

Mrs Thompson hatte die Hände leicht erhoben und schaute mich an. Und dann schauten sie mich alle an, warteten auf eine Antwort. Ich kam mir vor wie ein Insekt, das unter einem Mikroskop beobachtet wird.

Ich dachte daran, wie mein Pops und meine Moms es aufnehmen würden, wenn ich das Ganze wirklich versiebte, und sagte schließlich: »Okay, okay, ich hab verstanden.«

Und dann war es, als würde die Sonne durchs Zimmer streichen. Sie lächelten alle.

Hinterher ging Mrs Thompson noch ein Stück mit mir. Es hatte schon zur nächsten Stunde geläutet, und ich sagte, dass ich jetzt wohl lieber in meinen Kurs amerikanische Geschichte gehen sollte. Sobald Mrs Thompson außer Sichtweite war, verschwand ich in einem Treppenhaus, ging den Flur entlang zur Straße und rannte praktisch in die Stadt.

Wegen meiner Familie habe ich versucht, in der Schule zu bleiben. Ich bin in diesem Frühjahr meistens zwei-, manchmal sogar dreimal die Woche hingegangen. Trotzdem haben eines Abends, als wir gerade beim Essen saßen, zwei Sozialarbeiter bei uns geklopft. Ich meine, bei den vielen Leuten an der Schule, die nie, wirklich nie aufkreuzten, müssen sie eigentlich verdammt viel zu tun gehabt haben, aber jetzt war ich an der Reihe.

Mein Pops war gerade dabei, einen Teller mit Schweinekotelett, Zwiebeln und Pommes zu verschlingen, als meine Moms, die an die Tür gegangen war, den Flur entlanggerannt kam.

»*Ay, ay, ay*, wir haben Probleme«, sagte sie.

Die beiden Sozialarbeiter kamen hinter ihr her. Der eine war ein großer, erschöpft wirkender Typ, der einen Hut aufhatte und einen zerknitterten Anzug trug und aussah, als hätte er seinen Job gewaltig satt, und die andere war eine steife, gepflegt gekleidete Schwarze, die ein paar Aktendeckel vor der Brust hielt.

»Es ist uns sehr unangenehm, Sie beim Essen zu stören«, sagte sie. »Aber wir sind hier, um Ihnen mitzuteilen, dass Ihr Sohn, Rico Fuentes, schon seit einiger Zeit die Schule schwänzt und deshalb Gefahr läuft, ganz vom Unterricht ausgeschlossen zu werden.«

Mein Pops, der vollkommen nüchtern war und mitten am Kauen, sah die Frau bloß an.

»Nicht mein Junge.«

»Doch, Ihr Junge.«

Und aus irgendeinem Grund lächelte sie mich an.

»Was heißt schwänzen?«, fragte mein Pops.

»Wenn ein Schüler nicht zur Schule geht.«

Mein Pops schaute mich scharf an.

»Das kann nicht sein«, sagte er. »Mein Sohn Rico, das weiß ich, geht immer zur Schule.«

»Mhm«, sagte sie. »Nicht nach unseren Unterlagen.«

Dann hingen sie noch eine Viertelstunde bei uns rum und erklärten, wie ernst meine Situation war.

Meine Moms hatte irgendwie alles verstanden, was auf englisch gesagt worden war, und als sie gingen, regte sie sich noch lange darüber auf, mit welcher Arroganz eine Negerin in unsere Wohnung eingedrungen war. Aber sie machte sich trotzdem noch über mich her und gab mir eine Ohrfeige nach der anderen, bis mein Pops sagte, sie solle sich beruhigen. Dann holte er mich ins Wohnzimmer, um mit mir zu reden. Isabel saß vor dem Fernseher und schaute sich *The Three Stooges* an. Mein Pops schickte sie raus, und sie zog eine Schnute.

Obwohl ich wusste, was kam, war ich irgendwie froh, dass er nicht betrunken war. Er hatte jetzt kein schlaffes Gesicht, keine blutunterlaufenen Augen. Er sah aus wie der Pops, der immer aus der Stadt von der Arbeit nach Hause kam und ein Comic für mich in der Tasche stecken hatte. Aus irgendeinem Grund kam in den Comics, die er aussuchte, immer entweder *Flash* vor – der schnellste Mann auf Erden – oder *Adam Strange*, Abenteurer in einer anderen Welt. Ich glaube, das kam daher, dass sie beide rote Klamotten anhatten, und Rot war eine seiner Lieblingsfarben.

Pops war keiner, der viel Worte machte.

»Rico«, sagte er kopfschüttelnd. »*Tengo una pregunta para ti* – Ich hab eine Frage an dich. – Warum bist du so schlimm? Ich versteh das nicht«, fragte er mich jetzt auf englisch. »Willst du Schande über unsere Familie bringen?«

»Nein«, antwortete ich.

»Willst du deiner Mutter Kummer bereiten?«

Ich schüttelte den Kopf.

»Warum bist du dann nicht in der Schule?«

Ich hatte wirklich keine andere Antwort, außer dass ich die Schule Scheiße fand. Aber dann, als ich ihm in die Augen schaute, brachte ich das nicht raus.

»Poppy, wenn du den Laden kennen würdest, könntest du mich vielleicht verstehen.«

Er steckte sich eine Zigarette an, eine Kent, blies den Rauch in meine Richtung und nickte, auch wenn er keinen Dunst hatte, wie diese Schule war, außer dass es eine *escuela pública* war.

»Schau mal«, sagte er. »Ich weiß, dass du diese Schule nicht magst. Ich kann das jeden Tag auf deinem Gesicht lesen. Aber du darfst eines nicht vergessen, mein Sohn. Wenn du deinen Abschluss nicht machst, dann endest du vielleicht wie einer von den Leuten, die den ganzen Tag mit einem Aufzug auf und ab fahren, oder noch schlimmer – in der Gosse. Willst du das denn?«

»Nein, Poppy«, antwortete ich. Natürlich wollte ich das nicht.

»Dann weißt du, was du tun musst«, sagte er ruhig. »Okay, *mi hijo*?«

Ich nickte.

»Wenn du das nämlich nicht tust, dann gibt es nur eines, was wir machen können.« Er schüttelte wieder den Kopf. »Wir müssen dich zu deinem *tío* Pepe nach Florida schicken.«

Tío Pepe war früher bei den Marines gewesen, hatte bei der Invasion in der Schweinebucht in Kuba gekämpft und leitete jetzt eine Militärakademie in Tampa. Oh, wär das toll, dachte ich immer wieder, und versuchte mir vorzustellen, wie ich in einer Kadettenuniform exerzierte.

»Ach, komm. Das würdet ihr *nie* tun!«

»Um ehrlich zu sein, Rico«, sagte mein Pops, »du hast in letzter Zeit einen so unglücklichen Eindruck gemacht, dass deine *mamá* und ich darüber geredet haben.«

Ja, wenn sie sich gerade mal nicht angeschrien hatten.

»Ich weiß, dein *tío* ist nicht der lockerste Mensch, aber es wäre gut für dich.« Dann, als würde mich das irgendwie aufmuntern, sagte er noch: »Wir könnten dich sogar schon früher runterschicken. Dann könntest du im Sommer für ihn arbeiten. Würdest dir das gefallen?«

Dann streckte er die Hand aus, um mein Gesicht zu berühren.

»Und das, mein Junge, werden wir tun, wenn du so weitermachst, verstehst du?«

»Ja gut, Poppy«, sagte ich, weil mir schon allein bei dem Gedanken himmelangst wurde, dass ich ein Jahr da unten beim Mussolini der Familie zubringen sollte. »Ich tu mein Bestes.«

»¿*Me prometes?* Versprichst du mir das?«

»Klar, Pops«, sagte ich.

Dann, während mein Pops sich auf seinem Sessel streckte, ging ich in mein Zimmer. Mann, war das alles übel. Ich war stinksauer, weil sich alles so mies entwickelte, und ich schlug mit der Faust gegen die Wand, bis ich mir die Knöchel aufschürfte.

Später zog ich die Nägel aus meinem Fenster, schlich mich die Feuertreppe hinunter auf den Hof und die Straße und suchte Jimmy. Er war aus dem Keller ausgezogen und wohnte in einem eigenen kleinen Zimmer hinter Mr Farrentinos Bar. Ich glaube, der Junge hatte eine Schwäche fürs Dunkle, weil das Zimmer nämlich auch keine Fenster hatte. Als ich ihn fand, bekam ich kaum Luft. Mein Bauch war völlig verkrampft, weil sich dieses ganze Zeug in mir angestaut hatte.

Dass ich schlecht war.

Und dass mir alle gleichgültig waren.

Und dass ich letztlich bloß ein verklemmter Weißer war.

Und eigentlich überhaupt kein Latino.

Dass Leute sich über mich hermachten, weil ich ein Trottel war.

Und dass ich das verdiente.

Wirklich verdiente.

Weil ich meinem Pops nicht helfen konnte.

Und weil meine Moms mich auf dem Kieker hatte.

Und weil diese Latino-Geschichte mich langsam durcheinanderbrachte.

Du kannst keiner sein, weil du nicht so aussiehst.

Und dein Spanisch ist mies.

Und du gehörst nicht dazu.

Nicht zu den Iren, auch wenn du ihr Blut in den Adern hast, weil die Iren die »Spics« hassen.

Und nicht zu den »Spics«, weil sie dich für einen Iren halten.

Und die Schwarzen hassen einfach alle Weißen. Sie sind nicht alle so, aber es gibt genug davon, dass sie dich zu Tode schikanieren können.

Mann, war ich durcheinander.

Umgeben von Leuten, die einen von Geburt an in den Arsch treten.

Das war ich.

An diesem Abend wollte ich raus aus dem ganzen Scheiß.

Wirklich *raus, raus, raus.*

Jimmy lag auf einem schmalen Bett in seinem düsteren Zimmer voll übereinandergestapelter Schnapskartons, und überall auf dem Boden um ihn herum lagen Tittenhefte; er rauchte und hielt seine schon bis auf den Filter heruntergebrannte Zigarette in einer nikotingelben Hand, die vom Bett herunterhing. Ich glaube, er fühlte sich zu »gut drauf«, als dass ihn irgendwas gestört hätte.

»Ey, Rico, was gibts?«, sagte er und rieb sich die Augen.

Er hatte Boxershorts und ein T-Shirt an. Sein Körper wirkte sehnig, wie die Körper in den Filmen über Kriegsgefangene. Ich glaube, er hatte gerade geträumt. Ich meine, bevor er mich bemerkte, hatte er bloß die Glühbirne angeschaut, die an einem verbogenen Kabel von der Decke hing.

»Wie läufts bei dir?«, fragte ich.

»Mäßig, Mann«, sagte er. »Was führt dich in meine edle Behausung?«

»Ach, ich hab bloß meinen Pops gesucht. Hast du ihn gesehen?«

»Nee, Mann. Ich war bloß hier hinten.«

Dann schaute er mich genau an. Ich muss immer noch so zornig ausgesehen haben, wie ich mich auch gefühlt habe.

»Also, was willst du wirklich?«

Ich war so wahnsinnig verlegen, dass ich kaum rausbrachte, was ich sagen wollte. Aber schließlich schaffte ich es: »Jimmy, hast du ein bisschen Heroin übrig?«

»Was?« Er schoss auf dem Bett hoch.

»Also, würdest du mir was verkaufen?«, fragte ich, ohne ihn anzuschauen. Ich meine, ich hätte nie gedacht, dass Mr Saubermann hier das Zeug jemals nehmen würde. Dann schaute ich mich im Zimmer um. Neben ein paar Plakaten für Bacardi Rum mit großbusigen Bikinimädchen hatte Jimmy ein paar von seinen tollen Zeichnungen an die Wand geheftet.

»Sag das noch mal.«

»Du hast mich doch gehört«, sagte ich und schaute auf den Boden. Auf seinem Gesicht lag auf einmal ein Ausdruck, wie ich ihn noch nie gesehen hatte.

»Willst du mich verscheißern, oder was?«

»Nein, echt, Mann. Ich will es mal probieren.«

Und das stimmte: Ich wollte raus, wollte von allem weg, auch wenn es nur für ein paar Stunden war. Wollte einfach raus aus meiner Haut.

Er überlegte einen Augenblick.

»Nee, Mann. Das geht nicht!«, sagte er kopfschüttelnd, als wäre das das Letzte, was er tun würde. Er war regelrecht bestürzt.

»Aber wieso denn nicht? Du magst doch das Zeug!«

»Mhm, ich mag überhaupt nichts! Außerdem« – er rieb sich die Nase mit einem Fingerknöchel –, »außerdem bin das ich und nicht du. Rico, das ist nichts für dich, verstehst du?«

»Ach, komm schon, Jimmy«, versuchte ich es noch einmal.

Dann wurde er ganz ruhig und konzentriert, bog sich seine Brille zurecht und zog eine Jeans an.

»Ich weiß, du willst das nicht hören. Aber das ist nichts für dich.«

Das traf mich wie eine Beleidigung.

»Es ist also für jeden cool außer für mich, meinst du das?«, sagte ich und war jetzt noch saurer.

»Ach, Mann«, sagte Jimmy. »Du bist einfach zu normal.« Er stand auf. »Und weißt du noch was?«

»Was denn?«

»Ich will einfach nicht, dass du von diesem Zeug high wirst, das ist alles.«

»Aber du – «

»Was zum Teufel hab ich denn zu verlieren?«, unterbrach er mich. Dann schaute er mir fest in die Augen. Irgendwas ging in ihm vor, er war fast am Weinen.

»Rico, Mann, wenn ich Scheiß baue, dann ist das was anderes, als wenn mit dir was passiert –, ich würde da nicht drüber wegkommen. Die Antwort heißt also *nein*!«

Ich versuchte es noch einmal.

»Aber ich hab gedacht, du bist mein Freund!«

»Das bin ich auch! Und deswegen sag ich nein. Punkt. Aus. Ende. *¿Me entiendes, hombre?*«

»Verdammt, Jimmy«, sagte ich schwer atmend und kochend vor Wut.

»Hör mal, wenn du es wirklich willst, dann kannst du ja einfach rüber in die 108. Straße gehen, da gibts Typen, die das Zeug an jeder Ecke verkaufen.« Er fing an, sich die Brille mit einem Zipfel seines T-Shirts zu putzen. »Egal, was du machst, ich werde nicht der sein, der es dir gibt. Nie im Leben.« Und dann langte er in eine Dose und holte einen Joint heraus, den er anzündete und mir hinhielt.

»Da, das bringt dich vielleicht wieder runter.«

Aber nach einem einzigen Zug gab ich ihm den Joint zurück. Jimmy lag wieder auf seinem Bett, als wollte er in einen Kokon kriechen, und sagte etwas leiser: »Rico, egal, was du denkst, das Zeug ist nichts für dich, okay?«

»Ja, schon kapiert, schon kapiert«, antwortete ich, immer noch unter Dampf.

»Schau mal, ich weiß schon, dass dir irgendwas schwer zusetzt«, sagte er, holte eine Tereyton heraus und klopfte das Filterende fest. »Ich meine, man sieht dir an, dass dir etwas zusetzt, aber ich will nie wieder hören, dass du mich noch mal nach dem Zeug fragst, ja?«

Als ich von Jimmy wegging, hatte ich immer noch das Gefühl, als würden die Mauern um mich herum immer näher heranrücken, überall – zu Hause, in der Schule, auf der Straße –, als hätte ich überall Probleme, ganz egal, wo ich war, und ich setzte mich auf eine Parkbank und betrachtete den Mond. Er leuchtete an diesem Abend so groß und verrückt und glücklich, dass ich ihm eine reingehauen hätte, wenn ich so weit gekommen wäre. Aber was konnte ich schon machen? Man konnte ewig seinen Tagträumen nachgehen, sagte ich mir, ohne dass sich irgendwas änderte. Und Drogen zu nehmen, das war, als würde man eine Traumreise buchen, und ich fand, dass Jimmy recht hatte, wenigstens, soweit es mich betraf. Wenn ich zuerst stinksauer gewesen bin, dann war das wahrscheinlich bloß, weil ich Dampf ablassen musste.

Ich meine, mir wurde klar, dass ich die Dinge nehmen musste, wie sie waren.

Aber das Verrückteste war, als ich mir später in meinem kleinen Zimmer alles durch den Kopf gehen ließ, dass ich Jimmy langsam wieder irgendwie vertraute.

Obwohl mein Pops mir klargemacht hatte, was letztlich passieren könnte, konnte ich nicht einfach mehr ganz normal ans Jo Mama's gehen. Die Schule war antimagnetisch, und ich war ein Stück Eisen. Ich stand auf, packte meine Bücher zusammen, schaute in den Spiegel, zog mich an, machte mich auf den Weg die Amsterdam Avenue hinunter zur Bushaltestelle, stieg ein und ging dann in die Schule, und manchmal hielt ich bis mittags durch. Aber ich blieb gar nicht erst zum Essen da, wo einem irgendwelche Leute die Packung Ring Dings und das Mortadella-Sandwich vom Tablett schnappten und einem eins auf den Hinterkopf gaben. Ich hatte keine Lust mehr, mich auf diesen Scheiß einzulassen.

Die einzige Stunde, in der ich immer da zu sein versuchte, war Englisch bei Mrs Grable am späten Vormittag, weil ich Bücher immer noch mochte, ganz egal, wie beschissen ich mich fühlte. Die besten Bücher stammten meiner Meinung nach von Walt Whitman und diesem Typ Mark Twain: Ich muss in diesem Semester *Huckleberry Finn* dreimal gelesen haben, einfach weil es mir gefallen hat, wie der weiße Junge dem Sklaven zur Flucht verholfen hat. Ich mochte dieses Buch allmählich sogar lieber als meine liebsten John-Carter-vom-Mars-Romane. Ich meine, wie dieser John Carter immer von kosmischen Strahlen auf einen anderen Planeten geschossen wurde, das war schon richtig cool. Aber die

Reise von Huck und Jim, die ihre Freiheit finden wollten, sprach mich einfach wirklich an, ganz gewaltig, und diese Idee geisterte mir die ganze Zeit im Kopf herum.

Wenn Mrs Grables Stunde vorbei war, verduftete ich für den Rest des Tages.

Ich hing wieder mit Jimmy rum, hauptsächlich, um auf ihn aufzupassen, so wie er an diesem Abend auf mich aufgepasst hatte. Und es war gut, dass ich das gemacht habe.

Und dann kam dieser schöne Frühlingsnachmittag, an dem Jimmy und ich auf dem Rasen im Riverside Park unter einer Eiche lagen. Er war mal wieder auf Traumreise, starrte in den Himmel hinauf, und ich fragte ihn: »Hey, Jimmy, hast du überhaupt vor, das Zeug irgendwann mal aufzugeben?«

Auf dem Rasen spielten ein paar hübsche Collegemädchen Volleyball, und weiter hinten fuhr ein weißer Good-Humor-Eiswagen, der immer wieder anhielt, wenn jemand ein Eis kaufen wollte.

Statt zu antworten, setzte er sich auf und holte eine Zigarette aus seiner Brusttasche. Er war so weggetreten, dass er ein Streichholz anzündete und dann einfach bloß die Flamme anstarrte, bis sie fast zu den Fingern heruntergebrannt war, und die Augen fielen ihm langsam zu.

»Hey, Jimmy«, sagte ich und stieß ihn mit dem Ellbogen an.

»Was?«

»Willst du dir die Zigarette anstecken oder was?«

»Oh, ja.«

Er steckt sie sich an und driftete wieder weg, die Augen fielen ihm zu, der Mund stand leicht offen, und die Zigarette brannte vor sich hin.

Ich hätte ihn am liebsten geschüttelt, so wie ich meinen Pops schütteln wollte, wenn ich ihn am Küchentisch einnicken sah. Aber während mein Pops, dessen Backen und Nase gerötet waren, fast friedlich aussah, wirkte Jimmy halbtot, seine Haut war blass, und er atmete kaum. Aber auch wenn er krank aussah, wusste ich, dass er schon bald wieder die Augen aufmachen würde, so wie immer. Und weil mir ein bisschen langweilig war, ging ich zu der Promenadenmauer hinüber, von der aus man einen weiten Blick über den Hudson hat, und ich überlegte mir, wohin die ganzen Lastkähne und Segelboote wohl fuhren.

Ich wäre gern einer von ihnen gewesen.

Ich beobachtete gerade eine Fähre der Circle Line, die auf dem Fluss nach Norden fuhr, als ich Jimmy plötzlich schreien hörte: »Ah! Uh! Uh!« und »Hilfe!«

Als ich bei ihm ankam, wälzte er sich auf dem Rasen, und sein billiges Hemd stand total in Flammen. So total, dass ich seine versengte Haut riechen konnte. Mein Herz machte ungefähr tausend Schläge pro Minute, und ich fing an, Jimmy über den Boden zu rollen. Aber das Hemd brannte einfach immer weiter. Jimmy schrie die ganze Zeit: »Oh, Mann, ich sterbe! Ich sterbe!« Ich nahm eine Handvoll Erde und warf sie auf die Flammen, aber das Hemd, vielleicht aus Viskose, brannte einfach weiter.

Dann schrie ich immer wieder »Hilfe« so laut ich konnte.

Ein Haufen Leute kamen herübergerannt, die Collegemädchen schütteten Limoflaschen auf Jimmy, aber die Flammen gingen nicht aus. Ich versuchte sogar, ihm das Hemd herunterzureißen und versengte mir höllisch die Hände, aber das Hemd brannte einfach weiter. Jimmy schrie vor Schmerzen, wie ich das noch nie gehört hatte. Genau in diesem Augenblick kam Gott sei Dank dieser Typ von der Parkverwaltung, ein Schwarzer mit Rastalocken, auf seinem Fahrzeug zu uns herübergeflitzt. Er hatte Gartenhandschuhe an, kniete sich vor Jimmy auf den Boden, holte eine Gartenschere heraus und zerschnitt das Hemd. Er riss immer wieder Fetzen davon ab. An diesen Fetzen hing der größte Teil der Haut von Jimmys Brust, von der Partie direkt unterhalb des Halses. Was man jetzt noch sehen konnte, war ganz rot wie ein rohes Steak; Fleisch, aus dem eine rosa Flüssigkeit austrat und Blasen, die beim Zerplatzen eine Art Dampf absonderten. Ich meine, das war eines der schrecklichsten Dinge, die ich je gesehen hatte.

❘ ❘ ❘

Als der Rettungswagen schließlich eintraf – es dauerte ungefähr eine halbe Stunde –, zitterte Jimmy wie verrückt, und aus seinem Mund trat Schaum aus. Die Tränen liefen ihm wie wahnsinnig aus den Augen, aber gleichzeitig schaute er einfach vor sich hin, schaute nichts Bestimmtes an. Inzwischen waren auch die Cops mit kreischenden Reifen in ihrem Streifenwagen angekommen und, Mann, stellten die mir vielleicht viele Fragen. Zum Glück hatte Jimmy keinen Stoff dabei, also musste ich mir deswegen keinen Kopf machen. Aber ich wusste wirklich nicht, was ich antworten sollte, als einer der Cops, der meine Personalien aufnahm, mich fragte, was ich denn hier im Park zu suchen hatte, wenn ich in der Schule sein sollte. Während also Jimmy in die Notaufnahme des Krankenhauses in der 114. Straße gebracht wurde, landete ich auf dem Polizeirevier in der 127. Straße.
Die Cops riefen meinen Pops auf der Arbeit an, und es dauerte ein paar Stunden, bis er mich abholen kam. Ich saß in einer großen Aufnahmezelle und dachte schon voller Aufregung an den Augenblick, in dem ich wieder in unsere Wohnung kam, und an den ganzen Scheiß, der dann ablaufen würde: wie meine Moms mich

schlagen und anschreien würde, als wäre ich der schlimmste Sohn auf der ganzen Welt. Und gleichzeitig versuchte ich, jeden Augenkontakt mit den anderen Leuten in der Zelle zu vermeiden, weil ein paar von ihnen so aussahen, als würden sie mich am liebsten in den Arsch treten.

Schließlich kam mein Pops an, hielt seinen Hut in der Hand. Er war nicht zornig, wie ich erwartet hatte. Er hatte nur ein ganz trauriges Gesicht. Als er mit dem diensthabenden Sergeant alles beredet hatte und wir draußen waren, sagte er kein Wort zu mir. Er ging einfach schweigend und kopfschüttelnd voraus.

Aber als wir zu unserem Block kamen, schaute er mich an: »Rico, ich bin zu durcheinander, als dass ich jetzt reden könnte. Aber nur damit du es weißt, ich schick dich im Sommer zu deinem *tío* Pepe.«

Die Nacht war beschissen. An Schlaf war nicht zu denken. Ich warf mich im Bett hin und her und dachte die ganze Zeit daran, dass ich wirklich alles versiebt hatte, und gleichzeitig dachte ich, wie Jimmys Gesicht ausgesehen hatte, als er brannte, und ich fragte mich, ob er überhaupt noch am Leben war; und dann dachte ich, dass mein Pops ausgesehen hatte, als würde ihm das Herz brechen, weil er mich wegschicken musste. Meine Gedanken rasten in alle Richtungen. Ich wollte einfach nicht weg, aber bleiben konnte ich auch nicht. Es war nicht so, dass ich richtig was gegen Pepe gehabt hätte. Aber er war einfach ein kaltschnäuziger Typ, kein schlechter Kerl, aber nicht annähernd so freundlich, wie mein Pops sein konnte. Die paar Male, die wir uns gesehen hatten, hatte der Mann mich nie umarmt, sondern mich mit einem festen Händedruck begrüßt und von oben bis unten angeschaut, als wäre ich für seinen Geschmack zu weich und sanft. Allein schon der Gedanke, ein ganzes Jahr lang mit ihm zusammen zu sein – marschieren, exerzieren, Uniform tragen, was eben die Leute an einer Militärschule machten –, allein schon dieser Gedanke machte mir eine Scheißangst.

Jedenfalls habe ich in dieser Nacht angefangen, darüber nachzudenken, was Gilberto da in Wisconsin trieb.

Und Jimmy? Ich ging zwei Wochen lang jeden Tag ins Krankenhaus, bis sie mich endlich in die Verbrennungsabteilung ließen. Es war nicht gerade lustig da drin. Jimmy lag mit ungefähr zwanzig Leuten im Zimmer, deren Betten alle in einer Reihe standen, aber er war schrecklich allein, weil nicht einmal sein Pops kam, um ihm Gesellschaft zu leisten. Er hing an diesen ganzen Schläuchen, und die obere Partie seiner Brust war mit so einer Art weißem Netz umwickelt, wie mit Bandagen, aber der Verband war nicht so schwer. Die Brandblasen auf seinem Gesicht waren mit Vaseline behandelt worden.

»Ah, Mann, Jimmy«, sagte ich, als ich zu ihm ans Bett ging. »Du hässlicher Schweinehund!«

Sie hatten ihm was gegeben, das war ja klar, aber es muss immer noch wahnsinnig wehgetan haben. Er hatte Tränen in den Augen.

»Ja, Rico, mein Junge.«

Und er versuchte, mir die Hand zu geben, zuckte aber zusammen, als er sie bewegte.

»Wie gehts?«, fragte ich.

»Nicht so toll. Dieser Mist tut ganz beschissen weh.«

»Das glaub ich.« Weil ich sah, wie stark seine Schmerzen waren, war ich mir nicht sicher, was ich sagen sollte. Ich überlegte, ob er sich überhaupt daran erinnerte, wie es passiert war. Also fragte ich ihn danach.

»Was denkst du denn?«, sagte er und machte die Augen kurz zu.
»Mein Hemd hat an dieser verdammten Zigarette Feuer gefangen.«

»Du warst mächtig weggetreten«, erinnerte ich ihn.

»Ja«, gab er zu.

Ich musste nicht eigens sagen, was sowieso auf der Hand lang, dass es nämlich beim nächsten Mal noch viel schlimmer kommen könnte. Also steuerte ich gleich auf das zu, was mir wirklich durch den Kopf ging.

»Was machst du, wenn du rauskommst?«

»Wie zum Teufel soll ich das denn wissen?« Er machte die Augen auf.

»Willst du dann immer noch mit diesem Zeug rummachen?«

»Wer weiß das denn schon, verdammt nochmal?« Er wurde fast wütend.

Aber ich musste es ihm sagen. »Jimmy, ich will, dass du das aufgibst, ja?«

Er drehte den Kopf leicht auf die Seite und verzog das Gesicht. Ich wusste nicht, ob es wegen der Schmerzen war oder weil ich das gesagt hatte.

»Rico, tust du mir einen Gefallen?«, fragte er plötzlich, und wechselte das Thema. »Kannst du mir was zu rauchen besorgen?«

»Was, bist du verrückt?«, sagte ich und schaute ihn verdutzt an. Und er lächelte jetzt beinahe und hatte diesen Ich-bin-schon-ein-Schweinehund-Ausdruck in den Augen.

»Wo du recht hast, Rico, hast du recht.«

Eine Schwester kam mit einem Becher Orangensaft vorbei, den er mit einem dieser flexiblen Strohhalme trank. Während er trank und alle möglichen Nuckelgeräusche machte, erzählte ich ihm von meinen Plänen.

»Hör mal, ich muss dir was sagen. Weil ich an der Schule Scheiß gebaut habe, will mich mein Pops an diese Militärakademie in Florida schicken. Aber ich will das überhaupt nicht, kapiert?«

Jimmy nickte ganz leicht.

»Aber egal«, sagte ich. »Wenn der Sommer kommt, hau ich hier ab.«

»Und wohin?«, fragte er und war auf einmal viel wacher als bisher.

»Ich weiß es noch nicht genau, aber ich hoffe, dass ich bei Gilberto auf dieser Farm wohnen kann, die er in Wisconsin hat.«

»Er hat jetzt ne Farm?«

»Ja, er hat ne Maisfarm gemietet. Ist das zu fassen? Er ist genauso verrückt wie du!«

»Im Ernst? Das ist ja scharf!«

»Ja, aber ich hab ihm noch nicht verklickert, dass ich das vorhabe.«

»Okay, und was hat das mit mir zu tun?«

»Na, was meinst du? Wenn ich da hingehe, bist du mein Mann. Ich möchte, dass du mitkommst.«

Er gab sich Mühe, unbeteiligt zu wirken.

»Jimmy, ich meine das ernst. Es ist schon schlimm genug, wenn ich mir um meinen Pops Sorgen machen muss, aber ich kann nicht weg, wenn ich mich auch noch um dich sorgen muss.«

Ich war nicht total ehrlich: Ich wollte die Reise nicht gerne alleine machen. »Wenn du hier bleibst, dann werden sie dich mit aller Macht wieder an die Nadel bringen wollen, von Mr Farrentino bis zu diesen Typen in den Sozialblocks.«

Ich betrachtete die gutgebaute Schwester, die vorbeiging: Sie kümmerte sich um einen Typ, der dauernd nur stöhnte und stöhnte. Er war bandagiert wie eine Mumie – seine Nase war nur eine Metallkappe.

»Hab ich recht?«, fragte ich Jimmy.

»Ja, okay, okay, du hast recht«, sagte er und versuchte, sich ein bisschen aufzusetzen. »Aber wieso ist das für dich wichtig?«

»Wieso das für mich wichtig ist?« Ich tippte mir an die Stirn. »Du bist mein Partner! Mein bester Freund! Und eines Tages verkaufen wir unser Zeug doch noch an einen Comic-Verlag.«

»Glaubst du das wirklich? Glaubst du *wirklich*, dass das passieren kann?«

»Verdammt, ja, das glaub ich wirklich! Ich hab diese Sachen mein ganzes Leben lang gelesen. Ich weiß, was gut ist. Und *wir* sind gut!« Und ich legte die Hand aufs Herz. »Ich weiß ja nicht, wie Gilberto das aufnimmt, aber ich werde es ihm schon verklickern.«

»Das würdest du für mich tun?«

Und als ich nickte, nahm Jimmy meine Hand und drückte sie, obwohl es ihm so wehtat, dass sich sein Gesicht verzerrte.

Als Jimmy aus dem Krankenhaus kam, mit einem roten Halstuch, damit man die Brandnarben nicht sah, hatte ich mit Gilberto schon alles geregelt. Für ihn war das alles cool, auch wenn er es nicht gut fand, dass ich durchbrannte. Aber er fand es absolut grässlich, dass mein Pops vorhatte, mich nach Florida zu schicken. Und dass ich Jimmy mitbringen wollte, fand er auch okay, weil er viel Platz im Haus hatte – solange Jimmy ihm nicht auf den Sack ging.

Teil 2
Abhauen

Elf

Es war ungefähr halb zehn an einem Freitagvormittag Ende Juni. Die Schule war schon seit ein paar Wochen vorbei, und meine Moms war zur Arbeit gegangen. Und ich schlich mich jetzt mit meiner Harmony-Gitarre, einem halbvollen Seesack und einem großen Pappschild aus der Wohnung. Ich hatte das Schild heimlich gemacht und mit einem dicken blauen Magic Marker in riesigen Buchstaben WISCONSIN draufgeschrieben. Und ich kann euch sagen, es war gerade noch rechtzeitig, weil ich schon am nächsten Tag nach Florida fahren sollte. Nur Gilberto und Jimmy wussten über meine Pläne Bescheid, sonst niemand. Meine Eltern hatten nicht den geringsten Verdacht. Ich hatte ihnen zuliebe so getan, als würde ich mich wirklich darauf freuen, ein Jahr bei Pepe zu wohnen.

Okay, ich fühlte mich nicht wohl dabei, aber was hätte ich denn tun sollen?

Bevor ich loszog, musste ich aber wenigstens ein paar Briefchen schreiben.

An Mr Gordon in der Wäscherei und an Mr Ramirez in der Buchhandlung, bei denen ich mich dafür entschuldigte, dass ich meine Jobs kündigen musste. Und dann noch einen Zettel an meine kleine Schwester, auf dem ich ihr schrieb, dass ich weggehen musste, dass sie mir sehr fehlen würde und dass sie sich keine Sorgen machen und nachts nicht weinen sollte, weil ich immer an sie denken würde. Ich hätte es ihr beinahe persönlich gesagt, aber das ging einfach nicht; sie hätte es nicht für sich behalten. Am schwersten war es, an meine Moms und meinen Pops zu schreiben. Nicht wegen der Sachen, die ich schrieb – zum Beispiel, dass sie jetzt nicht mehr fürchten müssten, ich würde ihnen Ärger machen –, sondern weil ich beim Schreiben die ganze Zeit daran denken musste, wie sie reagieren würden: Mein Pops würde ganz traurig werden, meine Moms vielleicht auch, aber hauptsächlich würde sie sich Sorgen machen und so ausflippen, dass sie an die Fenster gehen und hinausschreien würde: »Polizei! Polizei!«

Ich ließ das Blatt Papier auf dem Küchentisch liegen, schlich aus dem Haus, ging dann durch ein paar Keller in den Nebenhäusern und kam auf der anderen Seite des Blocks wieder heraus, ohne dass mich jemand gesehen hätte, wenn man diesen Schäferhund, Rusty, nicht zählte, der mich angebellt hatte. Dann ging ich in Richtung Westen zum Park und von da aus hinunter zum Pier an der 125. Straße, wo Jimmy unter den Stahlträgern des West Side Highway auf mich wartete.

Er hatte einen Regenmantel an und ging auf und ab, während er zuschaute, wie das schäumende Wasser, das voller Müll war, gegen die Balken klatschte. In der Luft lag der Geruch von Teer, Chemikalien und Abwasser. Jimmy sah inzwischen schon viel besser aus. Seit er aus dem Krankenhaus war, hatte er ungefähr fünf Kilo zugelegt, wahrscheinlich hauptsächlich vom Biertrinken, aber die Augen und die Haut wirkten allmählich nicht mehr so kränklich.

Am besten gefiel mir, dass es so war, als wäre er wieder der alte Jimmy. Ein paar Tage zuvor, als er zu mir kam und ich ihm in meinem Zimmer zeigte, was ich alles in meinem Seesack mitnehmen wollte, hatte er mich noch aufgezogen. Ich meine, obwohl ich wusste, dass Wisconsin nur tausend Meilen entfernt war, hatte ich das Gefühl, ich würde mich auf eine interplanetare Mission vorbereiten.

»Rico, wo zum Teufel glaubst du denn, dass wir hinfahren, nach Nordsibirien?«, fragte er. »Du hast so viel Zeug da drin, dass du einen Laden aufmachen könntest!«

Dann versuchte er, den Sack hochzuheben.

»Ah-ah«, machte er und schüttelte den Kopf. »Ich helf dir ganz bestimmt nicht, dieses Ding durch die Gegend zu schleppen! In Wisconsin gibt es nämlich Geschäfte.«

»Okay, okay!«, sagte ich.

»Also, wir sehen uns das alles noch mal an, ja?«, sagte er und kippte den Sack auf meinem Bett aus.

Das Erste, was er in die Hand nahm, war eine Taschenlampe.

»Ich kann verstehen, dass man die vielleicht mitnimmt«, sagte er. »Aber auch nur vielleicht. Und ich versteh, dass man diese Wasserflasche mitnimmt, aber wieso denn drei Cola?« Und er stellte die Flaschen auf den Boden. »Ich meine, Rico, glaubst du wirklich, dass es außerhalb von New York keine Cola gibt?«

»Man kann nie wissen.«

»Und was soll dieses schrottige Yo-Yo?«

Er meinte mein Duncan Expert Award Butterfly, das Yo-Yo, das ich am liebsten mochte – mit dem man, wie es so schön hieß, »um die Welt laufen« konnte.

»Ach, das hat mir meine Schwester geschenkt«, sagte ich. »Außerdem könnte es uns ja beim Trampen langweilig werden. Dann könnten wir damit spielen, oder?«

»Nee, nee, nee, nee«, sagte er und warf es auf den Haufen mit den aussortierten Sachen. »Ich glaub, wir können das Yo-Yo weglassen, okay?«

»Ja, wahrscheinlich.«

Dann zog er eine Lupe heraus.

»Und falls du nicht vorhast, da draußen *enorm viel* zu wichsen«, sagte er, »und ich weiß, dass du das wahrscheinlich vorhast, können wir die Lupe hier wegschmeißen, ja?«

Und er legte sie auf die Seite.

»Ha, ha«, sagte ich. »Sehr witzig.«

Dann hatte ich noch viele Hefte und Taschenbücher eingepackt, ungefähr zwanzig, hauptsächlich Science-Fiction, bis auf die Taschenbuchausgabe von *Huckleberry Finn*, die ich mir besorgt hatte.

»Und was willst du denn mit denen? Ich meine, das Zeug wiegt ja einen Zentner! Kapierst du denn nicht, dass wir mit leichtem Gepäck reisen müssen?«

»Ja, doch«, gab ich zu.

Als Jimmy aufhörte, sich über jedes verdammte Ding lustig zu machen, das ich eingepackt hatte, sah das Ergebnis so aus:

Mit Folie überzogenes Andachtsbildchen, das die Himmelfahrt der Heiligen Jungfrau und Mutter zeigt: nein.

Das Vexierspiel, bei dem man zwei kleine Kugeln in die Augen von Mr Baldy praktizieren musste: nein.

  (»Was dagegen?«)

Kleiner Beutel mit grünen Gummisoldaten: nein.

  (Wieder: »Was dagegen?«)

Notizbücher und die anderen Bücher und Hefte: ja.

Und auch ein paar von meinen Latin-Dagger-Manuskripten.

Foto meiner Familie; wiegt fast nichts: ja.

Eine Decke: nein.

Drei *Daredevil*-Comics: ja, aber die anderen kamen nicht in Frage.

Ein Heft von *Mad*: ja.

Zahnbürste, Zahnpasta: ja.

Kofferradio: ja.

Zwei Kämme: ja.

Mickey-Mouse-T-Shirt: ja.

Ein Packen Famous-Monsters-Sammelkarten: nein.

Reservepackung Saiten für meine Gitarre: ja.

Ein Mäppchen mit Kulis und Bleistiften: ja.

Ein Regenschirm: nein.

Ein Gyroskop: nein.

Ein Pullover und andere praktische Sachen zum Anziehen: ja.

Drei Pariser für den Fall des Falles: ja, auch wenn sie schon tausend Jahre alt waren.

Und Jimmy? Das Einzige, was er an diesem Vormittag dabeihatte, an dem wir aufbrachen, war eine Bowlingtasche, in der unten etwas Schweres lag. »Du, Jimmy«, sagte ich. »Willst du immer noch mitmachen?«

Statt einer Antwort zog er sein Halstuch zurecht. »Das weißt du doch, Mann.«

Als wir die ewig lange Auffahrt zum eigentlichen Highway hochgingen, fragte ich Jimmy, was er mitgenommen hatte.

»Ein paar Unterhosen und sonst ein bisschen Zeugs«, sagte er. »Was ich halt einpacken konnte, ohne dass der Boss es gemerkt hat.«

»Aber was scheppert denn da so in der Tasche?«, fragte ich.

»Ah, bloß ein paar Biere, falls wir Durst kriegen.«

Wir?

»Aber du hast kein Marihuana dabei, ja? Das wäre das Letzte, wenn wir damit geschnappt würden«, sagte ich und spürte schon jetzt die Hitze des Tages.

»Natürlich nicht«, sagte er. »Hältst du mich für so blöde?«

»Ich hab bloß gefragt«, sagte ich erleichtert.

Er holte eine neue Zigarette heraus und zündete sie mit der an, die er gerade geraucht hatte. Es ging nach oben, die Auffahrt entlang, und er kam ziemlich ins Schnaufen.

113

»Also, du willst wirklich mitmachen?«, fragte ich.

Er blieb stehen. Als er wieder Luft bekam, sagte er: »Mann, das hab ich dir doch schon gesagt!« Er trat seine Zigarette mit seinen Converse-Schuhen aus. »Ich hab keine Wahl.«

Ich nickte.

»Du hast recht gehabt, Mann. Sogar noch gestern abend«, sagte er und spuckte über die Brüstung, »als ich drüben bei den Sozialblocks war, um zum letzten Mal Stoff für Mr F zu besorgen, da hat dieser Clyde dauernd gefragt, ob ich was für mich selber haben wollte, und als ich ihm gesagt habe, dass ich nichts nehmen kann – weil ich wegen der Verbrennungen andere Medikamente und Zeugs einwerfe, hat er mich einen beschissenen Schwätzer genannt und gesagt, ich soll abhauen.«

»Naja, was hast du denn erwartet?«, sagte ich. »Der Typ ist ja nicht Petrus.«

»Ja.« Er war eine Minute lang still und schaute auf den Fluss hinaus. Dann sah er mich an. »Aber ich sag dir was, Rico, es war nicht leicht für mich, das abzulehnen.«

»Das ist nicht dein Ernst, oder?«, fragte ich, und mich beschlich ein ungutes Gefühl.

»Naja, es ist so, auch wenn du immer wieder sagst, das ist das Allerschlimmste, was du durchgemacht hast, du willst es trotzdem wieder tun, und zwar vierundzwanzig Stunden am Tag. Verdammt, ich träum manchmal immer noch davon, wieder high zu sein.«

Scheiße, dachte ich. So ist das also, wenn man richtig auf Drogen ist.

Wir gingen weiter, und es waren noch keine fünf Minuten vergangen, als er wieder stehen blieb und sagte: »Mann, hab ich einen Durst, Rico.«

Dann holte er eine Flasche Bier aus seiner Tasche und machte sie dermaßen schnell auf, dass es nur so schäumte.

»Was dagegen?«

»Mach dich nur kaputt.«

■ ❘ ❘ ■

Als wir oben an der Einmündung waren, warteten wir einfach am Rand des Highways und atmeten Abgase ein. Ich war mit meinem karierten Hemd und sauber frisiert der Lockvogel und streckte den Daumen raus, während Jimmy neben mir das Pappschild hochhielt, auf dem WISCONSIN stand. Autos und Laster sausten vorbei, aber die meisten Leute schauten nicht einmal zu uns herüber. Die paar Klugscheißer, die doch herübergeschaut haben, zeigten uns den Stinkefinger und riefen: »Verfickt euch!«; ein Fettsack in einem Transporter warf uns einen Styroporbecher voll Kaffee und Zigarettenkippen vor die Füße, und ein anderer Typ riss den Wagen herum und hielt auf uns zu, als wollte er uns überfahren. Mann, hab ich gedacht, es gibt schon miese Leute.

Ungefähr um zwölf, als wir schon langsam entmutigt waren und Jimmy mit bedröseltem Gesicht dastand und das Schild kaum mehr halten konnte, fuhr ein blauer Cadillac an den Straßenrand. Ein Schwarzer mit einer weißen Kapitänsmütze und einem kräftigen Hals wie ein Boxer, kurbelte sein Fenster herunter. Eine angenehme kühle Brise aus der Klimaanlage wehte zu uns heraus.

»Ich fahr nach Newark rüber«, sagte er lächelnd. »Passt das?«

Ich schaute Jimmy an, er zuckte mit den Schultern, also stiegen wir ein. Es war ziemlich aufregend, weil es ja das erste Mal war, dass ich trampte – oder eigentlich überhaupt alleine irgendwo hinfuhr. Jimmy war ja wenigstens schon ein- oder zweimal bei seinen Leuten in Puerto Rico zu Besuch gewesen, aber ich war nie weiter von New York weg gewesen als am Bear Mountain, ein paar Autostunden im Norden, wo mein Poppy mal mit mir hingefahren ist, als ich klein war. Und dann war ich noch in diesen ganzen Krankenhäusern, als ich krank war – aber die zählten nicht.

Am Rückspiegel des Autos hingen zwei Würfel, und auf dem Armaturenbrett war eine schwarze Jesusfigur aus Plastik befestigt, wie ich sie schon in Devotionalienläden in Harlem gesehen hatte.

Als wir auf dem Weg nach New Jersey in nördlicher Richtung auf die George Washington Bridge zufuhren, fragte der Fahrer aufgeräumt: »Und ihr Jungs fahrt also nach Wisconsin, ha?«

»Ja, Sir«, antwortete ich.

»Ich bin selber noch nicht da gewesen, aber ich hab gehört, es ist ganz schön eng und spießig. Wieso wollt ihr denn ausgerechnet da hin?«

Ich sagte, dass wir einen Freund besuchten, und das brachte ihn zum Lachen. Dann änderte sich sein Ton.

»Naja, ihr Jungs werdet euch da sehr wohl fühlen. Da drüben regiert der weiße Mann, die böse Hand Gottes, die weißen Mistkerle, die die Welt zugrunde richten. Da drüben leben sie.«

Toll, dachte ich und stieß Jimmy an, aber der schaute bloß aus dem Fenster, als wollte er noch einen letzten Blick auf die Skyline erhaschen, die wir hinter uns ließen.

Jedenfalls hatte der Fahrer einen kleinen, coolen Bart, an den er sich fasste, wenn er sich über seine eigenen Gedanken amüsierte, und er lachte auf eine so abgehackte Weise, mit vielen »Hä-häs«, und als wir im langsam dahinkriechenden Verkehr über die Brücke fuhren, ließ er sich lang und breit über die Widerlichkeit der weißen Rasse aus.

»Wenn ihr Jungs euch mal ein bisschen in die Weltgeschichte reinlest, dann werdet ihr entdecken, dass es nicht einen einzigen Krieg gibt, der nicht von irgendeinem weißen Mistkerl angefangen worden ist«, sagte er mit tiefer, rauer Stimme. »Weiß Gott, meine Leute sind von eueren gequält worden – und sagt nicht, dass das nicht so wäre!«

Und er knallte die Faust auf das Armaturenbrett.

Ich warf wieder einen schnellen Blick zu Jimmy hinüber und räusperte mich, aber Jimmy zuckte bloß die Achseln, als wollte er sagen: *Vergiss es.*

Der Typ redete weiter.

»Ihr kleinen Hosenscheißer solltet wissen, dass die Sklaverei, das größte Übel der Welt, von *eueren Leuten* erfunden worden ist.«

Ich sagte nichts, sah aber im Rückspiegel, dass sich seine buschigen Augenbrauen heftig bewegten. Und dass er mich anstarrte.

»Hörst du zu?«

»Wer, ich?«, sagte ich und wäre am liebsten woanders und nicht in diesem Auto gewesen.

»Mit wem zum Teufel glaubst du denn, dass ich rede?«

»Schon gut, ich hör ja zu«, sagte ich.

Dann legte er wieder los.

»Ich stamme wie praktisch die meisten Nigger in diesem Land von Sklaven ab! Und weil das so ist, und nehmt das bitte nicht persönlich, hasse ich euere Leute.«

In diesem Augenblick schaute mich Jimmy kurz an, als wollte er sagen: *Mann, was für ein Scheiß.*

Und ich überlegte, ob ich unserem Fahrer sagen sollte, dass ich Cousins in Kuba hatte, die so schwarz waren wie er, dass es in meiner Familie in den letzten Generationen alle möglichen Farbschattierungen gegeben hat und dass ich zu Hause einen Haufen nette Schwarze kannte, auch wenn ich ganz schön oft angemacht worden war. Aber ich hatte meine Zweifel, ob er mir glauben würde. Dann, als er noch weiter über die weißen Mistkerle herzog, ging mir auf, dass er uns bloß mitgenommen hatte, um seinen Hass an uns auszulassen.

So was musste ausgerechnet mir passieren.

»Ihr Jungs wisst nicht, was Leiden heißt. Und weil ihr, wie die meisten weißen Mistkerle keine Ahnung von der *wirklichen Geschichte* habt, solltet ihr dankbar sein für das, was ich euch jetzt nahebringe.«

Und er schwafelte immer weiter über die Geschichte Afrikas und dass die Weißen, die mit den Arabern unter einer Decke steckten, diese ganze Sklavengeschichte angefangen hatten. Ich meine, er schrie das alles laut heraus, seine blitzenden Augen wirkten im Rückspiegel völlig verrückt, und auch wenn ich keine Wahl hatte und einfach zuhören musste, gab ich mir alle Mühe, wegzuhören, und konzentrierte mich auf die verwahrloste Gegend am Highway, wo überall Raffinerien Rauchwolken ausstießen und der Himmel nichts war als grauer Dunst.

Als wir in der Umgebung von Newark auf den Parkplatz einer Raststätte fuhren, schwor ich mir, dass ich gleich den Boden küssen würde. Aber bevor wir aussteigen konnten, musste der Typ uns noch ein paar Sachen verklickern.

»Also, Jungs«, sagte er. »Merkt euch gefälligst, was ich euch über die Bösartigkeit und Verderbtheit des Blutes gesagt habe, das durch eure Adern fließt, hört ihr?«

»Ja, das tun wir«, sagte ich und spürte, wie sich alles in meinem weißen Bauch verkrampfte.

»Und wenn ihr überhaupt zu ein bisschen Anstand und Dankbarkeit fähig seid«, sagte er dann noch, »dann könnt ihr mir ja auch vielleicht etwas für meine Mühe überlassen.«

»Was meinen Sie mit *etwas*?«, fragte ich, weil ich spürte, dass wir ausgenommen werden sollten.

»Äh, Geld zum Beispiel. Ich meine, ich bin kein Wohlfahrtsunternehmen, das verwöhnte weiße Jungs durch die Gegend chauffiert.«

Das überraschte mich: Jimmy war viel dunkler als ich, eigentlich schon ziemlich dunkel.

»Wie viel denn?«, fragte ich.

»Habt ihr einen Zwanziger?«

»Zwanzig? So viel hab ich nicht«, log ich.

»Oh, hast du nicht?«, sagte er. »Glaubst du, ich bin ein Idiot? Du siehst viel zu brav aus, als dass du pleite sein könntest. Der da«, sagte er und zeigte auf Jimmy. »Der hat ganz bestimmt nichts, aber du, du ganz sicher.«

»Nein, Mann, ich sag Ihnen die Wahrheit.«

»›Mann‹? Wer gibt dir das Recht, mich so anzureden? Ich bin nicht dein ›Mann‹! Was hab ich denn mit dir zu schaffen?«

Dann griff er ganz lässig unter den Fahrersitz und holte einen Schlagstock heraus. »Wie wärs, wenn ich euch zwei an einen ruhigen Ort verfrachte und euch gründlich verkloppe? Wie wärs denn damit, wenn ihr schon meine Freundlichkeit nicht zu schätzen wisst?«

Und er knallte den Schlagstock fest auf den Beifahrersitz.

»Ja, Leute, ich hätte überhaupt nichts dagegen, das Ding hier zu benutzen.«

Plötzlich stellte ich mir vor, wie er mit uns ans äußerste Ende des Parkplatzes fuhr, wo keiner war und die Autos still nebeneinander in der dampfigen Luft standen. Ich stellte mir vor, wie er seine miese Laune an uns ausließ und ungeschoren davonkam. Ich konnte kaum sprechen, und mein Pimmel schrumpelte langsam zusammen.

»Aber ihr könnt eurem Glücksstern danken, dass ich heute gut aufgelegt und kein Dieb bin«, sagte er. »Also gib mir die zwanzig Dollar, und das wars dann. Gut?«

»Ja gut, gut«, sagte ich und wurde ganz rot.

Ich hatte ungefähr vierzig Dollar in der Hosentasche, und noch mal zweihundert, die ich mir in den Schuh gesteckt hatte, Geld, das ich von meinen Jobs gespart hatte, und die eiserne Reserve von Gilbertos Geld. Ich hätte ihm keine zehn Cent gegeben, aber ich wollte auch ganz bestimmt nicht, dass er uns die Scheiße aus dem Leib prügelte, also fischte ich zwei Zehner aus meiner Hosentasche, und er schnappte sie sich sofort.

»Und jetzt haut verdammt nochmal hier ab, bevor ich mirs anders überlege.«

Als wir in den dampfigen Nachmittag hinausstolperten, murmelte er noch eine ganze Reihe übler Sprüche vor sich hin, die er mit der Bemerkung abschloss: »Und jetzt noch einen schönen Tag, Jungs.« Dann fuhr sein Wagen mit quietschenden Reifen vom Parkplatz.

»Mann, war das beschissen«, sagte ich zu Jimmy.

»Das kannst du laut sagen«, antwortete er und langte in seine Tasche, um sich eine Zigarette rauszuholen.

Der Asphalt der Raststätte war mit Ölpfützen übersät; ziemlich abgerissen aussehende Angestellte betankten riesige Lastwagen. Wir wuschen uns auf dem verdreckten Männerklo, und dann trank ich mit Jimmy zusammen ein Bier. Wir tranken Flasche zwei und drei wirklich schnell da auf dem Männerklo, und weil ich nichts gegessen hatte, machte sich das Bier bemerkbar, und mir brummte der Kopf ganz leicht, aber stark genug, dass ich mir einbilden konnte, wir wären nicht gerade ausgenommen worden. Dann standen wir draußen an der Ausfahrt der Raststätte, hielten abwechselnd unser jämmerliches Schild hoch und schauten uns an, wie Laster um Laster und genauso viele Personenwagen an uns vorbeifuhren.

Schließlich ließ Jimmy das Schild auf den Boden fallen und setzte sich auf die Leitplanke.

»Hey, Rico«, sagte er. »Das ist absolut langweilig.«

»Ich weiß schon. Aber du wirst doch jetzt wegen einem einzigen Arschloch nicht aufgeben?«

»Nee, aber Mann, es ist heiß.«

Etwas später holte ich ein Taschenbuch aus meinem Seesack – einen Roman von Edgar Rice Burroughs – und fing zu lesen an, wobei ich das Buch mit einer Hand hielt und mit der anderen den Daumen rausstreckte.

»Was ist denn das für ein Scheiß?«, fragte Jimmy.

»Ein John Carter vom Mars«, sagte ich.

Er schaute mich verstört an und schüttelte den Kopf, als würde er sich fragen, worauf er sich eingelassen hatte.

Es stellte sich aber heraus, dass das Lesen eine gute Idee war, denn als wir da nebeneinander verlassen und vor Hitze ganz erschöpft auf der Leitplanke saßen, hörten wir ein *Tüt-tüt*. Und da stand der Wagen für unsere zweite Etappe. Diesmal fuhr kein zorniger Schwarzer den Wagen, sondern eine blonde Lady mit dunkler Sonnenbrille. Sie saß hinter dem Lenkrad eines weißen Ford Mustang Cabrios, und wir müssen ihr leidgetan haben, oder vielleicht hatte sie auch alle Bedenken beiseitegeschoben, weil ich mit meinem Buch in der Hand so brav und strebsam wirkte.

Jedenfalls fuhr sie an den Straßenrand und sagte, wir sollten reinspringen.

Als wir mit donnernden Zylindern losfuhren, flatterte ihr Haar in der Luft wie eine Fahne. Der Wagen erinnerte mich mit seinem glänzenden Chrom und der schön gerundeten Motorhaube an die Autos, die mein Pops sich immer genau anschaute, wenn sie vorbeifuhren, als wären es keine Autos, sondern gutgebaute Frauen – die Art von Autos, bei denen er einen Pfiff ausstieß und die er selber gefahren wäre, wenn er einen Führerschein gehabt hätte oder sie sich hätte leisten können. So als wäre das für einen Kubaner genau das Richtige.

Und ich saß jetzt tatsächlich auf einem der hübschen, bequemen Sitze dieses Cabrios, und hinter dem Lenkrad saß eine hübsche Lady.

»Also, was habt ihr Jungs in Wisconsin vor?«, fragte sie freundlich.

Ich erzählte ihr von Gilberto.

»Eine Farm?«, sagte sie. »Sieht ganz so aus, als würdet ihr da viel Spaß haben!«

Und sie schaltete das Radio an. Aus den Lautsprechern kam Surfmusik.

»Ich fahre bis Tylerville, einer kleinen Stadt in der Mitte von Pennsylvania. Wenn ihr nichts gegen einen kleinen Umweg habt, kann ich eine schönere Strecke fahren als auf der Autobahn hier. Passt euch das?«

»Kein Problem, aber … müssen wir Ihnen was bezahlen?«, fragte ich, mächtig verlegen, aber ich musste es wissen.

»Was? Mir was bezahlen? Sei nicht albern«, sagte sie lachend.

Also erzählte ich ihr, wie wir um zwanzig Dollar erleichtert worden waren.

»Naja, manche Leute denken eben nur ans Geld«, sagte sie. »Aber ihr könnt sicher sein, dass ich nicht zu denen gehöre.« Und sie lachte wieder. »Ich heiße übrigens Jocelyn.«

»Ich heiße Rico, und mein Freund heißt Jimmy.«

Und ich warf Jimmy einen kurzen Blick zu und sagte: »Siehst du, es gibt nicht nur Irre.«

»Und jetzt, Jungs, entspannt euch«, sagte sie, als sie fest aufs Gas stieg und wir über die Autobahn in New Jersey rasten.

Es dauerte ein paar Stunden, bis Jimmy und ich allmählich das Gefühl hatten, dass wir wirklich weiterkamen. Sich die Gegend anzuschauen und durch Unterführungen zu fegen, während Reklametafeln und Ausfahrten zu irgendwelchen Städten undeutlich vorbeihuschten, war absolut cool. Und wenn ich die Augen schloss und den starken Fahrtwind im Gesicht spürte, kam es mir vor, als würde ich fliegen. Aber richtig aufgeregt wurde ich erst, als wir schließlich von der Autobahn auf diese Straße runterfuhren und zu einem Schild kamen, auf dem stand: WELCOME TO PENNSYLVANIA.

Ein neuer Staat! Ah, ich kam mir vor wie Kolumbus, als er die Küste Amerikas zum ersten Mal sah!

Dann wurde die Gegend allmählich ganz üppig und grün, wie irgendein Zauberland mit wunderschönen Wäldern und Wiesen und ausgedehnten Farmen. Überall, wo wir hinschauten, gab es kleine Gemüsestände, hübsche Farmen und Silos und diese verrückten Kühe, die uns beäugten, als wir vorbeifuhren – lauter Dinge, die ich bloß aus der Werbung in Zeitschriften und aus dem Kino kannte. Wie gut schon die Luft roch, nach Bäumen, Erde und Wasser – nicht nach Wasser aus der Leitung oder aus dem Sprinkler, nicht einmal wie Regenwasser, sondern wie das klare Wasser, das in Bächen und Flüsschen fließt. Man fühlte sich einfach sehr wohl dabei.

Und man hörte, wie in den Wäldern alle möglichen Vögel sangen, und sogar den Wind, der in den Baumspitzen rauschte. Es war so anders als alles, was ich und Jimmy gewohnt waren, dass ich ihm immer wieder einen Schubs gab, wenn er am Einnicken war, hauptsächlich weil ich ihm die Kühe zeigen wollte und die ganze Zeit mit den Armen herumfuchtelte, und das brachte die Lady zum Lachen, aber auf eine angenehme Art, als würde sie sich über mein Herumgefuchtel freuen.

Ich fand so ziemlich alles aufregend, was ich sah. Wir waren bloß ungefähr ein paar hundert Meilen von New York entfernt, aber wir hätten genauso gut auf einem anderen Planeten sein können.

Nehmt nur mal diese Farmer. Die Lady sagte mir, dass sie Amish hießen, und man musste sie bloß anschauen und hatte schon das Gefühl, man säße in einem alten Film. Viele von ihnen hatten lange Bärte und trugen Hüte und schwarze Jacketts und Westen und gerüschte Halsbinden, und sie fuhren in Pferdewagen herum und nicht in Autos.

Ich meine, ich hatte so was wie diese Leute noch nie gesehen.

Das alles stürmte auf mich ein, und ich dachte die ganze Zeit an meinen Freund John Carter vom Mars und ein kleines bisschen auch an Huckleberry Finn und den Sklaven Jim, wie sie zusammen abhauten, und wisst ihr, was noch war?

Ich hatte das Gefühl, dass ich und mein Freund Jimmy auch ein Abenteuer erlebten.

Ich meine, ganz egal, was wir eigentlich vorgehabt hatten, es spielte keine Rolle mehr.

Und dazu kam noch, dass die Lady einfach sehr nett war. So nett, dass wir uns fragten, ob sie nicht doch vielleicht verrückt war. Sie fragte dauernd, ob wir Hunger hätten, parkte bei einem Hamburgerlokal, in dem wir uns mächtig die Bäuche vollschlugen, und dann ging es noch zu einem altmodischen Eisstand, an dem sie uns Eisbecher und Zeugs kaufte. Sie zögerte keinen Moment, wenn es ans Zahlen ging, so als wäre sie reich und wollte uns einfach nur gut versorgt sehen.

Als sie uns schließlich kurz vor sechs an einer Fernfahrerkneipe absetzte und die Sonne immer noch wie verrückt herunterbrannte, rief sie mich zu sich herüber.

»Rico, nimm das hier, damit du und dein Freund später etwas zu essen habt.«

Und sie gab mir einen Zwanziger.

Ich schaute den Geldschein an und dann sie. »Ist das Ihr Ernst?«

»Es ist nicht der Rede wert, wirklich«, sagte sie. »Ich will nur nicht, dass ihr beiden denkt, dass das Leben euch immer übel mitspielt.«

Und dann fuhr sie ohne großes Bohei weiter, zu ihrem Haus, das irgendwo da in der Gegend war.

Also warteten wir wieder. Alle möglichen Laster kamen an und fuhren wieder weg, tankten Benzin oder Diesel, aber die meisten transportierten nur Sachen in dieser Gegend und fuhren nicht weit. Jimmy passte auf unsere Sachen auf, und jedes Mal, wenn ich einen Laster ankommen sah, lief ich hin und fragte den Fahrer auf meine allerhöflichste Art: »Mister, fahren Sie vielleicht zufällig auf der Route 80 Richtung Westen?«

Und fast jedes Mal schüttelte der Fahrer den Kopf und sagte so was wie: »Das ist ein ganzes Stück im Süden. Vielleicht sechzig oder siebzig Meilen.«

Jimmy und mir blieb nichts anderes übrig, als da rumzuhängen und das Beste zu hoffen, aber bei Sonnenuntergang machte der Tankstellenbesitzer den Laden zu. Er drehte überall das Licht aus, und wir saßen auf einer Bank in der Nähe der Toiletten, wo wir nach diesen kleinen grünen Käfern schlugen, die förmlich aus dem Boden wuchsen, und überlegten uns, was wir als Nächstes tun sollten. Jimmy war nicht gut aufgelegt. Er sagte nicht viel und war sauer, weil er schon fast das ganze Bier getrunken hatte, das er mitgebracht hatte. Der Typ von der Tankstelle kam herüber. Er zog das Bein etwas nach. Er war ein drahtiger Typ, und sein Gesicht war ganz ledrig und sonnenverbrannt.

»Ihr Jungs könnt hier nicht über Nacht bleiben«, sagte er und leuchtete uns mit einer Taschenlampe ins Gesicht.

Jimmy sagte bloß »Mhm« und kratzte sich am Kopf.

Wir müssen ihm aber auch leidgetan haben, weil er sagte, dass er ein billiges Motel in der Nähe wüsste, in dem wir für drei Dollar pro Person übernachten könnten. Er würde uns sogar hinfahren, wenn wir wollten. Weil wir kaum eine Wahl hatten – es wurde immer dunkler und dunkler –, sagte ich ja, klar, bitte.

Er fuhr mit uns ein paar Meilen auf einer Straße, an der es keine Beleuchtung gab, keine Verkehrsschilder, kein Garnichts, bloß diese endlose Dunkelheit um uns herum. Wahrscheinlich ist es nachts im Wald so, aber mich gruselte irgendwie ziemlich. Ich war aus der Stadt eine andere Dunkelheit gewöhnt: So kaputt und unheimlich es da auch sein kann, man sah wenigstens Leute, und in den Wohnungen brannte Licht, und es gab Straßenbeleuchtung.

Das Motel, ein Laden, der Gertie's hieß, bestand bloß aus einer Reihe von Zimmern in einer langgezogenen Scheune. Als wir in unser Zimmer kamen und ich die beiden kleinen Betten, den alten Ventilator und den ramponierten Schwarzweißfernseher auf einem Hocker sah, wurde mir ganz anders. Was war denn das jetzt für ein Abenteuer? Aber Jimmy ließ sich einfach auf sein Bett fallen, die Matratze gab unter ihm nach, und er langte in seine Tasche und holte ein Fläschchen mit Pillen heraus, was mir ganz neu war. Er schüttete sich ein paar auf die Hand, schob sie sich mit einer raschen Bewegung in den Mund und sah dabei, wie ich ihn anstarrte.

Er wurde mächtig wütend.

»Schau mich nicht so saublöde an! Die sind für meine Brandnarben.«

»Was sind das für Dinger?«

»Die sind gegen Gewebeschmerzen.«

»Ach was?«

»Ja, gegen alle Arten innerer Schmerzen, Mann. Und außerdem sind sie legal. Hundert Prozent legal. Die Rezepte sind in meiner Tasche.«

»Okay, okay, reg dich wieder ab.«

Dann bot er mir eine an, aber ich lehnte ab.

Jimmy entspannte sich langsam, rollte sich auf dem Bett zusammen und war bald eingeschlafen. Und ich? Ich dachte und dachte die ganze Zeit.

Zuerst an den Geruch im Zimmer, richtig muffig und gleichzeitig nach Zitrone, was vom Lysol kam.

Dann überlegte ich, wie viele Leute schon auf meinem Bett rumgemacht hatten. Das fand ich dann völlig zum Abgewöhnen.

Dann versuchte ich zu schlafen, aber es ging nicht. Jedes Mal, wenn ich die Augen zumachte, sah ich meinen Pops und meine Moms vor mir, wie sie ausflippten: Mein Pops zog durch die Nachbarschaft und fragte, ob jemand wüsste, wo ich vielleicht hingegangen sein könnte. Dann sah ich, wie die Polizei durch die

Wohnungstür kam, und stellte mir den ganzen Tratsch vor, der im Block die Runde machen würde, weil ein Polizeiauto vor dem Haus gehalten hatte.

Ich stand auf und spielte ein bisschen am Fernseher herum, rückte die Zimmerantenne zurecht und schaltete durch. Ich hoffte, dass sie irgendwas Gutes bringen würden, aber auf den meisten Programmen kam entweder Quatsch oder das Bild flimmerte. Schließlich bekam ich einen Film rein, den ich mir irgendwie anschauen konnte, obwohl das Bild dauernd von oben nach unten lief. Es ging um dieses coole Monster, Godzilla, das Tokio zerlegt, aber viel half mir das auch nicht. Als ich die Wohnhäuser einstürzen sah, die das Monster zerstörte, dachte ich die ganze Zeit an unser Haus und an meinen Pops, wie er draußen vor der Eingangstreppe stand und wahnsinnig besorgt aussah.

Die restlichen Tage, die wir unterwegs waren, naja, die sind irgendwie zu einem Mischmasch aus verschiedenen Fahrten zusammengelaufen, mit Leuten, die nett waren, und mit welchen, die es nicht waren.

Ein paar Höhepunkte und Sachen, die ich gelernt habe:

Man kann manchmal hundert Meilen weit fahren, ohne irgendwelche Schwarze zu sehen. Und wenn es da Latinos gibt, dann müssen sie sich irgendwo verstecken, weil man von denen nämlich auch keinen sieht.

Und man lernt, dass Jungs in unserem Alter für manche Leute etwas sind, das man eben mal so vernascht. An unserem zweiten Tag waren wir mitten im Nirgendwo in Ohio, als uns ein Typ in seinem schicken deutschen Wagen mitnahm. Aber als wir auf den Rücksitz sprangen, bestand der Fahrer darauf, dass wir uns zu ihm nach vorne setzten. Jimmy und ich zuckten bloß die

Achseln und setzten uns eben vorne rein. Er machte einen ganz netten Eindruck, stellte uns die üblichen Fragen, und während wir hübsche Straßen entlangfuhren, kam aus dem Radio absolut langweilige klassische Musik, und er schaute uns die ganze Zeit lächelnd an.

Dann sagte er aus heiterem Himmel zu Jimmy, der neben ihm saß: »Wie heißt du eigentlich?«

»Jimmy.«

»Oh, Jimmy? Ich hab einen Freund, der Jimmy heißt und Dirigent ist. Möchtest du ihn kennenlernen?«

»Uhhhh, eigentlich nicht.«

»Nicht? Aber du musst.«

Und dann, während er weiterfuhr, zog er den Reißverschluss an seiner Hose auf, holte seinen Steifen raus und schwang ihn hin und her wie im Takt mit der Musik.

»Das ist mein Jimmy!«, sagte er strahlend. »Ist er nicht toll?«

Und dann wurde Jimmy, der ungefähr der gutmütigste Typ im Universum ist, krebsrot und sagte: »Stecken Sie das wieder weg, Mister, oder ich tret Sie so in den Arsch, dass Ihnen Hören und Sehen vergeht!«

Und er hob die Faust und fing an zu zittern, als würde er sich den Mann jetzt wirklich vornehmen.

»Okay, okay«, sagte der Mann. »Ich hab ja bloß gehofft, dass ihr zwei vielleicht ein bisschen Spaß haben wollt.«

Und obwohl der Typ sein Ding wieder in seiner Hose untergebracht hatte, sagte Jimmy: »Und jetzt fahren Sie verdammt noch mal auf die Seite, und zwar sofort!«

Das tat er dann auch, und ungefähr eine Minute später saßen wir wieder mitten im Nirgendwo fest, und unsere Sachen standen am Straßenrand.

Aber alles in allem war es keine schlechte Reise.

Wir konnten immer ein paar Stunden in den Raststätten an den Straßen schlafen, und Stück um Stück, ob wir nun auf normalen Straßen unterwegs waren oder auf der Autobahn, schienen wir voranzukommen.

Einige Raststätten waren wirklich schlecht, und einige waren irgendwie angenehm, und die jungen Leute, die in den Fast-Food-Restaurants und in den Dinern arbeiteten, hatten rosige Backen und hatten so eine gesunde Ausstrahlung, als wären sie zufrieden mit ihrem Leben. Das fiel mir sowohl in Pennsylvania als auch in Ohio auf, und je weiter nach Westen wir kamen, desto höflicher kamen mir die Leute vor, und nur ein paar wenige hatten diesen hässlichen abweisenden Gesichtsausdruck, den man in New York sieht.

Und um das gleich vorwegzunehmen – ich hatte gern etwas mit diesen Weißen zu tun. Ich meine, ich hatte nicht das Gefühl, dass mich irgendjemand kritisch musterte. Ich merkte, dass eine angenehme Umgebung die Leute irgendwie weniger hektisch machte, obwohl mir trotzdem aufgefallen ist, dass einige der jungen Leute hinter dem Tresen – das heißt, diejenigen, die nicht die ganze Zeit lächelten – zu Tode gelangweilt wirkten.

Wenn in einem dieser Hamburgerlokale das Radio spielte, dann hörte man keine einzige Zeile aus einem spanischen Song. Stattdessen hörte man ständig das Jaulen von Gitarren und schmalzige Cowboystimmen, die von hübschen Mädchen und Sonnenschein sangen, oder zuckersüße Tralalamusik. Und wenn man in einen Lebensmittelladen ging, hatte man keine Chance, eine Staude Kochbananen zu finden oder ein paar schöne Chorizos oder ein

kubanisches Sandwich, das man mal eben verdrücken konnte –
das sind die Sandwiches mit Schweinefleisch, Käse, süßsaurer
Sauce und getoastetem Brot. Wie ich zu Jimmy gesagt habe: »Wir
sind nicht mehr in New York.«

Aber auch wenn man in solchen kleinen Städten immer wieder dieselben Lokale sah, hauptsächlich McDonald's und Bur-
ger King, gab es doch eine Menge hübsche Bibliotheken, Kirchen und Schulen mit großen Sportplätzen. Ich meine, sogar die
Friedhöfe sahen hübsch und angenehm aus.

Es war wie eine ganz neue Welt.

Als wären Jimmy und ich gerade mit einem Raumschiff gelandet.

Oder als wären wir auf einem Floß hierher gekommen.

Stück für Stück schafften wir es nach Chicago. Und von Chicago,
sah ich auf der Landkarte, war es nicht mehr allzu weit bis in den
Süden Wisconsins und nach Janesville, der Stadt, in deren Nähe
Gilberto wohnte. Auf unserem letzten Stück nahm uns ungefähr
um elf Uhr vormittags ein Typ mit, der aussah wie ein Hell's Angel und dessen Haut übersät war mit blauen und violetten Dra-
chentattoos. Alles stimmte bis ins Detail – er war groß, stämmig,
mit Vollbart und in Ledersachen, in denen er richtig hart aussah.
Aber wenn der Typ ein Hell's Angel war, dann hatte er nichts ge-
meinsam mit denen, die ich in Greenwich gesehen hatte. Er benahm sich überhaupt nicht wie jemand, der wegen nichts eine
Schlägerei anfängt, wie die Angels in New York. Er hörte sich ja
auch die Beatles im Radio an, und als ich und Jimmy in seinen
Transporter kletterten, war er wahnsinnig nett. Im Transporter
hing der süße Geruch von Marihuana. Ein verzücktes Lächeln lag
auf Jimmys Gesicht. Ich meine, der Fahrer war so locker und so
unbekümmert, ob irgendwelche Cops auftauchen könnten, dass

er einfach angetörnt dahinraste und die ganze Zeit lachte, während er zwischendrin mir und Jimmy den Joint hinhielt.

Jedenfalls war es ungefähr halb eins, vier Tage nachdem wir die Stadt verlassen hatten, als dieser Hell's Angel uns an einer Tankstelle in den Außengebieten von Janesville absetzte.

Ich ging zu einem Münztelefon, warf ein Zehncentstück ein und rief Gilberto an.

Teil 3

Jede Menge Spaß
auf der Farm

Zwölf

Als Gilberto uns anhupte und mit seinem Pick-up herüberfuhr, konnte ich es nicht fassen, wie sehr er sich verändert hatte. War das wirklich er?

Er hatte einen lackierten Strohhut auf und trug einen Overall und ein irgendwie spießiges Hemd mit allen möglichen kleinen Sternen drauf. Er hatte zwar noch seinen Spitzbart, hatte sich aber die Koteletten richtig lang wachsen lassen, so wie Trucker sie tragen, seinen Afro hatte er sich allerdings zurückgestutzt. Er kaute wie immer an einem Zahnstocher, hatte sich den Hut tief in sein langes Gesicht gezogen, das jetzt halb im Schatten lang, und er sah dermaßen nach einem Farmer aus, wie ein Puerto Ricaner aus New York das überhaupt nur kann.

Er parkte seinen Pick-up und grinste uns übers ganze Gesicht an.

»Na, ihr zwei Verrückten habt es also geschafft, ha?«, sagte er, hob die Hand, wir klatschten uns ab, und dann gab er Jimmy die Hand. Er betrachtete uns leise lächelnd von oben bis unten.

»Was ist denn so komisch?«, fragte ich.

»Es ist bloß, dass ihr zwei so verdammt nach New York ausseht.«

»Wieso?« Ich schaute an mir hinunter. »Hat es was mit unseren Klamotten zu tun oder was?«, fragte ich und dachte, was dabei war, wenn sowohl ich als auch Jimmy Converse-Schuhe anhatten, die in Harlem angesagt waren.

»Nee, nee«, sagte Gilberto und legte den Kopf schräg. »Es ist die Art, wie ihr schaut. Als würdet ihr damit rechnen, dass euch jemand ausnimmt! Hey, Jungs, ich hab ne Neuigkeit für euch: Hier ist nicht New York.«

»Ich weiß, ich weiß«, sagte ich.

»Also entspannt euch! Und lächelt. Ihr zwei seid jetzt offiziell in dem Land angelangt, in dem Milch und Honig fließen!«

Und er warf unsere Sachen auf die Ladefläche seines Pick-up und sagte, wir sollten einsteigen.

Von der Stadt aus fuhren wir auf eine verschlafene Straße, auf der wir kaum andere Autos sahen, bloß Felder über Felder und ab und zu mal einen Traktor, und einer von den Farmern winkte uns sehr freundlich zu, als wäre er ein Freund von Gilberto.

»Kennst du den Typ?«, fragte ich.

»Nee, die sind hier so«, sagte er und winkte zurück.

Er hatte es nicht eilig, fuhr, den Ellbogen im offenen Fenster, nicht schneller als fünfundzwanzig Sachen, zog ab und zu die Landluft tief ein – diese Mischung aus Kuhmist, abgemähten Getreidehalmen und Dünger – und lächelte dabei, als wäre das der angenehmste Duft der Welt. Manchmal kam ein leichter Wind auf, so frisch wie aus einem Garten. Und der Himmel war so blau und ohne den leisesten Hauch vor Großstadt, und die Vögel zwitscherten, als hätten sie eine wilde Party da oben in den Bäumen. Langsam wurde man ganz faul und entspannt, als wäre man jetzt doch noch in dem Sommercamp, in dem man als Kind nie gewesen war.

Das Land, in dem Milch und Honig fließen?

Ich weiß es nicht. Aber es war bestimmt völlig anders, sehr hübsch und friedlich, und nirgendwo sah man eine weggeworfene Spritze.

Während wir dahinfuhren, redete Gilberto die ganze Zeit.

»Seht ihr das Bauernhaus da drüben, mit dem roten Dach?«, sagte er und zeigte hinüber. »Da wohnt ein sehr hübsches Mädchen. Ich überleg mir schon dauernd, wie ich zu einem Date mit ihr komme, aber ihr Alter ist einer der wenigen Leute hier, die mich nicht mal grüßen, und zwar wegen dem hier.«

Gilberto streifte seinen Hemdärmel hoch und tippte auf seine dunkle Haut.

»Das geht mir wirklich an die Nieren, weil ich ab und zu angehalten habe, wenn ich vorbeigekommen bin und sie am Zaun stand, und sie war anscheinend nicht abgeneigt, mich näher kennenzulernen. Jedenfalls hab ich ein Auge auf sie geworfen, auch wenn ihr Poppy wahrscheinlich Mitglied beim Klan ist.«

Ich schaute ihn an. »KKK? Ku Klux Klan? Du machst Witze, oder?«

»Nee«, sagte Gilberto. »Ich hab gehört, dass sie in den letzten Jahren hier Versammlungen abgehalten haben. Ich meine, die meisten Leute sind richtig nett und haben überhaupt keine Vorurteile, aber ein paar denken eben immer noch auf eine bestimmte Art.«

Dann kratzte er sich am Kinn.

»Ich meine, wenn dieser Farmer irgendwo ist und meinen Pickup vorbeikommen sieht, dann glotzt er bloß.« Gilberto zuckte die Achseln. »Aber was soll man da machen?«

Und dann schlug er mir aufs Knie.

»Siehst du die Hütte da?«, sagte er dann.

Er deutete auf eine Blockhütte an der Straße.

»Das Ding heißt ›Hunter's Barn‹. Wenn ihr mal richtig Hunger habt und euch vollschlagen wollt, dann solltet ihr da hingehen. Da kriegt man für ein paar Dollar ein Steak mit Eiern oder Pfannkuchen mit Würstchen und Sirup. Und daneben ist der Lebensmittelladen – nur dass er hier draußen ›General Store‹ heißt. Sie haben alle möglichen leckeren Sachen, die man im Osten nicht kriegt, so Sachen wie luftgetrocknetes Fleisch von Rind und Reh und Ahornsirup und solchen Scheiß.«

Verdammt, habe ich mir das nur eingebildet, oder hatte Gilberto wirklich das Wort ›lecker‹ benutzt?

»Weißt du, was eine Steige Milwaukee-Bier hier draußen kostet?« Und bevor ich noch raten konnte, sagte er: »Zweifünfundzwanzig für vierundzwanzig Dosen. Milch, Butter und Käse, die kosten fast nichts. Es ist irre – aber das kommt alles von hier.«

Ich freute mich schon darauf, mich da überall umzuschauen, aber Jimmy wirkte nicht gerade begeistert. »Klingt ja prima«, sagte er und machte ein gelangweiltes Gesicht.

Ich fragte mich, was ihm durch den Kopf ging.

»Also, und meine Farm ist nicht allzu weit von hier weg«, sagte Gilberto jetzt. »Mit euch beiden zusammen sind wir insgesamt sieben.«

»Sieben? Hast du da ne Kommune oder was?«, fragte ich.

»Nee, ich vermiete bloß ein paar Zimmer«, sagte Gilberto. »Es ist ein riesiges Haus, man geht sich nicht auf die Nerven. Aber es gibt etwas, das ihr vielleicht nicht so toll findet.«

Ich machte mich auf allerhand gefasst und sagte: »Mhm. Und das wäre?«

»Na ja, ich zahle nur ungefähr zweihundert Dollar Miete im Monat. Für ein großes altes Haus, eine Scheune und fünfzehn Morgen Land.«

Ich hab nie irgendwo anerkennend gepfiffen, aber jetzt tat ich es, als wäre er eine große Nummer.

»Wir haben Strom und Telefon, und ich hab fließendes Wasser, das wir aus einer Quelle hochpumpen, zum Waschen und zum Kochen. Aber das Problem ist, dass wir als Toilette einen Außenabort benutzen. Das ist der einzige wirklich widerliche Haken an dem ganzen Grundstück.«

Außenabort? Ich hatte das Wort noch nie gehört. »Ähm, das

klingt jetzt vielleicht blöde, und ich will nicht dastehen wie ein *dumberino*, aber was ist denn verdammt nochmal ein Außenabort?«

Er lachte.

»Lass mich dir das mal so nahebringen, Rico. Was glaubst du, haben die Leute benutzt, bevor es Spülklosetts gab?«

»Ich weiß es nicht. Vielleicht sind sie in ihrem Garten hinter einen Busch gegangen oder so.«

Er schnippte mit den Fingern.

»Fast richtig! Sie haben Folgendes gemacht – sie haben ein tiefes Loch in den Boden gegraben und einen kleinen Schuppen drübergesetzt – da drin machten die Leute ihr Geschäft.«

Wow, das waren herrliche Aussichten. Sogar Jimmy, der so halb vor sich hin döste, schaute mich an.

»Du meinst, du hast kein richtiges Klo?«, fragte ich. Wieso gab es denn hier kein richtiges Klo? Er hatte doch in der Lotterie gewonnen?

»Nee«, sagte Gilberto, zog sich den Zahnstocher aus dem Mund und lächelte mich breit an. »Aber du musst dir deswegen keine grauen Haare wachsen lassen. Wenn du zum Pinkeln nicht da reingehen willst, kannst du dich immer rausschleichen und das draußen erledigen, aber für alles, was komplizierter ist, benutzt du den Abort oder anders gesagt das Plumpsklo.«

In Jimmys Augen lag jetzt ein Hoppla-aber-auch-Ausdruck.

»Das ist der Hauptgrund, warum ich nicht viel Miete bezahle«, erkläre Gilberto. »Es ist ein Schritt zurück in die alten Zeiten. Die meisten Leute finden das nicht ganz passend, besonders wenn das Ding ausgeräumt werden muss.«

Wie war das?

»Man muss das ganze Zeug *ausräumen*?«

»Ja«, sagte Gilberto, nickte und hatte dabei so ein hinterfotziges Lächeln auf den Lippen. »Irgendjemand muss das machen. Einmal alle paar Monate, was natürlich davon abhängt, wie stark der Zulauf ist.«

»Wow«, sagte ich und stellte mir vor, was meine Moms und mein Pops, die beide von Farmen auf Kuba kamen, dazu gesagt hätten, dass ich eines Tages ohne ein funktionierendes Klo auskommen müsste. Ich hörte ihr lautes Lachen bis nach Wisconsin herüber und sah, wie sie den Kopf schüttelten.

Gilberto wohnte ungefähr eine Viertelmeile von einer Straße entfernt, die durch ein paar vernachlässigte Maisfelder führte, auf denen Krähen und andere Vögel sich Reihe um Reihe an schwarz gewordenen Maisblättern verlustierten. Er drückte auf die Hupe, um sie zu verscheuchen, und grinste, als die schwarzen Vögel wie Pfeile hochschossen.

»Der ganze verfaulende Mais hier«, sagte er, »ist meiner. Ich bin offensichtlich kein toller Farmer.«

»Du hast Mais angebaut?«

»Habs versucht«, sagte Gilberto kichernd. »Hab im Frühling angefangen. Aber ich war zu sparsam mit den Pestiziden. Junge, haben die Farmer sich hier totgelacht«, sagte er und hupte einen vorbeifahrenden Laster an. »Irgendwie hab ich gedacht, wenn man halb so viel verwenden würde, wie man braucht, dann würde wenigstens die Hälfte des Maises wachsen. Und so ist es gekommen, dass ich hauptsächlich Insekten gezüchtet habe – Raupen, Maiskäfer und kleine hungrige Blattläuse, alles, was du dir nur vorstellen kannst. Mann, haben die sich rangehalten.«

»Klingt, als hättest du dir das alles gut überlegt.«

»Ja. Manchmal stellt man sich etwas ganz einfach vor, aber es ist nicht immer so einfach.«

Wir fuhren auf einer Schotterstraße einen leichten Anstieg hinauf, an einer alten Scheune und einem Haufen verrosteter Sachen vorbei – an Rechen, Hacken, einem Anhänger ohne Räder, Schubkarren und allen möglichen Milchflaschenkisten und an kaputten Stühlen, sogar an einem Sofa, das schon bessere Zeiten gesehen hatte. Dann kamen wir zum eigentlichen Haus, einer großen, windschiefen Angelegenheit mit einem tief heruntergezogenen Spitzdach, von dem schon die Farbe abblätterte. An einer Seite des Hauses stand ein provisorisches Gerüst, unter dem überall Farbeimer auf dem Boden standen. Gilberto parkte, und als wir ausstiegen, bemerkte er, dass ich das Gerüst anschaute.
»Hey«, sagte er. »Versteht ihr was vom Anstreichen?«
»Ja, schon.« Ich nickte. So schwierig konnte das nicht sein.
»Gut, ich könnte nämlich ein bisschen Hilfe brauchen.«
Ich hatte nichts dagegen – wir mussten ja irgendwas tun.
»Klar. Wann denn?«
»Später, wenn ihr euch häuslich eingerichtet habt.«
»Einverstanden, Jimmy?«
Jimmy zog sein Halstuch zurecht und schaute sich um. »*No problema*«, sagte er. Er stand ganz schlapp da.
Aber ich sah, dass Jimmy sich fragte, auf was zum Teufel er sich da eingelassen hatte.

Im Haus lag so viel Kram und Zeugs herum wie draußen. Alles im Haus, alte Schaukelstühle, Schrankkoffer, etwas, das aussah wie das Spinnrad einer Hexe und alle möglichen anderen Sachen, war entweder von den Besitzern dagelassen worden, oder Gilberto hatte es am Straßenrand aufgelesen. Zerschlissene Teppiche lagen auf dem Fußboden, in einer Ecke stand ein Kanonenofen, und an den Wänden entlang stapelten sich vergilbte Zeitschriften.

Es roch auch irgendwie muffig und übel, und das wurde noch schlimmer, als wir in den ersten Stock hochgingen. Gilberto zeigte uns unsere Zimmer; sie lagen an einem zugigen Flur, der vielleicht sechs Meter lang war und, wie Gilberto sagte, zu dem Abort führte, der ans Haus angebaut war.

»Äh, Mann«, sagte ich, als ich mein Zeug reinschleppte und diesen stechenden Ammoniakgeruch oder was das war direkt in die Nase bekam. »Riecht das hier immer so?«, fragte ich.

»Immer nicht«, sagte Gilberto lächelnd. »An manchen Tagen ist es schlimmer als an anderen. An heißen Tagen kann es richtig scheußlich werden, aber ihr gewöhnt euch schon daran.«

»Wahrscheinlich«, sagte ich. »Aber wieso ist er denn hier *oben?*« fragte ich.

»Weil im Winter keiner nach draußen gehen will. Es wird kalt in der Gegend hier, und ich meine *kalt.*«

Ich schaute Jimmy an, und er schnitt ein Gesicht, als wollte er sagen »Toll!«

»Geh nur hin und schau es dir an«, ermunterte mich Gilberto.

Ich musste sowieso pinkeln. Ich ging auf dem knarrenden Boden den Flur hinunter, drückte die Tür auf und bekam fast keine Luft von den Ausdünstungen da drin. Auf dem Fußboden standen in einer Reihe hintereinander Eimer mit Asche, und an den Wänden hingen einige Schilder.

Auf einem stand: WENN SCHEISSE GELD WÄRE, WÄREN DIE ARMEN OHNE ARSCH GEBOREN.

»Und unten ist nichts frei?«, fragte ich Gilberto, als ich wieder herauskam. Ich wollte nicht jede Nacht in Stinkendorf schlafen.

»Leider nicht. Die Zimmer unten sind alle vergeben, Aber wie gesagt, ihr gewöhnt euch schon dran.«

Dann klopfte er mir ermutigend auf den Rücken.

»Und jetzt richtet euch hier erst mal häuslich ein«, sagte er. »Kommt runter auf ein Bier und was zu essen, wenn ihr fertig seid.«

Mein Zimmer war ziemlich hübsch, auch wenn da nicht viel mehr war als eine Matratze, ein Tisch, eine Lampe und ein Stuhl, ein fleckiger Spiegel und ein knarrender Fußboden. Aber das Schöne war die Aussicht. Das Fenster ging nach Westen, und weil das Land flach war, konnte man weit hinausschauen zu anderen Farmen – zu ihren Scheunen, Silos und den Häusern, die Schatten warfen –, und man hatte einen Blick auf Felder, auf die das Wort »wogend« genau passte, Felder wie in einem schönen Film oder wie in der Fernsehwerbung für Green-Giant-Gemüsekonserven. Man konnte sogar Traktoren erkennen, die aus der Entfernung wie winzige Spielzeuge wirkten und machten, was Traktoren eben machen.

Ah ja, wahrscheinlich umgraben und pflügen.

Wenn ich bloß aus diesem Fenster schaute, hatte ich schon das Gefühl, dass ich eine Million Meilen von den Dingen entfernt war, die mir in der Stadt auf den Geist gegangen waren. Wie zum Beispiel auf einem dunklen U-Bahnsteig zu stehen oder in der Nacht an den Sozialblocks vorbeizugehen und zu wissen, dass irgendwo in der Nähe irgendjemand, der dich ausnehmen wollte, jeden deiner Schritte verfolgte. Es war toll, sich vorzustellen, dass das hier auf keinen Fall passieren würde. Diese riesigen, weiten Räume kamen einem tausend Prozent friedlicher vor als irgendein Ort in New York, sogar die Parks konnten nicht mithalten.

Mir gefiel das wirklich: Es beruhigte mich so, wie ich das wohl nie gekannt hatte. Wenn ich zum Himmel hinaufschaute und zu den paar kleinen Wolken, die vorbeizogen, dann nahm ich einfach nur dieses wunderbare Blau in mir auf, ein unglaubliches Blau wie aus einer anderen Welt.

Dreizehn

Nach dem Mittagessen warf Gilberto mir und Jimmy Overalls zu, und schon waren wir draußen auf dem Hof und versuchten, unsere faulen Ärsche in Bewegung zu setzen und zu arbeiten. Keiner von uns war davon begeistert. Nach der langen Reise wäre ein freier Nachmittag schön gewesen, aber ich sagte Jimmy, dass es wirklich mies wäre, wenn wir nicht mit anfassen würden, wo uns doch Gilberto aufgenommen hatte, ohne sich groß anzustellen. Es war nur so, dass wir von dem Bier leicht beduselt waren, das wir zu unseren Mortadella-Sandwiches getrunken hatten.

Womit ich gleich eine Faustregel verkünden kann: Trink nie drei Flaschen Bier und steig in der heißen Nachmittagssonne auf ein zwei Stock hohes Gerüst, um ein Haus zu streichen.

Als Jimmy die Leiter hochkletterte, ist er mit dem Fuß abgerutscht und wäre mit seinem Farbeimer und den anderen Sachen rückwärts runtergestürzt, wenn ihn nicht Gilberto, der oben auf dem Gerüst stand, rechtzeitig gepackt hätte. Ich hatte unten gestanden, das wacklige Gerüst festgehalten, und Jimmy und ich tauschten jetzt unsere Aufgaben. Und dann stand ich auf einmal mit einem Farbeimer, zwei Pinseln und Spachteln sechs Meter hoch auf dem Gerüst.

»Also, was du machen musst, Rico«, sagte Gilberto und nahm einen Spachtel, »du musst die alte Farbe so abkratzen, ja?«

Und er zeigte es mir, kratzte wie verrückt, und die Farbflocken kamen herunter wie Schnee.

»Aber pass auf, wenn du auf den Brettern hier gehst«, warnte er mich. »Keine plötzlichen Bewegungen.«

Es war nicht allzu schwer, und als wir diesen Teil der Hauswand abgekratzt hatten, gab mir Gilberto einen Eimer mit weißer Farbe.

»Das ist überhaupt nicht schwer«, sagte er und rührte die Farbe mit dem Pinsel um, bis sie aussah wie Schlagsahne. »Klatscht die Farbe einfach drauf, schön gleichmäßig, okay? Ich meine, das ist hier nicht das Taj Mahal.«

»Wird gemacht«, sagte ich.

Also strichen wir zusammen die Wand, und strichen und strichen. Jimmy stand irgendwo unten, und Gilberto pfiff fröhlich vor sich hin wie früher, als wir zusammen Zeitungen ausgetragen hatten. Als wir über die Leute redeten, die bei ihm wohnten, erzählte uns Gilberto von einem Mädchen aus Colorado, hübsch und achtzehn, mit der er zur Zeit etwas laufen hatte.

»Ihr lernt Wendy später noch kennen«, sagte er. »Sie kommt heut abend wieder aus Madison zurück.«

Ich erzählte ihm von unserer Reise und dass ich mich wahnsinnig freute, ihn wiederzusehen, als er sich aus heiterem Himmel, während er einen Pinsel in seinen Eimer tauchte, zu mir umdrehte und sagte: »Rico, ich muss dich was fragen.«

»Äh, ja?«

»Wie lange wollt ihr eigentlich hier bleiben?«

Ich war überrascht, dass er das fragte, und dachte erst jetzt darüber nach.

»Solang du nichts dagegen hast«, sagte ich nach einem Augenblick. »Ist das in Ordnung?«

»Ja«, sagte er. »Aber sagst du irgendwann deiner Moms und deinem Pops, dass du hier bist?«

»Ich weiß nicht, ob ich das kann«, sagte ich. »Ich meine, wenn ich das tue, dann kannst du sicher sein, dass sie meinen Arsch nach Florida verfrachten.«

»Aber du musst es ihnen ja früher oder später sagen, oder?«, fragte er, als wollte er mir ins Gewissen reden.

»Ja«, sagte ich, aber ich hatte nicht die geringste Vorstellung davon, was ich ihnen sagen könnte, und ich wollte jetzt auch einfach noch nicht darüber nachdenken. Wir waren ja gerade erst hier angekommen. Und wenn ich darüber nachdachte, ging es mir sofort mies. Gilberto, der mich gut kannte, muss das gespürt haben.

»Also, ich will dich jetzt nicht unter Druck setzen, aber man sollte darüber nachdenken. Mehr sag ich nicht. Du hast nur eine Moms und einen Pops, stimmts?«

Ich nickte bloß, und nachdem Gilberto seine Meinung gesagt hatte, fing er wieder an, vor sich hin zu pfeifen, aber ich spürte, dass meine Einstellung ihn störte.

An diesem Nachmittag machte ich die Erfahrung, dass einem nicht nur Gedanken zusetzen können –

Hab ich das Richtige getan?

Bin ich ein schlechter Mensch, weil ich durchgebrannt bin?

–, sondern auch andere Dinge.

Es ist so, dass ich nach einiger Zeit ein bisschen nachlässig wurde. Ich klatschte die Farbe an die Wand so schnell ich konnte und war jetzt an dem vorstehenden Teil des Dachs, der Dachvorsprung genannt wird und den ich kaum erreichen konnte, auch wenn ich mich auf die Zehenspitzen stellte, als ich zu einem großen bauchigen tütenförmigen Ding kam, das in einem Winkel steckte. Ich schlug ein paarmal mit meinen Pinsel dagegen, damit es sich löste, aber schon beim ersten Schlag fing das Ding an zu summen. Dann kam eine heimtückische schwarze Wespe mit ihrem fies aussehenden Helm und einem riesigen Stachel am Arsch aus einem Loch gekrochen, hob ab wie ein Düsenjäger und kreiste um mich herum.

»Verfluchte Scheiße!«, rief ich und holte mit meinem Pinsel aus.

Zum Glück knallte ich sie mit dem Pinsel an die Wand. Aber dann schossen wie bei einer Explosion noch mehr von diesen Scheißern aus dem bauchigen Ding, vielleicht zwanzig oder dreißig, und es war wirklich so, als hätten sie etwas gegen mich. Vielleicht lag es an der Hitze oder an dem Bier, das ich getrunken hatte, aber einen Augenblick lang kam es mir so vor, als hätten sie das Gesicht meiner Moms und meines Pops, und als drehten sie alle durch und wollten mich in den Arsch stechen. Ich konnte eigentlich bloß mit den Armen um mich schlagen, und während ich da oben herumfuchtelte, fing das Gerüst wie verrückt zu wackeln an.

»Komm verdammt noch mal da runter!«, rief Gilberto und stieg auf die Leiter. Ich lief über die Bretter zur Leiter und sagte »Brr!« und »Tut mir nichts!« zu den Wespen, als ich gegen meinen Farbeimer stieß und der ganze Scheiß überschwappte und die weiße Farbe auf Jimmys Kopf runterklatschte.

Es war irgendwie ein lustiger und gleichzeitig peinlicher Anblick. Als ich die Leiter hinunterkletterte, stand der arme Jimmy da unten und wischte sich die Soße aus dem Gesicht.

»Bist du okay?«, fragte ich.

»Ja, super, Rico. Einfach toll!«, sagte er.

Dann fingen wir alle zu lachen an, auch Jimmy.

»Bleib jetzt mal eine Sekunde ruhig stehen«, sagte Gilberto zu Jimmy. Und er nahm einen Gartenschlauch, versuchte, die Farbe wegzuspritzen und sagte dabei: »Ich taufe dich im Namen der blöden Wespen, des Sommers und der beschissenen Natur!«

»Mach weiter«, sagte Jimmy.

Und das tat Gilberto auch, er spritzte nicht nur Jimmy ab, sondern richtete die Düse auf seinen eigenen Kopf, bis er ganz nass war, und dann, verdammt, auch noch auf mich. Und ich kann euch sagen, es war nicht bloß so, dass das kühle Wasser angenehm war, sondern im Sprühregen tauchte ein Regenbogen auf.

Aber dann spürte ich einen Schmerz am Kopf, und als ich die Stelle anfasste, merkte ich, dass sich eine Beule bildete. Der Arm tat mir weh und das Bein, und dann spürte ich auch noch was am Hals. Ich hatte vier Stiche abgekriegt, und das tat weh wie verrückt.

Vierzehn

An diesen Abend haben Jimmy und ich die anderen kennengelernt. Da war einmal Polly, eine Kunststudentin an Gilbertos College, dann Bonnie und Curt, ein Hippie-Pärchen. Bonnie war eine Klassefrau und hatte Ähnlichkeit mit dem Mädchen auf der roten Verpackung der Rosinen von *Sun-Maid*, aber mit einem tollen Körper, während ihr Typ mich an den Sänger James Taylor erinnerte, weil er richtig groß war und auch sehr lange Haare hatte und Koteletten, die sich bis zum Kinn herunterzogen. Polly war eines von diesen stillen Mädchen, hatte ein hübsches ovales Gesicht, trug eine Brille mit Drahtgestell, und die Haare gingen ihr bis zur Hüfte.

Die größte Überraschung war Gilbertos Freundin. Sie kam irgendwann nach acht an, als wir gerade alle mit Tellern auf dem Schoß dasaßen und einen Gemüseeintopf aus Okras, Radieschen, Karotten und Auberginen aßen, zu dem Bonnie Naturreis servierte – das geschmackloseste Zeug, das ich je gegessen hatte (aber ich habe alles aufgegessen und zu ihr gesagt: »Mann, ist das gut!«). Weil Gilberto gesagt hatte, dass Wendy aus Colorado kam, hatte ich ein richtig amerikanisches Cowgirl erwartet, aber Wendy war so schwarz, dass es nicht mehr schwärzer ging. Sie war groß und dünn, hatte einen riesigen Afro und kam jetzt in Schaftstiefeln und einem Minirock aus Wildleder hereinmarschiert.

Als Gilberto uns vorgestellt hatte, lächelte sie, winkte lässig mit ihren langen, schmalen Händen und sagte: »Howdy!« Große Armreife klimperten an ihren Handgelenken. Dann: »Meine Güte, ich bin am Verhungern! Schnupperschnupper, was gibts denn zu essen?«

Schnupperschnupper?, dachte ich. *Schnupperschnupper?* Heiliger Bimbam!

Als sie hörte, was es gab, sagte sie: »Oh, prima! Ich mag Gemüse!«
Und als sie anfing zu essen, sagte sie – wirklich, im Ernst: »Mhm,
leckerlecker.«

Jimmy schaute mich entgeistert an. Und ich wusste genau, was
er dachte. Wir hatten schon von schwarzen Mädchen gehört, die
sich wie Weiße benahmen, aber wir hatten noch nie mit einer zu
tun gehabt. Und da saß jetzt eine von ihnen direkt mir gegenüber in einem großen Polstersessel und plapperte fröhlich drauflos.

Als sie mit ihrem Essen fertig war, schwenkte sie ein Blatt Papier
in die Luft. »Bin grade mit meinem neuesten Gedicht fertig geworden. Wollt ihr es hören?«, fragte sie.

Alle sagten, dass sie es hören wollten.

Gilberto lehnte mit einem Bier in der Hand in einer Tür, blinzelte
mir zu und rollte die Augen.

»Der Titel ist«, sagte Wendy, deren Stimme jetzt auf einmal ernst
klang, »›Wer bin ich?‹«

Sie räusperte sich und fing an.

Wer bin ich?
Ich bin ein Jemand.
Ein Jemand
Aus Knochen gemacht,
Sehnen,
Aus Neuronen
Aus Synapsen
Und aus sinnlichem
Nach Lust verlangendem
Schwarzem Fleisch …

So ging es ungefähr zehn Minuten lang weiter, das Gedicht klang ziemlich gut, besonders, als sie schwer auf gewisse Teile ihres Körpers einging. Ich hatte so was noch nie gehört. Als sie fertig war und wir klatschten, verbeugte sie sich immer wieder, wie eine Ballerina, und strahlte übers ganze Gesicht.

Jimmy und ich waren da schon ziemlich erledigt und gaben uns Mühe, nicht zu gähnen.

Und ich spürte immer noch die Wespenstiche. Ich meine, es war ein langer Tag gewesen. Und gerade als Jimmy, der immer noch Farbreste auf der Haut hatte, hinter mir die Treppe hochgehen wollte, holte Curt einen Joint raus, und Jimmy überlegte es sich anders und blieb noch da.

»Ich komm später nach«, sagte er.

Es machte mir nichts aus, dass die anderen unten blieben, und ging in mein Zimmer hoch. Ich wollte noch etwas lesen – und an diesem Abend war es wieder *Huckleberry Finn*, ein Buch, bei dem ich mich immer wohl fühlte. Als wäre dieser Typ Huck Finn bei mir im Zimmer und würde mir seine Geschichte erzählen, und ich war immer davon beeindruckt, wie er sich ausdrückte. Und auch während unten die anderen alle lachten und ich die Musik hörte und dann ihre Schritte im Flur, als sie die Treppe hochkamen, um den Abort zu benutzen, und auch wenn das Zirpen der Grillen wie eine Million Stimmen von den Feldern hereindrang, leistete mir Hucks Buch Gesellschaft, bis ich dösig wurde.

Das Schönste, was ich von meinem Bett aus durchs Fenster sehen konnte, war der Himmel. Alle die wahnsinnigen Sterne – so sah man sie in New York nie, wie Salzkristalle, die über einen schwarzen Tisch verschüttet worden sind –, und manchmal leuchteten kleine Blitze am Horizont auf, gleichzeitig hübsch und traurig, als würde der Himmel weinen. Ich weiß nicht mehr genau, wann, aber irgendwann mitten in der Nacht, als die anderen alle schliefen, musste ich einfach in den Garten hinuntergehen und mir die Sterne in ihrer ganzen Pracht anschauen. Ich lag auf dem Rücken im Gras, schaute nach oben und suchte ein paar Sternbilder und Planeten, die wir in der Schule durchgenommen hatten – Venus und Mars vielleicht, Herkules, den Großen und den Kleinen Wagen, und den Polarstern, der glitzerte wie eine Christbaumkugel. Das Sternbild Kassiopeia sah aus wie eine sitzende Frau, die aber nicht in der U-Bahn sitzt und Angst hat, dass ihr der Geldbeutel geklaut wird, sondern oben am Himmel.

Und der geile Steinbock.

Und Cygnus, der Schwan.

Nach einiger Zeit sah ich auch noch ganz andere Sachen. Pferde, die durch die Milchstraße sprangen, Raketenschiffe, die am Mond vorbeischossen, sogar Engel, die da und dort an einer Gitarre zupften; dann erkannte ich eine Weltkarte, die sich draußen im Raum ausdehnte. Und auf dieser Karte sah ich eine kleine Insel, die aussah wie ein Krokodil, und mir fiel wieder ein, wie mein Pops mir einmal eine Landkarte gezeigt hatte und sagte: »Siehst du die Insel da, mein Sohn, das ist Kuba, und vergiss das nie, okay?« Ich sah Bierflaschen und auch Mülltonnen, aber dann ist das alles wieder verblasst und verschwunden.

Dann – und ich war überhaupt nicht high – hatte ich das Gefühl, als würde ich in der Milchstraße schwimmen. Ich hatte sie noch nie so klar gesehen, nicht einmal von unserem Hausdach aus, diesen endlosen Strom von Sternen, irgendwie wie ein Fluss, total schön und elegant, wie ein riesiger fliegender Teppich, der sich bis in die letzten Winkel des Weltraums dehnte.

Wie ich schon gesagt habe – es war eine vollkommen andere Welt.

Fünfzehn

Also, ich, Gilberto und Jimmy brauchten zwei Wochen, bis wir das Haus fertig gestrichen hatten, und am Ende war meine rechte Hand voller Blasen, und Jimmy hatte – außer da, wo ihn das Halstuch schützte – einen Sonnenbrand, wie er noch nie einen gehabt hatte. Er jammerte mächtig. Er stellte sich zum Beispiel neben mich aufs Gerüst, und während wir die Farbe auf die Wand klatschten, sagte er Sachen wie: »Rico, das macht zwar fast Spaß, aber wir kriegen überhaupt nichts dafür.«

»Das ist für Essen und Unterkunft, okay?«, sagte ich dann.

»Ich weiß schon, aber es ist irgendwie blöde«, sagte er dann immer eingeschnappt.

Zuerst wusste ich nicht, was das sollte, aber dann ging mir auf, dass er immer noch darunter litt, dass er von seinem Pops nie etwas bekommen hatte, wenn er für ihn gearbeitet hatte.

»Hör mal zu, Jimmy«, sagte ich eines Tages. »Gilberto kümmert sich um uns, ja? Ich meine, er zahlt die Miete, sorgt fürs Essen, stimmts?«

»Mhm«, sagte Jimmy, als wollte er das nicht hören.

»Also ist das ja das wenigste, was wir tun können.«

»Ja, ich weiß schon«, sagte er. »Aber nach ner Weile geht einem der Scheiß auf den Geist.«

»Naja, wir müssen tun, was wir tun müssen. Also, nimms locker, ja?«

»Schon gut«, sagte Jimmy und steckte seinen Pinsel in einen Farbeimer. In Zeitlupe.

Aber auch wenn er noch so viel jammerte, fiel mir auf, dass Jimmy immer mit großen Augen dastand, wenn Polly aus dem Haus und über die Felder ging und eine Staffelei mit sich schleppte, einen Klappstuhl und eine Holzschachtel mit Wasserfarben oder Öltuben oder was sie eben benutzte. Sie trug einen Strohhut, und wenn sie eine Stelle fand, die ihr gefiel, weil man einen schönen Blick auf die umliegenden Farmen hatte, oder wenn sie eine Stelle in einem Feld voller Blumen fand, dann stellte sie ihre Sachen ab, setzte sich vor ihre Staffelei und malte still vor sich hin.

Jimmy stand auf dem Gerüst und konnte seinen Blick nicht von ihr losreißen.

»Was ist eigentlich mit dir los, Jimmy?«, sagte ich eines Tages und zeigte mit einer Kopfbewegung zu Polly hinüber, die in einem Feld saß.

»Nichts, Mann, ich versuch bloß, die Scheißwand hier zu streichen.«

»Aber du schaust dauernd zu dieser Polly rüber. Was läuft denn da?«

»Gar nichts läuft da. Ich bin bloß neugierig, das ist alles. Ich meine, wie sie zeichnet, verstehst du?«

Er wischte sich den Schweiß von der Stirn. Seine Brille war ganz beschlagen.

»Wieso gehst du dann nicht rüber und sagst ihr, dass du künstlerisch auch was drauf hast?«, sagte ich.

»Ach, vergiss es. Was soll sie denn mit einem Spinner wie mir anfangen?«, sagte er und klatschte Farbe auf die Wand, als würde er zuschlagen. »Ich hab doch gesehen, wie sie – und alle andern auch – mich angeschaut hat, weil ich dauernd meinen Hals verdecke.«

»Das bildest du dir ein«, sagte ich. Aber gleichzeitig dachte ich daran, dass ich nachts manchmal hörte – sein Zimmer lag direkt neben meinem –, wie er im Traum schrie, als würde ihm die Haut wieder verbrennen. »So einen Schwachsinn darfst du gar nicht denken. Du bist ein verdammt erstklassiger Künstler! Wenn sie deine besten Sachen sieht, bleibt ihr bestimmt die Luft weg.«

»Darum gehts doch gar nicht«, sagte er. »Aber was würde sie denken, wenn sie diese widerliche Geschichte hier sieht?« Er legte die Hand auf die Stelle unterhalb seines Halses. »Wer will denn damit was zu tun haben?« Dann nahm er sein Halstuch ab und zeigte mir zum ersten Mal seine Narben. Sie sahen aus wie so eine Mondlandschaft, mit Kratern, wulstigen Gebirgskämmen und Wellenlinien, und die Haut war wirklich anders – nicht weiß, nicht schwarz, nicht einmal irgendwas dazwischen, sondern ganz seltsam, wie das schräge Pink eines gebratenen Krebses, auf den jemand getreten hat.

Ich war sehr erschrocken.

»Willst du es anfassen?«, sagte er mit einem schrägen Lächeln.

»Nie und nimmer!«

»Also, Mann, wenn du das hässlich findest«, sagte Jimmy, »dann stell dir mal vor, wie es ist, wenn man damit rumlaufen muss!« Und er verdeckte die Narben wieder. »Jedes Mal, wenn ich mir überlege, ob ich mich mit jemandem einlassen soll, schau ich mir diesen Mist hier im Spiegel an, oder ich fahr mit der Hand drüber und sag mir dann: ›Zwecklos!‹«

Was hätte ich da sagen sollen? Seine Narben *waren* hässlich. Aber irgendwie rutschte mir der nächste Satz einfach heraus: »Hey, sogar Frankensteins Monster war irgendwie liebenswert, hörst du? Und Frankensteins auch!«

»Ha, ha. Vielen Dank!«

»Nein, ich meine das ernst. Rede einfach mal mit ihr!«, sagte ich, weil ich ihn anstacheln wollte. »Was hast du groß zu verlieren?« Und Jimmy seufzte bloß, als würde das nie passieren.

Als wir mit dem Anstreichen fertig waren, fand ich, wir könnten ein bisschen faulenzen. Und das taten wir auch. Wir hingen hauptsächlich am Haus herum und schauten, womit wir uns beschäftigen konnten. Ich hatte meine Bücher, meine Musik, meine Comics, aber für Jimmy war es anders. Er war unruhig, rauchte eine nach der andern, lief im Wohnzimmer herum oder haute sich mitten am Tag aufs Sofa vor den Fernseher, bis ihn die Langeweile nach oben in sein Bett trieb, in das er sich dann mit einem halben Karton Bier, einer Schachtel Zigaretten und einem Kofferradio in der Hand verzog. Ohne sich um irgendwas zu kümmern, entspannte er sich auf seiner Matratze und manchmal auf dem Fußboden. Er konnte das ganz prima. Dann kamen fünf Tage am Stück, an denen man sehen konnte, wie Jimmy davondriftete, wenn man zufällig an seiner Tür vorbeikam. Ich kann nicht mehr sagen, wie oft ich ihn dazu bringen wollte, seinen Arsch in Bewegung zu setzen, weil er mir allmählich ein bisschen blass und zombiemäßig vorkam. Aber ich konnte sagen, was ich wollte – »Hey, James, magst du mitkommen und dich mit mir im Wald umschauen?« oder »Gilberto hat mir von einem hübschen Teich erzählt, unter einem Wasserfall, wo wir den Hippiemädchen beim Nacktbaden zuschauen können« –, er schaute mich immer bloß an wie einen schwachsinnigen Scheißer und murmelte: »Nee, Rico, mach du nur dein Ding. Mir gehts verdammt gut.«

Dann, weil ich schließlich ein Genie bin, habe ich zwei und zwei zusammengezählt und kapiert, dass er sich immer noch mit Schmerzmitteln und Bier über Wasser hielt. Ich bildete mir das nicht ein. Ich sah ihn mitten am Tag angezogen und völlig weggetreten auf seiner Matratze liegen, während der wunderbare blaue Himmel sich in seiner Brille spiegelte.

Das hat mich wahnsinnig gemacht. Wirklich reingehauen hat,

dass es mit meinem Pops genauso war. An den Wochenenden, meistens am Spätnachmittag, saß er immer ganz kaputt am Küchentisch und döste vor sich hin, während meine Moms weg war und mit Freunden etwas unternahm. Sobald ich sie wieder in die Wohnung kommen hörte, schüttelte ich ihn und spritzte ihm Wasser ins Gesicht, damit meine Moms nicht völlig ausflippte.

Das wollte ich für Jimmy auch tun. Aber als ich ihn so friedlich mit halboffenem Mund daliegen sah, fand ich es doch besser, ihn nicht aus seiner Welt rauszuholen. Schließlich war Jimmy mit seinen Brandwunden auf der Brust und seiner kaputten Brille eben Jimmy. Also machte ich die Tür zu.

Eines Morgens, ungefähr eine Woche, nachdem wir mit dem Anstreichen fertig waren, hatte Gilberto eine neue Aufgabe für uns – wir sollten den Behälter unter dem »Thronsaal«, wie er es nannte, ausräumen.

Den Abort.

»Oh, Menschenskinder«, sagte ich sarkastisch zu Gilberto. »Das ist ja phantastisch!«

»Tut mir leid, Kumpel«, sagte Gilberto. »Aber das ist eben etwas, das wir tun müssen.«

Ich saß auf der Veranda und hatte den Overall an, den er mir gegeben hatte: Ich trug nichts anderes, weil ich mich ja hauptsächlich auf der Farm aufhielt. Ich sah anders aus, und das gefiel mir. Als würde ich wirklich auf eine Farm gehören. Aber den Abort ausräumen? Das stand nicht auf meiner Liste.

»Meinst du das ernst?«

»Ja, aber sieh das mal so«, sagte er. »Du weißt ja, was die Pioniere über Hunderte von Jahren auf sich genommen haben. Und jetzt nimmst du exklusiv an einer Geschichtsstunde teil.«

»Wow, toll«, sagte ich und verzog das Gesicht.

Gilberto lachte.

»Hör mal, so schlimm wird das gar nicht«, sagte er und klopfte mir auf den Rücken. »Und es muss ja gemacht werden.«

»Gut, gut«, sagte ich und stand auf.

»Und jetzt solltest du mal deinen Freund Jimmy aus dem Bett hieven. Er muss seinen Anteil auch erledigen.«

Ja, Meister. Ja, Swami, dachte ich. Ja, Meister. Ja, Swami. Stuss mit Salami, ich höre und gehorche – aber Jimmy auf die Beine zu kriegen, war nicht so einfach. Ich klopfte an seine Tür, aber er reagierte nicht, und als ich aufmachte, war er mal wieder auf Traumreise. Ein Pillenfläschchen stand neben ein paar leeren Bierdosen auf dem Boden.

Er hatte seine Brille noch auf.

»Hey, Jimmy, komm jetzt. Steh auf, Mann!«, sagte ich und schüttelte ihn, bis er schließlich die Augen aufmachte.

»Wie spät ist es denn?«, fragte er ganz verschlafen.

»Schon zehn vorbei«, sagte ich.

»Prima. Gibst du mir noch ne Viertelstunde, ja?«

»Nein, Mann, wir haben was zu tun!«

»Was denn?«, sagte er, setzte sich auf und rieb sich die Augen.

»Das Plumpsklo ausräumen!«

»Was?«

»Ja, der Tag ist gekommen«, sagte ich und gab mir Mühe, fröhlich zu klingen.

»Kommt nicht in Frage.« Er ließ sich wieder aufs Bett fallen. Ich zog ihn am Arm und schüttelte ihn sogar ein paar Mal, damit er kapierte, dass ich es ernst meinte. Schließlich setzte er sich wieder auf und sagte: »Rico, mach nicht so einen Stress! Ich hab grade sehr gut geträumt.«

»Komm jetzt, Mann«, sagte ich ungeduldig. »Das sind wir Gilberto einfach schuldig, okay?«

»Ja gut. Ich bin in ein paar Minuten unten, aber verdammt« – er schüttelte ganz benommen den Kopf –, »was ist das denn für ein Laden, sind wir in der Grundausbildung?«

Ich dachte auch langsam, dass die Militärakademie meines Onkels Pepe in Florida vielleicht doch nicht so schlecht gewesen wäre. Wie viele Rekruten räumten schließlich schon einen Abort aus?

Und so wirds gemacht, falls euch das interessiert.

Zuerst legt man sich eine Staubmaske an, die Mund und Nase schützt, und dann stiefelt man los, als würde einen ein Exekutionskommando erwarten. Dann betritt man vom Hof so etwas wie einen kleinen Schuppen. Wenn man das Licht anknipst, sieht man das mit Kalk oder Asche vermischte Zeug, das durch den Kloschacht in einen dickwandigen runden Holzbehälter geplumpst ist, der ungefähr einsachtzig Durchmesser hat und einszwanzig tief ist.

Dann steigt man auf eine Trittleiter und macht sich daran, mit sehr langen Schaufeln den Mansch auf eine Schubkarre zu laden. Und während man das macht, sagen alle Beteiligten Sachen wie »Widerlich«, »Krass«, »Herrgottnochmal«, »Scheißgestank«, »Ähhhh!« und »Verdammt!« und »Pass auf, wo du das hinwirfst!«, »Oh, das ist alles echt!« und »Heiliger Bimbam!« – man lernt es zu schätzen, was für eine ganz besonders wunderbare Einrichtung moderne Spülklosetts – »*inodoros*« nannte meine Mutter sie – eigentlich sind.

Man trinkt eine Menge Bier, und jeder wartet darauf, dass er mit dem Schaufeln an die Reihe kommt.

Man sieht jede Menge Zeugs in dem Halbdunkel da drin: Tampons, Kulis, Bleistifte, sogar Romane und Comichefte, die irgendwie da reingeplumpst sind. Auch Geld, ab und zu kommt ein Dollarschein zum Vorschein, auf dem George Washington ein bisschen verlegen dreinschaut. Aber man denkt überhaupt nicht daran, da irgendwas rauszufischen.

Jedes Mal, wenn ein Schubkarren voll ist – wir hatten drei für unsere Arbeit –, schiebt man ihn zu einem Graben am äußersten Rand eines verfaulenden Maisfelds und kippt den Inhalt rein.

Auf dem Weg da hinaus fliegen tausend schwarze Fliegen um einen herum, und es ist schon überraschend, wie viele Spinnen und Würmer es sich in dem Zeug gemütlich gemacht haben.

Und alle Arten von Vögeln kamen angesegelt, um den Haufen zu inspizieren.

Wir fühlten uns ziemlich beschissen.

Aber Rex, Gilbertos Jagdhund, war ganz begeistert. Er kreiste um den Schubkarren herum, schnüffelte wie verruckt und wedelte mit dem Schwanz, als wäre er ein Ehrengast auf einer Party.

Es brauchte ungefähr fünfzig Fuhren, vielleicht drei Stunden.

»Mierda«, sagte ich vor mich hin.

Das spanische Wort für Ihr-wisst-schon-was.

Als wir das Zeug rausgeschafft hatten, packten alle mit an, und wir deckten den schleimigen Haufen mit Erde und sicherheitshalber auch mit Kalk zu. Wenn Gilberto das Zeug als Dünger hätte behalten wollen, wie es einige Farmer machten, dann hätten wir es einfach so liegen lassen können, damit es in der Sonne trocknet, aber Gott sei Dank wollte Gilberto das nicht.

Jimmy stand neben mir vor diesem *wunderbaren* Haufen und rauchte.

»Verdammt, Mann.« Ich stieß ihn an. »Schau dir das mal an! Und das stammt aus einem einzigen Haus!«

»Ja, das ist schon irgendwie unheimlich«, sagte er und nickte.

»Überlegt dir das mal«, sagte ich und überschlug das Ganze im Kopf. »Wenn das aus nur einem einzigen Haus stammt, und es gibt Millionen Häuser auf der Welt, mal ganz zu schweigen von Wohnblocks und Bürohäusern, Kaufhäusern und allen möglichen kleinen Hüttendörfern und Leuten, die in Höhlen wohnen, Mann, da kommt ein Mordshaufen dabei raus, oder?«

»Ja«, sagte Jimmy. »Aber lass uns nicht länger bei der Scheiße aufhalten, okay?«

Ich wusste nicht, ob er das witzig meinte oder nicht, aber ich ließ das Thema fallen, weil ich mich einfach freute, dass Jimmy wieder auf den Beinen war.

Als wir zurück in den Hof kamen, wurden die Schubkarren mit einem Schlauch abgespritzt, und alle stapften wieder ins Haus und rochen an ihren Klamotten. Ich brauchte ganz dringend eine Dusche. Aber das war auch so eine provisorische Angelegenheit: die Dusche bestand bloß aus ein paar Schläuchen, die von einem defekten Heizkessel im Keller in ein kleines Kabuff führten, und das Wasser war immer ein bisschen kalt.

Aber ich duschte trotzdem; ich musste.

Später, als alle sauber waren, lud uns Gilberto als Dank für unsere Arbeit zum McDonald's an der Route 26 ein.

»Na, was ist, Leute? Saftige Hamburger und Pommes auf meine Kosten!«

Curt, der Vegetarier war, sagte bloß: »Igitt!«

»Hey, kommt schon, Leute. Habt ihr euch heute nicht eine Abwechslung verdient?«

Aber einen Hamburger?

»*Que carajo*«, wie mein Vater sagen würde.

Hätte nie gedacht, dass ich einmal eine Einladung zum Essen ablehnen würde, aber es ist ja eigentlich logisch, dass man nach dieser Art von Arbeit keinen normalen Appetit mehr hat, wenigstens ein paar Tage lang.

Ich aß bloß ein paar *Ritz*-Kräcker mit Marmelade. Curt steckte sich einen Joint an und legte eine Platte von den Allman Brothers auf.

Jimmy, der auch frisch geduscht war, sich die Haare gekämmt hatte und schick aussah, »spiffy« – noch so ein Wort, das ich da draußen aufgeschnappt hatte –, las ein Heft der Zeitschrift *Life* aus dem Jahr 1943, mit Artikeln über den Zweiten Weltkrieg. Ab und zu stand er auf, um aus dem Fenster zu schauen, dann setzte er sich wieder. Ich wusste nicht, was er hatte, bis Polly in ihrem VW ankam und ihn neben der Scheune parkte. Während wir das Plumpsklo ausgeräumt hatten, war sie in Gilbertos College gewesen, wo sie irgendeinen Sommerkurs in Kunst belegt hatte, und als sie anfing, den Wagen auszuladen, stand Jimmy sofort auf, war blitzschnell, wie Flash Gordon, draußen und half ihr, ihre Sachen ins Haus zu schaffen.

Sie kam mit einem großen Zeichenblock in der Hand herein. Alle konnten sich die Zeichnungen anschauen, und natürlich auch Jimmy. Es waren Kohlezeichnungen, Akte, und die Nackten hatten Posen eingenommen, als wären sie Statuen in einem Museum.

»Die sind geil«, sagte er zu ihr. »Die gehen direkt auf die Eier!«

Sie wurde richtig rot. Ich bin nicht sicher, ob das mit seinem Wortschatz zusammenhing – niemand da draußen benutzte solche Wörter –, oder ob sie ihm das wirklich abnahm.

»Findest du das wirklich?«, fragte sie lächelnd.

Dann: »Ja, sie sind wirklich *chévere*.«

»Was heißt denn *chévere*?«, fragte sie ganz amüsiert.

»Das bedeutet, dass etwas cool ist, klasse, Dynamit«, sage Jimmy, gleichzeitig spöttisch und lässig. »Etwas, das nicht bloß hip ist, sondern irgendwie auch Schwung hat und elegant ist – so wie du, verstehst du?«

»Wirklich?«, fragte sie und warf ihm einen schnellen Blick zu.

Ich dachte die ganze Zeit: Sags ihr, Jimmy. Sags ihr!

Und als könnte er meine Gedanken lesen, sagte er: »Glaub mir, ich kann beurteilen, dass sie gut sind, weil ich selber zeichne.«

»Wirklich?«, sagte Polly, als wäre sie ernsthaft interessiert. »Kannst du mir was zeigen?«

»Ja, gut«, sagte er und betrachtete sie eingehend. »Setz dich hin.«

»Jetzt?«

»Ja«, sagte er. »Wieso denn nicht? Ich zeigs dir.«

Also setzte sie sich in ihrem altmodischen langen Kleid hin, drückte die Knie zusammen, nahm ihre Brille mit dem Drahtgestell ab, schleuderte mit einer Kopfbewegung ihr langes welliges Haar zurück und wartete.

Jimmy nahm ihren Block und ein paar Stifte, steckte sich eine Zigarette an und bat mich, ihm ein Bier zu holen. Dann hielt er den Daumen hoch und bewegte ihn leicht hin und her, als würde er sie durch das Visier eines Gewehrs betrachten. Er zog sich sein Halstuch zurecht, damit es nicht verrutschte. Seine Hand glitt über das Blatt, und er hatte den Kopf so tief gesenkt, dass sein Gesicht wirkte, als wäre es von seinem Unterkiefer eingerahmt. Es war wie früher, wenn er oben auf unserem Dach immer wieder Skizzen von meinem Gesicht machte und sein Blick dabei ganz ernst wurde, oder wenn wir in meinem kleinen Zimmer waren und Jimmy sich schwer reinhängte, wenn er unsere Comics illustrierte.

Er zeichnete sehr schnell. Curt drehte die Platte von den Allman Brothers um, als Jimmy, der wie ein Verrückter arbeitete, schon die Seite mit Polly ausgefüllt hatte. Ich weiß das, weil ich hinter ihm stand, wahnsinnig stolz war und zuschaute.

Er steckte sich noch eine Zigarette an, betrachtete die Zeichnung, zuckte die Achseln und gab Polly den Block.

»Es geht so«, sagte er, als sie den Block nahm. »Aber ich mach das Ding später ganz fertig.«

Es war ein gutes Bild. Er hatte sie gut getroffen. Sie sah sogar noch schöner aus, als sie war. Sie war nicht ganz so gebaut, aber er hatte ihr tolle große Brüste verpasst, wie sie Wonder Woman hatte, und ohne Brille hatte sie eigentlich einen leeren Blick wie der kurzsichtige Mr Magoo im Fernsehen, aber Jimmy hatte ihre Augen so gezeichnet, dass sie wach und lebendig waren.

Sie hatte ihre Brille wieder aufgesetzt, legte sich die Hand an den Hals und betrachtete die Zeichnung eingehend. Betrachtete sie wirklich lang, als versuchte sie rauszufinden, wie er das so schnell hinbekommen hatte. Sie schaute und schaute einfach die ganze Zeit, ohne etwas zu sagen, und aus irgendeinem Grund machte das Jimmy sehr nervös. Er stand auf und ging, weil er sein Bier ausgetrunken hatte, an den Kühlschrank, um sich noch eines zu holen.

»Ich hab ja gesagt, dass ich es später noch fertig mache«, sagte er, als er wieder zurückkam. »Aber was hältst du davon?«

»Es ist wirklich gut«, sagte sie schließlich lächelnd. »Du hast wirklich Begabung!«

Als ich das hörte, dachte ich *Halleluja!*, als würden meine Comicträume wieder Auftrieb bekommen. Aber Jimmy ganz Jimmy konnte seine Stimmung in einer Sekunde umschlagen lassen, und er fiel in einen Sessel. Seine Augen verdrehten sich und es sah aus, als würde er plötzlich einen Anfall bekommen, wie wenn er auf H war.

Und dann fing er an, Polly alle möglichen verrückten Sachen zu erzählen, hauptsächlich, dass er überhaupt nicht gut war.

»Naja, danke, Polly, aber meine Zeichnungen sind Mist – das kann doch jeder«, sagte er. »Ich meine, ich muss noch verdammt viel lernen, aber eigentlich ist das für mich nicht wichtig … Du musst mich also nicht loben, weil du nett zu mir sein willst. Ich kenne die Wahrheit, hörst du?«

Sie wirkte nervös und sagte: »Aber ich hab doch bloß – «

Das konnte ihn nicht aufhalten.

»Auch wenn du ein hübsches Mädchen bist und mir nicht auf die Zehen treten willst, weiß ich genau, was mit dem Scheiß hier los ist. Nämlich nichts, es ist keinen Furz wert. Ich bin nicht so ein Scheißkünstler, hörst du, das ist auch gar nicht wichtig, wenn man ein Mann ist, und …«

Zu meinem Entsetzen machte Jimmy weiter und gab den ganzen Schrott von sich, mit dem sein Pops ihn ständig traktiert hatte. Polly stand auf und bedankte sich noch einmal, aber er hörte sie anscheinend gar nicht. Dann ging mir plötzlich auf, was los war. Er musste einen ganzen Haufen von diesen verdammten Schmerztabletten geschluckt haben.

Jimmy hatte an diesem Abend noch nicht einmal Lust zum Essen. Er saß bloß in einer Ecke in einem Schaukelstuhl, trank Bier, rauchte eine nach der anderen und überarbeitete die Zeichnung, radierte immer wieder etwas aus und kritzelte dann wie besessen wieder aufs Blatt.

Dann stand er auf und ging wieder an den Kühlschrank.

»Hey, Rico?«, rief er zu mir herüber, als er endlich mit dem Bild fertig war.

Ich saß neben Wendy.

»Also, was hältst du davon?«, sagte er mit leiser rauer Stimme, als er mir die Zeichnung hinhielt.

Ich war überrascht, wie sehr Jimmy das Ding kaputtgemacht hatte. Es war eine verrückte Version von Polly geworden mit vielen Zickzacklinien, die wie wilde Büschel aussahen. Sie wirkte wie ein hundertjähriger Ghul in irgendeinem Horrorfilm.

»Ah … naja …«, sagte ich. »Cool. Aber ich würde es Polly nicht gerade jetzt zeigen, ja?«

Er war schwer beleidigt.

»Stimmt was nicht damit?«, fragte er ganz laut.

»Nee, es ist toll! Aber du solltest noch warten, bevor du es ihr zeigst«, sagte ich und richtete mich auf.

»Du findest also, es ist Mist, oder?«

»Nee, nee, Jimmy, das finde ich nicht – « Aber bevor ich auch nur noch ein Wort sagen konnte, riss er das Blatt aus dem Block und zerfetzte es. Dann schleuderte er den Block hinter sich.

»Gut«, sagte er. »Schon kapiert.«

Dann fing er an, mit dem Stuhl zu schaukeln und zog wie verrückt an seiner Zigarette.

»Verdammt, Jimmy«, sagte ich.

Alle hatten es mitbekommen. Gilberto, Wendy, Bonnie und Polly schauten die ganze Zeit zu uns herüber. Nur Curt, der am Plattenspieler war, tat so, als wäre er Jimmi Hendrix, und schaute nicht herüber.

»Jimmy«, sagte ich mit meiner einfühlsamsten Stimme. »Du musst jetzt cool bleiben, ja?«

Aber es war, als könnte er mich nicht hören. Und ein paar Minuten später schlief er schon.

Es war noch nicht einmal halb zehn.

Am nächsten Morgen rief mich Gilberto in die Küche. Er stellte Jimmys leere Bierflaschen in eine Kiste.

»Ich weiß, dass es ein ziemlicher Schlauch war, den Abort auszuräumen«, sagte er. »Aber was ist mit deinem Freund Jimmy los?«

»Ich weiß es nicht«, sagte ich, ganz verlegen.

»Ich meine, ich mag dich, Bruderherz, aber kann er sich zu einem Problem auswachsen?«

»Nein, Gilberto«, sagte ich und schüttelte den Kopf. »Er ist bloß ziemlich durcheinander seit seinem Brandunfall.«

»Mhm, und was heißt das?«, fragte Gilberto, legte mir die Hand auf die rechte Schulter und drückte mächtig zu. »Nimmt er irgendwas?«

»Nichts, von dem ich etwas wüsste«, sagte ich und ich wurde rot, wie immer, wenn ich log.

»Komm mal mit nach draußen«, sagte Gilberto. Auf seinem Gesicht lag ein besorgter Ausdruck, und als er mit dem Stiefel die Fliegentür aufstieß und die Kiste mit den leeren Flaschen auf dem Hof hinaustrug, dachte ich: *oh je.*

»Schau mal, Rico«, sagte er, während er die Kiste abstellte. »Ich hab lange genug bei uns im Block gewohnt, dass ich merke, wenn jemand high ist. Erzähl mir also keinen Scheiß, ja?«

»Das würde ich auch nicht«, sagte ich. »Ich schwörs.«

»Also, was nimmt er?«

»Schmerzmittel – aber das muss er, wegen der Brandwunden, von denen ich dir erzählt habe«, gab ich schließlich zu. »Sonst kann er überhaupt nicht schlafen.«

»Mhm«, sagte er. Eine Ader – eine Ader, die ich noch nie gesehen hatte – trat plötzlich auf seiner Stirn hervor. »Schau mal, lass mich offen mit dir reden, Rico«, fing er an. »Ich hab nichts dagegen, dass du hierher gekommen bist, und ich hab noch nicht einmal was dagegen, dass du Jimmy mitgebracht hast. Aber ich *hab* was dagegen, wenn dieser Mist in meinem Haus abgeht. Ich bin hierher gekommen, weil ich von dieser Junkiementalität weg wollte, verstehst du?«

Er unterbrach sich, suchte in seinen Taschen und holte einen Beutel Bull-Durham-Tabak heraus und Zigarettenpapier. Auch wenn ich aufgeregt war, fand ich es immer noch schön, wie elegant er das machte. Es dauerte ungefähr eine Minute, bis er sich eine Zigarette gedreht hatte. Er hatte die Schnur des Beutels zwischen den Zähnen, und am Ende war die Zigarette so voll und rund und fest gestopft wie eine Marlboro. Dann, während er am Absatz seines Stiefels ein Streichholz anzündete und sich das Ding ansteckte, fuhr er fort: »Schau mal, der Junge tut mir sehr leid. Ich finde es schlimm, dass er sich diese Brandwunden zugezogen hat und alles, aber das ist nicht mein Problem. Es wird wohl am besten sein, wenn du mit ihm darüber redest. Er muss das hinbekommen, sonst fliegt ihr hier bei uns raus. Ich will diese negative Energie nicht in meinem Haus, hörst du?«

»Ja, Gilberto, ich hör dich«, sagte ich und dachte, wie ungerecht es war, dass man eine gute Absicht haben konnte und dann etwas Ungutes dabei rauskam.

Gilberto packte meine Schulter schüttelte mich ein paarmal, aber sanft.

»Ich meine das ernst, Rico«, sagte er, als er wieder ins Haus zurückging. Die Fliegentür schlug vier- oder fünfmal gegen den Türrahmen, bevor sie richtig zuging.

Danach saß ich auf der Veranda, schaute zu, wie die Sonne im Osten aufging und machte mir Gedanken über Jimmy. Ich kam zu dem Schluss, dass es nur eine einzige Möglichkeit gab, etwas zu erreichen, weil ich zu meinem Kumpel James sagen konnte, was ich wollte, ohne dass es etwas nutzte. Ich ging wieder ins Haus zurück und schlich mich in sein Zimmer. Jimmy war wieder auf Traumreise, und ich sah mich nach seiner Bowlingtasche um.

In der Tasche fand ich ein Foto von Jimmys letzter Freundin aus der Zeit, bevor er mit Drogen rumgemacht hatte, diese scharfe *dominicana* Carmen, die aussah wie ein Engel. Dann ein Bild von mir und Jimmy, das ein paar Jahre vorher auf der Treppe vor unserem Haus aufgenommen worden war: Ich hatte ein lässiges Grinsen aufgesetzt und hielt zwei Finger hinter Jimmys Kopf hoch, so dass es aussah, als hätte er Hasenlöffel. Dann fand ich noch eine Tube Cortisonsalbe, eine Packung feuchte Mullbinden, eine Flasche Kölnisch Wasser, dann noch ein paar Unterhosen, zehn Päckchen Kaugummi, einen Flaschenöffner, drei Bleistifte und einen kleinen Block.

Dann, ganz unten, in einen Socken eingewickelt, fand ich zwei Fläschchen mit Tabletten.

Als Jimmy an diesem Nachmittag aufwachte, klopfte er ganz aufgeregt an meine Tür.

»Rico«, sagte er. »Hast du mein Zeug weggenommen?« Er zitterte vor Wut.

»Ja«, sagte ich. »Es ist nur zu deinem Besten.«

»Ach, Mann«, sagte er und schlug gegen den Türrahmen. »Wieso bist du bloß so spießig?«

Ich zuckte die Achseln.

Dann schob er sich einfach an mir vorbei ins Zimmer und fing an, meine Tasche zu durchsuchen, dann meinen Schrank.

»Was hast du damit gemacht?«, wollte er wissen.

»Ich sag dir nicht, wo sie sind«, sagte ich.

»Wieso sackst du meine Pillen ein?«, fragte er und schaute mich zornig an. »Was hab ich dir denn getan?«

»Jimmy, ich hab das getan, weil ich dein Freund bin, kapiert?«

»Ja, richtig, und ein Freund macht so was, ja?«, sagte er und schaute sogar in einem Paar meiner Schuhe nach. Als er sah, dass nichts drin war, knallte er sie an die Wand.

»Jimmy, sie sind nicht hier.«

»Verdammte Scheiße, wo sind sie?«

Ich beschloss, es ihm zu sagen, damit er wenigstens aufhörte, mich zu löchern.

»Wenn du es unbedingt wissen musst, ich hab sie in das Plumpsklo geschmissen.«

Und schon zwei Minuten später war Jimmy unten im Hof und machte die Tür zur Sickerkammer auf. Ich will mir gar nicht vorstellen, was er in dem Holzbehälter da drin alles sah: Ich meine, das Klo war seit dem Ausräumen am Tag zuvor wieder benutzt worden, und menschliche Ausscheidungen bestehen hauptsächlich aus Säuren – aus Harnsäure, das weiß ich aus Biologie –, die alles zersetzen, womit sie in Berührung kommen. Aber Jimmy versuchte wirklich, die Tabletten zu finden, starrte in diesen Behälter und setzte sich völlig umsonst dem Gestank aus.

Danach redete er nicht mehr mit mir. Er verschwand immer mal wieder, rührte keinen Finger auf der Farm und ging auf den Straßen zwischen den Feldern in Richtung Stadt, bis jemand vorbeikam und ihn mitnahm. Wendy erzählte mir, dass sie Jimmy mit einem richtig saueren Gesicht aus einer der Apotheken kommen gesehen hatte – er hatte wahrscheinlich probiert, auf sein Rezept Tabletten zu bekommen, und war abgewiesen worden.

Wahrscheinlich immer und immer wieder.

Jedes Mal, wenn ich ihn sah, sagte ich: »Komm schon, ich wollte dir doch bloß helfen, Mann.«

Und er schaute mich dann bloß mit so einem zornigen Verpiss-dich-Blick an.

Oder er drehte mir den Rücken zu, wenn ich irgendwo reinkam.

Wenn der Nachmittag langsam zu Ende ging, konnte er es kaum erwarten, dass Curt und Bonnie im Wagen ankamen und er einen Joint von Curt schnorren konnte. Ansonsten hing er bloß rum, trank auf der Veranda ein Bier nach dem anderen oder stiefelte scheißwütend ums Feld herum und warf die leeren Dosen in einen Graben oder auf eine alte Vogelscheuche, als wollte er mich treffen.

Das Ganze war ziemlich blöde. Er war blöde. Aber wisst ihr, wie es dann gelaufen ist?

Nach ein paar Wochen konnte ich es einfach nicht mehr aushalten. Ich hatte einen Farmer aus der Umgebung auf der Straße getroffen und einen Zaun für ihn geflickt – zehn Dollar für die Arbeit eines Nachmittags –, und als ich heimkam und Jimmy immer noch beleidigt auf der Veranda saß, sagte ich zu ihm: »Hör mal, wenn du willst, dass unsere Freundschaft für immer kaputtgeht, dann fährst du am besten einfach wieder nach New York zurück, okay?« Und dann noch: »Ich geb dir auch das Geld für den Bus, wenn es dir so schlecht geht.«

Zuerst tat er so, als wäre ich gar nicht da.

»Hey, Jimmy«, sagte ich. Ich brüllte fast. »Ich rede mit dir!«

Schließlich schaute er mich an.

»Ich will dir mal was verklickern – was du gemacht hast, war wirklich Scheiße«, sagte er. »Wenn du das mit jemandem in New York machst, dann treten sie dich in den Arsch, oder noch schlimmer. Das weißt du, oder?«

»Ja«, sagte ich und schlug mit der Hand auf eine Stechmücke, die sich auf meinem Arm niedergelassen hatte. »Aber das hier ist nicht New York.«

»So viel ist mal sicher«, sagte er und schaute aufs Feld hinaus.

Dann sagte er eine Zeitlang nichts.

»Also, wie ich schon gesagt hab, Jimmy, wenn es dir hier nicht gefällt, geb ich dir das Geld für die Fahrt, okay?«

Aber sogar Jimmy muss ganz tief drin gewusst haben, dass diese Farm etwas Besonderes hatte. Dass die Farm etwas Besonderes war und die frische Luft und dass man hier mit dem ganzen Krampf der Stadt nichts mehr zu tun hatte.

»Ich hab nicht gesagt, dass ich weg will«, sagte er schließlich. »Es ist nur so, dass du mich ankotzt.«

Als hätte ich das nicht gewusst.

»Aber weißt du, was? Ich verzeih dir das trotzdem.«

Verzeiht mir was? Dass ich ihn davor bewahren wollte, von diesen Pillen richtig abhängig zu werden? Aber ich hielt die Klappe.

»Du meinst, alles ist wieder cool?«

»Ja, ich glaub schon«, sagte er und stieß mich leicht mit der Schulter an. »Und jetzt gibt mir die Pfote.«

Wir gaben uns die Hand, machten dann eine Faust und stießen uns mit den Fingerknöcheln an.

Also waren wir wahrscheinlich wieder Freunde.

Mann, hab ich mich gut gefühlt.

Fast so gut wie bei dem Anblick, der sich mir ein paar Tage später bot.

Ich schaute gerade aus dem Fenster, als ich Jimmy mit Polly aus dem Haus kommen sah. Ich weiß nicht, womit er sie bequatscht hat, aber er trug ihre Staffelei und zwei Stühle. Sie trug einen Zeichenblock und eine polierte Holzschachtel. Sie gingen tief ins Feld hinein, bis zu der Stelle mit den schattigen Bäumen, wo der Boden ganz weiß vor Pusteblumen war. Dort stellten sie ihre Stühle hin, und Jimmy saß neben ihr, als sie zu zeichnen anfing. Dann nahm er seinen eigenen Block und machte neben ihr Skizzen, bis die Sonne unterging.

Teil 4

Die Tankstelle

Sechzehn

Im August wurde es mir richtig langweilig, weil es nicht viel mehr zu tun gab, als an diesen toten, stillen Tagen auf der Farm rumzuhängen. Ich kann nicht sagen, dass mir New York gefehlt hätte – verdammt nochmal, nein! Aber ein paar Sachen fehlten mir: der Gang zu Jacks Schreibwarenladen, wo ich mir die neuesten Comics anschauen oder an der Theke ein Egg-Cream-Soda und Pommes bestellen konnte, die in Ketchup schwammen. Und mir fehlten die Stickball-Spiele mit diesen Typen, die die ganze Zeit quatschten. Und noch andere Sachen – wenn ich zum Beispiel zufällig die Frauen aus dem Schönheitssalon traf, in dem meine Mutter arbeitete, und wenn sie mich dann in die Backe zwickten.

Mir fehlten irgendwie sogar meine Jobs – die Arbeit vormittags in der Wäscherei bei Mr Gordon und das Antiquariat von Mr Ramirez, wo ich am Nachmittag hinter dem Ladentisch sitzen und stundenlang lesen konnte –, und mir fehlte, wenn ich dann auf dem Heimweg meinem Pops in die Arme lief, wir zusammen den Block entlanggingen, er mir Chiclets anbot und den Arm um meine Schulter gelegt hatte, wir beide einfach zusammen waren. Wenn ich einmal angefangen hatte, an zu Hause zu denken, kamen mir alle möglichen Sachen – kubanische Sachen – in den Kopf. Wie zum Beispiel der kleine Altar für die *Virgen de Cobre*, die Jungfrau von Cobre, der Schutzpatronin Kubas, den meine Mutter in einer Ecke ihres Schlafzimmers aufgebaut hatte, dann das Dartboard mit dem Bild Fidel Castros, das mein Vater immer zur Belustigung seiner Freunde hervorholte. Und wenn sie in der Küche Domino spielten, die Kumpel meines Vaters – Klempner, Hausmeister, Schuhverkäufer –, Landsleute nannte er sie, und bis zum frühen Morgen Rum tranken und dann so Schlagseite hatten, dass sie auf dem Heimweg auf der Straße kubanische Lieder sangen, und die Leute die Fenster zumachten oder aufgebracht hinter ihnen her riefen.

Dann, wie aus heiterem Himmel, sah ich auf einmal meine *mamá* vor mir, wie sie den Saum an meiner Hose nähte und mir, während ich mich hin und her drehte, auf Spanisch sagte, dass *cubanos* immer gut angezogen waren, gut angezogen sein mussten, und dass ihrer hochnäsigen Meinung nach Kubaner, im Gegensatz zu anderen Latinos, etwas Besonderes waren. Puerto Ricaner seien wirklich toll, sagte sie – *fast* kubanisch; Mexikaner und Dominikaner seien auch gute Seelen, wie alle Latinos, aber soweit es sie betreffe, seien Kubaner eine Klasse für sich.

Und dadurch erinnerte ich mich auf einmal wieder an ein Referat, in dem ich in der siebten Klassen Schwester Fürchterlich (ja, alle Nonnen hatten Spitznamen) und meinen Mitschülern zu erklären versuchte, was es für mich bedeutete, Kubaner zu sein. Ich suchte in der Schule ein bisschen im Lexikon herum, aber hauptsächlich sprach ich über Sachen, die mir gerade so einfielen. Ich stotterte und kam kaum dagegen an, weil so viele Augen auf mich gerichtet waren und weil ich gleichzeitig wahnsinnig verlegen war und vom Leder ziehen wollte. Meine Liste und meine Erklärungen sahen ungefähr so aus.

1. Kubaner zu sein war das Beste, weil die Stadt Santiago im Osten, in deren Nähe meine Moms und mein Pops geboren wurden, eine der ersten Hauptstädte der Karibik war. Christoph Kolumbus hat 1492 die Bucht, an der die Stadt gebaut wurde, als Erster entdeckt, nachdem er über den unbekannten Ozean gesegelt war, ohne über den Rand der Welt zu kippen. (Prima, oder?)

2. Kuba war cool, weil es überall auf der Insel exotische Blumen, wunderschöne Bäume und seltene Wälder gab … und weil die Kubaner die besten und größten *plátanos* auf der Welt haben.

3. Havanna, die heutige Hauptstadt, war wie eine Mutter, auch wenn sie oft von Piraten überfallen und geplündert worden ist und ein britischer Admiral die Stadt sechzehnhundertnochwas in Brand gesteckt hatte.

4. Und wie meine Moms mir erzählt hat, war die Insel so schön, dass Nixen sich gern in den Wassern vor ihren Ufern niederließen. Jedenfalls war Havanna bekannt als das »Paris der Karibik«, während die ganze Insel Kuba den Beinamen »Perle der Antillen« trug.

5. Und die Hintern ihrer Frauen waren absolut *supremo* (aber das konnte ich in meinem Referat nicht sagen).

6. Jede Menge Zucker und Zigarren kamen aus Kuba, wenigstens, bis diese widerliche kubanische Revolution und dieser bärtige Typ Fidel Castro kamen und allen die Freiheit geraubt haben. Deswegen haben viele Kubaner hier drüben so viel Mumm, eben richtig große Eier, arbeiten hart und hassen den Kommunismus bis aufs Blut.

7. Schon lange vor der Revolution, die 1959 stattfand, als ich noch ein kleines Baby war, lebten Tausende von Kubanern hier, wie zum Beispiel mein Pops. Aber danach waren die Kubaner, jede Menge Kubaner, ganz verrückt darauf, rauszukommen, und alle möglichen Cousins und Cousinen von mir kamen auf Flößen, Booten und Flugzeugen in die Staaten, weil sie frei sein wollten.

8. Und, wie mein Pops zu mir gesagt hat, wieder ganz von vorne anzufangen und sich so mächtig reinzuhängen und hochzu-

arbeiten, formt den Charakter, deshalb haben Kubaner auch nicht viel Verständnis für Leute, die nicht arbeiten.

9. Und Kubaner sind richtig stolz darauf, Kubaner zu sein. Ja, Kubaner sind die Sahne auf dem Kaffee.

10. Oh ja, und wir haben der Welt Desi Arnaz geschenkt, auch bekannt als Ricky Ricardo in *I Love Lucy*. (Danke, danke.)

Dann verschwand das wieder aus meinem Kopf so schnell und unerklärlich, wie es aufgetaucht war.

Ich saß auf Gilbertos Veranda, vor mir dehnten sich hundertprozentig echt amerikanische Felder aus, und ich fragte mich, wer zum Teufel ich eigentlich war. Ach, ja, ich war der *weiße* Sohn kubanischer Eltern, der von zu Hause ausgerissen war und auf der Farm seines puerto-ricanischen Kumpels mitten im getreidereichen Wisconsin rumhing. Man musste sich das mal vorstellen. Es war verrückt.

An den meisten Tagen habe ich sowieso nicht viel gedacht. Mein Hirn war abgestorben. Ich meine, es gab nicht einmal ein Kino, ein Schreibwarengeschäft oder einen Plattenladen, die man ohne Auto erreichen konnte. Die Luft war immer noch frisch, es ging oft eine angenehme Brise, aber auch wenn immer wieder kleine Vögel im Gras herumhüpften und ab und zu ein Eichhörnchen einen Baumstamm herunterhuschte, wurde ich doch ein bisschen unruhig.

Manchmal war mir da auf der Veranda so langweilig, dass meine Gedanken einfach mit mir durchgingen. Ich glaubte wirklich, dass die Vögel – die Lerchen, Reisstärlinge, Amseln und Schwalben, die Bonnie, ein Naturfreak, mir mal gezeigt hatte, als sie in den Bäumen herumhüpften – sich heftig miteinander unterhielten. Und ich hätte schwören können, dass ich mich mit einem Insekt angefreundet hatte, einer Gottesanbeterin, die eines Morgens von irgendwoher angehüpft oder angeflogen kam und sich neben mir niederließ, nur um mir Gesellschaft zu leisten. Sie war ein prächtiges Tier, wie eine Königin aus einer anderen Welt, und sie putzte sich dauernd ihre Kiefer. Ihre Augen saßen seitlich am Kopf, wie schwarze Perlen; und sie hatte einen dicken langen Körper, ganz grün, wie Maisblätter.

Am nächsten Tag kam sie wieder. Und am Tag darauf auch. Ich wusste nicht, was sie fraß, aber dann habe ich in der Stadt Vogelsamen gekauft. Ich streute die Samen auf den Boden, aber sie zogen nur Vögel an, einen ganzen Schwarm, die sich darüber hermachten, als würde morgen die Welt untergehen.

Eines Nachmittags, als die Gottesanbeterin wieder aufkreuzte, fing ich an, etwas zu ihr zu sagen, als wäre sie ein Haustier: »Was kann ich dir denn Gutes tun, meine Kleine?«

Gilberto kam vorbei und jaulte laut auf. »Okay, du bist jetzt wohl völlig durchgeknallt, Rico. Unterhältst dich mit einem Insekt, oder?«

»Ja, sieht so aus«, sagte ich und kam mir vor wie ein Blödmann.

»Verdammt, du musst dich nach ner Freundin umschauen!«, sagte er kopfschüttelnd.

Er hockte sich neben mich. Die Gottesanbeterin flog davon, in die Bäume.

»Aber ich hab eine gute Nachricht für dich, Rico.« Ich wusste, dass er gerade für ein paar Stunden pro Tag einen Job in einer Brauerei in Milwaukee angenommen und sich bei einem Schildermaler in der Stadt nach Arbeit für Jimmy erkundigt hatte, aber ich hatte keine Ahnung, dass er sich auch meinetwegen umgehört hatte.

»Und das wäre?«, fragte ich.

»Naja, ich habe einen Job für dich aufgetan!«, sagte er fröhlich.

»Und was ist das für ein Job?«

»Tankwart, bei der Clark's Tankstelle.«

»Tankwart?«, fragte ich verdutzt.

»Ja. Die Nachtschicht. Die geht von acht Uhr abends bis acht in der Früh, und du kriegst einen Dollar fünfzig die Stunde.« Gilberto war ganz stolz auf sich. »Ich kenn den Typ, der den Laden führt – er ist schwer in Ordnung.«

»Aber von acht bis acht?«

»Ja, aber mach dir deswegen keinen Kopf«, sagte Gilberto aufgeräumt. »Es sind nur vier oder fünf Nächte die Woche, und die meiste Zeit ist da nichts los. Nach elf kommt kaum noch jemand vorbei, und wenn, dann hauptsächlich Lastwagenfahrer.«

Er klopfte mir auf den Rücken.

»Die Stoßzeit dauert überhaupt nicht lange. Du kriegst Geld dafür, dass du einfach nur da bist. Was denkst du?«

Das klang gar nicht so schlecht. »Okay«, sagte ich. »Aber wie komm ich da hin?«

»Du kannst mein Fahrrad nehmen, solang es draußen noch warm ist. Danach setz ich dich ab, oder du kannst dir den Pick-up ausleihen.«

»Hey, aber ich kann nicht fahren«, sagte ich.

»Vielleicht jetzt noch nicht, aber wir besorgen dir eine Genehmigung, und du lernst es, ja?«, sagte er und war wieder der superpositive alte Gilberto.

Dann, als er aufstand und ins Haus ging, kam die Gottesanbeterin wieder auf die Veranda zurückgeflogen.

Hier meine stumme Unterhaltung mit ihr:

»Also, meine Kleine, was hältst du davon?«

»Wovon?«, fragte das klug aussehende Wesen.

»Von dem Job in der Tankstelle. Glaubst du, das taugt was?«

»Ja, das ist für einen Job nicht schlecht«, sagte sie und kaute an einer Fliege herum.

»Aber alles andere?«

»Du meinst, dass du dich von deiner Familie abgesetzt hast? Das musst du selber wissen, Mann!« Ihre Kiefer arbeiteten wie verrückt.

»Aber ich kann doch nicht einfach wieder zurück, verstehst du das?«

»Ich weiß schon, was du meinst«, sagte die Gottesanbeterin. »Du musst die Gedanken daran wegdrücken. Sonst machst du dich verrückt.«

Und das war ich ja vielleicht auch schon. Hallo! Ich unterhielt mich mit einem Insekt, auch wenn das Ganze nur in meinem Kopf ablief!

Siebzehn

Drei Tag später fuhr Gilberto mich zur Clark's Tankstelle und stellte mich dem Besitzer vor. Die Tankstelle war eine Insel aus Zapfsäulen und grellen gelben Neonlichtern am Stadtrand von Janesville gleich gegenüber der Autobahnauffahrt, von der man in Richtung Norden nach Madison kommt. Der Besitzer war ein großer rotblonder Typ, Mr Jenkins. Er war ganz geschäftsmäßig und lächelte kein einziges Mal, während er mir einen Haufen Fragen stellte.

»Du heißt also Rico?«

»Ja.«

»Aber dein Familienname ist Fuentes. Wo kommt das her?«, sagte er.

»Naja, Sir«, sagte ich und versuchte so cool wie möglich zu bleiben. »Das ist ein spanischer Name. Meine Leute kommen aus Kuba.«

»Kuba?« Er wirkte überrascht. »Darauf wäre ich bei dir absolut nicht gekommen.« Dann, während er mich von oben bis unten musterte, sagte er noch: »Du siehst überhaupt nicht so aus wie die mexikanischen Illegalen, die ich von Zeit zu Zeit zu Gesicht kriege. Siehst nicht aus wie ein *Wetback*.«

Ich zuckte zusammen. Da haben wirs schon wieder, dachte ich. Der hiesige Ausdruck für S*pic*. Im Mittelwesten heißt das also *Wetback*.

»Hast du die Highschool abgeschlossen?«

»Ja«, log ich.

»Also, Rico, ich stell dich ein. Du machst einen aufgeweckten Eindruck. Und jetzt sollte ich dir wohl mal ein paar Sachen zeigen.«

Als Erstes zeigte er mir, wie man eine Zapfsäule bedient – Kinderspiel. Als Zweites erklärte er mir, dass bestimmte Motoröle, die mehr als andere kosteten, in gesonderten Regalen standen (»Verwechsle die nicht«). Das Dritte war ein Zigarettenständer, dessen Bestand ich genau überwachen musste, und das Vierte war ein Bodentresor, in dem man jeden Morgen die Einnahmen der Nacht deponierte.

»Verstanden?«

»Ja, ich glaub schon.«

»Also, wenn jemand reinkommt, sagst du: ›Wie kann ich Ihnen helfen, Sir?‹ Und zwar sagst du das sehr höflich, als wäre dieser Autofahrer der wichtigste Mensch auf der Welt. Verstanden?«

»Ja, klar.«

»Dann sag es jetzt.«

Was? Aber er meinte das ernst. Also wiederholte ich halbherzig: »Kann ich Ihnen helfen, Sir?«

Mr Jenkins war nicht zufrieden. Er rang verzweifelt die Hände.

»So nicht, Rico. Sag es so, als würdest du es wirklich meinen.«

Das machte ich dann auch und tat so, als wäre ich echt interessiert.

»Dann, während du ihren Tank volllaufen lässt, spritzt du kurz einen Reiniger auf ihre Windschutzscheibe und wischst sie mit einem Lappen ab. Auf vielen Scheiben kleben jede Menge Insekten, ja?«

»Okay.«

»Und dann fragst du sie immer, ob du den Ölstand prüfen sollst. Weißt du, wie das geht?«

Mein Pops hatte kein Auto, also wusste ich es nicht.

»Oh, Junge«, sagte er und zeigte mir, wie man mit einem Messstab umgeht.

»Und vor allem – nicht rumhängen, okay? Wenn nicht viel los ist, erwarte ich, dass du etwas tust, den Boden fegst. Und du musst wenigstens einmal in der Nacht die Toiletten wischen und dafür sorgen, dass genug Klopapier da ist und so. Kapiert?«

»Mhm.«

Wow, dachte ich, zuerst einen Abort ausräumen, und jetzt muss ich auch noch Klos putzen.

Dann gab er mir ein Hemd mit einem Clark-Aufdruck, für das er mir fünf Dollar berechnete, und einen Münzwechsler aus Metall, den ich mir an den Gürtel hängen konnte und in dem zwanzig Dollar Wechselgeld steckte.

»Und noch eins«, sagte er. »Ich weiß, du kommst aus New York und stellst dir wahrscheinlich vor, dass hier draußen alle ehrlich sind. Und das stimmt auch meistens, aber manchmal eben nicht. Trau also keinem, verstehst du?«

»Na, klar«, sagte ich mit einem leicht selbstgefälligen Unterton. Schließlich war ich aus New York.

»Und du verkaufst rein gar nichts auf Kredit, verstehst du? Du kriegst einen Haufen Lügengeschichten zu hören, die dich weich machen sollen. Aber denk daran, wenn dich jemand übers Ohr haut, musst du das aus deiner eigenen Tasche begleichen. Kapiert?«

»Mhm.«

»Und wenn es mit irgendwem Probleme gibt, dann rufst du die Polizei an, die Nummer hängt an der Wand«, und er deutete auf eine Pinnwand aus Kork über dem Schreibtisch.

Ich nickte und fragte mich, was er mit »Problemen« meinte.

»Es ist ziemlich einfach, kein Vergleich mit Raketentechnik«, sagte er, bevor er ging. »Aber ich erwarte, dass du gute Arbeit leistest, hörst du mich?«

»Ja, Sir.«

Dann hielt er zum Abschluss noch eine kleine Rede.

»Du hast hier die Verantwortung, Rico, und hoffentlich verstehst du, dass ich dir damit mein Geschäft anvertraue. Ich habe eine Frau und zwei Kinder, für die ich sorgen muss, und meine Lizenz für die Tankstelle bedeutet mir alles. Wenn du Scheiße baust, fliegst du hochkantig raus, verstehst du?«

»Yep«, antwortete ich mit einem anderem Wort aus dem Mittelwesten, das sich langsam in meinen Wortschatz einschlich.

Dann, kurz bevor er abfuhr, sah ich, wie es in seinem Hirn arbeitete, weil er Zweifel hatte, ob es nicht vielleicht doch ein Fehler war, einem Halbwüchsigen so einen Job anzuvertrauen.

Eine neue Lektion:

Auch wenn einem gesagt worden ist, dass man niemandem trauen soll, und wenn man sich für einen abgebrühten Typ aus der Großstadt hält, der sich jetzt in einer anscheinend so harmlosen Gegend aufhält und deshalb sein Radar ausgeschaltet hat, kann man ganz schön reinfallen.

Es war meine dritte Nacht in der Tankstelle. Als ich ungefähr fünfzigtausend Autos aufgetankt hatte, fuhr so um elf herum ein ernst aussehender Typ vor, der tanken wollte. Er sei auf dem Weg nach Madison, wo seine Frau im Krankenhaus jeden Augenblick ein Baby erwarte, sagte er.

»Wow, das ist ja schön«, sagte ich.

»Ja, ich kanns kaum erwarten!«, sagte er und klatschte in die Hände. »Hey, wo kommst du überhaupt her, Buddy?«

»New York City.«

»Also, Mr New York, tu mir einen Gefallen«, sagte er. Sein Arm hing aus dem Fenster. »Wenn du grade dabei bist, könntest du mir ein paar Liter Öl nachfüllen? Ich hätte gern das Sechziger.«

»Kein Problem«, sagte ich und ging an die Zapfsäule.

»Und noch zwei Schachteln Marlboro, ja?«

»In Ordnung.«

Also tankte ich seinen Wagen voll, füllte ein paar Liter Öl nach und gab ihm die Zigaretten.

Als ich fertig war, sagte ich: »Das macht dann elf fünfundzwanzig.«

»Okeydokey«, sagt er und langte nach seinem Geldbeutel. Als er ihn herauszog und reinschaute, machte er ein ganz überraschtes Gesicht.

»Du glaubst es nicht, Buddy«, sagte er mit einem verblüfften Gesichtsausdruck. »Aber vor lauter Aufregung wegen der Geburt und allem, hab ich verdammt nochmal kein Geld eingesteckt.« Er schlug sich an den Kopf. »Junge, bin ich blöde.«

»Sie machen nur Spaß, oder?«, sagte ich.

»Spaß? Ganz und gar nicht!«, sagte er und faltete die Hände, als wollte er beten. »Aber ich schwör, ich kann das bezahlen. Ich bring das Geld morgen Abend vorbei.«

»Mhm«, sagte ich. Ich nahm ihm das nicht ab.

»Hör mal, du kannst dich bei deinem Boss nach mir erkundigen, wenn du willst.«

»Sie kennen Mr Jenkins?«

»Klar, wir kennen uns schon lange. Ruf ihn ruhig an«, forderte er mich noch mal auf. »Sag ihm, Skip Hamsun wär ein bisschen knapp bei Kasse, und er wird dir sagen, dass das schon in Ordnung geht.«

»Und Sie haben keine Kreditkarte?« Ich gab noch nicht auf.

»Nee, damit hab ich mich nie abgegeben. Aber wie gesagt, ruf ihn einfach an. Ich warte hier.«

»Skip Hamsun, ja?«, sagte ich, während ich mich umdrehte, um zum Büro zu gehen.

»Genau. Oder noch besser, sag ihm ›Skip aus Beloit‹. Er weiß dann schon«, sagte er dann noch und nickte aufmunternd. »Aber beeil dich, ja? Ich muss zum Krankenhaus.«

Die Nummer des Bosses hing an der Pinnwand neben der Nummer der Polizei. Aber schon als ich zu wählen anfing, hörte ich das *Wrumm, Wrumm* des Motors, der angelassen wurde. Das Nächste, woran ich mich erinnere, ist, dass der Typ weggefahren ist, auf der Autobahn in Richtung Norden und in die Dunkelheit der Nacht. Okay, sagte ich mir. Du bist also übers Ohr gehauen worden. Na und? Pass beim nächsten Mal einfach besser auf und sei nicht so gutgläubig, okay?

▌ ▌ ▌

Aber in derselben Woche gab es auch noch den ungedeckten Scheck, mit dem eine Frau ihr Benzin bezahlte. Weil sie so hübsch war, habe ich ihr geglaubt, als sie mir schilderte, wieso sie ihren Gehaltsscheck nicht einlösen konnte. Ich habe sie sogar einen Scheck über zehn Dollar mehr ausstellen lassen, als das Benzin gekostet hat.

Naja, um es kurz zu machen – der abgebrühte Großstadttyp musste diesen Scheck schlucken.

Und dann kam dieser freundliche Fernfahrer um vier Uhr morgens, und weil ich an meinem Schreibtisch schon halb eingeschlafen war, gab er mir als Trinkgeld eine Handvoll kleiner weißer Pillen, die mich wach halten sollten. Und als ich ungefähr 380 Liter Benzin in seine großen Tanks gefüllt hatte, bezahlte er mit zwei brandneuen Zwanzig-Dollar-Scheinen. Er war so nett und ließ mich die ungefähr drei Dollar Wechselgeld behalten.

Jedenfalls stellten sich die Zwanziger als Blüten mit derselben Seriennummer heraus. Der Boss machte einen Kringel um die Nummern, steckte die Scheine auf der Pinnwand über dem Schreibtisch fest, und ich wurde in dieser Woche um fünfundsechzig Dollar ärmer.

Mr Jenkins' Lektion Nummer 2:
»Also, es tut mir ja leid, aber du musst das Geld zurückzahlen, Rico«, sagte er und schüttelte dabei den Kopf, als wäre ich der dümmste Typ, der jemals für ihn gearbeitet hatte.
»Aber du hast hoffentlich zumindest deine Lektion gelernt und stellst dich in Zukunft nicht mehr so dumm an. Wenn wieder jemand versucht, dich übers Ohr zu hauen, dann lass dir den Führerschein zeigen. Oder falls sie vorher abhauen, dann schreib dir die Autonummer auf, damit die Polizisten wenigstens ein bisschen was in der Hand haben.«
Dann betrachtete er mich mit einem langen strengen Blick.
»Und was die Scheine betrifft, das ist für mich auch neu, und ich weiß nicht, was ich dir sagen kann, außer dass du immer die Nummern prüfen solltest, besonders, wenn sie sich so neu anfühlen. Also, vergiss nicht: Ich hab es dir einmal gesagt, ich sag es dir noch einmal. *Trau keinem*, verstanden?«
»Ja, in Ordnung.«
Und als er ging, schüttelte er immer noch den Kopf.

Gilberto brach in heftiges Gelächter aus, als ich am nächsten Morgen in die Küche kam und ihm erzählte, was passiert war. »Wo ist das Problem? Nimm es als Erfahrung.«
Dann, als er das Brot aus dem Toaster nahm und sich Butter und Marmelade strich, zog er einen Stuhl heran und sagte: »Ich hab mal eine Frage.«

190

»Ja?«, sagte ich und kam mir immer noch vor wie ein Dödel.

»So wie du jetzt ausgenommen worden bist, glaubst du, dass dir das noch mal passieren wird?«

»Nee.«

»Und was hat dich das gekostet?«

»Ein paar Dollar«, sagte ich.

»Also, das ist eins von den Dingen, die du nirgendwo sonst lernen kannst, nicht mal am College, wo du für deine Bildung jede Menge Geld hinlegen musst, stimmts?«

»Ja, wahrscheinlich.« Ich nickte.

»Betrachte es mal aus diesem Blickwinkel«, sagte er und konnte ein Grinsen nicht unterdrücken. »Auch wenn du verloren hast, sparst du dir in Zukunft einen Haufen Kummer. Stimmts, Mann?«

Das munterte mich fast schon wieder auf, auch wenn mir das Ganze immer noch peinlich war.

»Aber Gilberto, wie zum Teufel konnte das denn passieren, dass ich – jemand aus New York City von ein paar Hinterwäldlern reingelegt worden bin?«

»Wie ich dir schon gesagt habe, Rico«, fuhr er fort. »Es ist einfach nur anders hier draußen im Wonder-Bread-Land. Es dauert seine Zeit, bis man weiß, wie die Leute ticken.«

Ich nickte.

Er biss wieder ein Stück von seinem knusprigen Brot ab und wischte sich Marmelade von seinem Bart.

»Es gibt eine ganz grundlegende Tatsache im Leben, die man dir nahebringen sollte.«

»Und das wäre?«

»Sagen wir mal, du bist ein richtig schönes Mädchen, wie Wendy«, sagte er und gab sich jetzt wieder ganz wie ein großer Bruder.

»Das ist ziemlich weit hergeholt, aber okay.«

»Also, jetzt kommts. Sogar wenn du ein superscharfes Mädchen bist, solltest du nicht vergessen, dass es irgendwo immer ein Mädchen gibt, das noch schärfer ist als du.«

Das kam mir komisch vor, aber okay.

»Oder lass es mich so ausdrücken. Ganz egal, wie abgebrüht du vielleicht bist, es gibt irgendwo immer jemand, der noch abgebrühter ist. Und wenn dieser abgebrühte Typ wirklich abgebrüht ist, dann muss er sich klar darüber sein, dass es jemanden gibt, der abgebrühter ist als er. Mit anderen Worten …« Er unterbrach sich, wischte sich ein paar Brösel von der Hand und sagte dann: »Du kannst dir keine Vorwürfe machen, nur weil die Welt so ist, wie sie ist.« Er lächelte mich an und bleckte dabei die Zähne. »Ich meine, Rico, du musst dir im Leben über deine Stärken und Schwächen klar werden und rausfinden, wie du am besten zurechtkommst.«

»Das versuch ich ja«, sagte ich und zuckte die Achseln.

»Okay, aber schau dich doch einfach mal an.« Er musterte mich von oben bis unten. »Du bist vielleicht nicht der attraktivste Typ oder der abgebrühteste, aber du bist ein ganz verdammt intelligenter Schweinehund, stimmts?«

»Ja, wahrscheinlich«, sagte ich.

»Aber auf der Straße überleben kannst du einfach nicht. Hast du nie gekonnt und wirst du auch nie können. Das ist auch gar nicht so schlimm. Wichtig ist nur, wer du bist, stimmts?«

Wow, das war wie ein Tritt in den Arsch.

Aber es stimmte wahrscheinlich.

»Es ist einfach so«, sagte er und trank einen Schluck aus seinem Becher. »Wie sollte es auch anders sein? Als du klein warst, hat dich deine Moms nicht mal auf die Straße gelassen, ohne dir vorher mit ihren Ermahnungen auf den Arsch zu gehen.«

Das war wieder so etwas Peinliches, was er mir unter die Nase rieb: Sie ließ mich nicht mit anderen Kindern spielen, außer vor unserem Hauseingang, und wenn ich weiter wegging, kam sie hinter mir her und machte eine Szene.

Ich nickte.

»Nimm mich zum Beispiel. Ich bin total cool, wenn ich mit Leuten zu tun habe oder Mädchen aufreißen will, aber wenn es um was geht, das wirklich zählt, wie die Schule, dann läuft bei mir gar nichts.«

»Aber du bist ganz verdammt intelligent.«

»Ja, aber nicht so wie du. Und wenn ich nicht in dieser Lotterie gewonnen hätte, dann wär ich auf irgendeinem College in der Bronx oder in Brooklyn gelandet, statt auf ein richtiges College zu gehen. Aber du – du hast ganz schön viel Hirn im Kopf. Das weiß ich schon, seit du ein kleines Kind warst.«

Dann trank er wieder von seinem Kaffee.

»Und dazu hast du noch ein gutes Herz, wie dein Pops. Und das ist etwas, worauf man stolz sein kann!«

Ich fühlte mich jetzt allein schon deshalb wohl, weil er so über meinen Pops redete.

»Hauptsache du lässt dich nicht von jedem Kleinkram unterkriegen. Lass die Scheiße einfach an dir abprallen, ja?«, sagte er, streckte die Hand aus und drückte meine Schulter.

Wir klatschten uns ab, ich lächelte und war dankbar für Gilbertos Gratisstunde in Lebensphilosophie.

Achtzehn

Jedenfalls hatte die Arbeit in der Tankstelle meinen Tagesablauf auf den Kopf gestellt. Es war schwer, sich daran zu gewöhnen. Wenn man eine ganz verdammt langweilige Nacht in der Tankstelle verbracht hatte, war es schon komisch, auf die Farm zurückzukommen, bevor alle aufgestanden waren. Wenn man den Fernseher anmachte, gab es nicht viel zu sehen. Meistens war da bloß ein Flimmern, und die einzige Sendung, die ich mir anschaute – *The Farmer's News* mit diesem Typ, der sich über den letzten Stand der Getreidepreise ausließ –, war so aufregend, als würde man zuschauen, wie Farbe trocknet. Aber ich blieb trotzdem wach und wartete.

Wendy, die immer ein langes buntes Hemd anhatte, war meistens die Erste, die in die Küche stapfte. Sie war nett zu mir und machte mir manchmal ein Nachtessen/Frühstück mit Spiegeleiern und Schinkenresten. Nichts schmeckte besser als diese Mahlzeit, auch wenn sie manchmal mit Lyrik serviert wurde.

»Gestern ist mir ein wunderbares Gedicht eingefallen, kam plötzlich auf mich zu wie ein strahlender Hengst«, sagte Wendy zum Beispiel, während sie mir einen Teller reichte. »Willst du es hören?«

Und ich nickte dann, hörte ihr zu und nickte dann weiter zum Rhythmus ihrer schönen Worte, als würde ich Musik hören. Aber wenn sie fertig war und ich meinen Teller leer hatte, war ich doch froh, wenn ich mich auf den Weg nach oben machen konnte.

Das Blöde dabei war nur, dass ich hören konnte, wie überall im Haus der Tag allmählich anfing, wenn ich ein bisschen schlafen wollte, während das Sonnenlicht durch mein Fenster hereinströmte. Unten knarrte der Fußboden, wenn Gilberto sich für die

Arbeit fertig machte. Wendy klapperte auf ihrer Schreibmaschine drauflos. Polly und Jimmy machten sich auf den Weg zu ihren Kunstkursen am College – ja, Jimmy! –, und Bonnie und Curt, die dieses ganze Marionettentheater und ihr Musikding in Madison laufen hatten, verschwanden im Lauf des Vormittags. In meinem Zimmer hörte ich jedes Auto und jeden Transporter, der wegfuhr, und um ein Uhr nachmittags war ich mit meinen Gedanken alleine.

Kennt ihr den Film *Der Zauberer von Oz?* In dem das Mädchen Dorothy von einem Tornado nach Munchkinland geblasen wird? Und als sie nur daran denkt, wie sie wieder heimkommt nach Kansas? Und wie sie in eine Zauberkugel schaut und darin ihre Tante Em sieht, die weint und alles? Naja, ein bisschen so ähnlich ist es mir gegangen. Oft, wenn ich zu schlafen versuchte, sah ich meine Moms und meinen Pops vor mir. Und immer weinten sie, so als hätte ich ihnen das Herz gebrochen, obwohl ich das gar nicht gewollt hatte. In diesen Nächten hätte ich auch gern eine Zauberkugel besessen, die ich aus dem Fenster hätte werfen können; so als würde dadurch alles anders und ich wäre mit einem Schlag wieder in meinem wirklichen Zuhause, wo immer das war. Lasst mich das sagen, wenn ich darf: *Es passiert nicht, wenn man nur daran denkt.*
Aber jetzt mehr über meinen Job in der Tankstelle.
Ich habe vier oder fünf Nächte die Woche da gearbeitet, je nachdem, wie oft Mr Jenkins mich brauchte, und manchmal, wenn jemand nicht zur Arbeit kam, arbeitete ich auch tagsüber. In der Tagschicht war viel mehr los, aber sie hatte ihre Vorzüge, zum Beispiel, dass die Sonne schien, und an manchen Tagen lud Mr Jenkins mich zum Essen ein, und manchmal nahm er mich

mit nach hinten, wo er dauernd an dem 100 000-PS-Motor seines Stockcars herumbastelte, einem frisierten Thunderbird, mit
dem er am Wochenende immer bei irgendwelchen Rennen star-
tete.

»Das Baby macht zweihundertzwanzig Sachen, wenn du voll aufs
Gas steigst.«

»Im Ernst?«, sagte ich.

»Wenn du deine Sache gut machst«, sagte er, »dann nehm ich dich
mal mit.«

Er war gar kein schlechter Kerl, bloß ziemlich knauserig. Ich
meine, am Ende jeder Schicht musste ich jede verkaufte Schachtel Zigaretten, jede Dose Öl und sogar jeden Liter Benzin mit ihm
abrechnen.

Eins von den vielen Dingen, die ich da gelernt habe, war, dass
ich mir meinen Lebensunterhalt nicht als Tankwart verdienen
wollte.

Ich kam mit dem Job gut zurecht, und nach einiger Zeit freute ich
mich sogar schon auf die Nächte in der Tankstelle, wo oft zwei
oder drei Stunden lang niemand vorbeikam. Wenn ich mit meinen
regelmäßigen Arbeiten fertig war und den Laden saubergemacht
hatte, blieb immer noch viel Zeit. Ich setzte mich dann an einen
Schreibtisch im Laden oder machte ein bisschen mit meiner Gitarre herum. Das Schwierigste war, wach zu bleiben und nicht
einzunicken. Das *Ding-dong*, das ertönte, wenn ein Auto oder ein
Laster ankam und über einen Draht fuhr, ließ mich immer auf-
schrecken wie bei einem Feueralarm.

Hauptsächlich grübelte ich aber bei der Arbeit und konnte nicht
verhindern, dass meine Leute mir immer wieder im Kopf herum-
spukten.

Am liebsten hätte ich ihnen geschrieben. Hätte im September beinahe meiner Moms eine Geburtstagskarte geschickt und geschrieben, dass es mir gutging, aber ich habe es dann doch nicht getan, weil mir klar wurde, dass ein Poststempel aus Wisconsin mich verraten würde.

Radiohören half mir dabei, die Zeit rumzubringen, auch wenn die meisten Sender richtig dröge waren. Lauter Prediger, die pausenlos davon redeten, dass sie einem helfen würden, in den Himmel zu kommen, wenn man ihnen Geld schickte. Oder dieses Geigengedudel und Typen wie Perry Como, die sie den ganzen Tag brachten. Und dann spielte fast jeder zweite Sender wummernde Polkamusik – Zeug, das ich mir normalerweise nie anhören würde, außer jemand hält mir eine Pistole an den Kopf. Ich drehte dauernd am Senderknopf, nicht bloß, um Rock 'n' Roll zu hören, sondern auch das altmodische Zeug, das mein Vater immer im Radio hörte. Früher hatte mich das verrückt gemacht, aber jetzt wurde es zu einer regelrechten Mission, diese Sender zu suchen. Der Klang von Congatrommeln, lateinamerikanische Flötenklänge oder eine spanische Stimme, die man durch das heftige Rauschen im Radio hören konnte, beruhigten mich irgendwie, auch wenn alles abgehackt klang wie aus einer anderen Welt.

In diesen Nächten, in den leeren Stunden der Nachtschicht, wurde ich Captain Cubano, ein interplanetarischer Forscher – ich notierte mir auf einem gelben Block jede Menge Geschichten über meine Himmelsreisen –, und der Weltraum war mein liebster Aufenthaltsort.

Trotzdem, wenn sich das dann totlief, wurde es wieder richtig langweilig in der Tankstelle.

Aber ich will jetzt von der Nacht erzählen, als ein Buick Kombi ankam und ich zweimal hinschauen musste – weil ich nämlich ein paar Sekunden lang hätte schwören können, dass mein Poppy hinter dem Lenkrad saß. Er war es nicht, aber das traurige Gesicht des Fahrers, die Hängebacken, sein stilles Auftreten, der kräftige Körperbau und der müde Gang erinnerten mich an ihn. Wie mein Pops hatte der Fahrer ein dunkles Gesicht. Er sah aus, als könnte er ein *cubano* sein.

Deshalb konnte ich gar nicht anders. Ich musste mit ihm reden.

»Wo gehts denn hin?«, fragte ich den Mann.

Irgendwie dachte ich, er würde etwas auf spanisch zu mir sagen, aber das tat er nicht.

»Ann Arbor, Michigan«, sagt er. »Auf ein tolles Country-Festival, das sie da abhalten.«

»Spielen Sie ein Instrument?«, sagte ich, weil ich wollte, dass er weiterredete.

»Ja doch. Sicher. Eine gute alte Pedal-Steel-Gitarre. Sie ist meine ›pretty Lily‹, da hinten«, sagte er und klopfte auf den Sitz hinter sich. »Und du?«

»Bloß ne einfache Gitarre«, sagte ich und wollte damit das Thema erledigen.

»Oh, wirklich? Bestimmt Sachen von den Beatles. Wie praktisch alle jungen Leute, die mir heutzutage über den Weg laufen. Jedenfalls, Junge, lass dir einen Rat geben – «

Jungejunge, ich bekam damals anscheinend alle Arten von Ratschlägen.

»Egal, was du dir ausmalst, als Musiker tut man sich nicht leicht, seinen Lebensunterhalt zu verdienen.«

Dann seufzte er und steckte sich eine Zigarette an.

»Und jetzt bitte volltanken, ja?«

Auch wenn das alles war, tat es mir gut, einfach mit ihm zu reden.

Es war wie eine Gleichung: Der Mann, der irgendwie aussah wie mein Pops + Einbildung = mein Pops für 2 Sekunden × 10 = besser als überhaupt kein Pops.

In einer anderen Nacht kam ein Laster voller Wanderarbeiter, wahrscheinlich Mexikaner, an die Tankstelle. Ich glaube, sie fuhren wieder in den Süden, nachdem sie bei der Getreideernte geholfen hatten. Als ihr Boss ausstieg, sagte er zu ihnen, sie hätten zehn Minuten, um auf die Toilette zu gehen und sich die Beine zu vertreten. Die meisten von ihnen waren kräftige, muskulöse Männer, die sich sehr vorsichtig bewegten.

Während ich ihren Laster volltankte, fiel mir auf, dass einer von ihnen furchtbar einsam wirkte. Ich meine, er stand einfach da draußen am Straßenrand, hatte die Hände hinter dem Kopf verschränkt, wie man es tut, wenn man Sit-ups macht, und reckte sich ein bisschen, aber hauptsächlich schaute er in den Himmel hinauf und träumte vor sich hin.

Mein Spanisch war nicht so, wie es hätte sein sollen, aber ich wollte unbedingt wieder etwas Spanisches hören, und deshalb ging ich zu ihm hinüber und bot ihm eine Zigarette an.

»¿Oye, quieres un cigarillo?«, sagte ich, weil mir einfiel, dass mein Pops das immer gesagt hatte, wenn er jemandem eine Zigarette anbot.

»Si, cómo no. Gracias«, sagt der Arbeiter und nahm eine.

Aber dann, weil meine Aussprache nicht so toll war, stieg er auf Englisch um.

»Ah, du lernst Spanisch, wie ich höre. Stimmts?«, sagte er und zog an der Zigarette.

»Oh ja, in der Schule«, sagte ich, weil ich mich schämte, die Wahrheit zuzugeben.

»*Bueno*«, sagte er. »Dann ist es gut, wenn du üben kannst, nein?«

Ich holte tief Luft.

»*Si, cómo no*«, antwortete ich, weil ich wollte, dass er noch mehr auf Spanisch sagte.

Genau in diesem Augenblick wandte er sich ab, während er den Zigarettenrauch ausstieß, aber ich ließ nicht locker.

»*¿A dónde vas?*«, sagte ich, weil ich wissen wollte, wo er hinfuhr. Aber er blieb bei Englisch.

»Oh, zu einem kleinen Pueblo, in der Nähe von Veracruz. Bist du da schon mal gewesen?«

»Nein.«

»Es ist schön, die Leute sind glücklich«, sagte er. »Aber *el problema es,* dass es nicht so viel Arbeit gibt. Deshalb komm ich hierher, manchmal für ein halbes Jahr.« Und er schaute die Neonlampe an, um die ein ganzer Haufen Insekten schwirrte. Dann sagte er: »Aber meine Familie fehlt mir sehr.

Muchísmo«, fügte er hinzu. »*Mucho, mucho.*«

Dann entschuldigte er sich sehr formell: »*Con permiso*«, sagte er, als er zu seinen Freunden hinüberhing. »*Y gracias por el cigarillo.*«

Es war komisch. Sosehr es mir auch auf den Geist gegangen ist, wenn zu Hause Spanisch gesprochen wurde – das war immer wie Hornissenstiche in mein Herz –, da draußen in Wisconsin war es ein Trost, Spanisch zu hören. Und es war warm und angenehm. Und so verdammt vertraut.

Das war dann aber für Monate der erste und letzte Typ an der Tankstelle, der Spanisch sprach. Ansonsten lief alles wie immer. Freitag und Samstag war immer am meisten los, alle möglichen

Leute kamen an. Autos voller junger Leute, die in ein Autokino fuhren oder zu einem Vergnügungspark; Väter mit ihren Kindern, die übers Wochenende zum Campen fuhren, mit Zelten auf den Dachträgern und einem Haufen Angelzeug hinten im Auto; Pfarrer und ihre Chöre nach einer Gemeindeveranstaltung; oder Cheerleader mit ihrem Troddeln und ihren sexy Klamotten, die auf dem Weg zu einer Sportveranstaltung waren. Und manchmal junge Farmarbeiter, die getrunken und mächtig einen draufgemacht hatten, freundliche Typen, die einem ein Sechserpack Bier spendierten, bloß weil sie beschwipst waren, und die schworen, dass man ihr allerbester Freund war.

Und Trucker über Trucker.

Und ja, Polizisten, die mitten in der Nacht ankamen und munter drauflos quatschten.

Mann, es war schon interessant.

Einmal nachts im Spätsommer, als ich mich schon daran gewöhnt hatte, dass nur Weiße aufkreuzten, kam ein Cadillac mit einem Nummernschild aus Michigan, und als ich sah, dass vier Schwarze drinsaßen, spielte mein inneres Radar verrückt.

Es war auch nicht gerade beruhigend, dass sie im Radio Berichte über eine schwarze Gang gebracht hatten, die den Mittelwesten unsicher machte, Tankstellen überfiel und manchmal den Tankwart erschoss.

»Ja Sir, was kann ich für Sie tun?«, fragte ich nervös, als ich mich dem Fenster auf der Fahrerseite näherte.

»Einfach volltanken, ja? Normal.« Er sah mich nicht einmal an, sondern schaute geradeaus nach vorne.

»Wird gemacht.«

»Die Toiletten?« fragte er.

»Da drüben«, sagte ich und deutete nach hinten.

Als Erstes stieg also dieser bleistiftdünne Mann mit künstlich geglätteten Haaren aus. Dann kamen die anderen hinter ihm her, alle so groß, dass sie mich ein Stück überragten. Sie trugen dunkle Anzüge, weiße Hemden und schwarze Krawatten und musterten mich kurz, als sie nacheinander aus dem Wagen stiegen.

»Habt ihr genug Seife und so da? Wir würden uns gerne waschen, wenn du nichts dagegen hast.«

»Kein Problem.«

Als sie zu den Toiletten hinüberschlenderten, war ich mir ganz sicher, dass sie das Gelände sondierten.

Mann, ich habe so sehr gehofft, dass jemand anders in die Tankstelle fährt, aber als ich in beide Richtungen die Straße entlangschaute, sah ich kein einziges Paar Scheinwerfer, und die Polizei kam nur einmal in der Nacht vorbei.

Aber ich machte meine Arbeit, putzte ihre Scheiben, tankte den Wagen voll, und als der Fahrer, während er sich seine glatten schwarzen Haare kämmte, zum Wagen zurückkam, wartete ich fast darauf, dass er ein Messer oder eine Pistole rausholen würde. Nur weil er schwarz war. Ich gebe das nicht gerne zu.

Er holte aber nichts heraus.

»Sag mal, kennst du hier einen Laden, bei dem man um diese Zeit noch was zu essen kriegt?«

»Zehn Meilen weiter im Westen gibt es einen Diner, der die ganze Nacht offen hat«, sagte ich.

Ich hatte ihn dabei nicht angeschaut, und das war ihm aufgefallen.

»Junger Mann, mach ich dich irgendwie nervös oder was?«

»Nein, überhaupt nicht«, sagte ich.

»Wieso schaust du mich dann nicht an, wenn ich etwas zu dir sage?« Er sah mich streng an.

»Ich weiß nicht. Ich mach nur meine Arbeit.«

»Aha«, sagte er und betrachtete mich eingehend. Dann murmelte er etwas, das für seine Freunde gedacht war, von wegen, dass es eben überall Rednecks gebe.

»Wo bist du überhaupt her, Junge?«

»New York City.«

»New York City? Im Ernst? Wir kommen grade von da, von einer Versammlung.«

»Ja?«, sagte ich einigermaßen erleichtert.

Und auf einmal war es, als wären wir Freunde.

»Ja, wirklich. Unsere Versammlung ist in dem superedlen Marriott in der vierundfünfzigsten Straße in Manhattan abgehalten worden. Hast du schon mal davon gehört?«

»Klar.« Das stimmte nicht, aber was hätte ich denn sagen sollen?

»Es war einfach toll!«

Und dann lächelte er.

»Ich weiß nicht, ob es richtig war, mit dem Wagen zu fahren, aber mein Bruder da« – er zeigte auf einen seiner Freunde – »wollte einfach nicht fliegen. Er hält Düsenflugzeuge für fliegende Särge.«

Und sie lachten alle.

Da wurde mir dann klar, dass sie mich nicht ausrauben oder umbringen wollten.

»Was war denn das für eine Versammlung?«, fragte ich.

»Oh, bloß die einzigartige jährliche Tagung der Vereinigten Beerdigungsunternehmer und der Beschäftigten des Bestattungsgewerbes.«

»Wirklich?«

»Ja, ihr stecht sie ab, wir legen sie ins Grab«, sagte er lachend. »Ja, es war eine schöne Veranstaltung!«

Dann, als er mich bezahlt und sich wieder hinter das Lenkrad gesetzt hatte, ließ er die Faust aus dem Fenster baumeln.

»Hey, was glaubst du, hab ich hier drin?«

»Ich weiß es nicht.«

»Sag ›Sesam öffne dich.‹«

»Was?«

»Sag es einfach!«

»Sesam öffne dich«, sagte ich.

Er öffnete die Faust.

Drei zerdrückte Dollarscheine lagen in seiner Hand.

»Nimm sie, Kleiner. Die beißen nicht.«

Und ich nahm sie.

»Und wenn das nächste Mal ein paar Schwarze hier durchkommen, zeig ein bisschen mehr Respekt, ja?«

Ich nickte.

Dann fuhren meine mutmaßlichen Killer, die sich als nette Beerdigungsunternehmer erwiesen hatten, wieder weiter.

Die frühen Morgenstunden waren die besten. Da kamen die Farmer aus der Umgebung mit ihren Traktoren an und tankten Diesel. Sie erzählten mir immer Witze, redeten aber auch über lästige Sachen wie die steigenden Vermögenssteuern, die ihnen das Leben schwer machten.

Und dass die großen Landwirtschaftskonzerne dauernd versuchten, sie billig aufzukaufen – für einen Kleckerbetrag.

Wahrscheinlich hatte eben jeder seine Probleme.

Wenn meine Schicht vorbei war, fand sich meistens jemand, der mich mitnahm und zur Farm fuhr. Bei schönem Wetter machte es mir überhaupt nichts aus, wenn ich eine Meile oder so zu Fuß gehen musste. Ich ließ mir Zeit, blieb an dem kleinen Bach stehen, schleuderte meine Arbeitsschuhe in die Gegend, steckte die Füße ins Wasser und wurde von dem Geräusch, das die Wirbel machten, ein bisschen dösig. Oder ich machte einen Erkundungsgang auf den kleinen Straßen zwischen den Farmen in der Umgebung, schaute mir die Kühe genau an und beobachtete, wie die Schwalben mit ihren weißen Bäuchen um die Scheunen kreisten, während jede Menge Vogelgezwitscher aus den Bäumen kam. Und dann hatte ich das Gefühl, dass ich nicht mehr Rico war, sondern ein anderer Junge, jemand wie Tom Sawyer oder Huck Finn, dass ich ein anderes Leben lebte, und ich ging einfach weiter und war immer noch erstaunt, dass ich in so einer Gegend war.

Teil 5

Alle wieder am College bis auf mich

Neunzehn

Der Herbst kam mit seinem eigenen Rhythmus wieder.

Schulbusse kutschierten auf einmal über die kleinen Straßen bei den Farmen und holten die Kinder ab, und fast alle im Haus zogen schon am Morgen los, weil sie zu ihren neuen Kursen am College mussten. Und Jimmy, der ein paar Dollar in der Tasche haben wollte, hatte durch Gilberto einen Teilzeitjob bei einem Schildermaler in der Stadt bekommen, wo er Logos für Geschäfte malte, für einen Supermarkt Plakate mit Preislisten beschriftete und zu-verkaufen-Schilder für ein Immobilienbüro machte.

An den meisten Tagen war ich allein im Haus, und Rex war mein bester Freund. Ich schlief nicht viel. Warf mich im Bett hin und her und überlegte mir, dass ich selber auch in die Schule gehen sollte. Ich hätte mich fast an einer der Schulen in der Stadt angemeldet, aber mir war klar, dass ich dann aufgeflogen wäre, weil sie ganz sicher herausfinden würden, dass ich durchgebrannt war.

Also versuchte ich mir selber was beizubringen, ging in die Bücherei in der Stadt und holte mir Bücher über jedes Thema unter der Sonne. Mein Zimmer war in einem fürchterlichen Zustand, weil überall Taschenbücher, Comics, Klamotten und ausgeliehene Bücher herumlagen. Ich war ein gitarrespielender Bücherwurm. Aber machte mir das was aus? Nein, verdammt! Und ich ließ mir die Haare lang wachsen. Das war wirklich ein Schritt nach vorne, als wäre ich frei. Mein eigener *Herr*. Wenn ich wollte, brauchte ich Tag für Tag nichts anzuziehen als ein T-Shirt, einen Overall und Turnschuhe, ohne dass meine Moms herumzeterte, wie schlampig ich doch wieder rumlief. Ich kaufte mir sogar eine Brille aus Drahtgestell à la John Lennon, die ich im Schaufenster bei Happy Eyes, dem Optikgeschäft in der Stadt, als Sonderangebot gesehen hatte und die mich siebenundzwanzig von meinen schwerverdienten Dollars kostete.

Ich glaube, ich wurde langsam zu einem Hippie, genau wie die Leute, die ich in Janesville immer sah, wie sie mit Ponchos die Straße entlanggingen, indianische Perlen um den Hals trugen und das Peace-Zeichen machten, wenn sie mich sahen. Mir gefiel das alles, aber irgendwie hatte ich immer noch das Gefühl, dass ich eigentlich nicht dazugehörte.

Jedenfalls räumten wir zum Herbstbeginn den Abort wieder aus (kein Kommentar), und Anfang Oktober gab es unter anderem ein Volksfest in der Stadt.

Ich war nachts in der Tankstelle, als die Tieflader der Schausteller in einer langen Prozession den Highway entlangrumpelten und ihre große, mit Planen abgedeckte Fracht zum alten Festplatz am anderen Ende der Stadt hinausfuhren. Für ein paar Wochen verwandelte sich diese leere, von Unkraut überwucherte Wiese in einen glitzernden, lichterstrahlenden Vergnügungspark mit einem Karussell für Große und einem für kleine Kinder, bei dem sie in riesigen sich drehenden Teetassen saßen, und dann gab es noch ein Riesenrad und sogar eine hübsche kleine Achterbahn. Alle möglichen Buden und Stände wurden aufgebaut mit Glücksspielen, wie ich sie vom Kirchenbasar und den Festen in Little Italy in New York kannte.

In einem Ort, in dem sonst nicht viel passierte, war Jahrmarkt die größte Attraktion, und am Wochenende wimmelte es da draußen von Leuten aus der Umgebung, die kandierte Äpfel und Zuckerwatte aßen.

Am Samstag fuhren ich und Gilberto rüber, um den Jahrmarkt zu inspizieren. Wendy war nach Madison hochgefahren, um Freunde zu besuchen, aber das machte Gilberto anscheinend überhaupt nichts aus, so als hätte er noch ein Ass im Ärmel versteckt. Unterwegs im Auto sagte er immer wieder, dass der Tag sich »bombig« und »superscharf« entwickeln werde, und strich sich dabei, in angenehme Gedanken versunken, seinen Spitzbart.

Während wir uns durch die Menschenmenge schoben, wirkte Gilberto abgelenkt, lächelte viel und grüßte Leute, indem er sich auf seine freundliche Art an den lackierten Hut tippte, aber man merkte deutlich, dass er nach jemand ganz Bestimmtem suchte. Ich kam nicht dahinter, was mit ihm los war, bis wir zum Kartenschalter am Haupteingang kamen.

Vor dem Schalterhäuschen stand, ein bisschen nervös, aber wirklich hübsch, diese unerreichbare Farmerstochter Dierdra. Sie trug enge Bluejeans und ein dickes Holzfällerhemd, und sie sah aus wie der Inbegriff von Gesundheit und Frische, mit einer vollen Figur, roten Wangen, Zöpfen und einem hübschen, irgendwie skandinavischen Gesicht.

Sie winkte zur Begrüßung. Ich glaube, sie hatte da auf ihn gewartet.

»Sie mal einer an«, sagte Gilberto fröhlich zu mir. »Ich seh dich später, ja?«

»Ja, klar«, sagte ich ein bisschen überrascht, weil ich gedacht hatte, wir würden hier zusammen rumziehen.

»Aber du behältst das für dich, ja?«

»Das weißt du doch«, sagte ich, obwohl Wendy mir jetzt schon sehr leidtat.

»Und vergiss nicht, was ich dir gesagt habe, Mann«, sagte Gilberto und blinzelte mir zu, als er zu ihr hinüberging. »Sei nicht schüchtern bei den Mädchen, ja?«

Während ich an diesem Nachmittag über den Festplatz geschlendert bin, habe ich mir vorgenommen, meine Schüchternheit im Zaum zu halten, und ich nickte lächelnd einer ganzen Reihe von Mädchen zu, die an mir vorbeigingen, so wie Gilberto das gemacht hätte, hatte aber zuerst wenig Glück.

Dann passierte es. Während ich vor dem Riesenrad in der Schlange stand, zwang ich mich, zu dem hübschen blonden Mädchen vor mir etwas zu sagen. Sie aß Zuckerwatte und griff sich immer wieder an den Plastikschmetterling, der ihre Haarspange war. Die Zuckerwatte hatte die gleiche Farbe wie ihr Pullover und ihre Turnschuhe.

»Hallo«, sagte ich und tippte ihr auf die Schulter. »Bist du von hier?«

Sie drehte sich um und wischte sich Zuckerwatte ab, die an ihren Lippen klebte.

»Sozusagen«, sagte sie leise. »Ich wohne drüben in Whitewater, ungefähr zwanzig Meilen von hier. Bist du da schon mal gewesen?«

»Nee. Was ist das denn für ein Ort?«, sagte ich und bemühte mich, wahnsinnig interessiert zu wirken.

»Oh, es ist bloß ne hübsche kleine Stadt«, sagte sie und schaute auf ihre Turnschuhe hinunter.

Während sich die Schlange langsam weiterbewegte, sagte ich: »Also, ich bin Rico.«

»Ich bin Sharon, aber meine Freundinnen nennen mich Sheri«, sagte.

»Cooler Name.«

»Findest du? Die Hälfte aller Mädchen in der Gegend hier heißen so.«

»Aber er passt zu dir.«

»Wahrscheinlich«, sagte sie seufzend.

Dann, als sie wieder etwas von der Zuckerwatte abbeißen wollte, hielt sie mir das Ding hin und sagte: »Magst du was?«

»Okay.« Ich biss etwas davon ab. Gott, war das süß – ein kleines Loch in einem Zahn machte sich bemerkbar –, aber ich sagte einfach: »Danke!«

Dann schaute sie wieder weg, redete mit mir, aber redete mich nicht direkt an. Sie sagte, sie hätte auf eine Freundin gewartet, Gina, die nicht aufgekreuzt sei. Dann Schweigen. Ich konnte noch so sehr nachdenken, mir fiel nichts ein, was ich hätte sagen können. Mann, war ich ein Lahmarsch.

»Rico – wo kommt das denn her?«, fragte sie etwas später ganz schüchtern.

»Das ist einfach die Kurzform von Ricardo, oder Richard«, sagte ich. Das kleine Loch in meinem Zahn tat immer noch weh von der Zuckerwatte.

»Ricardo?«, sagte sie überrascht. »Ist das spanisch?«

»Ja. So hat mein Großpapa geheißen.«

»Was für ein Spanisch denn?«, fragte sie.

»Hast du schon mal von Kuba gehört?«, fragte ich und fühlte mich irgendwie stolz dabei.

»Klar«, sagte sie und überlegte. »Kommt da nicht dieser Ricky aus dem Fernsehen her?«

»Genau«, sagte ich und nickte.

»Und da kommst du her?«

»Nee, aus New York City. Sieht man das denn nicht?«

»Nicht wirklich«, sagte sie. »Du siehst aus, als könntest du von hier stammen.«

»Tu ich aber nicht«, sagte ich und war komischerweise beleidigt.

»Absolut nicht – ich meine, New York ist nicht so wie hier. Es ist dreckig und laut und voller verrückter Leute. Man muss immer auf der Hut sein wegen dieser ganzen Junkies, die da rumlaufen.«

»Wahnsinn«, sage sie. »Es muss schlimm gewesen sein, in einer großen Stadt aufzuwachsen.«

»Darauf kannst du Gift nehmen«, sagte ich und versuchte, clever und cool zu wirken.

Inzwischen waren wir bei dem Einweiser angelangt, der die Leute auf die Gondeln verteilte, und ich hatte mich wieder etwas gefangen und sagte: »Hey, wenn du eh schon mit dem Ding hier fährst, wollen wir zusammen in eine Gondel?«

»Ja, doch«, sagte sie und zuckte die Achseln.

In der Gondel setzte ich mich ihr gegenüber, und sie schaute mich bloß an, betrachtete mich prüfend und lächelte ab und zu herüber. Sie hatte ein so verdammt hübsches Gesicht! Und aus irgendeinem Grund machte mich das nervös.

Als der Einweiser einen Schalter umlegte, setzte sich das Riesenrad in Bewegung, und wir stiegen so hoch, dass wir eine prima Aussicht hatten und meilenweit in die Gegend schauen konnten.

»Wo wohnst du denn da draußen?«, fragte sie mich.

»Das kann man von hier aus nicht sehen, aber ich wohne da drüben auf einer Farm, zusammen mit ein paar Freunden«, sagte ich.

»Auf einer Farm?«, fragte sie.

Ich erzählte ihr nicht die ganze Geschichte, sondern bloß, dass ich bei meinem alten Freund Gilberto zu Besuch war.

»Er ist wirklich ein toller Kerl«, sagte ich. »Genau wie die andern, die da wohnen. Aber ich bin der Jüngste.«

»Wie alt bist du?«

»Sechzehn, aber nächsten Sommer werde ich siebzehn«, sage ich. Als wäre das eine große Sache. »Und du?«

»Ich bin fünfzehn«, sagte sie und aß jetzt den Rest ihrer Zucker-watte auf.

Dann erzählte ich ihr von meinem Job in der Tankstelle.

»Welche denn?«, fragte sie.

»Die Clark's auf der Main Street.«

»Ja, die kenn ich«, sagte sie.

Dann schaute sie wieder weg. Sie hatte, wie gesagt, ein hübsches Gesicht, und obwohl sie einen Pullover anhatte, sah ich, dass sie darunter die richtigen Kurven an den richtigen Stellen hatte. Aber das war nicht das Einzige, worauf ich achtete. Es war irgendetwas mit ihren Augen – sie waren klar und blau mit einem Hauch von Grün –, in denen allerhand ablief.

Da war ganz schön viel Witz und Grips dahinter.

Und gleichzeitig wirkten sie irgendwie traurig, wie meine Augen auch, wenn nicht gerade eine superkluge Idee in meinem Kopf auf dem Sprung war.

Es war trotzdem nicht einfach, sie zum Reden zu bringen. Ich musste ihr wirklich alles einzeln aus der Nase ziehen.

Sie erzählte mir nicht viel.

Nur ein paar Sachen.

Ihre Muter war Lehrerin an einer Highschool; ihre Eltern waren geschieden; ihr Dad wohnte in Janesville, ihre Mutter in White-water. Einer ihrer älteren Brüder hatte sie zum Festplatz gefahren und wollte sie um halb sechs wieder abholen.

Wir zogen den Rest des Nachmittags zusammen herum. Als Erstes gingen wir eine Stunde lang über den Tiermarkt, und das ge-fiel ihr richtig gut. Sie kannte sich aus und wusste die Namen al-ler Rassen, kannte die Bezeichnungen für die diversen Arten von Kühen, Schafen, Kaninchen, Küken und Geflügel (lauter Tiere, die in New York nicht ausgestellt würden. Die Leute hätten sie aufgegessen!). Dann fand ich, dass ich etwas für sie gewinnen musste, und warf mit Ringen, schoss auf Blechenten, setzte Geld beim Zahlenrad und gewann kein einziges Mal, ganz egal, wie oft der Mann am Stand das Rad drehte. Immer wenn ich verlor, versuchte ich es noch einmal, bis ich schließlich einen Treffer landete und einen großen rosa Teddybär für sie gewann.

Ich fühlte mich klasse, auch wenn es weniger gekostet hätte, ihr einfach einen zu kaufen.

Alles in allem war es einer der schönsten Tage, die ich je erlebt hatte, bis ich auf die Idee kam, alles Essbare auf dem Fest zu probieren. Während sie schon mit einem Hamburger und einer Cola vollkommen zufrieden war, verdrückte ich zwei Hotdogs, einen weißen Maiskolben mit zerlassener Butter, einen Hamburger, Erdnusskrokant und obendrauf noch eine Tüte Sahneeis mit Schokostreuseln. Lauter Sachen, die ich runterschlingen konnte, ohne dass jemand – wie zum Beispiel meine Moms – an mir herumnörgelte. Ich hatte mich ganz gut gehalten, bis ich mir einbildete, ich müsste mit einem Ding fahren, das *Wild Hammer* hieß. Damit sind wir bei einer weiteren Regel:

Wenn man ein süßes Mädchen mit seinem Schneid beeindrucken möchte, aber zuviel gegessen hat, dann sollte man das lieber lassen. Der *Wild Hammer* bestand aus zwei Käfigen an den Enden einer Stahlachse, die sich im Uhrzeigersinn in der Luft drehte, zuerst langsam und dann immer schneller, bis die Käfige schließlich auch zu rotieren anfingen, so dass einem alles aus den Taschen flog. Ich habe schon intelligentere Sachen gemacht, als mit diesem Ding zu fahren.

Wir standen uns angeschnallt gegenüber, wurden hochgehoben, und dann ging es im Sturzflug wieder nach unten, als wären wir in einer Raumkapsel oder in einem Teilchenbeschleuniger. Und als das Ding richtig in Fahrt kam, begannen fünf Minuten, in denen ich kotzen musste wie noch nie im Leben. Zuerst lachte ich bloß und brüllte vor Freude wie die meisten Leute, wenn sie in einem rotierenden Käfig mit tausend Meilen pro Sekunde herumgeschleudert werden, aber nach ungefähr einer Minute, als alles in meinem Bauch durcheinanderwirbelte, ging es los, und ich musste mich wahnsinnig übergeben, zermantschte Hotdogs, Schokostreusel und der ganze Rest spritzten überall im Käfig herum; es ging nur noch *platsch, platsch, platsch.*

Und da hat sich gezeigt, was für ein verständnisvolles Mädchen Sheri war. Obwohl der Einweiser mich anbrüllte und den Käfig mit einem Schlauch sauberspritzen musste, und obwohl wir beide voller Kotze waren, war sie unheimlich lieb. Wir rannten zu den Toiletten, standen beide ungefähr zehn Minuten an den Waschbecken und machten uns sauber. Ich war als Erster fertig, wartete draußen auf sie und war ganz verdammt verlegen, als sie wieder durch die Tür rauskam.

Aber war sie sauer?

Nein.

Sie lächelte achselzuckend, und als sie neben mir stand, sagte sie als Erstes: »Naja, ich hab ja gehofft, dass es dieses Jahr ein bisschen Abwechslung bei den Fahrgeschäften gibt ... Da hast du auf jeden Fall für gesorgt!«

Ich brachte trotzdem kaum ein Wort heraus. Als es Zeit wurde, dass sie sich auf dem Parkplatz mit ihrem Bruder traf und wir uns verabschiedeten, traute ich mich aber doch, ihr Gilbertos Telefonnummer auf der Farm zu geben, und sagte, sie könnte mich auch in der Tankstelle anrufen, falls sie mal was unternehmen wollte. Ich war überrascht, als sie sagte, dass sie das tun würde.

Ich konnte es nicht erwarten, Gilberto von dem Mädchen zu erzählen, das ich kennengelernt hatte. Aber ich sah ihn erst am nächsten Morgen. Er saß am Küchentisch und las Zeitung. Der Kaffee war schon aufgesetzt.

»Na, hast du gestern jemand kennengelernt?«, fragte er grinsend.

»Ja«, sagte ich. »Ein richtig nettes Mädchen, schwer in Ordnung, weiß alles über Landwirtschaft.«

»Sieht sie gut aus?«, fragte er, während er umblätterte.

»Kann man schon sagen.«

»Dann halt dich ran!« Er langte über den Tisch, und wir klatschten uns ab.

Ich hätte ihm beinahe etwas von der Kotzerei erzählt, ließ das dann aber lieber sein.

»Und wie wars bei dir?«, fragte ich.

»Oh Mann, ich sags dir«, sagte Gilberto lächelnd, »aber gehn wir doch auf die Veranda raus.« Er wollte wahrscheinlich nicht riskierten, dass Wendy ihn hörte.

»Also, als wir uns getrennt haben«, fing er an, »sind diese Dierdra und ich eine Zeitlang auf dem Platz herumgelaufen, aber sie hatte so viel Angst, es könnte uns jemand zusammen sehen, dass ich schließlich in meinem Pick-up mir ihr rumgefahren bin, und wir haben über alle möglichen Sachen geredet. Dann haben wir ein abgelegenes Fleckchen gefunden, und – um es kurz zu machen – ich konnte mich noch so reinhängen, sie war so uneinnehmbar wie Fort Knox.«

»Wirklich?«, fragte ich. Gilberto gab so etwas selten zu.

»Ja.« Und er schüttelte den Kopf, als könnte er es immer noch nicht fassen. »Aber es ist irgendwie ein Anfang, oder?«

»Wahrscheinlich. Aber was ist mit Wendy?«

Er schaute mich an, als wäre ich der verbohrteste Tugendbold auf der Welt.

»Rico, Rico, Rico«, sagte er schließlich. »Es geht um die Jagd, das Verlangen, den Traum! Hey, hat nicht Martin Luther King gesagt, dass wir uns von unseren Träumen leiten lassen sollen?«

»Damit hat er die Bürgerrechte gemeint, Gilberto«, sagte ich.

»Ich weiß, ich weiß«, sagte er. »Aber du kannst mir nicht vorwerfen, dass ich es versuche, oder?«

Dann schaute er über die Felder hinaus, die im Sonnenlicht glühten, und nahm das alles in sich auf.

»Es ist so, Rico, dass das mit mir und Dierdra wahrscheinlich nie was wird. Aber es ist schon einfach angenehm, wenn man mit so jemandem etwas zu tun hat – sie ist irgendwie alte Schule, hundertprozentig amerikanisch auf eine Art, wie du und ich es nie sein werden, verstehst du?«

Auch wenn ich nicht genau wusste, was ich davon halten sollte, wie er mit Wendy umging, verstand ich irgendwie, was er meinte. Es war aufregend, sich mit jemandem einzulassen, der so anders ist als man selber. Als ich ins Haus zurückging, stieg Bewunderung in mir auf, und ich musste ihm recht geben. Egal, was zwischen ihm und Dierdra gelaufen ist, es war wahrscheinlich das erste Mal, dass ein Farmmädchen aus der Gegend sich getraut hatte, mit einem echten New Yorker Puerto Ricaner auszugehen, der noch dazu vom Schlittschuhlaufen eine Narbe im Gesicht hatte.

Ungefähr eine Woche darauf, gerade als sich die Straße vor der Tankstelle mit den Tiefladern der Schausteller füllte, die zu einem neuen Ziel unterwegs waren, klingelte das Telefon. Ich dachte, es wäre mein Boss, der sehen wollte, ob ich da war, aber es war Sheri, die endlich anrief.

Ihre Stimme klang freundlich, aber sie sprach leise, als wollte sie nicht, dass jemand mithörte. Sie flüsterte fast. Ich musste sie immer wieder bitten, lauter zu sprechen, und weil sie zu einer Zeit anrief, in der viel los war und die Kundenklingel alle paar Minuten ging, musste ich immer wieder das Telefon weglegen. Ich rechnete jedes Mal damit, dass sie nicht mehr dran war, aber sie blieb in der Leitung. Es dauerte einige Zeit, bis wir endlich reden konnten.

Ich erzählte ihr, dass ich gerade an ein paar Comicgeschichten rummachte.

»Du zeichnest die Sachen?«

»Nein, ich schreib sie«, sagte ich. »Aber ich hab noch ein paar andere Geschichten, die ich auch schreiben will.«

»Zum Beispiel?«

»Zum Beispiel Science-Fiction-Geschichten. Hast du schon mal welche gelesen?«

»Eigentlich nicht«, sagte sie. »Aber meine Mom, die ist Englischlehrerin. Ich hab schon so ziemlich alles andere gelesen – von Jane Austen bis Mark Twain.«

»Mark Twain? Ich mag den Typ. Du auch?«

»Ja«, sagte sie. »Er ist klasse.«

Und dann sagte ich ihr, wie sehr mir dieser Roman über Huck Finn gefiel.

»Ich meine, diese Geschichte, Mann«, – und ja, ich redete sie wirklich mit »Mann« an – mein Gott, war ich dusslig! – »das ist, als hätte ich das selber erlebt.«

Sie kicherte. »Wieso denn?«, fragte sie.

»Naja, es ist ungefähr so: Wenn du mal irgendwo abgehauen bist oder es dir auch nur überlegst, so wie ich aus New York abgehauen bin, dann saugst du diese Geschichte übers Durchbrennen einfach auf, als wär es deine eigene.«

Ich wusste nicht, ob Sheri das nachvollziehen konnte, aber sie sagte: »Wow, das kann ich gut verstehen.«

Dann dachte ich, ich sollte ihr von den Büchern erzählen, die ich noch mochte, und auch von Comicfiguren wie Superman und Adam Strange, lauter Typen, die sich eines Tags umdrehen und sich in einer völlig anderen Welt befinden, und mir ging dabei auf, dass es in den Büchern, die ich las, irgendwie immer um dieselbe Sache ging. Dann merkte ich, dass ich zu lange über mich selber redete. Ich beschloss, Gilbertos Rat zu folgen, wie man am besten an ein Mädchen rankommt.

Indem man zum Beispiel einfach zuhört.

»Aber egal, Sheri, Schluss mit mir«, sagte ich. »Wie gehts *dir* denn?«

»Ganz okay«, sagte sie leise.

Dann kam nichts mehr. Okay, sag jetzt was, sagte ich mir.

»Ja, also, ich möchte mich entschuldigen, dass ich auf dem Fest überall hingespuckt habe«, fing ich an, »aber – «

»Ach, Rico«, unterbrach sie mich. »Ich weiß doch, dass du das nicht absichtlich gemacht hast. Ich meine, wenn es so wäre, dann sähe es natürlich anders aus, aber …«

Sie sprach den Satz nicht zu Ende. Plötzlich hörte man an ihrem Ende der Leitung Krach, als würde jemand an eine Tür schlagen und als würde eine Stimme hinter der Tür brüllen, aber das alles kam ganz gedämpft bei mir an. Es war komisch. Irgendwas krachte, und ich hörte, wie das Telefon auf den Boden fiel, und dann kam bloß noch das Freizeichen.

Ungefähr eine halbe Stunde verging. In dieser Zeit hörte ich am Radio zwei Songs von den Eagles und ein bisschen anderen Countryschrott. Ich ging pinkeln und tankte einen Sechsachser voll, dessen stämmiger Fahrer auf Speed und mächtig high war,

dauernd den Puls an seinem dicken Arm fühlte und mich aufgeregt fragte, ob ich ein paar »Downer« übrig hätte. Ich hatte
keine.

(Aber ich verkaufte ihm zur Beruhigung zwei Bier aus dem Ge-
heimdepot der Tankstelle.)

Ich fragte mich, was mit Sheri los war, und hätte sie zurückgeru-
fen, wenn ich ihre Nummer gehabt hätte.

Ich tankte noch zwei Autos voll, überprüfte den Ölstand, und
kratzte plattgedrückte Insekten von der Windschutzscheibe und
dem Heckfenster ab. Dann setzte ich mich an den Schreibtisch im
Büro und schaute das Telefon an.

Ich wollte einfach etwas von diesem Mädchen hören.

Dann, um elf, klingelte es endlich.

Es war Sheri. Sie klang, als würde sie gleich weinen.

»Bist du okay? Was ist denn los?«, fragte ich.

»Naja«, sagte sie, »ich ruf an, weil ich dich zu einer Halloween-
party einladen will, die meine beste Freundin Gina hier in der
Stadt schmeißt.«

Und sie gab mir eine Adresse, die ich mir notieren sollte.

Okay.

»Aber was ist mit dir los?«, fragte ich.

Sie sagte ganz leise: »Ach, das kann ich dir jetzt nicht erklären. Ich
bin bei meinem Vater.«

Dann hörte ich im Hintergrund wieder jemanden schreien.

»Entschuldige, Rico, aber ich muss jetzt los.«

»Aber wieso denn?«, fragte ich.

»Es ist wegen meinem Dad. Er hat mal wieder schlechte Laune.«

Sie legte auf.

I I I

Als am nächsten Abend ein blauer Cadillac in die Tankstelle schoss, war ich ziemlich überrascht, dass Sheri mit verweinten Augen neben einem Mann auf dem Vordersitz saß, der wahrscheinlich ihr Vater war. Er war ein ziemlich hart aussehender Typ mit einem kantigen Gesicht, einem Grübchen im Kinn, stählernem Blick und einem Bürstenschnitt, mit dem er aussah wie ein Marine, irgendwie so wie der Sergeant Rock in den Comics. Aber Sergeant Rock war einer von den Guten, während Sheris Pops nicht Nettes an sich hatte. Er wollte den Wagen aufgetankt haben; er sprach ziemlich schleppend und roch mächtig nach Whiskey.

»Volltanken mit Normal«, sagte er, und als er ausstieg, musste er sich sofort an der Tür festhalten, um das Gleichgewicht nicht zu verlieren.

Mann, der war richtig voll.

Normalerweise, wenn ich jemand hinter dem Lenkrad sah, der »unter Alkoholeinfluss« stand, wie Mr Jenkins das auf seine korrekte Art ausdrückte (oder auf Spanisch einen *borrachrón*, um meine Moms zu zitieren) – also nicht jemanden, der bloß ein paar Bier gezischt hatte, sondern jemanden, der wirklich voll war – normalerweise rief ich dann die Polizei an und informierte sie, dass ein Betrunkener unterwegs war. (Erst einen Monat zuvor war in der Nähe von Milwaukee ein Kleinbus mit evangelischen Kindern, die mit ihrem Pastor auf dem Weg zur Frühmesse waren, frontal von einem Betrunkenen gerammt worden, der auf der falschen Straßenseite fuhr.) Als ich aber sah, wie schlecht es Sheri sowieso schon ging, ließ ich es bleiben und hoffte, dass es zu seinem Haus in Janesville nicht mehr weit war. Aber als er auf dem Boden herumtastete und nach seinem Geldbeutel suchte, der ihm aus der Hand gefallen war und dessen Inhalt verstreut herumlag, überlegte ich es mir anders. Ich machte mir jetzt wirklich Sorgen. Und während der Tank volllief und Sheris Vater auf die Herrentoilette ging, schaute ich Sheri an, schüttelte den Kopf, schlüpfte schnell ins Büro, rief die Polizei an und sagte, ich hätte jemand in der Tankstelle, der nicht mehr fahren sollte. Sie sagten, sie wären gleich da.

Ich ging zum Wagen zurück, und weil er schon hinter dem Lenkrad saß, versuchte ich, Zeit zu schinden.

»Soll ich den Ölstand prüfen, Sir?«

»Nein, nicht nötig. Sag mir nur, was es macht, ja?«

Das tat ich und gab ihm dann das Wechselgeld heraus. Ich schaute ein paarmal zu Sheri hinüber, und jedes Mal war es, als würde sie praktisch im Sitz versinken, als würde sie am liebsten verschwinden, ein Gefühl, das ich ziemlich gut kannte.

Dann, als er den Motor anlassen wollte, sagte ich, er solle noch warten. Ich machte mich daran, die Windschutzscheibe zu putzen.

»Hey, komm schon, Kumpel«, sagte er. »Ich hab nicht den ganzen Abend!«

Ich musste jetzt wohl ganz direkt werden.

»Sehen Sie, Sir, ich kann Sie in Ihrem Zustand nicht einfach wegfahren lassen.«

»In meinem Zustand?«, sagte er und schaute mich aggressiv an. »Kümmere dich um deine eigenen Angelegenheiten, kapiert!« Und er ließ den Motor an. »Und jetzt geh von meinem Wagen weg!«

Er sah aus, als würde er es ernst meinen.

»Aber, Sir«, sagte ich, weil ich jetzt alles versuchen musste. »Trinken Sie doch einen Kaffee, aufs Haus, okay?«

»Geh mir bloß aus dem Weg«, sagte er, während der Motor dumpf tuckerte.

Aber Gott sei Dank kam in diesem Moment ein weißer Streifenwagen mit Blinklicht und heulender Sirene an, aus dem zwei
Polizisten ausstiegen und auf das Auto zugingen.

»Ist das der Typ?«, fragte mich einer von ihnen.

»Ja.«

Ich rechnete damit, dass sie ihn sich ganz gründlich vornehmen
würden, wie ich das schon in anderen Fällen gesehen hatte – ihn
ins Röhrchen blasen ließen und ein Stück geradeaus gehen lassen
würden –, aber als einer der Polizisten mit einer Taschenlampe in
den Cadillac leuchtete und sah, wer da drin saß, nahm er die Hand
vom Pistolengürtel und sagte: »Hey, Tom, gerade du solltest doch
am besten wissen, dass man so nicht fahren kann.«

»Ja, ich weiß, ich weiß«, sagte er. »Ihr nehmt mich jetzt wahrscheinlich fest, oder?«

»Jetzt mach mal halblang«, sagte der Polizist und beugte sich
durch das offene Fenster. Sie redeten ein paar Minuten miteinander. Ich verstand nicht, was sie sagten. Dann kam der Polizist zu
mir herüber.

»Hör mal, Sohn, wir finden es wirklich gut, dass du uns angerufen hast, aber wir drehen den Typ hier nicht durch die Mangel,
bloß weil er ein bisschen was intus hat. Wir werden ihn allerdings
aus dem Verkehr ziehen und nach Hause bringen.«

»Mhm«, sagte ich.

Ich verstand nicht, wieso sie so nachsichtig mit ihm waren, aber
es war eben so. Einer der Polizisten sagte Sheris Vater, dass er
rüberrutschen sollte, ließ den Motor an, und sie fuhren, gefolgt
von dem Streifenwagen, aus der Tankstelle hinaus. Sheri schaute
mit einem ganz traurigen Blick durch die Heckscheibe zu mir zurück.

In derselben Nacht noch klingelte das Telefon in der Tankstelle. Ich nahm den Hörer ganz schnell ab.

Es war Sheri, und sie klang fürchterlich.

Als Erstes sagte sie: »Oh, Rico, ich schäme mich so.«

»Hey, du musst dich vor mir nicht schämen«, sagte ich. »Aber was war denn da los? Ich hab noch nie erlebt, dass die Polizei jemanden so leicht wieder laufen lässt.«

»Mein Dad ist hier Staatsanwalt. Er kennt alle und jeden.«

»Aber das darf doch trotzdem nicht sein«, sagte ich. »Er hätte jemanden totfahren können.«

»Ich weiß«, sagte sie. »Aber er trinkt sonst eigentlich nur zu Hause. Es war nur, weil er zu meiner Mom ist, um mit ihr zu reden, und sie hatten einen Riesenstreit wegen der Unterhaltszahlungen und – «

Sie sagte, dass der Streit ihn so in Rage gebracht hatte, dass er zwei doppelte Scotch trank, als sie irgendwo auf dem Rückweg nach Janesville eine Pause fürs Abendessen eingelegt hatten, und dass er danach zu einem sogenannten »Package-Store« hier in der Gegend gefahren ist, wo er eine Halbliterflasche Whiskey gekauft hat, das Auto am Straßenrand parkte und die Flasche ganz austrank.

»Er ist kein schlechter Mensch«, sagte sie. »Aber wenn er einmal anfängt, dann kann man ihn nicht mehr bremsen. Es ist einfach nur schrecklich.«

Ich begriff immer noch nicht, wieso die Polizisten ihn laufengelassen haben. Aber dann fielen mir die Cops ein, die in Mr Farrentinos Bar verkehrten und nicht hinschauten, wenn sie merkten, dass irgendetwas Illegales ablief. Wahrscheinlich hatte Sheris Pops in der Gegend hier auch so einen Draht zur Polizei.

»Gut, Hauptsache, du bist in Ordnung«, sagte ich. »Aber wieso seid ihr denn an der Tankstelle vorbeigekommen?«

»Weil ich das zu Dad gesagt habe. Es lag auf dem Weg, und wahrscheinlich« – ihre Stimme zitterte –, »wahrscheinlich wollte ich, dass du siehst, wie er manchmal ist.«

Ausnahmsweise einmal hatte jetzt ich das Gefühl, dass ich mich auf vertrautem Gelände befand, wenigstens was Väter betraf, die tranken.

»Bist du oft bei ihm?«

»Zwei Wochenenden im Monat«, sagte sie. »Aber er möchte, dass ich öfter komme.«

»Und möchtest du das auch?« Ich musste das einfach fragen.

»Rico, er ist mein Dad!«, sagte sie. »Ich möchte, aber … aber ich kann es nicht ausstehen, wenn er so ist. Er wird dann ganz unberechenbar.«

»Schlägt er dich oder was?«

»Nein, das ist es nicht. Es ist einfach, dass er sich mir gegenüber dauernd anders benimmt. Einen Augenblick ist er nett, und im nächsten legt er los und schreit mich an.«

Sie redete weiter, war ganz atemlos. »Er schlägt Sachen kaputt und wird so unberechenbar, dass ich mich in meinem Zimmer einsperren muss. Und manchmal krieg ich wahnsinnige Angst, wenn er an die Tür hämmert.«

»Kannst du denn nicht mit deiner Mom reden, damit sie etwas dagegen unternimmt?«, fragte ich, weil ich ihr ja helfen wollte.

»Rico, er kennt jeden Richter im Bezirk.«

»Verdammt«, sagte ich.

In ihrer Stimme lag so viel Verzweiflung, dass ich fand, ich sollte ihr von meinem Pops erzählen, auch wenn das vielleicht peinlich werden könnte.

»Sheri, ich weiß, wovon du redest«, sagte ich. »Mein Pops trinkt auch viel …«

»Wirklich?«

»Ja, so ziemlich die ganze Zeit. Und das hat mich auch immer ziemlich mitgenommen.« Ich bekam sofort ein flaues Gefühl im Magen, bloß weil ich an meinen Pops dachte. »Es ist einfach ganz beschissen schwer, wenn du deinen Pops so siehst. Und du kannst verdammt nochmal nichts dagegen tun.«

»Es ist kaum zum Aushalten!«, sagte sie mit Tränen in der Stimme. Ich weiß nicht, welche Knöpfe ich gedrückt hatte, aber sie weinte ganz heftig, so heftig, dass sie wahrscheinlich das Telefon unter ein Kissen gesteckt hatte, weil ich auf einmal nicht mehr viel hörte.

»Bist du noch dran? Bist du noch dran?«, fragte ich immer wieder. Sie nahm den Hörer wieder auf. Ich hörte sie schniefen.

»Aber ich will dir was erklären …«

»Und was?«, fragte sie.

»So sehr dich das auch mitnimmt, du musst dir klarmachen, dass es nicht deine Schuld ist, wenn dein Pops zu viel trinkt. Es gibt Leute, die entwickeln sich einfach so«, sagte ich, während ich eine Zigarette aus einer frischen Packung klopfte, die ich vom Regal genommen hatte. Ich rauchte nicht viel, aber ich war jetzt so aufgeregt, dass ich mir eine ansteckte. Nach ein paar Zügen machte ich sie wieder aus.

Mann, schmeckte das mistig.

»Ich will dich noch was fragen.«

»Gut«, sagte sie seufzend.

»Bist du er? Bist du dein Vater?«

»Nein.«

»Dann lass dich davon nicht so runterziehen«, sagte ich und dachte daran, wie oft Gilberto mir praktisch das Gleiche gesagt hatte. »Ich meine, das bringt dir nichts.«

»Aber es macht mir Angst, es ist schlimm«, sagte sie. Ihre Stimme klang immer noch rau.

»Da hast du verdammt recht«, sagte ich mit meiner coolsten Stimme. »Deswegen müssen Leute wie wir aufeinander aufpassen, verstehst du?«

Irgendwie beruhigte sie sich allein schon deshalb.

»Es geht mir jetzt schon besser«, sagte sie. »Danke.«

»Ah, nicht der Rede wert«, sagte ich, als wär ich einer von den Typen aus den Sozialblocks. »Ich war eben da, das ist alles.«

In diesem Augenblick fuhr ein Pontiac in die Tankstelle.

»Hör mal, Sheri, ich muss jetzt raus. Ein Kunde ist grade reingefahren. Aber tu mir einen Gefallen und schlaf ein bisschen, ja? Und vergiss nicht – wenn du mich brauchst, weißt du ja, wo ich bin, okay?«

I I I

Den Rest meiner Schicht dachte ich nach.

Zum Beispiel darüber, wie viel Mist sogar ein süßes Mädchen wie Sheri durchmachen muss. Ich begriff dadurch irgendwie besser, was ich in der Stadt alles durchgemacht hatte. Ihre Stimme war voller Schmerz und Panik, als würde sie alles tun, um von ihrem Pops wegzukommen, obwohl sie ihn liebte, und es klang ganz so, wie ich mich gefühlt hatte – als wäre sie eine Art Spiegel. Als müsste man manchmal Sachen tun, die man eigentlich nicht tun möchte, bloß um aus dem ganzen Mist rauszukommen, auch wenn man damit wahrscheinlich seinen Leuten wehtut.

Ich begriff das jetzt viel besser.

In meinem Fall lag es nicht nur daran, dass ich nicht an die Militärakademie wollte.

Wenn du Nacht für Nacht siehst, wie dein Vater sich kaputt-
macht, dann willst du weg und wünschst dir ein anderes Leben.

Du denkst, wenn du ihm schon nicht helfen kannst, dann kannst
du vielleicht jemand anderem helfen. Jemandem wie Jimmy.

Aber die Frage war, ob ich mir selber eigentlich auch half.

Es verging kein Tag, an dem ich mich nicht fragte, ob es meinem
Pops vielleicht schlechter ging, weil ich abgehauen war. Und das
machte mir schwer zu schaffen, genauso wie die guten Sachen
zu Hause, die mir jetzt fehlten, und genauso wie der Gedanke, ob
es nicht vielleicht so war, dass Leute wie ich und Sheri so in der
Scheiße stecken, wie niemand in der Scheiße stecken sollte, und
dass es keine Lösung gibt, außer vielleicht, dass man davonläuft.

Zwanzig

Als Halloween heranrückte, fielen langsam von den Bäumen – den Eichen, Ulmen, Hickories – die Blätter ab, die dann in großen Haufen auf dem Hof herumlagen. Die Nächte wurden kühler, und die ganze Welt gähnte, als würde sie sich auf einen guten, langen Winterschlaf vorbereiten. Große Kürbisse und ganze Haufen von seltsam geformten kleineren tauchten auf den Veranden auf, und in Fenstern und Schaufenstern hingen alle Arten von Gespenstern und Hexen.

Es war schon so, wie es zu Halloween sein musste, aber nicht so, wie ich es aus der Stadt kannte.

Mann, ich war ganz vernarrt in Halloween!

Ich hatte immer irgendein billiges Kostüm an, bemalte mir das Gesicht, stellte mich an den U-Bahn-Ausgang, meistens zusammen mit Jimmy, haute die Leute, die von der Arbeit kamen, um ein bisschen Kleingeld an, und dann zogen wir wie Banditen in unserem Block auf Süßes-oder-Saures-Tour von Wohnung zu Wohnung, und in unseren Tüten landeten alle möglichen Süßigkeiten, Münzen und manchmal sogar eine oder zwei einzelne Zigaretten. Aber es fiel mir immer sehr schwer, mich zu entscheiden, was ich anziehen sollte.

In einem Jahr wollte ich Zorro sein, aber das war lächerlich. Ich meine, ich als Latino musste mich so verkleiden, dass ich aussah wie ein Latino. Verrückt.

In einem anderen Jahr kaufte ich mir eine Plastikmaske, bestrich sie mit Kleber und zündete sie an, so dass sie schmolz. Damit sah ich dann aus wie ein radioaktiv verseuchter Zombie – das war viel überzeugender als Zorro.

Wenigstens konnte mich keiner blöd anmachen, weil man ja mein richtiges Gesicht nicht sehen konnte.

Das ist wahrscheinlich auch der Grund, warum ich eine Vorliebe für Superhelden hatte, die Masken trugen – wie Batman, Daredevil und Flash. Man konnte nie sagen, wie sie in Wirklichkeit aussahen, und irgendwie beneidete ich sie darum.

Und jetzt wusste ich nicht, wie ich mich für Ginas Party – die zum Glück an einem Abend stattfand, an dem ich nicht arbeiten musste – verkleiden sollte. Aber Bonnie und Wendy halfen mir, und ich ging schließlich als Pirat: trug ein rotes weißgetupftes Halstuch um den Kopf, einen falschen Schnurrbart, eine Weste, Curts weite rote Pantalons (ein Souvenir aus Marrakesch), kniehohe schwarze Anglerstiefel, die wir in der Scheune gefunden hatten – wir fanden nichts Besseres –, einen von Gilbertos schwarzen Uniformgürteln mit großer Schnalle und, als letzten Tick noch Ohrclipse. Ah ja, und dann noch einen goldenen Dolch aus Pappe, den Bonnie für mich gebastelt hatte.

Es war Vollmond in dieser Nacht, und von Westen zog eine Reihe heftiger Gewitter herauf. Im Fernsehen hatten sie gesagt, man sollte zu Hause bleiben. Ja, klar. Es war ja Halloween!

Wendy fuhr mich in ihrem roten Toyota zu Gina und trug mir unterwegs eines ihrer neuen Gedichte vor. Sie machte das oft, als wären wir irgendwie verwandte Dichterseelen. Die Gedichte drehten sich um ihre schwarze Haut, ihre schwarze Seele, ihren schwarzen Zorn – es war, als wäre jedes dieser Gedichte eine kleine Schmuckschachtel, in die sie ein Stück von sich hineinlegte. Sonst redete sie nie darüber, dass sie schwarz war; die Gedichte waren irgendwie ihre verborgene Wirklichkeit.

Ich dachte da draußen in Wisconsin allmählich, dass ich auch meine verborgene Wirklichkeit hatte. Ich fragte mich, ob Wendy überhaupt wusste, dass ich ein *cubano* war. Und als wir da jetzt über die holprige Straße fuhren, während es weiter weg schon donnerte, fragte ich sie einfach ganz direkt danach.

»Ja, das weiß ich«, sagte sie, als es gerade zu hageln anfing und die Hagelkörner auf den Asphalt und die Kühlerhaube knallten, dass es aussah wie Ölspritzer, die in einer überhitzten Bratpfanne herumhüpfen. Sie fuhr an den Straßenrand, hielt und zog die Handbremse. »Aber ganz ehrlich, Rico, ich wär nie darauf gekommen, wenn Gilberto es mir nicht gesagt hätte. Nimm es mir nicht übel, aber du wirkst einfach wie ein netter weißer Junge, auch wenn du manchmal ganz schön rumfluchst.«

»Ach, wie langweilig«, sagte ich und hatte hundert Gefühle gleichzeitig. »Aber du hast recht, man sieht es mir ja wirklich nicht an.«

»Du siehst trotzdem niedlich aus«, sagte sie und kniff mich in meine Piratenbacke.

Dann stellte sie mir eine Frage, die ich schon eine Million Mal beantwortet hatte.

»Sind deine Eltern alle beide Kubaner?«

»Ja«, sagte ich.

»Und sind sie beide so weiß wie du?«

»Nee, einer meiner Urgroßväter war Ire, und das ist eben bei mir wieder zum Vorschein gekommen, verstehst du?«

»Ja, tue ich«, sagte sie. Dann schaute sie mich ernst an. »Ich weiß nicht, ob Gilberto dir das gesagt hat, aber meine Mom ist weiß und meine beiden Brüder auch. Ich bin die Einzige, die nach unserm Dad geraten ist!«

Es war nicht zu fassen!

»Wirklich? Hat dir das was ausgemacht?«, fragte ich, während der

Hagel herunterprasselte wie Gewehrsalven und tausend Treffer auf der Motorhaube einschlugen.

»Ja, ganz verdammt sogar!«, sagte sie. »Besonders an der Schule. In Denver, wo ich aufgewachsen bin, waren die meisten Kinder nett zu mir, aber ein paar haben mich ab und zu mit so einem dreckigen Blick angeschaut, ganz egal, wie nett sie sonst getan haben.«

Sie suchte in ihrer Handtasche nach einem Joint.

»Mir ist es irgendwie genauso gegangen, außer dass es umgekehrt lief«, sagte ich. »Ich meine, ich bin immer für einen Weißen gehalten worden.«

»Tja, Rico, ich sag dir das nicht gerne«, sagte sie, während sie sich den Joint ansteckte. »Aber du bist irgendwie schon ein Weißer.« Sie stieß etwas Rauch aus, hustete, drückte sich die Nasenflügel zu, um den Rest zurückzuhalten, und gab dann mir den Joint.

»Aber das ist nur äußerlich«, sagte ich und inhalierte nur ganz wenig, eigentlich nur symbolisch.

»Naja, das kann schon sein, aber du klingst genauso wenig nach Latino wie ich schwarz klinge, wenn ich rede!«, sagte sie, als ich ihr den Joint zurückgab.

Während sie wieder an dem Joint zog, sagte ich mir, dass ich das sprachlich schon draufhatte und ganz locker so loslegen konnte wie alle in unserem Viertel – aber das half wahrscheinlich nicht viel, wenn man nicht wie ein Latino klang, mit einem Akzent und so.

Und Spanisch konnte wie ein Weltmeister.

Und Mambo tanzen konnte und die ganzen anderen Tänze, und dass man die richtige Körpersprache hatte und diesen ganzen Scheiß, den ich nicht draufhatte.

Aber trotzdem fühlte ich mich so, wie ich war. Ich meine, als Latino. Es ließ sich nicht erklären, es war zu durcheinander.

»Sag mal«, fragte ich. »Sind dir irgendwelche Schwarzen schon mal blöd gekommen, weil du so bist?«

»Wenn ich ehrlich bin, hab ich als Kind außer meinen Verwandten kaum welche gekannt. Aber seither ist das schon passiert, und das ist auch verrückt.«

Sie lachte.

»Ordentliche, anständige Neger wie mein Vater – er ist Arzt – mögen alles an mir, weil ich so bin, wie alle schwarzen Mädchen sein sollten: im Internat erzogen, mit guten Manieren, anständigem Wortschatz und so. Aber mit den ›Brüdern‹, da ist es was anderes!«

Sie schüttelte den Kopf.

»Ich meine, ganz egal, wie schwarz ich mich gebe – ich könnte einen silbernen Minirock anhaben wie Tina Turner, hohe Go-Go-Stiefel und mit dem größten Afro rumlaufen – sobald ich den Mund aufmache, bin ich für sie ein *Oreo*.«

»Ein ›Oreo‹?«

»Ja«, sagte sie. »Kennst du nicht diese Kekse? Außen schwarz, innen weiß. Und ich will dir mal was sagen« – sie nuckelte jetzt richtig heftig an dem Joint –, »keiner will eigentlich was mit dir zu tun haben.«

Es war nicht zu fassen. Das war das Gleiche wie bei *mir*. »Wieso benehmen sich denn alle so beschissen?«, fragte ich. Ich kurbelte das Fenster einen Spalt weit herunter, weil der Rauch im Auto so dicht wurde, als säße man mitten in einer Wolke.

»Ich weiß es nicht«, sagte sie. »Es ist einfach so.« Dann sagte sie lächelnd: »Aber weißt du, wer mir geholfen hat, das auf die Reihe zu kriegen?«

»Wer denn?«

»Gilberto. Je länger ich mit dem Typ zusammen bin, umso mehr möchte ich so sein wie er.«

»Gilberto?«, fragte ich, während der halbe Himmel auf uns runterstürzte.

»Ja, Gilberto«, sagte sie, fröstelte leicht und drehte die Knöpfe am Armaturenbrett, um die Heizung anzustellen. »Er ist praktisch genauso dunkel wie ich, aber es ist ihm völlig egal, was die Leute denken. Er nimmt alles, wie es kommt. Schaut nie zurück und denkt nie dran, dass er schwarz ist«, sagte sie kichernd und tupfte Asche in den Aschenbecher am Armaturenbrett. »Ich meine, er ist nicht der tiefgründigste Mensch auf der Welt, aber vielleicht ist er genau deswegen meistens so gut drauf.«

Dann zog sie wieder an dem Joint und zuckte die Achseln.

»Ich wäre gern auch so«, sagte sie. »Aber ich denk einfach zu viel nach.«

»Mir gehts genauso«, sagte ich.

Dann fragte sie, ob wir Shotgun machen sollten. Ich wollte nicht uncool wirken, also sagte ich ja. Und sie steckte sich den Joint verkehrt herum in den Mund. Sie balancierte das brennende Ende locker im Mund auf der Zunge, das andere Ende stand zwischen ihren Lippen heraus, und ihr Mund war keine sieben Zentimeter von meinem entfernt, so dass sie mir den konzentrierten Rauch in die Nase blasen konnte.

Aber genau in diesem Augenblick ging es draußen mächtig los, es krachte und dröhnte unaufhörlich wie Kanonenschüsse. Der Himmel war in einem Augenblick ganz dunkel und schon im nächsten eine riesige weiße Fläche wie in einem Horrorfilm. Dann, als sie mir gerade den Rauch in die Nase blasen wollte, hörten wir direkt über uns ein unheimlich lautes Donner-grollen und dann noch mal einen schweren Schlag, und alles um uns herum leuchtete ganz grell auf, die ganze Welt war ein gleißendes Weiß, Blitze zuckten über die Motorhaube, und ein schmaler gelber Lichtstreifen schwebte ein paar Se-kunden lang vor der Windschutzscheibe, bevor er wieder ver-schwand.

Kleine heftige Stiche kamen durch die Gummimatten unter un-seren Füßen.

Wendy schrie, spuckte den Joint aus und klammerte sich ganz fest an mich. Ich hörte ihr Herz schlagen.

Wir saßen völlig starr da und erwarteten, dass der Wagen explo-dierte. Als das nicht geschah, rutschte Wendy wieder auf ihren Sitz zurück.

»Oh, mein Gott«, sagte sie und fuhr sich mit der Hand an den Hals. »Seh ich das jetzt richtig, oder was war das sonst?«

»Ja«, sagte ich. Meine Hände zitterten immer noch. »Ich glaub, wir sind grade von einem Blitz getroffen worden.«

»Aber wieso sind wir dann jetzt nicht einfach verschmort?«, sagte sie und klopfte sich dabei auf die Brust, als wollte sie ein kleines Feuer ersticken.

»Vielleicht weil die ganze Elektrizität durch den Rahmen geschos-sen ist und wir durch die Gummireifen geerdet sind«, sagte ich, weil mir das Trucker einmal erzählt haben, die während der Fahrt vom Blitz getroffen worden waren.

»Scheiße«, sagte sie. »Das war krass.«

»Du sagst es.«

»Ich hab mir fast in die Hose gemacht.«

»Ich auch.«

Später, als das Gewitter ein wenig weitergezogen war und man durch die schnell dahintreibenden zerrissenen Wolken den Mond sehen konnte, schien Wendy sich für ihre Reaktion fast zu schämen. Aber ich war ganz hingerissen, allerdings nicht, weil sie sich an mich geklammert hatte, sondern weil es möglich war, dass ein Auto mit Menschen einen Blitzschlag überstehen konnte wie in einem Science-Fiction-Film, und weil mich das auf allerhand Ideen für eine neue Comicfigur brachte.

Und vielleicht auch, weil es an Halloween passiert war.

»Willst du immer noch auf die Party gehen?«, fragte mich Wendy, als sie sich wieder gefangen hatte.

»Wenn es dir nichts ausmacht«, sagte ich.

»Naja, okay«, sagte sie ächzend. »Falls dieses verdammte Auto noch fährt.«

Sie drehte den Zündschlüssel um, trat aufs Gas und versuchte, den Wagen anzulassen.

Einmal, zweimal und dann noch ein drittes Mal. Nichts rührte sich. Oh bitte, Gott im Himmel, betete ich leise, lass den Motor anspringen.

Ich wollte Sheri nicht enttäuschen.

Aber als Wendy es ein viertes Mal probierte, während schon wieder Blitze über den Horizont zuckten und der Himmel da und dort immer wieder grell aufleuchtete, fing der Motor an zu laufen, und schon ging es los, und wir waren, elektrisch aufgeladen, auf dem Weg in die Stadt.

Ginas Haus lag in einer von den Straßen, die genauso aussahen wie alle anderen auch, in den Fenstern leuchteten Kürbisse, und überall am Straßenrand parkten Autos.

Als ich auf die Haustür zuging, sah ich durch die Fenster die Par-

238

tygäste tanzen, die alle verkleidet waren. Eine gutgebaute Teufelin mit einem engen roten Gymnastikanzug und Umhang, die einen Dreizack in der Hand hielt, winkte mich herein.

Einundzwanzig

Okay, ihr Süßes-oder-Saures-Sammler, hört jetzt mal zu – ein Quiz:

Erste Frage:
Als ich, verkleidet als Mr Jolly Roger, der Mann mit der Piratenflagge – oder was ich sonst darstellen sollte –, in Ginas Haus ging, während der Himmel immer noch von Donnergrollen erfüllt war, wurde ich von Miss Teufel (Gina in Verkleidung) in ihr Wohnzimmer geführt. Dort war ein Haufen Mittelwestler, die Hush Puppies trugen, Bier tranken und Halloween feierten, und hinten in einer schwach erleuchteten Ecke auf einer Couch saß Sheri. Könnt ihr erraten, was für ein Kostüm sie trug?

a. Ein haremmäßiges und sehr tief ausgeschnittenes Kostüm wie aus *Bezaubernde Jeannie*.

b. Ein Ballettröckchen und weiche Samtschuhe.

c. Einen zerdrückten Hut wie ein Penner, eine Knollennase, eine viel zu große Hose und zu große Schuhe.

d. Eine königliche Robe wie eine Märchenprinzessin.

e. Nichts von alledem, weil sie keine Lust hatte, sich zu verkleiden.

Zweite Frage:
Wenn es euch gegangen wäre wie mir und ihr in der Küche gesehen hättet, dass sowohl der Kühlschrank als auch das mit Eiswürfeln gefüllte Spülbecken voller Bier- und Weinflaschen war, und wenn ihr dann durch den Flur gegangen wärt und ständig eueren Jolly-Rogers-Kopf wegen dieser herunterhängenden Kürbislaternen einziehen müsstet und ihr im Badezimmer eine Wanne voller

Eiswürfel und weiterer Bierflaschen gefunden hättet; und wenn ihr das Marihuana in der Luft gerochen hättet und alle diese beschwipsten Gespenster, Vampire und anderen Wesen gesehen hättet, die wie verrückt getanzt und in den Ecken herumknutscht haben, würdet ihr sagen:

a. Die Eltern waren zu Hause.
b. Die Eltern waren nicht zu Hause.
c. Das ist schnurzegal!

Dritte Frage:
Sagen wir mal, ihr seid aus New York, seid vom Blitz getroffen worden, fühlt euch aber immer noch unsicher – auch wenn ihr glaubt, dass ihr elektrische Energie aussendet – und wollt das Mädchen aus dem Mittelwesten beeindrucken, die ihr einmal vollgereihert habt, würdet ihr:

a. Neben ihr sitzen, während ihr mit Rock 'n' Roll zugedröhnt werdet, und ihr einfach bloß sagen, wie schön es ist, dass ihr sie getroffen habt? Und dann Apfelschnappen spielen oder Steck-den-Schwanz-an-den-Esel wie ein netter Typ, der Mädchen respektiert?
b. Obwohl sie ihren Kopf an eure Schulter legt und mit einem von diesen Plastikstrohhalmen, die man knicken kann, Bier trinkt und euch zwischendrin küsst, euch benehmen wie ein Idiot oder euch über sie hermachen, weil ihr ja in einer dunklen Ecke sitzt?
c. Euch in Selbstbeherrschung üben und eure schwer elektrisierte aufgestaute Energie für »später« aufheben, wenn ihr in eurem zerdrückten Bett liegt?

d. Unruhig werden und dann doch mit ihr auf die Tanzfläche gehen, auch wenn sie sich zuerst nicht traut und ihr auch nicht?

e. Wenn ihr dann tanzt und sich herumgesprochen hat, dass ihr aus New York City seid – ich meine, ihr seid dann ja wie Manna, das vom Himmel fällt, weil hier unten nie etwas besonders Aufregendes passiert –, würdet ihr dann, um bei eurem Mädchen Eindruck zu schinden, und ganz egal, wie ungeschickt eure Bewegungen sind, neue Tänze erfinden mit Namen wie »Manhattan Monkey« und »Harlem Slide« mit lauter irren, ruckigen Bewegungen, die ihr dann irgendwie so durchzieht, dass die Leute zu klatschen anfangen?

Vierte Frage:

Nehmen wir mal an, ihr seid dieser als Pirat – als eine Art Pirat – verkleidete Typ, und nach einer Nacht, in der viel getrunken worden ist, gibt euch dieses süße Mädchen aus dem Mittelwesten, das ihr wirklich mögt, zu verstehen, dass sie hier bei ihrer Freundin übernachtet und dass ihr auch hier übernachten könnt, wenn ihr wollt. Sagt ihr dann, am Morgen des Allerseelentags zu ihr:

a. Oh, Sheri, ich würde das sehr, sehr gerne tun, aber ich weiß nicht. Ich meine, wir kennen uns ja kaum.

b. Gerne, aber ich glaub, du bist ein bisschen zu beschwipst.

c. Gut – wenn es dich nicht nervt, okay?

Letzte Frage:

a. Knutscht ihr noch stundenlang mit ihr auf der Couch herum, bevor euch ein völlig weggetretener Zombie, der nach Beloit fährt, in seinem Wagen mitnimmt?

b. Oder geht ihr wirklich mit ihr nach oben, und ihr macht mächtig rum, wenigstens eine Zeit lang, bis sie in euren Armen einschläft – und *dann* erst schleicht ihr euch raus und erwischt gerade noch jemanden, der euch mitnimmt?

Also, ganz egal, wie eure Antworten ausfallen, ich erzähle euch bestimmt nicht, was in dieser Nacht passiert ist, aber ich sage euch, was passiert ist, als ich schließlich wieder auf der Farm war und aus meinem Fenster geschaut habe. Es war mitten in der Nacht, und der schlimmste Teil des Sturms war vorbei, aber ich sah weit weg immer noch ab und zu Blitze aufleuchten. Und deshalb musste ich daran denken, was ich am Abend mit Wendy erlebt hatte.

Was passiert, wenn eine Weiße in einer schwarzen Haut mit einem Schwarzen in einer weißen Haut in einem Auto sitzt, das vom Blitz getroffen wird? Und was passiert, wenn der Blitz auf magische Art ihre Körper und ihre Seelen verschmelzen lässt, so dass sie plötzlich eins sind, ein Mensch, der nach Belieben schwarz oder weiß werden kann und über alle möglichen Superkräfte verfügt?

Dann feilte ich ein bisschen an dieser Idee.

Der schwarze Typ könnte vielleicht ein dunkler Latino sein und der weiße ist ein rotblonder Typ wie ich. Und statt dass die beiden Freunde im Auto vom Blitz getroffen werden, könnte ich sie doch zu Zwillingsbrüdern machen, die bis auf die Hautfarbe genau gleich aussehen?

An Einschlafen war da nicht mehr zu denken.

»Also, das Wichtige dabei ist, dass dieser Typ sein Aussehen nach Belieben verändern kann«, sagte ich am nächsten Tag zu Jimmy.

»Er wird von einem Augenblick auf den andern vom Latino zum Weißen. Das ist so wie Clark Kent und Superman. Aber in diesem Fall spürt er in dieser Scheißwelt Vorurteile auf und so.«

Jimmy hörte zu und rückte sich die Brille zurecht. »Klingt irgendwie cool. Und wie soll dieser Superheld heißen?«

»Wie wärs denn mit ›Dark Dude‹?«

»Hey – so wie dich die Typen aus den Sozialblocks genannt haben?«

»Ja, nur dass er über Superkräfte verfügt.«

»Gut«, sagte er. »Du schreibst den Text, und ich schau, was ich tun kann.«

»Im Ernst?«

»Ja, ich kann dir nichts versprechen, aber ich versuchs.«

Mann, das hat mich verdammt glücklich gemacht!

Und in den nächsten Wochen habe ich daran gearbeitet, wenn ich nicht an Sheri dachte.

Teil 6

Schöne Feiertage

Zweiundzwanzig

Nach Halloween waren Sheri und ich zusammen, sooft sie konnte, vielleicht jedes zweite Wochenende, wenn sie bei ihrem Vater war. Und manchmal kam sie nach der Schule mit dem Bus herüber, und wir gingen in der Main Street spazieren, kauften uns in der Drogerie Eisbecher, oder wir zogen durch die Gegend und schauten uns alte Comics an. Ich hatte eine Anzeige in die Zeitung gesetzt, in der ich bis zu einem Vierteldollar pro Heft bot, und ab und zu rief jemand in der Farm an, weil er welche zu verkaufen hatte, und wir gingen dann immer hin und begutachteten die Comics. Ich hoffte, dass ich ein paar alte klassische Comics mit Superhelden aufstöbern könnte, aber in Wisconsin lasen die Leute sogar andere Comics als bei uns. Ich meine, ich hatte nie zuvor in meinem Leben so einen Haufen Hefte von *Donald Duck*, *Little Lulu* und *Bugs Bunny* gesehen, lauter harmlose, anständige Sachen.

Ab und zu waren wir bei Gina, die ein großer Fan von *Dark Shadows* war, und sahen fern, oder wir saßen da und lasen. Manchmal fummelten wir ein bisschen, aber meistens hielten wir uns einfach aneinander fest: Sheri wollte, dass ich sie einfach nur im Arm hielt, wenn sie wieder ganz durcheinander war, weil sie nach Hause zu ihrem Dad musste. Ich musste ihr immer wieder sagen, dass sie nicht an den Nägeln kauen sollte. Ich meine, die waren mächtig abgeknabbert! Beim einzigen Mal, als sie mit Gina zu uns kam, um alle kennenzulernen, wurde sie offiziell von Gilberto akzeptiert, der fand, dass sie sehr hübsch war. Und als sie in mein unaufgeräumtes Zimmer kam, sagte sie strahlend: »Oh, Rico, hier ist es so hübsch!« Dann ließ sie sich auf meine schäbige Matratze fallen und kuschelte sich unter eine Decke, als würde sie nie wieder gehen wollen.

Aber das musste sie natürlich.

(Okay, ihr denkt jetzt wahrscheinlich, was das wohl für ein lahmarschiger Typ ist. Und gleichzeitig fragt ihr euch wahrscheinlich, ob ich es probiert habe, stimmts? Naja, ich hab schon gesagt, dass ich es euch nicht sagen würde, wenn es so wäre, und wenn ich es nicht probiert habe, dann könnte man es so sagen: Wenn ihr in diese blauen Augen geschaut und den ganzen Kummer darin gesehen hättet, dann wäre euch bestimmt auch das Herz gebrochen. Ich meine, ihr könntet das nicht einfach wegstecken und weitermachen wie bei anderen Mädchen, okay?)

❙ ❙ ❙

Als es kälter wurde, sah ich sie nicht so oft, wie ich gewollt hätte. Ohne Auto war das doch eine ganz schöne Entfernung. Die Bäume wurden immer kahler, der Himmel verfärbte sich silbergrau, Schwärme von Vögeln flogen mit lautem *Krah-krah-krahkrah* in den Süden. Im Vergleich mit der tosenden Stadt war hier draußen alles sowieso schon sehr langsam, aber jetzt wurde es noch langsamer, die Leute verschwanden in ihren Häusern, überall stiegen kleine Rauchwolken aus den Schornsteinen auf, und das meiste Vieh blieb in den Ställen.

Und es konnte ganz plötzlich saukalt werden.

An Thanksgiving, als wir im Haus ein schönes Fest feierten, zeigte das Thermometer auf der Veranda minus neun Grad. Und weil schon über einen Meter Schnee lag und der Wind arschkalt über die Felder blies, musste man schon einen sehr guten Grund haben, wenn man irgendwo hinging.

Es war sowieso schon schlimm, dass ich in diesen kalten Nächten in der Tankstelle sein musste. Die Sonne ging ja schon um fünf

Uhr nachmittags unter, und es blieb bis ungefähr neun am nächsten Vormittag dunkel, so dass mir meine Schicht vorkam wie ein schlimmer Traum. Die ganze Zeit schaufelte ich die Einfahrt frei. Und allein schon das Tanken und wenn ich das Eis von den Windschutzscheiben abkratzte, war so schlimm wie nur irgendwas. Sogar noch schlimmer als das Ausräumen des Aborts. Aber wenigstens war es im Büro und auf der Toilette warm, und ich musste nicht mit der Saukälte im Farmhaus fertig werden.

Saukälte ist eigentlich eine Untertreibung. Anfang Dezember fror ein Glas Wasser, das ich auf mein Fensterbrett gestellt hatte, von oben bin unten zu, und meine Fensterscheiben waren *innen* von Eis überzogen.

In einer Ecke meines Zimmers führte eine Dampfleitung nach oben, aber das reichte einfach nicht. Wenn ich meine halb erfrorene Hand dranhielt, dann fühlte das Rohr sich nicht wärmer an als ein Toast.

Also noch mal: Es war kalt – oder lasst es mich anders ausdrücken.

Kennt ihr den Ausdruck »taube Eier«? Naja, der muss da draußen entstanden sein.

Die Heizung in dem alten Haus war so schlecht, dass wir den Kanonenofen den ganzen Tag lang brennen lassen mussten und immer wieder Holz nachlegten. Alle mussten diese lange einteilige Unterwäsche anziehen – Gilberto sagte mir, die Dinger hätten früher *union suits* geheißen –, oder man hängte sich eine Decke um die Schultern und lief so durchs Haus. Und was war mit dem Abort? Wenn man durch den zugigen Flur ging und die Tür aufmachte – und einen der witzigen Zettel sah, die Curt unter einem Foto von Präsident Nixon an die Wand gepinnt hatte und auf denen zum Beispiel stand: »Wenn du gehst, schick ihm noch deine aufrichtigen Grüße per natürlichem Telegramm« –, dann hätte man genauso gut in einen Kühlschrank steigen können. Mir taten die Mädchen leid: Männer konnten ja wenigstens nach draußen laufen und vor der Tür pinkeln, aber die Mädchen hatten diesen Komfort nicht, falls man es so nennen kann.

Für mich war das Schlimmste, dass ich nicht mal Gitarre spielen konnte: Die Saiten waren einfach zu kalt.

Wahrscheinlich genau das, was früher die Farmer durchmachen mussten, dachte ich immer und fragte mich, was ich da bloß verloren hatte.

Trotzdem, es war schön, mit Gilberto auf Skiern durch die Gegend zu laufen und einen klingelnden Pferdeschlitten die Straße entlangkommen zu sehen. Und wir hatten den zugefrorenen Teich, auf dem wir alle Schlittschuh liefen, sogar Jimmy – der sein Bestes gab und oft auf den Hintern flog – probierte es aus, was er in New York nie getan hätte.

Das Tollste war, dass der Schnee auch liegen blieb. Meterhoch! Ich zog einen Pullover und einen dicken Mantel an, stapfte durch die Schneewehen, und mit jedem Schritt, bei dem meine Stiefel einsanken, hatte ich das Gefühl, als würde mein altes New Yorker Ich langsam verschluckt und ich würde zu jemand anderem.

Dreiundzwanzig

Plötzlich, wie im Flug, kam Weihnachten, und ich war verdammt froh, dass ich in dieser Nacht nicht arbeiten musste. Mr Jenkins machte nämlich für die nächsten drei Tage zu, das einzige Mal im Jahr, dass er überhaupt zumachte.

Und er gab mir zehn Dollar Weihnachtsgeld und einen ganzen Karton mit *Yoo-hoo* Trinkschokolade.

Ich konnte es kaum mehr erwarten, bis ich wieder auf der Farm war, wo es in unserem Wohnzimmer so gemütlich war wie auf den schönsten Weihnachtsfotos in den Zeitschriften, und der Baum, den ich und Gilberto geschlagen hatten, sah ganz märchenhaft aus.

Ein paar Tage zuvor waren wir in den Wald gegangen, der an die Farm grenzte und in dem überall um uns her Schnee von den Ästen fiel. Wir trugen diese Holzfällermützen aus Biberfell, die man auf Flohmärkten praktisch geschenkt bekam. Gilberto trug die Axt. Als wir an eine Stelle mit schön gewachsenen Kiefern kamen, von denen die meisten gut zwei Meter hoch waren, legte Gilberto mir die Hand auf die Schulter und fragte: »Welche möchtest du haben?«

Und das ging mir durch und durch, weil mein Pops mir auch immer die Hand auf die Schulter gelegt hatte, wenn wir loszogen und dann einen Baum kauften, und er benutzte genau dieselben Worte. Ich dachte daran, dass mein weichherziger Pops immer so vergammelte Charlie-Brown-Bäume bei einem armen Puerto Ricaner in der 109. Straße kaufte, um ihm zu helfen, obwohl die Dinger schon halb vertrocknet waren, und musste deshalb kurz so tun, als wäre mir etwas ins Auge gekommen.

Ich suchte schließlich eine stämmige Kiefer mit hübschen grünblauen Nadeln aus, auch wenn sie an manchen Stellen etwas kümmerlich aussah, als bräuchte sie ein bisschen liebe-volle Zuwendung. In einer Stunde hatten wir den Baum nach Hause geschleppt und ihn im Wohnzimmer aufgestellt. Und dann schmückten wir ihn – mit Bändern und altem Christbaum-schmuck und billigen Sachen aus dem Dime Store. Das einzige ausgefallene Stück, mit dem wir den Baum schmückten, war ein Aluminiumstern, den Wendy irgendwo aufgetan hatte. Bonnie hatte mit viel Mühe eine lange Kette aus Cranberries gemacht, die sie über die Zweige legte. Dann hängten wir ein paar Lich-terketten an den Baum, die Gilberto in einem Trödelladen ge-funden hatte, und danach – noch mit zwei Schachteln Rausch-goldgirlanden behängt – glitzerte der Baum, lachte, atmete und präsentierte sich uns wie ein Filmstar.

Aber je festlicher das Haus wirkte, desto stärker erinnerte ich mich an Dinge, an die ich mich nicht erinnern wollte: wie ich die Tage bis Weihnachten gezählt habe, als ich klein war, und wie ich die Luft anhielt, weil ich es nicht mehr erwarten konnte, bis Santa Claus kam (den meine Moms immer wie *Santa Clow* aus-sprach, wie in »Au!«), und wie meine Leute mir erzählten, dass er über die Feuertreppe vom Dach herunterkam, wo seine Ren-tiere warteten; und dass es Santa Claus war, der mir jedes Jahr ein Spielzeug schenkte. Ich glaubte wirklich an ihn und ließ von mei-nem Glauben nicht ab, bis ich elf war, weil ich es ja ein bisschen langsamer angehen ließ.

Und mit dem Geruch der Kiefer kamen noch andere Gerüche zu-rück – der Geruch der verschiedenen Rumgetränke, die mein Pops für die vielen Gäste zusammenbraute, die an den Feiertagen in unsere Wohnung kamen, Dutzende von kleinen Kindern liefen im Flur hin und her, und ihre Väter und Mütter tanzten in unse-rem Wohnzimmer und waren mächtig aufgedreht. Und dann das

Essen! Unsere Tische waren voller Fressalien – weil niemand mit leeren Händen kam. Schachteln mit Honig- und Sahnegebäck, Schachteln über Schachteln mit *pasteles*, Aufschnitt, Schweinebraten, das Bier sprudelte, und die Leute tranken, und meine Wenigkeit saß in einer Ecke und schaute sich das alles an.

Am Weihnachtsabend machten wir auf der Farm einen Punsch, ein abenteuerliches Gebräu aus Orangen- und Cranberrysaft, mit Nelken und Zimt und ein paar Litern Wodka, Gin und Sherry, und am Schluss gaben wir noch Orangenscheiben dazu (als hätte das noch was ausgemacht). Bonnie und Curt hatten erstklassigen Stoff aufgetrieben, so dass unser Wohnzimmer nach brennendem Holz roch, nach Kiefernharz und süßem Gras.

Wir hatten an diesem Tag offenes Haus, und ein ganzer Schwung von Gilbertos Kumpeln kam vorbei: Studenten vom College, viele Hippies und aus der Brauerei, in der er arbeitete, ein paar Kollegen mit ihren Frauen – einige blieben ein paar Stunden da; die meisten gingen schnell wieder, nachdem sie erschrocken den verwahrlosten Zustand des Haushalts registriert hatten.

Wir konnten uns nicht beklagen. Die Hippies ließen uns Haschkekse und eine Flasche Jack Daniel's da. Ein angeduselter Typ, der sich verständlicherweise sofort in Bonnie verknallt hatte, bot ihr ein paar Pillen an, die er als »Weihnachtswunder« bezeichnete und die sie, wenn ich mich richtig erinnere, schluckte, ohne lange zu überlegen. Aber auch die gesetzteren Leute wie Gilbertos Arbeitskollegen brachten Alkohol mit und selbstgebackene Plätzchen sowieso.

Um vier Uhr hatten wir so viel Zeug intus, dass keinem mehr die Zugluft im Haus etwas ausmachte. Wendy und Bonnie tanzten wie in Trance vor dem Plattenspieler. Und der Truthahn, der im Backofen in einem großen Topf mit allen Zutaten vor sich hin briet, roch wirklich gut. Eigentlich, wo sogar Jimmy zufrieden neben Polly saß, hätte es nicht schöner sein können.

Als es Abend wurde, hatte es wieder zu schneien angefangen, in ganz leichten Flocken, durch die einem die Welt draußen so still vorkam wie eine Kirche.

Ich saß da, freute mich an dem Baum und zog den Geruch der Kiefernzapfen ein, die im Kanonenofen brannten, aber dann musste ich wieder an zu Hause denken und an unsere schönen Weihnachtstage: wie viel Spaß es gemacht hat, mit den anderen jungen Leuten aus der Nachbarschaft in die Mitternachtsmesse zu gehen, von denen die meisten ein bisschen beschwipst waren, und wie ich dann in die Wohnung zurückkam und die Party immer noch im Gange war; wie ich meinen Pops lachen hörte; wie ich ihn im Wohnzimmer mit meiner Moms tanzen sah, und wie auf dem Küchentisch immer noch Platten mit *yuca*, *tostones* und Safranreis, Honigschinken und *lechón* standen; wie ich mit Isabel noch spät in der Nacht etwas davon aß – alle diese schönen Dinge, die mir so selbstverständlich vorkamen.

»Bist du okay, Rico?«, fragte Gilberto und hockte sich auf einen Stuhl neben mir.

»Ja, ja, Mann. Wieso fragst du denn?«

»Naja, alle hier sind gut gelaunt, und du schaust auf einmal wahnsinnig ernst drein.«

Ich zuckte die Achseln. »Ich weiß nicht. Ich hab gerade an meine Leute zu Hause gedacht und wie es bei uns Weihnachten immer ist und so.«

»Ruf sie doch einfach an. Hey, die freuen sich bestimmt unheimlich, wenn sie was von dir hören. Schließlich ist heute *La Noche Buena*, oder?«

Ja, die Nacht, in der man bei der Familie war.

»Hör auf, du weißt doch, dass das nicht geht.«

Das verblüffte ihn.

»Okay, mach, was du willst. Aber ich ruf jetzt gleich meine Moms an.«

Es gab nur ein Telefon im Haus, so ein altes klobiges Ding, das an der Küchenwand hing.

»*Oye Mommy, Feliz Navidad*«, fing Gilberto an.

Man hörte eine krächzende Stimme durchs Telefon.

Und dann sprach Gilberto zu meiner absoluten Überraschung zehn Minuten lang nur Spanisch.

Ich war sprachlos.

»Du sprichst Spanisch?«

»Natürlich, Sherlock. Glaubst du, ich bin blöd?«

»Aber du hast nie Spanisch gesprochen, wenn ich dabei war.«

»Mann, da erinnerst du dich falsch. Ich hab mit deiner Moms immer Spanisch gesprochen. Aber sonst? Wieso sollte ich?«

»Ich weiß es nicht. Aber verdammt.«

»Rico, ich hab die ersten sieben Jahre meines Lebens in Puerto Rico zugebracht. Was hätte ich denn da sprechen sollen?«, sagte er und zupfte sich an seinem Spitzbart. »Aber egal, jetzt ruf schon deinen Pops und deine Moms an. Es ist schließlich Weihnachten!«

Ja, Weihnachten, das macht einen ganz sentimental und klebrig, wie Harz, das von einem Baum tropft. Meine Leute anrufen? Ich war mir nicht sicher, aber ich dachte, dass meine Moms – wegen meines Pops machte ich mir keine Gedanken – vielleicht nicht allzu streng mit mir wäre, weil Weihnachten war.

Wie ich schon gesagt habe, Weihnachten macht sentimental.

Trotzdem bin ich lange dagesessen und habe überlegt, ob ich anrufen soll, habe es hin und her überlegt, noch ein paar Gläser Punsch getrunken und beschlossen, es zu riskieren.

Aber ich konnte mich kaum mehr an die Nummer erinnern, weil wir noch nicht lange ein Telefon hatten. Wir haben es erst bekommen, als mein Pops krank geworden war.

Ich wählte einige Nummern, bevor ich die richtige hatte.

In New York musste es ungefähr neun Uhr sein.

Ich wurde mit jedem Klingeln nervöser und fragte mich, wer wohl abnehmen würde.

Nach dem vierten Klingeln nahm meine Mutter ab.

»*¿Diga?*«, sagte sie mit einer Stimme, die gleichzeitig streng und traurig klang. »*¿Quién habla?*«

»Mommy«, sagte ich. »Ich bins, Rico.«

»*¿Quién?*«, fragte sie ungläubig. »Rico?«

»Ja, *mamá*«, sagte ich.

Sie zog die Luft ein.

»*Ay! Ay! Ay!* Rolando, wach auf, unser Junge ist dran!«, rief sie auf Spanisch. Aber egal, wo er war – ich stellte ihn mir vor, wie er in der Küche am Tisch vor sich hin döste –, er kam nicht ans Telefon.

»*Pero mi hijo*«, sagte sie dann. »Wir haben gedacht, du bist tot!«

»Nein, *mamá*, das bin ich nicht«, sagte ich und war überrascht, dass sie so etwas überhaupt denken konnte.

»*Gracias a Dios!* Gott sei Dank!«, wiederholte sie immer wieder. »Wir haben uns ja solche Sorgen gemacht – und dein *papá, el pobre*, wenn du sehen könntest, was er durchgemacht hat!«

»Es tut mir leid, *mamá*«, sagte ich und spürte, wie mein Gesicht sich verkrampfte, weil ihre Worte mich an diese Monate voller Kummer denken ließen. »Aber ich habe getan, was ich tun musste. Das hab ich euch ja auf diesem Zettel geschrieben.«

Dann, weil ich mir nicht sicher war, ob sie mein Englisch verstanden hatte, versuchte ich das Ganze in meinem wackligen Spanisch zu wiederholen. Aber das war ein schwerer Fehler. Irgendwie war mir das Wort *aguantar* oder »aushalten« rausgerutscht, und was dann herauskam, hieß: ›Ich bin von zu Hause weg, weil ich es nicht mehr aushalten konnte.‹

Und die ganze Freude und Erleichterung in ihrer Stimme waren wie weggewischt.

»*Ah sí*«, sagte sie mit tonloser Stimme. »Das solltest du deinem *papá* sagen, aber der kann ja nicht mal ans Telefon kommen – er trinkt so viel, weil du uns das angetan hast! … Aber, *dime* – sag mir – wo bist du denn?«

»Das kann ich dir nicht sagen, *mamá*, aber ich bin okay, *entiendes?*«

»Ja, ich versteh schon. Du bist irgendwo weit weg und machst dir überhaupt nichts aus deiner Familie!«

Ich fand, dass das gerade nicht so war. Ich machte mir ganz im Gegenteil zu viel aus ihnen. Aber ich wusste einfach nicht, was ich sagen sollte.

Sie seufzte. »*Ay, por Dios*, wenn ich mir vorstelle, dass du so ein schlimmer Sohn geworden bist …« Und dann fiel sie regelrecht über mich her, so laut und zornig, dass ich den Hörer vom Ohr weghalten musste.

»Aber Mommy«, versuchte ich es noch einmal, »ich hab doch bloß angerufen, um euch Frohe Weihnachten zu wünschen und zu sagen, dass es mir gutgeht.« Aber sie machte immer weiter.

»*Ah sí*, Frohe Weihnachten, während wir hier *sufriendo* sind vor Kummer. Hauptsache dir geht es so gut, da wo du bist.«

»Aber, *mamá*, ich wollte doch nur – «

»Oh, was für eine Schande! *La verguenza!*«, sagte sie und fing dann mit allen möglichen Sachen an, zum Beispiel, dass sie nicht so »lässig« mit mir hätte sein dürfen, ihrem durch und durch verzogenen Sohn.

»Kein kubanischer Junge hätte getan, was du getan hast, und seine Familie so im Stich gelassen. Nein, nur *un americano loco*« – ein verrückter Amerikaner – »würde so etwas Herzloses tun. Aber ich bete zu Gott, dass er dir ein bisschen Verstand eingibt und du das Unrecht erkennst, das du begangen hast – wie du dich gegen deinen Vater versündigt hast, und den Schmerz, den du uns zugefügt hast. Oh dein Poppy, er hat fast wieder einen *ataque de corazón* erlitten …«

Ich hielt das nicht mehr aus. »Okay, okay, *mamá*, ich hör dich, aber ich muss jetzt gehen. Bitte sag Poppy und Isabel ›*Feliz Navidad*‹ von mir.«

Und dann legte ich einfach auf und dachte, ich hätte lieber nicht anrufen sollten.

▮ ▮ ▮

Ich setzte mich neben dem Weihnachtsbaum auf den Boden, weil ich mir vorkam, als hätte mich ein Bus angefahren.

Wenn ich irgendwo alleine gewesen wäre, hätte ich wahrscheinlich zu weinen angefangen.

Ich versuchte, ein fröhliches Gesicht zu machen, aber das ist mir wahrscheinlich nicht gut gelungen.

Gilberto, der sich wohl dachte, dass mein Anruf nicht sonderlich angenehm gewesen war, klopfte mir auf den Rücken und knetete meine Schultern wie bei einer Massage. Er beugt sich vor, holte unter dem Baum ein Päckchen heraus und warf es mir in den Schoß.

»Ich weiß, wir sollten damit bis morgen warten, aber mach es ruhig auf, Bruder«, sagte er. Und klopfte mir auf den Rücken.

In der Schachtel lag, in einem Nest aus zerknautschtem Papier, ein rotes Cordhemd. Knallrot, wie ich noch selten eines gesehen hatte.

»Damit du bei deiner Sheri Eindruck schinden kannst.«

»Das ist ja cool, Gilberto«, sagte ich. »Vielen Dank.«

Also gab ich jetzt Gilberto auch sein Geschenk: das Schweizer Messer mit den meisten Funktionen, das ich in der Stadt auftreiben konnte.

»Du musst meine Gedanken gelesen haben«, sagte er, während er die einzelnen Klingen herausklappte. »Genau das, was ich brauche!« Und er boxte mich freundschaftlich gegen die Schulter.

Dann, weil der Anfang gemacht worden war, gab Wendy mir zwei in buntes Papier eingewickelte Geschenke.

»Da, Rico, weil wir grade dabei sind«, sagte sie. »Die sind für dich.«

»Für mich, ehrlich?«, fragte ich.

»Ja«, sagte sie. »Los, mach sie auf.«

Es waren zwei Lyrikbände, einer von Langston Hughes, den jeder in Harlem kannte, und der andere Band mit dem Titel *Versos sencillos* stammte von dem berühmten kubanischen Schriftsteller José Martí, dessen Namen ich schon oft gehört, von dem ich aber noch nie etwas gelesen hatte.

»Ich hab das ausgesucht, weil du gesagt hast, dass du aus einer kubanischen Familie kommst, und ich mir gedacht habe, dass es dir gefällt«, sagte sie.

»Und ob«, antwortete ich, ganz überwältigt. Ich blätterte in dem kubanischen Buch.

Es war alles auf Spanisch!

Als ich die Gedichte kurz überflog, kamen mir die Wörter vor wie chiffrierte Botschaften von einem anderen Planeten. Ich nickte trotzdem, als könnte ich verstehen, was ich da sah. »Ja, José Martí«, sage ich zu Wendy, während ich ein paar Seiten umblätterte. Es ist so, dass meine Leute mir nie beigebracht haben, Spanisch zu lesen, und das tat jetzt weh, genau wie es mich ärgerte, dass es mir schwerfiel, meine *Rrrrrrs* zu rollen. Ich wette alles auf der Welt, dass es Huck Finn genauso gegangen wäre, wenn er den Mund aufgemacht und man ihn für einen Nordstaatler gehalten hätte.

Auch wenn ich als *cubano* bloß eine schwache Nummer ablieferte – und auch wenn meine Moms gerade über mich hergefallen war –, saß ich jetzt trotzdem mit diesem Buch in der Hand da, und es kam mir vor, als würde ich einen winzigen Ofen in der Hand halten oder eine schöne Taube, die vor sich hin gurrte. Einfach zu wissen, dass das Buch von einem Kubaner geschrieben worden war, gab mir irgendwie – ich kann es nicht erklären – ein gutes Gefühl, als würde das Zimmer wärmer werden.

»Schau mal rein«, sagte Wendy und riss mich aus meinen Träumen. »Ich hab was für dich reingeschrieben.«

»Ja?«, sagte ich und schlug das Buch auf.

Auf der Innenseite des Umschlags stand mit blauem Kugelschreiber in einer sehr schönen Schrift:

Für Rico
Jung wie du bist
Kannst du jetzt nicht sehen
Was du ganz bestimmt wirst
Ein wunderbarer Mensch
Warm wie das Licht

Und von besonderem Charakter.
Frohe Weihnachten,
Wendy

Ich gab Wendy ihr Geschenk, einen hübschen Handspiegel, den ich in einem Kunstgewerbeladen in der Stadt gefunden hatte. Der gedrechselte Griff hatte viele kunstvolle Schnörkel, und der Spiegel selber war oval, genau wie Wendys Gesicht. In meiner Phantasie stellte ich mir vor, dass sie in den Spiegel schaute und sah, wie schön sie war, statt das bekümmerte Gesicht zu machen, das sie manchmal hatte, wenn ich sie vor einem Spiegel überraschte. Ein bekümmertes Gesicht wie ich es jetzt an diesem Weihnachtsabend hatte.

»Mein Gott«, sagte sie und schaute kurz in den Spiegel. »Rico, das ist der schönste Spiegel, den ich je bekommen habe!«

Dann küsste sie mich auf die Backe, und schon ging es mir irgendwie ein bisschen besser.

Es dauerte nicht lange, bis alle ihre Geschenke auspackten.

Von Bonnie und Curt bekam ich eine Blockflöte und zwei Sätze Gitarrensaiten. Ich schenkte Curt das *White Album* von den Beatles und Bonnie ein hübsches Seidentuch.

Polly schenkte mir einen schönen Füller, und wir mussten beide lachen, weil ich für sie auch einen besorgt hatte!

Aber das Geschenk, bei dem ich mir die meisten Gedanken gemacht hatte, war das für Jimmy. Es muss ihm ein bisschen peinlich gewesen sein, als ich ihm eine große Schachtel gab, weil er für mich gar nichts hatte. (Ich habe aber sowieso nichts von ihm erwartet, weil Jimmy eben so ist, wie er ist.) In der Schachtel waren verschiedene Federn und Tuschen und dicker Bristolkarton, eine Reißschiene, Pauspapier, Stifte und weiche Radiergummis,

die ganzen Sachen, die die Cartoon-Anleitungen aus der Bibliothek für professionelles Cartoonzeichnen empfahlen.

Okay, ich wollte, dass er sich damit endlich an die Dark-Dude-Ge-
schichte setzte – ich meine, er hatte ja noch nicht einmal damit
angefangen.

»Ach, Mann«, sagte er, während er sich die Sachen in der Schachtel anschaute. »Wieso denn das?«

»Du weißt schon, wieso. Damit wir wieder loslegen können«,
sagte ich. »Und der Rest kommt noch. Ich hab in dem Laden in
Madison einen Leuchtkasten bestellt, und ich hab noch einen Zei-
chentisch in der Stadt im Auge. Gebraucht, aber gut erhalten.«

Und ich könnte schwören, dass ihm ein paar Tränen in den Augen standen.

Wir fläzten uns im Wohnzimmer, spielten Parcheesi, Halma und
Backgammon, vom Plattenspieler kamen Weihnachtslieder und
Rock 'n' Roll, und es war noch jede Menge Punsch da. Und auch
wenn ich dauernd an meine Leute denken musste und daran, dass
meine Moms mir so zugesetzt hatte, dass es mir noch schlechter
ging als vorher, ist an diesem Weihnachtsabend wenigstens doch
noch etwas Schönes passiert.

Irgendwann nach halb elf rief Sheri von ihrer Mutter in Whitewater aus an, und ich fühlte mich richtig gut, einfach weil sie ganz
fröhlich erzählte, dass sie den Abend mit ihren Verwandten verbracht hatte und nicht bei ihrem Dad, und dass es sehr gemütlich war und so, und dass sie gut gegessen hatten und der Kamin
brannte.

»Ich hätte dich so gerne hier gehabt«, sagte sie.

»Und ich wär so gerne da gewesen«, sagte ich.

Ich hätte ihr beinahe erzählt, was passiert war, als ich in New York angerufen hatte, aber sie war so gut aufgelegt, und ich wollte sie nicht belasten und erzählte ihr, dass wir auf der Farm schon den ganzen Tag eine tolle Party laufen hatten und dass ich sie sehr gerne hier gehabt hätte. Aber sie hatte ja auch gesagt, dass Weihnachten ein Familienfest war.

»Ich weiß schon, was du meinst«, sagte ich. »Du musst mir nichts erklären.«

»Also, Frohe Weihnachten, Rico. Wunderschöne Weihnachten«, sagte sie, bevor sie auflegte.

Noch ein Letztes über diesen Weihnachtsabend in Wisconsin. Nach Mitternacht, als es draußen noch immer schneite, fand Bonnie, dass es wunderbar wäre, rauszugehen und Zwiesprache mit der Natur zu halten. Es machten aber nicht viele mit. Gilberto und Wendy waren ins Bett gegangen, während Polly und Jimmy vollauf damit zufrieden waren, neben dem Ofen zu sitzen und sich zu wärmen. Ich hatte eigentlich auch kein gesteigertes Interesse daran, meinen Hintern in Bewegung zu setzen, aber weil ich ein bisschen angeduselt war und weil mir der Anruf immer noch schwer nachging, konnte ich Bonnie nicht viel entgegensetzen, als sie aus dem Weltraum herunterschwebte, ganz verrückt grinste und mich von der Couch zog.

»Komm doch raus mit uns, Rico«, sagt sie. »Lass zur Abwechslung mal los.«

Und sie schleppte mich in den Hausflur, wo meine Winterjacke an einem Haken hing.

Also ging ich hinter Bonnie und Curt in den Schnee hinaus. Der arme Curt stand groß, dünn und frierend in der Gegend, hatte die Hände in den Taschen und stapfte mit den Füßen auf den Boden, während Bonnie, ganz high von der Natur, anfing im Kreis herumzustapfen und das Gesicht in den Himmel hielt, um die Schneeflocken auf der Haut zu spüren. Ich war hingerissen, weil sie so glücklich aussah, fand es aber irgendwie blöde, jetzt auch im Kreis herumzulaufen. Ich meine, ich fühlte mich wirklich nicht mehr als Kind, und wahrscheinlich war ich auch nicht besonders locker. Aber sie kam hinter mir her, packte mich an der Hand, dann an der Schulter und wirbelte mich herum.

Und ich ließ mich mit ihr treiben.

»Oh, Rico, wünsch dir was«, sagte sie. »Ein Weihnachtswunsch geht vielleicht in Erfüllung.«

Tja, und das machte ich. Ich wünschte mir, dass etwas Schönes passiert – und irgendwie tat es das dann auch: Als wir wieder ruhig dastanden, sah ich eine Gruppe Rehe, die im Licht der Nacht bläulich wirkten, in großen Sätzen über das Feld jagen. Es war ein wunderbarer Anblick, auch wenn er nichts mit dem zu tun hatte, was ich mir an diesem Weihnachtsabend wirklich gewünscht hatte.

Teil 7

Der Frühling

Vierundzwanzig

Ich lasse jetzt den größten Teil des Winters aus und sage nur, dass es war, als würden wir Winterschlaf machen, den Atem anhalten und darauf warten, dass der Schnee schmolz und der Frühling kam (ich meine das wirklich so: Wir hatten über einen Meter zwanzig Schnee). Und langsam kam der Frühling auch, Anfang April sprossen die ersten kleinen Knospen an den Zweigen, und Mitte Mai blühten die Blumen auf den Feldern und Wiesen.

Plötzlich zwitscherten Vögel drauflos, und Schmetterlinge, die (so stand es im *Farmer's Almanac*) nur drei Monate leben, flatterten im Hof herum. Vom Dach der Veranda, von dem zuvor Eiszapfen hingen, baumelten jetzt Spinnweben, und Rex schnüffelte schwanzwedelnd wie verrückt überall herum. Dann verschwand auch das Grau der Landschaft. Es war, als würde man eine Bleistiftzeichnung mit einer Farm anschauen, und auf einmal explodierte alles vor Wasserfarben. Als hätte ein Künstler seinen Arsch hochgekriegt und der Welt neues Leben eingeblasen.

Das Schlimmste an diesem Winter war aber, dass ich Sheri nicht oft zu sehen bekam. Manchmal trafen wir uns in der Stadt und gingen ins Kino, aber hauptsächlich telefonierten wir. Und meistens ging es darum, dass sie sich wegen ihres Vaters nicht verrückt machen sollte. Das Positive war, dass der Typ versuchte, sich zu bessern und in diesem Winter zwei Monate lang nichts trank; die schlechte Nachricht war, dass er wieder durchdrehte, als er wieder zu trinken anfing. Ich will nicht dauernd darüber reden, wie sehr sie dieser ganze Scheiß mitnahm, sondern ich will nur eines sagen: Wenn ich den Typ nach Sibirien schicken oder auf den Monde hätte schießen können, dann hätte ich das auch getan. Es lief ungefähr so mit uns: Wenn sie durcheinander war, versuchte ich sie aufzumuntern, damit es ihr wieder besserging, während Sheri mir, als sie meine Geschichten aus New York hörte, etwas Gutes tun wollte: Als ich ihr schließlich erzählte, dass ich die Schule abgebrochen hatte, war sie geschockt und fand, ich sollte mich mit ihrer Mutter unterhalten, die ja Lehrerin war.

»Rico, sie kann vielleicht ein paar Beziehungen spielen lassen und dich an einer Schule hier in der Gegend unterbringen. Wär das nicht toll?«

Ich war mir nicht sicher. Auch wenn die Arbeit in der Tankstelle nervte, wollte ich doch unabhängig bleiben. Aber ich hatte auch Angst davor, ihre Moms kennenzulernen. Ich hatte noch nie die Mutter einer Freundin kennengelernt, was damit zusammenhing, dass ich noch nie eine Freundin gehabt hatte.

Ende März – der Frühling war erst ein paar Tage alt – lud Sheri mich ins Haus ihrer Mutter in Whitewater ein. Es lag noch Schnee, und es war ziemlich stressig, da rauszukommen. Ich trampte auf den immer noch vereisten Straßen, und es dauerte eine Ewigkeit, bis ich ihr Haus in der Bluebird Lane 12 fand.

Aber als ich es dann fand, war ich verblüfft.

Sheris Haus sah aus wie ein Märchenhaus, das Dach war schneebedeckt, und überall hingen Eiszapfen. Obwohl ich fror, dauerte es einige Zeit, bis ich schließlich an die Tür klopfte.

Sheri machte mir auf.

Das war vielleicht ein hübsches und gemütliches Wohnzimmer!

Alle Möbel sahen erstklassig aus, da war nichts dabei, das man irgendwo zufällig aufgegabelt hatte: ein schöner großer Farbfernseher, ein Klavier, ein brennender Kamin und überall Familienfotos.

Und eine Wand war voller Bücher!

»Mutter«, rief Sheri in ein anderes Zimmer hinüber, während ich mich am Kamin aufwärmte und dachte, dass Sheri wirklich ein sehr hübsches Haus hatte. »Rico ist da.«

Naja, ich war schon nervös, aber nicht nervös auf die Art, wenn man glaubt, dass man verdroschen wird: Ich habe mich bloß gefragt, ob Sheris Mutter mich mögen würde. Ich hatte mir sogar extra die Haare ein bisschen geschnitten, mein bestes Hemd und meinen besten Pullover angezogen und meine sauberste Jeans, damit ich keinen allzu vergammelten Eindruck machte.

Sheris Mutter, Mrs Pearson, kam bald darauf aus der Küche herein. Sie war hübsch und blond wie ihre Tochter, trug das Haar in abgestuften Locken, als käme sie direkt aus dem Schönheitssalon. Und wie eine richtige Hausfrau, die an sieben Tagen in der Woche Plätzchen und Apfelkuchen backt, trug sie eine Schürze und brachte eine Platte mit Sandwiches und anderen Sachen für mich herein.

»Du bist also Rico, der Junge, von dem meine Sharon erzählt hat.«

»Ja, schon«, sagte ich. Ich war ganz verdammt schüchtern.

»Na, dann mach es dir mal bequem«, sagte sie.

Sie deutete auf die Couch, und während ich mich über das Essen hermachte – Mann, hatte ich einen Hunger von der Kälte –, kam sie gleich auf den Grund meines Besuchs zu sprechen.

»Rico, nach allem, was Sharon von dir erzählt, denke ich, dass du ein intelligenter und nachdenklicher junger Mann bist. Und du begreifst ja sicher, wie wichtig ein Abschlusszeugnis ist. Deshalb frage ich mich, wieso du vor dem Abschluss von der Schule abgegangen bist.«

Wow, gleich so eine Frage, keine zwei Minuten, nachdem wir uns kennengelernt hatten.

Dann dachte ich, Was solls? Ich erzählte ihr, dass ich am Jo Mama's so angegangen worden bin und das einfach nicht mehr ausgehalten habe. Dann sprach ich von der Situation zu Hause und dass mein Pops krank geworden ist und meine Moms immer auf mir rumhackte. Sheris Mutter nickte, als wäre jedes meiner Worte bedeutungsvoll, und manchmal lächelte sie, wenn ich ein bisschen sehr nach New York klang. Als ich ihr diese ganzen Sachen erzählt hatte, quatschte sie nicht lange herum, sondern kam gleich auf den empfindlichen Punkt zu sprechen, warum ich hier war.

»Du bist zu Hause ausgerissen, oder?«, sagte sie und schaute mich fest an.

Ich nickte.

»Also, das geht mich ja nichts an, aber kann ich dich was fragen?«, sagte sie, während sie sich Kaffee einschenkte. Dann setzte sie sich mir gegenüber.

»Klar«, sagte ich und wäre am liebsten rausgelaufen.

»Wenn du dich an einer Schule einschreiben könntest, ohne dass irgendjemand Fragen stellt, würdest du das dann tun?«, fragte sie.

»Sie meinen, hier?«

»Ja, hier«, sagte sie. »Ich geb nicht nur Englisch, sondern ich bin auch stellvertretende Rektorin an der Whitewater High«, sagte sie lächelnd. »Und ich kenne alle großen Tiere in den Schulbezirken hier, und – «

Während sie weitersprach, dachte ich ein Stück in die Zukunft. Dachte, was passieren würde, wenn ich durch irgendein Wunder an einer Highschool in Janesville oder Whitewater landen würde. Ich hatte ja noch ein paar Jahre vor mir. Sagen wir mal, ich wäre wirklich gut … und würde den Abschluss schaffen und würde dann, wenn ich finanzielle Unterstützung bekäme, an eines der Colleges da draußen gehen, und dann – der Gedanke schockte mich ganz schön – würde ich vielleicht einen guten Job finden und jemanden wie Sheri heiraten, und dann würde ich mit Haut und Haaren von dieser Welt hier verschluckt werden. Ich spürte, wie mein Herz bei diesem Gedanken immer schneller schlug.

Dann, nach dieser Mikrosekunde, hörte ich wieder zu.

» … wenn du willst, Rico«, fuhr sie fort, »dann könnte ich ein paar Beziehungen spielen lassen und erreichen, dass du irgendwo angenommen wirst – ohne dass Fragen gestellt werden.«

»Danke, Mrs Pearson, aber darüber muss ich erst noch nachdenken«, sagte ich in meinem allerhöflichsten Ton. »Ich meine, ich hab mir immer vorgestellt, falls ich überhaupt wieder an eine Schule gehe, dass das dann in New York sein wird.«

Als ich das sagte, schaute Sheri mit einem gekränkten Gesichtsausdruck zu mir herüber.

»Also«, sagte Sheris Moms, »wenn eine Schule in Wisconsin nicht in Frage kommt, gibt es denn in New York Schulen, auf die du gerne gehen würdest?«

Ich ließ mir alle möglichen Schulen durch den Kopf gehen.

Die Bronx High School of Science war für meinen Geschmack zu hirnlastig.

Und wenn ich nicht wieder an eine katholische Highschool zurückwollte wie die Cardinal Hayes, dann war, um die Wahrheit zu sagen, die einzige öffentliche Schule, für die ich mich je wirklich interessiert habe, die High School of Music and Art in der Convent Avenue in Harlem.

Das sagte ich ihr.

»Musik und Kunst?«, fragte sie.

»Ja«, sagte ich.

»Also, Rico«, fuhr sie lächelnd fort. »Wenn du uns hier draußen auch vielleicht alle für Hinterwäldler hältst – ich habe zufällig ein paar ehemalige Kommilitonen von der pädagogischen Hochschule, die in der New Yorker Schulverwaltung eine ziemlich hohe Stellung einnehmen. Es wäre überhaupt kein Problem für mich, mit ihnen zu sprechen, falls du wieder in New York zur Schule gehen willst. Falls du ernsthaft diese Perspektive ins Auge fasst, dann lass es mich einfach wissen.«

»Perspektive«? »Ins Auge fassen«? Was hatten manche Leute bloß? Ich? Ich wollte mich einfach bloß in meiner Haut wohlfühlen.

Fünfundzwanzig

Es war Ende Mai. Ungefähr ein Uhr nachmittags. Ich war im Wohnzimmer und versuchte das Buch mit kubanischen Gedichten zu lesen, das Wendy mir zu Weihnachten geschenkt hatte, als die Tür aufging. Ich schaute hoch. Es war Gilberto, der schon früher von der Arbeit in Milwaukee nach Hause kam, wo er als eine Art Auslieferungsassistent ein Praktikum für ein BWL-Seminar am College machte.

»Was machst du denn so früh schon zu Hause?«, fragte ich und war froh, dass ich das Buch weglegen konnte, weil ich mir auf viele der spanischen Wörter keinen Reim machen konnte.

»Ich hab grade gekündigt.«

»Was war los?«

Er ging in die Küche, um sich ein Bier zu holen. Ich hörte den Kronkorken mit einem Zischen aufgehen, und dann kam Gilberto wieder zurück.

»Das erzähl ich dir jetzt mal … «, fing er an und streckte sich auf einem Sessel aus.

Und dann erzählte er die ganze Geschichte. Einer der großen Bosse hatte einem anderen Boss gesagt, er solle den Arbeiter feuern, der sich den Arm zerquetscht hatte, als ein kleines Fass von einem Laster gerollt war, und dieser andere Boss wollte, dass Gilberto die Kündigung überbrachte. Der springende Punkt war, dass Gilberto sich einfach geweigert hat.

»Rico, du weißt, dass mein Pops Vertrauensmann der Gewerkschaft in New York war? Bevor er umgebracht wurde, hat er unheimlich viel dafür getan, damit sich die Arbeitsbedingungen der Latinos in den Ausbeuterbetrieben der Fashion Avenue verbessert haben. Er hat einen Mindestlohn und noch ein paar Zuschläge für sie herausgeholt.«

Ich nickte und erinnerte mich daran, dass sein Pops den älteren Jugendlichen im Viertel immer Vorträge darüber gehalten hatte, wie wichtig es war, Prinzipien zu haben.

»Ich bin also zum Big Boss ins Büro gegangen und hab ihm gesagt, dass es nicht richtig ist, jemanden wegen eines Unfalls zu feuern, an dem er nicht schuld war. Und ich hab ihm auch noch gesagt, ich fände es ganz beschissen skrupellos, dass der Mann noch nicht einmal Krankengeld bekommt. Naja, dieser Scheißkerl« – er trank die Bierflasche mit einem mächtigen Zug aus – »hat bloß gelächelt und mir dafür gedankt, dass ich meine Bedenken geäußert habe.«

»Hast du deswegen gekündigt?«, fragte ich, als er aufstand, um sich noch ein Bier zu holen.

»Nee, nee«, sagte er. »Ich hab dann überlegt, was mein Pops getan hätte, und hab eine Petition aufgesetzt, in der höheres Krankengeld und eine Krankenversicherung für die Arbeiter verlangt wurde, aber alle hatten so große Angst, gefeuert zu werden, Rico, dass kein Einziger sich getraut hat, das Ding zu unterschreiben. Ich sags dir, es war, als würdest du gegen den Wind pissen.«

Das fand ich scharf: gegen den Wind pissen. Ich hatte das noch nie probiert.

»Jedenfalls«, fuhr er fort, während er die neue Flasche zur Hälfte leerte, »als der Big Boss von der Geschichte gehört hat, hat er mich in sein Büro gerufen und mir vorgeworfen, ich wäre ein kommunistischer Agitator, aber ich hab ihn bloß angelächelt, bin aufgestanden und hab ihm gesagt, er soll sich ins Knie ficken, woraufhin der Typ, Rico, die Security gerufen hat, die mich dann vom Betriebsgelände eskortieren musste.«

Er lächelte die ganze Zeit vor sich hin. Er hatte sich die Krawatte gelockert und wirkte wahnsinnig entspannt.

»Da warst also nicht unheimlich wütend darüber?«

»Nein verdammt! Es war sowieso ein langweiliger Job. Zu kontrollieren, wie viel Kisten und Fässer Bier auf Lastern rausgehen, ist nicht unbedingt ein Riesenspaß«, sagt er und trank noch einen Schluck. »Außerdem hab ich einen viel cooleren Job aufgetan.«

Das konnte ich mir vorstellen. Ich grinste und wartete.

»Du kennst die Pferdeställe drüben an der Roaring Brooks Road? Diese Reitschule? Naja, ein Typ in meinem Grundkurs Literatur arbeitet stundenweise da drüben, und genau heute Vormittag hat er mir einen Floh ins Ohr gesetzt, weil sie da noch einen Pferdepfleger brauchen. Es bringt nicht viel Geld, aber ich kann alles über Pferde lernen, kann sie sogar reiten, und wenn ich gut genug bin, werde ich am Ende vielleicht selber noch Reitlehrer. Und *das* bringt Geld.«

»Also spielst du dann Cowboy?«, fragte ich und tat so, als würde ich auf meinem Stuhl reiten.

»Ja. Ich scheiß auf den alten Job. Ich will sowieso mehr an der frischen Luft sein. Das ist viel besser, als in einer Brauerei eingesperrt zu sein.«

Ich freute mich für ihn. Und ich war froh, dass er wieder auf die Füße gefallen war. Als ich sah, wie locker er alles nahm, wünschte ich mir, ich könnte ein bisschen so sein wie er, könnte die Scheiße einfach an mir abprallen lassen und nie zurückschauen.

Oh, ja. Und noch etwas ist an diesem Tag passiert. Gilberto vertraute mir ein kleines Geheimnis an.

»Komm doch mal auf ne Sekunde mit mir nach draußen«, sagte er plötzlich, als er sich umgezogen hatte und wieder ins Wohnzimmer kam. »Aber du musst über das, was ich dir zeige, die Klappe halten.«

»Okeydokey«, sagte ich. Das war wieder so ein Ausdruck aus dem Mittelwesten, den ich aufgeschnappt hatte. Was hat er denn jetzt vor?, fragte ich mich. Wir gingen in den Hof, und Rex folgte uns. Gingen an dem ganzen alten Zeug und Schrott vorbei durch ein Maisfeld, auf dem trotz aller Vernachlässigung frische, wenn auch kümmerliche Stängel aus dem Boden wuchsen, und dann gingen wir noch ungefähr eine Viertelmeile einen schmalen Pfad entlang. Wir kamen zu einem Stück Land, auf dem jemand gesät haben musste, weil da kräftige Pflanzen wuchsen, die meisten ungefähr fünfzehn Zentimeter hoch, und sie erinnerten mich an den Giftefeu, das im Riverside Park wuchs.

»Was siehst du da?«, fragte Gilberto.

»Äh, Pflanzen?«

»Gut, okay, Einstein, aber was für welche?«, fragte er grinsend.

Ich ging zwischen den Pflanzen herum. Es müssen Millionen gewesen sein, die da wuchsen. Sie hatten dünne Stängel, waren aber kräftig, und ihre Blätter hatten feine bräunliche Spitzen. Ich bückte mich, um eine anzufassen, aber ich konnte mir immer noch nicht denken, was ich da vor mir hatte.

»Okay, ich gebs auf. Worum geht es denn?«

»Es geht darum, mein lieber Dummkopf, dass du hier inmitten auf tausend Quadratmetern selbst gezogenem, echt amerikanischem Gras stehst. Hanf. Weed.«

»Ehrlich?«

»Das hier, Rico, mein Freund, ist Marihuana in seinem natürlichen Zustand«, sagte Gilberto und hatte die Hände stolz in die Rippen gestützt, als wäre er der Jolly Green Giant aus der Konservenreklame.

»Wann habt ihr das denn gemacht?«, stotterte ich und bewunderte ihn für seinen Mumm.

»Als Curt mich mal gefragt hat, ob wir nicht ein paar Samen ausstreuen könnten und schauen, was daraus wird. Ich hab gesagt, wieso denn nicht«, sagte Gilberto strahlend, als wir durch die Pflanzenreihen gingen. »Und kaum hast du dich versehen, sind innerhalb von ein paar Wochen die Pflanzen rausgekommen. Ich meine, das Zeug lässt sich viel leichter anbauen als Mais! Sogar die Insekten rühren es nicht an.« Er lachte. »Es heißt ja nicht umsonst Weed! Unkraut!«

»Und wann habt ihr das alles gepflanzt?«

»Ende April. Curt hat die meiste Arbeit gemacht.«

»Aber wieso hast du mich denn nicht gefragt, ob ich dabei helfe?«

Gilberto zuckte lächelnd die Achseln. »Hey, dich hab ich für den Abortdienst zurückgestellt.«

Ich verzog das Gesicht.

»Außerdem wollten wir das Ganze möglichst unauffällig ablaufen lassen.«

Wir gingen weiter durch die Pflanzenreihen.

»Das Tollste dabei ist, dass man es nicht sieht, wenn man nicht weiß, dass es hier draußen ist«, sagte er und strich sich seinen Spitzbart wie ein gutmütiger Teufel. »Wenn man vom Haus oder von der Zufahrt her rüberschaut, sieht man nichts als die guten alten Maisfelder.«

»Ja, stimmt«, sagte ich und war immer noch verblüfft, dass ich nichts davon gemerkt hatte. »Und was macht ihr mit dem Zeug?«

»Wir wissen ja noch gar nicht, ob es was taugt, aber wenn es richtig gut ist, dann behalten wir was für uns und verkaufen den Rest. Curt kennt einen Haufen Leute.«

Zum ersten Mal seit langem sprang mein Radar wieder an.

»Aber habt ihr keine Angst, dass ihr auffliegt?«

»Wer sollte denn was davon erfahren? Erzählst du es vielleicht jemandem?«

»Nein!«

»Also, wo ist das Problem?«, fragte er, legte mir den Arm um die Schulter und ging mit mir zum Haus zurück.

Sechsundzwanzig

Die Pflanzen wuchsen still und leise, ohne einen Pieps. So leise, dass ich sie allmählich sogar vergaß. Aber dann, an einem Sonntagvormittag Anfang Juni fragte mich Gilberto, was ich an diesem Tag vorhatte.

Ich saß auf der Verandatreppe und aß ein Toast mit Butter und Marmelade.

»Ich fahr nach Whitewater zu einem Picknick mit Sheris Leuten. Ich lerne sie jetzt kennen.«

»Das ist aber schade, Rico«, sagte Gilberto, »Heute ist nämlich der große Tag.«

»Um das Plumpsklo auszuräumen?«

»Um Gottes Gaben einzufahren«, sagte er und grinste wie verrückt.

»Gottes *was*?« Dann ging mir ein Licht auf. »Oh, du meinst – Oh!«

»Ja, heute ist der Tag der Tage«, sagte er und rieb sich die Hände.

»Verdammt, ich würde ja gerne helfen«, sagte ich. »Aber ich kann Sheri nicht absagen. Das würde sie schwer treffen.«

»Ach, lass dir deswegen keine grauen Haare wachsen«, sagte Gilberto. »Ich, Curt und Jimmy machen das mit links. Und du machst einfach dein Ding, okay, mein kleiner Bruder?«

Und obwohl ich keinen superkurzen Bürstenschnitt mehr hatte, rubbelte er mir den Kopf.

Am späten Vormittag hatten so ziemlich alle im Haus ihren Hintern aus dem Bett geschwungen. Bonnie stand gähnend in einem blauen Nachthemd in der Küche und streckte ihren tollen Körper. Wendy, die immer noch verschlafen dreinschaute, kam in flauschigen Pantoffeln und mit einer Schüssel Müsli ins Wohnzimmer. Polly und Jimmy saßen am Küchentisch und tranken

Kräutertee (!), während Gilberto und Curt völlig aufgedreht in Overalls schon draußen bei der Scheune waren und ihre Geräte zusammensuchten – Gartenscheren, Schaufeln und kleine Blumenkellen, und dann nahmen sie noch ein paar Schubkarren. Als ich ging, sah ich, wie Gilberto fröhlich pfeifend mit ein paar Schachteln stabiler schwarzer Müllsäcke aus der Tür kam.

Wie er schon gesagt hatte, heute war der Tag der Tage.

■ | ■

Ich ging ungefähr eine halbe Meile weit auf der Straße, die von Gilbertos Farm wegführte. Als ich zur Route 26 kam, streckte ich den Daumen raus. Vielleicht lag es an meinem Overall und an meiner Gitarre, dass so viele Autos an mir vorbeifuhren, aber dann hielt Sheriff Nat, der coolste Cop, den ich je getroffen hatte, in seinem braunen Oldsmobile neben mir an, kurbelte das Fenster herunter und sagte: »Hey, Rico, spring rein.«

Es war nicht das erste Mal, dass er mich mitnahm. Manchmal, wenn ich mit meiner Schicht in der Tankstelle fertig war und seine eigene gerade anfing und er nicht viel zu tun hatte – die Stadt war ja schließlich um acht Uhr morgens nicht gerade eine Brutstätte des Verbrechens –, nahm er mich mit und fuhr mich zur Farm rüber. Wir unterhielten uns immer über Musik. Und auch wenn er eine braune Uniform anhatte, einen großen Sheriffstern am Aufschlag trug und eine 38er im Halfter stecken hatte, war er so ziemlich das absolute Gegenteil eines New Yorker Cops. Er hatte lange schwarze Haare, die ihm über die Ohren gingen, und dicke Koteletten wie Elvis. Aus seinem Cassettenspieler kam meistens laute Musik von den Grateful Dead oder Jimi Hendrix. An seinem Rückspiegel hing das Friedenssymbol. Und ich schwöre, dass es in seinem Oldsmobile jedes Mal nach Pot roch, wenn ich mit ihm fuhr.

»Na, Rico, wo gehts denn hin?«, fragte er mich an diesem Tag.

»Nach Whitewater rüber«, sagte ich.

»Oh, klasse, Whitewater ist ne tolle kleine Stadt. Und was geht da ab?«

»Ein Picknick«, sagte ich. »Mit den Leuten meiner Freundin.«

»Ah ja, die Liebe«, sagte er verträumt. »Und wie läufts damit?«

»Ziemlich gut, würde ich sagen.«

»Würdest du sagen?«, fragte er kopfschüttelnd. »Naja, egal, was bei dir in punkto Liebe abläuft, sei vorsichtig. Ich hab alles gehabt, bin in ganz Wisconsin rumgefahren und hab mit verschiedenen Bands gespielt, als ich in deinem Alter war. Ich meine, das war wunderbar, Junge, aber sobald du dich irgendwo niederlässt und einrichtest, pass auf!«

»Wie meinen Sie das?«

Er lachte.

»Naja, wenn du nicht aufpasst, dann stehst du auf einmal da, bist verheiratet und sitzt mit Frau und drei Kindern irgendwo auf einer Farm.«

»Das klingt doch gar nicht so schlecht«, sagte ich und versuchte zu verstehen, worauf er hinauswollte.

»Das ist es auch nicht. Wenn ich abends zu meiner Nancy nach Hause komme, dann ist das so ziemlich das Schönste auf der Welt. Aber manchmal, wenn es so richtig reinhaut, wenn eins der Kinder krank ist, es bei dem andern in der Schule nicht so läuft und das dritte Wutanfälle bekommt, dann möchte ich manchmal einfach abhauen.«

»Wow«, sagte ich.

»Ja, ganz richtig, wow«, sagte er, als wir gerade an eine Kreuzung kamen – vor uns meilenweit nur Farmen, eine nach der anderen.

»Manchmal, wenn ich durch die Gegend fahre, dann krieg ich so ein Verlangen nach Weite, nach Offenheit. Ich möchte dann einfach losfahren und mich auf alles einlassen, was mir unterkommt, ohne an irgendwas anderes zu denken, verstehst du?«

»Ich glaub schon.«

Er philosophierte immer, wenn wir zusammen waren. Und er freute sich, wenn er seine Lebensgeschichte erzählen konnte. An diesem Tag erzählte er mir davon, wie er einmal nach Boulder, Colorado, getrampt ist, wo er bei einem Musikfestival mitgemacht hat, und dass ihm die Stadt und die Nähe der Rockie Mountains so gut gefallen hatten, dass er fast für immer dageblieben wäre.

»Und das wäre ich auch, wenn es da nicht ein kleines Hindernis gegeben hätte – meine damalige Freundin hat unser erstes Kind erwartet.« Er schüttelte den Kopf. »Und das hat alles verändert, Rico.«

Er schaute mich an, und in seinen Augen lag fast so etwas wie Sehnsucht. Als wollten seine Augen mir sagen, *Pass auf, was du tust, Junge.* Aber dann lächelte er, fuhr an den Straßenrand und ließ mich an der Abzweigung nach Whitewater raus.

»Also, pass auf dich auf, Rico, und einen schönen Tag«, sagte Sheriff Nat, als er wieder losfuhr.

Dann nahm mich ein Lieferwagen einer Bäckerei mit – das frische Brot roch wirklich gut –, und ich war kurz vor Mittag in Whitewater.

Sheri erwartete mich an der Haustür, ihre Mutter stand neben ihr.

Als Erstes gab ich Sheris Mutter ein Küsschen auf die Wange, aber obwohl sie sich so offen gab, brachte sie kaum ein Lächeln zustande. Ich glaube, sie ärgerte sich, dass ich auf keines ihrer Angebote eingegangen war.

Jedenfalls stiegen wir in ihren Kombi und fuhren in einen ungefähr eine halbe Stunde entfernten Park, eine richtig schöne Gegend wie aus einem Bilderbuch, mit einem großen See und einem Wasserfall, der über Felsen herunterstürzte. Sheris Leute erwarteten uns im Schatten einer mächtigen Eiche, wo sie schon Tische aufgestellt hatten. Sheri hatte zwei ältere Brüder, Chuck und Randy – große, schlaksige, blonde Männer, die die ordentlichsten Klamotten anhatten, die ich je gesehen hatte. Ihre kleinen Kinder liefen herum, bliesen Seifenblasen in die Luft und jagten hinter jungen Hunden her, während die Frauen das Essen vorbereiteten.

Es war ein ganz normales, kerniges, echt amerikanisches Picknick, mit einem Grill und Decken, die sie auf dem Gras neben dem hübschen See ausgebreitet hatten. Im Unterschied zu den Ausflügen, die ich mit meinen Leuten nach Coney Island gemacht hatte, war es hier ruhig, es gab keine laute Musik aus Kofferradios, niemand ließ Bierflaschen kreisen und niemand fing auf einmal zu tanzen an, aber es gab auch keinen Streit und keine Besoffenen, die ins Wasser pinkelten. Ich meine, es war zivilisiert.

Ich musste mir zwar ein paarmal anhören, dass »jemand hier Geld für einen Haarschnitt braucht«, aber es gefiel mir trotzdem. Sheri und ich fuhren mit einem Ruderboot und fütterten die Enten und Schwäne, die neben uns herschwammen. Ich versuchte mich im Bogenschießen und im Hufeisenwerfen. Sheris Brüdern gefiel es anscheinend, dass ich nicht viel sagte.

»Für einen Hippie macht er sich ganz gut«, hörte ich einen von ihnen witzelnd zu seiner Frau sagen, als er mich mit meiner Gitarre rumspielen sah.

Die Bemerkung traf mich wie ein Schlag auf den Hinterkopf. Ein Hippie? Ich?

Als ich klein war, nannten sie mich immer »*el pobrecito*« – den armen Kleinen –, weil ich oft krank war.

Und dann, weil ich so viel heller war als meine Cousins und Cousinen, verpassten sie mir den Spitznamen »*el alemán*« – der Deutsche –, neben dem bewährten »Pinky«.

Dann gab es noch »ein ziemlich netter Kerl« und »Mamakind« und »Schlappsack«, weil meine Moms mich an der kurzen Leine hielt.

Dann »Whitey«, dann »blödes Arschloch« und, ja, auch noch diesen anderen Namen, drüben bei den Typen von den Sozialblocks, »Dark Dude«.

Ich schaute auf den See hinaus. Er wirkte ganz still, die Äste der Bäume und der Himmel spiegelten sich in ihm wider. Oder waren sie unter Wasser?

Ich spülte einen großen, dicken, saftigen Hamburger und Kartoffelsalat mit Limonade hinunter und ging zu ein paar Felsen am Ufer hinaus. Direkt unter den kleinen Wellen der Oberfläche glitten Fische geisterhaft aus ihren Verstecken und schlüpften wieder zurück. Und aus der leise zitternden Oberfläche schaute mich mein eigenes Gesicht an, aber ganz verzerrt, und von einem Augenblick auf den anderen ging mir auf, dass ich meinem Pops sehr ähnlich sah.

Und dann dachte ich daran, dass mein Poppy aufstehen musste, um zur Arbeit zu gehen, auch wenn ihm nicht danach war, und ich wünschte mir, er könnte jetzt an meiner Stelle hier sitzen und sich schonen.

Und ich hätte auch Isabel gern dagehabt, damit sie sich den Bauch vollschlagen könnte: mit Kartoffelsalat, Hamburgern, Wurstsemmeln, Maiskolben, von denen dick die zerlassene Butter tropfte (nirgendwo gab es besseren Mais als in Wisconsin – ich meine, für die Leute da war Mais, was für uns Kochbananen sind). Isabel hätte das gefallen! Ich sah sie vor mir, wie sie mit einem breiten Grinsen fünf Kolben verdrückte.

Dann wieder mein Pops. Ich hätte mir so sehr gewünscht, er läge jetzt im Schatten auf einer Decke, würde mit vollem Bauch vor sich hin dösen und sich in dem leichten Wind völlig entspannen.

Sogar meine Moms konnte ich mir hier vorstellen. Ich sah sie mit einem Sonnenhut auf dem Kopf am Ufer sitzen und die Füße ins Wasser tauchen, und ich hörte sie lachen, wenn die Enten vorbeikamen – sie rief Sheris Leuten etwas auf Spanisch zu, auch wenn die das nicht verstanden – »¡Ay, ay, ay, los patos! Mira los patos!« –, und sie war einfach fröhlich, weil sie aus der gottverdammten Stadt raus war.

Aber das lief nur in meinem Kopf ab.

Hier gab es frische Luft, den Geruch des gegrillten Fleisches, die kleinen Vögel, die aufs Wasser herunterstießen, und die Bäume, die zu atmen schienen – alles hier war schön, schön, schön, und ich hätte es wirklich genießen sollen.

Irgendwie klappte das nicht.

Dann rief Sheri mir etwas zu. Sie wollte, dass ich auf der Gitarre spielte. Also sangen wir alle ein bisschen zusammen.

»Oh, Susannah«, »Row, Row, Row Your Boat« und »If I Had a Hammer«, das war die Art von Songs, die gefragt waren; dieses Zeug, bei dem ich mich im richtigen Leben am liebsten übergeben hätte. Aber darauf standen sie eben, und sogar die kleinsten ihrer Kinder, die eigentlich den Text gar nicht kannten, sangen mit.

Es war angenehm.

Es war kernig und gesund.

Es war hundertprozentig amerikanisch.

Mann, hab ich mich darauf gefreut, wieder auf die Farm zurückzukommen.

Aber Sheris Leute konnten mich anscheinend gut leiden, und als
es langsam dunkel wurde, hatten sich ihre Brüder schon an den
Gedanken gewöhnt, dass ich mit ihrer kleinen Schwester ging.

Später bot mir ihr älterer Bruder Randy an, mich zurückzufah-
ren.

Sheri saß neben mir auf dem Vordersitz. Es war ungefähr eine
Stunde bis zur Farm, und wie ich schon gesagt habe, wurde es
langsam dunkel.

I I I

Gott sei Dank.

Gott sei Dank, weil ich mich ein bisschen mit Randy unterhielt
und ihn dabei fragte: »Was machst du eigentlich?«

»Naja«, sagte er, während er schaltete. »Ich hab eine kleine Cessna,
und am Wochenende flieg ich manchmal damit herum. Und ab
und zu spiel ich ganz gerne Softball. Aber in erster Linie bin ich
bei der Polizei. Ich leite den Revierdienst.«

»Wirklich?«, sagte ich und dachte: Du liebe Scheiße!

»Ja, den Revierdienst. Sergeant Randy Pearson zu Ihren Diens-
ten. Hab unterm Rücksitz nen Revolver im Halfter.« Er muss
den Ausdruck auf meinem Gesicht bemerkt haben, weil er lachte.

»Macht dich das nervös?«

»Überhaupt nicht«, sagte ich und fühlte mich ganz verdammt
nervös.

»Du musst mir dann sagen, wie ich da hinkomme, wo du wohnst.
Ich kenn die Gegend da drüben eigentlich nicht.«

Als wir an die ungeteerte Straße kamen, die den Hügel zur Farm hinaufführte, konnte man schon nicht mehr viel sehen. Das einzige Licht kam von den Scheinwerfern des Autos und von den Lampen, die im Haus brannten. Es war eine mondlose Nacht. Gott sei Dank, kann ich nur wieder sagen.

Als wir nämlich oben ankamen und auf das Haus zufuhren, fuhren wir über irgendetwas, und es rumpelte ziemlich heftig unter dem Wagen. Wir stiegen alle aus. Randy leuchtete mit seiner Taschenlampe auf den Boden und sagte: »Irgendein Blödmann hat einen Haufen Müllsäcke mitten auf eurer Einfahrt abgeladen.«

Verdammt! Jetzt haben sie uns am Arsch, dachte ich. Die Säcke waren wahrscheinlich voller Marihuana. Mir wurde auf einmal ganz mulmig im Magen, und ich sah schon, wie alle in Gilbertos Haus ins Gefängnis abgeführt wurden, mich eingeschlossen.

»Warte, ich zieh sie auf die Seite«, sagte ich wie jemand, der wahnsinnig hilfsbereit ist.

»Nee, es ist leichter, wenn ich den Wagen zurücksetze«, sagte Randy, weil ein paar Säcke ein Stück unter den Rädern festklemmten.

Also setzte er zurück. Dann stieg er wieder aus.

»Deine Freunde haben sich keine gute Stelle ausgesucht, um ihren Müll zu entsorgen, Rico«, sagte er. »Komm, wir schaffen das Zeug mal auf die Seite, damit nicht noch jemand reinfährt.«

Er nahm zwei von den Säcken und warf sie auf die linke Seite der Einfahrt. Ich schnappte mir vier und warf sie hinterher.

Dann bedankte ich mich rasch bei dem Sergeant fürs Mitnehmen und bei Sheri für den schönen Nachmittag. Als ich meine Gitarre hinten rausholte, sagte ich zu ihr, dass ich sie hoffentlich bald wiedersehen würde. Dann hörte ich, wie die Verandatür aufging. Gilberto kam heraus. Er ging herüber, um uns zu begrüßen.

»Hey, Sheri«, sagte er zu meinem Mädchen. »Wars schön heute?«

»Oh ja, schon«, sagte sie auf ihre ruhige Art.

Dann gab er ihrem Bruder die Hand und stellte sich vor.

Alle lächelten.

Dann wendete ihr Bruder den Wagen. Bevor er losfuhr und sich auf den Weg die Straße hinunter machte, streckte er den Kopf aus dem Fenster.

»War schön, dich kennenzulernen, Rico«, sagte er. »Ich erwarte, dass du nett bist zu meiner Schwester, vergiss das nicht.«

»Nichts leichter als das«, sagte ich.

Kaum waren sie weg, packte ich Gilberto am Arm.

»Äh, Gilberto, steckt in den Säcken hier das, was ich glaube?«

»Ja, mein Lieber, so ist es. Bis jetzt haben wir fünfzehn davon voll gemacht, und wir sind noch nicht fertig. Wir kriegen eine Riesenmasse selbstgezogenes Wisconsingras zusammen.«

»Aha, und wieso liegt das dann alles vorm Haus?«

»Keine Ahnung – wir haben sie eben einfach da gestapelt.«

»Mhm«, sagte ich. »Naja, als wir angekommen sind, sind wir praktisch in den Haufen reingefahren.«

»Oh Mann! Sind sie aufgeplatzt?«

»Nein, aber wir mussten sie aus der Einfahrt wegräumen.«

»Ja, und wieso dann die Aufregung? Wenigstens sind die Säcke nicht geplatzt.«

»Naja, es ist nur so, dass Sheris Bruder Polizist ist.«

»Er ist was? Und von dem lässt du dich heimfahren? Bist du schwachsinnig?«

»Ich hab das erst auf dem Weg hierher erfahren. Was hätte ich denn tun sollen, aus dem Auto springen?«

Gilberto schaute mich böse an, sein Gesicht blitzte ganz gelb im Verandalicht. Einen Augenblick dachte ich, er würde mich überhaupt nicht ins Haus lassen. Wahrscheinlich haben sogar Leute wie Gilberto ihre Launen.

»Und in der ganzen Zeit, die du Sheri kennst, hat sie dir das nie erzählt?«

»Nee.« Ich zuckte die Achseln. »Hey, Gilberto, es tut mir leid. Ich habs echt nicht gewusst.«

»Verdammt nochmal, Rico. Wenn du das nächste Mal irgendwelche Fremden mitbringst, dann mach dich erst mal schlau, wer sie sind, okay?« Dann stieß er mit dem Stiefel die Verandatür auf und ging kopfschüttelnd wieder hinein, als wäre ich der größte Doofmann auf der Welt.

Mehr hat er dazu nicht gesagt, aber in dieser Nacht fühlte ich mich ganz mies, nicht nur, weil ich fast Mist gebaut hätte, sondern, weil ich zum ersten Mal dachte, dass Gilberto es vielleicht satt bekommen könnte, dass ich hier war.

Teil 8

Jimmys Versprechen

Siebenundzwanzig

Es klingt vielleicht komisch, aber als wir ein paar Wochen später das Plumpsklo wieder ausräumen mussten, wollte ich Gilberto versöhnlich stimmen und tat so, als wäre ich richtig begeistert von dieser Arbeit, als wäre ich schon ein erfahrener Abortmann und ganz wild darauf, den Mansch da auszuräumen. »Ich höre und gehorche!«, sagte ich zu ihm. (Okay, das war eine Notlüge.) Diesmal waren wir allerdings eine kleinere Truppe – nur Gilberto, ich und Curt kümmerten uns um den Mansch. (Ein kleiner Rat für die Vereinigten Abortmänner Amerikas: Besorgt euch Nasenklemmen, Brüder.) An diesem Tag war Jimmy nirgendwo aufzutreiben, und ihr könnt mir glauben, dass Gilberto nicht wahnsinnig begeistert war, als Jimmy ihm sagte, er hätte einfach nicht die Zeit dafür. Er sagte, sein Job in der Schilderwerkstatt und die anderen Jobs ließen ihm kaum Zeit, mit Polly zusammen zu sein, außer nachts, wenn er, äh, bei ihr im Zimmer war.

Wie gesagt war Gilberto nicht wahnsinnig begeistert, als er das hörte.

»Also, was ist los mit deinem Freund Jimmy?«, fragte er mich. »Ist er sich auf einmal zu schade für uns?«

Ich zuckte bloß die Achseln und schaufelte weiter den Mansch nach draußen.

»Jimmy ist jetzt auf einem ganz neuen Trip. Ich meine, er hat sich gut entwickelt – das verdankt er dir und – «

Aber er unterbrach mich.

»Glaubt er vielleicht, dass *ich* das gerne mache?«

»Jimmy hat eben in letzter Zeit viel zu tun«, sagte ich, weil ich ihn verteidigen wollte.

»Na, dann solltest du ihm mal sagen, dass er sich die Einstellung wieder abschminken soll, die er sich da in letzter Zeit zugelegt hat.«

Wenn Gilberto gesehen hätte, wie fix und fertig Jimmy war, als er sich H spritzte, dann hätte er es bestimmt richtig gut gefunden, wie sehr Jimmy sich verändert hatte. Und das hatte er ja wirklich. Erst mal hatte er das Rauchen aufgegeben – Polly war ja so eine Gesundheitsfanatikerin. Und er war jetzt viel besser angezogen – Polly schleppte ihn in Madison immer in die guten Klamottenläden. Er hatte sich zwei neue Brillen gekauft – die mit Tesa zusammengeklebte war für immer verschwunden. Und er wollte sogar aussehen wie ein Künstler: kaufte sich eine Baskenmütze und trug statt des roten Halstuchs einen Seidenschal, als wäre er ein Franzose in einem Film.

Ich musste zugeben, dass mir der alte Jimmy fehlte. Es kann wahrscheinlich von etwas Gutem nie zu viel geben, aber es war so, dass Jimmy zu meiner riesigen Überraschung unglaublichen Erfolg hatte. Er wollte nicht einmal mehr über unser altes Viertel reden. Es lief so gut, dass man da und dort, eigentlich überall in Janesville, seine Sachen sah. In der ganzen Stadt. Man ging durch die Main Street und sah das neue Schild der *Brown Cow* Eisdiele, und das Schild war von Jimmy. Genau wie das Schild von *Chuckling Chicken* und das von *Mr Friendly's Hardware* mit dem sprechenden Hammer und der Säge und das Schild von *Bouncing Baby*, dem Laden für Mutter und Kind. Er erwarb sich in der Stadt langsam den Ruf eines Picassos der Schildermalerei. Sein Boss bot ihm sogar eine Ganztagsstelle an, mit Gehaltserhöhung, aber Jimmy hatte schon andere Sachen laufen. Malte Flower-Power-Muster und »Rocky-Mountain High«-Sonnenuntergänge, malte Logos für Rock-Bands auf Tour-Vans, Totenköpfe auf Motorräder und Rennbemalungen auf frisierte Stockcars, wie auch mein Boss Mr Jenkins einen hinter der Tankstelle stehen hatte.

Er hatte so viel zu tun, dass ich mir langsam Sorgen machte.

Nicht wegen Jimmy – ich freute mich, dass er Erfolg hatte –, sondern wegen der Illustrationen für *Dark Dude*.

Ich sah, wie er auf dem Hof eine Teufelsvisage auf den Benzintank einer Harley malte, die einem Rocker gehörte; ich sah, wie ihn jemand, für den er einen Job machte, auf der Farm abholte und wie er dann für den längsten Teil des Tages mit einer Schachtel voller Pinsel, Lackdosen und Spritzlack verschwand. Er war sogar ein paarmal nachts mit mir zur Tankstelle gekommen und hatte an Mr Jenkins' T-bird gearbeitet, hatte Blitze auf die Seiten gemalt und einen Atompilz auf die Motorhaube.

Okay, ich gebe es zu. Ich wurde ein bisschen neidisch. Und vielleicht auch ein bisschen sauer. Ich meine, Monate, nachdem er versprochen hatte, *Dark Dude* zu illustrieren, zu Weihnachten nämlich, hatte er es immer noch nicht gemacht. Er hatte kaum damit angefangen! Die erste, bloß halbfertige Seite, die gleich einen »Knaller« bringen sollte, eine Bleistiftzeichnung in der Art von Jack Kirby, in der ein maskierter, zweifarbig ausgeführter Held durch eine Glastür springt, war immer noch aufs Zeichenbrett gesteckt, und mein Manuskript lag seit Wochen und Wochen unberührt und unbenutzt immer noch am selben Fleck.

Nach einiger Zeit nervte mich das gewaltig.

Ich wollte keine große Sache daraus machen, also nahm ich, als ich eines Morgens nach Hause kam, das Skript mit in mein Zimmer hoch und ließ es in einer Schublade verschwinden.

Im Geist schrieb ich »Ruhe in Frieden« darauf.

Und die Sache brachte mich zum Nachdenken. Was hatte *ich* vorzuzeigen, nachdem ich jetzt schon fast ein Jahr hier draußen war?

Okay, ich probierte etwas Neues, nämlich hier draußen zu leben, und ich hatte Sheri als Freundin, allerdings brachte mich das im Unterschied zu Jimmy nicht weiter.

Aber sollte ich deswegen Druck auf ihn machen?

Ganz bestimmt nicht. Ich meine, er hatte so einen langen Weg zurückgelegt, seit er Dope gespritzt hatte, da hielt ich lieber die Klappe und machte, was ich immer tat.

Jedes Mal, wenn ich Jimmy sah, klatschten wir uns ab.

Und ich saß immer noch am späten Nachmittag mit ihm auf der Veranda – der ländlichen Version unseres Hausaufgangs –, und wir tranken zusammen Bier. Ich hatte meine Geschichte nie erwähnt, kein einziges Mal, und ich war erstaunt, weil er nicht gemerkt hatte, dass das Skript nicht mehr dalag.

Aber eines Tages merkte er es doch. Er kam ganz aufgeregt an. »Wieso hast du denn die Blätter weggenommen, Rico?«, fragte er. »Ich wollte mich schon noch dranmachen, ich schwörs bei meiner Mutter!«

Ja, bestimmt, dachte ich.

»Was soll ich sagen«, antwortete ich und versuchte, cool zu bleiben, merkte aber, wie mein Gesicht heiß wurde. »Es ist mir einfach zu blöde geworden, das Zeug da liegen zu sehen, das ist alles!« Und dann ließ ich alles raus. »Du nimmst mich einfach nicht ernst und denkst, wenn jemand ein Comic machen will, dann ist das eine Spinnerei, die bloß einem dummen kleinen Kind einfallen kann.«

Er war irgendwie sprachlos, und ich war kurz vorm Durchdrehen. Wie ein dummes kleines Kind. Aber ich konnte nicht aufhören. »Also, vergiss es einfach, Jimmy, ja?«, schrie ich und stand da draußen auf der Veranda auf, als hätte ich etwas Besseres zu tun. »Es ist nicht wichtig.«

Aber irgendwie hatte ich da einen Knopf gedrückt.

»Hey, warte, Rico. Es tut mir wirklich leid«, sagte er und kam hinter mir her. »Ich hab in letzter Zeit nur so verdammt viel in der Werkstatt zu tun gehabt und mit den ganzen andern Sachen, die ich mache.« Er schaute mich mit großen erstaunten Augen an. »Die Leute hier mögen meine Sachen.«

Und dann erinnerte ich mich an den Augenblick, als sein Pops ihm zehn Cent für eine seiner Zeichnungen hingeworfen hat. Ich musste ihn ausreden lassen.

»Mach dir keine Sorgen. Es passt schon, ja?«

»Nein, es passt nicht. Also, fürs kommende Wochenende stehen ein paar Sachen an, aber die sag ich ab, damit ich ausschließlich an deiner Geschichte arbeiten kann, in Ordnung?« Er unterbrach sich für einen Augenblick und sagte dann: »Wenn du mich nicht aus der Stadt rausgeholt hättest, dann hätte ich das hier alles nicht erlebt. Ich bin dir ganz schön was schuldig.«

»Meinst du das ernst?«

»Ja, Mann, ich schwörs«, sagte er und legte die Hand aufs Herz. Wir klatschten uns ab.

Es gab nur einen klitzekleinen Haken an der Geschichte.

»Also, ich weiß ja, dass ich es an einem Wochenende schaffen kann, aber ein bisschen Unterstützung könnte ich schon brauchen«, sagte er und spielte mit dem Schal um seinen Hals.

»Mhm«, sagte ich und versuchte mir vorzustellen, was er gerade ausbrütete. »Was denn für ne Art von Unterstützung?«

»Erinnerst du dich an die kleinen weißen Pillen, die du mal in der Tankstelle gekriegt hast? Das Zeug, das die Trucker nehmen?«

»*White Crosses?*«, fragte ich.

»Ja!«, sagte er lebhaft. »Besorg mir ein paar, und ich kann drei Tage Vollgas geben!«

White Crosses waren eine Art Speed. Diese kleinen weißen Pillen, in die Kreuze eingeprägt waren, sahen harmlos aus, weil sie kleiner waren als Aspirintabletten, aber wenn man zwei oder drei auf einmal nahm, dann wurden Trucker davon so aufgeputscht und wach, dass sie eine komplette Drei-Tage-Tour durchziehen konnten. So aufgeputscht, dass bei der Hälfte aller Unfälle, bei denen ein Sattelschlepper umgekippt oder gegen eine Mauer gerast war, der Fahrer den Verstand verloren hatte. Das Zeug haute ganz schön rein. Die paar Male, die ich in der Tankstelle nur eine einzige genommen hatte, war mir danach ein paar Stunden lang ganz komisch, und ich konnte nicht schlafen.

»Ich weiß nicht, Jimmy«, sagte ich vorsichtig. »Ich meine, du hast das in letzter Zeit so gut im Griff gehabt.«

So eilig war es mit den Illustrationen für meine Geschichte schließlich auch wieder nicht.

Er wurde ärgerlich.

»Ach ja? Bist du jetzt meine Mutter oder was?«

»Nein Mann, aber – «

»Also, es sieht so aus«, sagte er. »Polly ist das ganze Wochenende über weg, und wenn ich ein paar Tage Ruhe habe, dann kann ich das Ding ganz bestimmt am Stück durchziehen. Ich schwörs dir, es ist nur dieses eine Mal.«

Ja, dachte ich. Am Anfang ist es immer nur dieses eine Mal.

»Ich weiß nicht, Jimmy«, sagte ich und schüttelte den Kopf.

Dann hatte er eine Idee.

»Werfen wir eine Münze?«

»Was?«

»Ja, wir lassen den da oben für uns entscheiden, okay?«, sagte er und deutete zum Himmel hinauf.

»Na gut.«

Er holte einen Vierteldollar heraus.

Kopf hieß *White Cross*, Zahl hieß nein.

Jimmy warf die Münze hoch in die Luft und ließ sie ins Gras fallen.

Zahl war oben: kein *White Cross*.

Jimmy saß trotzdem den größten Teil des Wochenendes mit Bleistift und Radiergummi in der Hand über das Zeichenbrett gebeugt da, trank Bier und produzierte ein Panel nach dem anderen, Bild um Bild: In einem Buch übers Comiczeichnen stand, dass für einen Comicprofi eine Seite am Tag ein wirklich guter Schnitt war, aber Jimmy zeichnete zehn Seiten an zwei Tagen, und das ohne eine einzige von diesen kleinen Pillen.

Und er schrieb auch die Dialoge rein und die Denkblasen und Bildunterschriften. Riesige WHAMS! KABOOMs! und Zzzzzzzzs! explodierten auf den Seiten.

Aber das hatte seinen Preis: Am Montag kam er nicht aus dem Bett, konnte nicht zur Arbeit gehen und schlief den längsten Teil des Tages. Aber am Dienstag war er wieder auf den Beinen und wahnsinnig stolz.

Genau wie ich. Die Blätter waren toll!

Ich hätte sie schon am Montag abgeschickt, aber ich musste sie einfach eine Zeitlang für mich haben, sie anschauen, sooft ich nur konnte. Es war unglaublich, wie professionell sie wirkten.

Am Mittwoch kaufte ich einen großen wattierten Umschlag, ging zum Postamt in Janesville und schickte die Blätter per Eilboten an diesen Comic-Verlag in New York.

Meine Hände zitterten, als ich dem Mann am Postschalter den Umschlag gab.

Nach diesem Wochenende rückte ich Jimmy mit Lobeshymnen auf den Leib und ließ immer wieder fallen, was für ein tolles Comic-Team wir wären.

»Stell dir das mal vor, James. Du und ich, wir kommen in großem Stil nach New York zurück! Zeigen den Leuten, dass was aus uns geworden ist! Wär das nicht toll, ha?«, sagte ich fröhlich. Ich konnte es nicht mehr erwarten, dass DC Comics sich bei mir meldete.

Aber dann, als ich an einem Spätnachmittag wieder darauf zu sprechen kann, war Jimmy mit seinen Gedanken woanders.

»Rico, bevor du weiterredest, muss ich dir was sagen.«

»Ja?«, sagte ich.

»Im Oktober werde ich neunzehn, und, naja, ich muss mir Gedanken über meine Zukunft machen und so.«

»Ja, klar«, sagte ich misstrauisch.

»Also, es ist so, dass ich und Polly über einiges geredet haben.« Er sagte das so, dass ich das Gefühl hatte, als würde mir gleich jemand den Teppich unter den Füßen wegziehen.

»Ich meine, Rico, mir gefällt es hier draußen«, sagte er. »Es ist nicht perfekt. Aber Mann, keiner setzt mich unter Druck, und ich verdiene ein paar Dollar mit dieser läppischen Schildermalerei. Und weißt du, was noch ist?«

»Was denn?«

»Mir fehlt bloß noch ein Semester zum Schulabschluss, und Polly – naja, ich glaub, du hast dich mit ihr nie richtig unterhalten, oder?«

»Ich glaub nicht«, sagte ich etwas verlegen.

»Naja, sie denkt, ich könnte alle möglichen Sachen machen. Studieren und so, sogar ohne Highschool-Abschluss – «

»Was du deinem Pops verdankst.« Ich musste das jetzt einfach loswerden.

»Ja, naja, sie … sie denkt, ich könnte auf jeden Fall aufs College gehen, wegen meiner Zeichnungen.« Er lächelte jetzt, wirklich. »Was ich sagen will, ist, dass ich jetzt zum ersten Mal ein paar Zukunftsmöglichkeiten für mich sehe.« Er hatte die Zigaretten durch Kaugummi ersetzt, holte jetzt einen Wrigley's aus der Tasche und steckte ihn sich in dem Mund. »Weißt du eigentlich, dass Polly aus Seattle kommt?«

Ich wusste es nicht.

»Wir wollen da irgendwann hin, falls wir zusammenbleiben. Aber ich fühl mich hier draußen genauso wohl.« Er knackte mit den Fingerknöcheln. »Ich kann bloß in New York nirgendwo mehr hin, das ist alles.«

Und ich schaute ihn an. Er hatte so viel Scheiß durchgemacht. Was hätte ihn denn in New York schon erwartet?

Sein fieser Pops.

Diese dunkle Kellerwohnung.

Wasserwanzen.

Ratten.

Sein Pops, der ihn auf den Kopf schlägt.

Kein Geld.

Skag.

Junkies.

Juckreiz am ganzen Körper.

Dieser Dealer Clyde von den Sozialblocks.

Lauter widerwärtige Sachen überall.

Und ich wusste, dass er recht hatte. Es gab wirklich keinen Grund zurückzugehen.

»Aber jetzt will ich dir mal was über dich verklickern«, sagte Jimmy. »Ganz egal, wie zornig sie auf dich sind, an dem Tag, an dem *du* heimkommst, werden deine Leute vor Freude nur so springen, weil du wieder da bist. Und so verrückt deine Moms vielleicht ist, sie liebt dich. Sie lieben dich alle, Rico, und das bedeutet sehr viel.«

Er kaute heftig auf seinem Kaugummi.

»Und ich weiß, dass ich so was irgendwo anders suchen muss. In New York gibts das für mich ganz bestimmt nicht.«

Ich bekam allmählich das Gefühl, dass er sich von mir löste, es aber nicht aussprach, was ja auch allerhand sagte.

»Schau, ich musste dir das sagen, früher oder später«, sagte er dann. »Ich hab eben bloß mal darüber nachgedacht, mehr nicht.« Und vielleicht weil ich so niedergeschlagen dastand, fügte er noch hinzu: »Du und ich, wir sind immer noch ein Team. Aber auch wenn aus unserem Ding was wird, muss ich sehen, was ich insgesamt machen will. Also, will ich irgendwann das Leben richtig ernst nehmen, oder will ich bloß irgend so ein labernder Pseudo-künstler sein?«

Jetzt fehlte bloß noch die musikalische Untermalung, die man aus kitschigen Filmen kennt.

»Und du solltest darüber auch mal nachdenken, Rico. Ich meine, willst du denn ewig hier draußen rumhängen?«

Ich zuckte die Achseln, und das Angebot von Sheris Mutter fiel mir wieder ein. »Mann, ich weiß es nicht.«

»Also, du solltest dir das lieber mal gründlich durch den Kopf gehen lassen«, sagte er, als Polly, die einen Skizzenblock in der Hand hielt, gerade mit ihrem Sonnenhut auf dem Kopf nach draußen kam.

»Na los, Jimmy«, sagte sie mit einem netten Lächeln. »Das Licht ist grade ganz toll!«

Jimmy stand auf, um mit Polly loszuziehen. »Bis später, Rico.«

»Ja, bis später«, sagte ich.

Das Leben auf einer Farm hat den Vorteil, dass man immer etwas zu tun findet, wenn man sich einsam fühlt. Man kann Insektenvertilgungsmittel spritzen, den Rasen mähen, am Zaun Unkrautbüschel ausrupfen und zur Scheune hinübergehen und nach dem Marihuana sehen, das wir auf den Wäscheleinen zum Trocknen – sie nannten es »Curing« – aufgehängt hatten, und nachschauen, ob es nicht zu schimmeln anfing. Auch wenn ich nicht wusste, wozu es gut war, rieb ich immer ein paar Blätter zwischen zwei Fingern, weil ich sehen wollte, ob sie schon ein bisschen getrocknet waren. Wenn ich etwas fand, das schon einigermaßen so weit war, warf ich es in eine Holzkiste an der Scheunenecke, damit Curt, unser Experte, es inspizieren und dann entscheiden konnte, ob es sich lohnte, die Blätter zu zerreiben und sie in einer Pfeife zu testen.

Als ich an diesem Tag mit Jimmy geredet und mich in der Scheune umgesehen hatte, bekam ich Lust, ein bisschen in der Gegend herumzulaufen, aber nicht auf den großen Straßen, sondern auf den schmalen Wegen und ungeteerten Straßen zwischen den Farmen und im Wald. Weil ich am Abend nicht zur Arbeit musste, hatte ich es überhaupt nicht eilig. Ich ging an einem verlassenen Farmhaus vorbei, vor dem ein altes Fuhrwerk im Hof stand. Die Falltüren über dem Sturmkeller neben dem Haus standen offen – es hätte gut die Farm sein können, auf der Dorothy in *Der Zauberer von Oz* wohnte.

Und dann musste ich laut lachen: Ich wohnte ja praktisch auf derselben Art von Farm!

Und irgendetwas da draußen in der weiten Landschaft führte dazu, dass ich mir ein bisschen so vorkam wie Huckleberry Finn, außer dass mein Jim – und ich musste laut lachen, als mir dieser Zusammenhang aufging, verdammt! – seine Sklaverei überwunden hatte. Jimmy würde eines Tages ohne mich weiterziehen.

Ja, und das ist mir ganz schön an die Nieren gegangen, weil ich dadurch auch über meine eigene Zukunft nachdenken musste, worauf ich nicht allzu scharf war.

Ich war froh, dass ich eine Tüte Erdnüsse dabeihatte, die ich in eine Tasche meines Overalls gesteckt hatte. Wenn ich Eichhörnchen oder Streifenhörnchen sah, blieb ich stehen und fütterte die kleinen Kerle. Es gefiel mir ganz besonders, wenn die Eichhörnchen an den Baumstämmen herunterliefen und mit aufgestelltem Schwanz zu mir herüberzockelten, während ihre hübschen winzigen Gesichter zuckten und sie den Kopf hin und her drehten.

»Na los, haut rein, ihr kleinen Kerlchen«, sagte ich, während ich ihnen die Erdnüsse hinwarf und daran dachte, dass mein Pops im Riverside Park das genauso gemacht hatte, als ich klein war. Auch er hatte sich immer unheimlich über die Eichhörnchen gefreut.

Die Erinnerung überkam mich so mächtig, dass ich dachte, ich müsste mich nur umdrehen, und er würde hinter mir stehen, sich über einen Zaun beugen und auch die Eichhörnchen füttern. Er hatte mir einmal erzählt, dass er in Kuba auf einer Farm aufgewachsen ist, auf der es viele Tiere gab.

»Welche denn?«, fragte ich ihn.

»Oh, Kühe, Schweine, Hühner und Pferde. Und wir hatten überall Mango- und Avocadobäume.« Dann wurde er ganz melancholisch. »Ich war nicht viel älter als du«, sagte er, »da konnte ich schon reiten und hab unsere Nachbarn auf ihren Farmen besucht. Die Leute waren nett, nicht so wie hier.«

Mein Pops lächelte. Es war ein schönes, aber trauriges Lächeln.

Und dann stellte ich mir meinen Pops als jungen Mann auf einem Pferd vor, sehr glücklich und nicht so verloren, wie wenn er nach der Arbeit von der U-Bahn nach Hause kam, sein Hemd voller

Schweißflecken war und sein Gesicht so müde wirkte, als käme er gerade aus der Hölle.

Wahrscheinlich kann man eben sein Hirn nicht einfach abstellen.

Und das Hirn ist mit dem Herzen verbunden.

Und das Herz mit der Seele.

Mann, ich hab mich da mitten in den Feldern richtig mies gefühlt.

Ich bin vielleicht eine Stunde lang weitergegangen und schaute mir die Kühe an, die mit bimmelnden Glocken bis an den Zaun kamen. Und die Schmetterlinge flatterten die ganze Zeit um einen herum, als wollten sie einem Gesellschaft leisten.

Ich beschloss, durch ein Maisfeld zu gehen, das ungefähr eine halbe Meile breit war und hinter dem eine Wiese lag. Und dahinter war dann eine Straße, die zu Gilbertos Farm führte. Und bald ging ich zwischen den Reihen von ungefähr einsachtzig hohen Maisstängeln durch; zu hoch, als dass ich über sie hinwegschauen könnte. Es war irgendwie cool, nichts zu sehen als Mais und den Himmel. Aber nach einiger Zeit, als ich immer tiefer in das Feld hineingegangen war, wusste ich nicht mehr, wo ich war. Es war, als wären der Himmel und der Hügel verschwunden, die ich doch ein paar Minuten zuvor noch gesehen hatte, und um mich herum gab es nichts als Maisstängel.

Ich kam nur schwer durch das Feld, auch wenn ich mich auf den schmalen unebenen Streifen zwischen den Maisstängeln hielt. Wenn ich dachte, ich ginge in eine bestimmte Richtung, und dann eine Lücke zwischen den Stängel sah, dann ging ich in diese Richtung. Und dann sah ich wieder eine Lücke und änderte die Richtung, ich machte das immer wieder, bis mir aufging, dass ich mich verlaufen hatte.

Und ich kann euch sagen, ich bin mir vorgekommen wie in einem unheimlichen Traum.

Ich sagte mir, dass ich cool bleiben musste und nicht durchdrehen durfte, aber wenn ich bloß daran dachte, dass ich in der absoluten Dunkelheit nach Sonnenuntergang in diesem Feld festsitzen würde, bekam ich unheimlich Angst. Ich meine, wenn es da draußen dunkel wurde, dann war es wirklich stockdunkel. Man konnte überhaupt nichts sehen. Und statt weiterzugehen, fing ich zu laufen an, weil ich dachte, wenn ich immer nur in eine Richtung laufen würde, dann musste ich ja irgendwo rauskommen.

Der Schweiß lief mir übers Gesicht.

Es war ganz dampfig da drin, fast wie im Dschungel.

Mein Herz klopfte heftig.

Ich schnitt mir die Hände an den Blättern.

Stellte mir ganz verrückte Sachen vor.

Dass sich zum Beispiel die Maisstängel selbständig machten und sich durch die Gegend bewegten wie in einem Science-Fiction-Film über Pflanzen aus dem Weltraum.

Eine Schlagzeile in der Lokalzeitung: »Halbwüchsiger von Maisfeld verschlungen!«

Und meine Mom wusste irgendwie davon, auch wenn sie weit weg war.

»Ich seh dich, Rico!«, hörte ich sie sagen. »Du weißt wirklich nicht, was du tust!«

Mein Pops rief mir von ferne zu: »Da lang, Junge. Da lang!«

Und dann, als ich mich gerade selber als den größten Trottel in Wisconsin beschimpft hatte, sah ich die Sonne durch ein paar Maisreihen vor mir dringen, rannte noch schneller und stürmte ganz außer Atem auf die Wiese hinaus.

Dann passierte etwas Verrücktes.

Ich hätte schwören können, dass ich in großer Entfernung, weit hinter der Farm, meinen Poppy auf einem Pferd über eine der Nebenstraßen reiten sah. Er trug einen Cowboyhut und saß hoch aufgerichtet und stolz im Sattel. Ich kniff die Augen zu, weil ich dachte, ich hätte vielleicht einen Hitzschlag oder was. Aber als ich die Augen wieder aufmachte, kam der Reiter auf seinem Pferd wie ein länger werdender Schatten immer näher.

Und dann merkte ich, dass das nicht mein Poppy war, sondern Gilberto höchstpersönlich, der mit breitem Grinsen auf dem Gesicht und einem Cowboyhut auf dem Kopf auf einer Fuchsstute saß. Der Typ war ein Chamäleon.

Er kam langsam näher.

Und wisst ihr was? Ich war so froh, ihn zu sehen, dass ich auf ihn zulief.

»Heiliger Bimbam, Gilberto!«, sagte ich, leicht außer Atem. »Wo hast du denn das Pferd her?«

Gilberto lächelte und tätschelte den Kopf des Pferdes.

»Rico«, sagte er. »Darf ich vorstellen: Das ist Sally. Von allen Pferden, die ich in den Roaring Brook Stables gestriegelt und geputzt hab, ist sie das Ross, mit dem ich so gut zurechtkomme, dass ich mir überlege, ob ich sie nicht für die Farm kaufe.«

Und Gilberto streichelte den Hals dieses schönen Pferdes, und falls ich mir das nicht eingebildet habe, schnaubte die Stute dankbar und warf den Kopf mit der zotteligen Mähne zurück.

»Du hängst also jetzt schwer in dieser Pferdegeschichte drin«, sagte ich.

»Das kann man wohl sagen.«

Stolz fügte er hinzu: »Sally hier ist drei Jahre alt.«

Dann bemerkte das Pferd einen vorbeiflatternden weißen Schmetterling und machte ein paar nervöse Schritte rückwärts. Gilberto zog die Zügel leicht an und sagte: »Brr, Mädchen, brr.« Als die Stute sich beruhigt hatte, fragte er, ob ich reiten wollte.

»Auf dem Pferd?«

»Nein, auf einer verdammten fliegenden Untertasse. Was hast du denn gedacht?«

»Soll das ein Witz sein?«

»Komm schon und probiers!«

Gilberto stieg ab, hielt Sally fest und sagte, ich solle mit einem Fuß in den Steigbügel steigen und mich dann in den Sattel schwingen.

»Und jetzt, Rico, musst du die Beine ein paarmal gegen ihren Bauch drücken«, sagte er.

»Wozu ist das denn gut?«

»Du wiegst für sie ungefähr so was wie sechs Kilo«, sagte er. »Aber wenn du sie mit den Beinen drückst, weiß sie, dass du da bist.«

Das machte ich dann, und mir kam der Gedanke, dass dieses Wesen mit seinen warmen Muskeln unter mir wahrscheinlich so ein Pferd war wie die Pferde, die mein Pops in Kuba immer geritten hat. Und ich dachte, wie gerne ich ihm gesagt hätte, dass ich jetzt auch so eines reite.

Nervös und unsicher fragte ich: »Und jetzt?«

»Zieh einfach die Zügel ein bisschen an und sag: ›Chuck, chuck‹.«

»Chuck, chuck?«

»Du kannst irgendwas sagen. Es liegt eigentlich nur am Ton.«

Also machte ich »Chuck, chuck« und spannte die Beine an. Dann überlegte ich, was mein Pops vielleicht sagen würde, und sagte noch: »¡Andale!«, und genau in diesem Augenblick setzte Sally sich in Bewegung.

Zuerst ritten wir in einem kleinen Kreis, da führte Gilberto uns noch. Dann ritten wir alleine auf einer der ungeteerten Straßen zwischen den Feldern, und nur ein paar Sekunden lang hatte ich ein ganz seltsames Gefühl und dachte, wie mein Leben wohl verlaufen wäre, wenn ich in Kuba aufgewachsen wäre statt in New York.

Ich hätte einen Strohhut, einen Bauernhut, getragen und weiße Pantalons, und ich hätte kein Wort Englisch gesprochen. Und statt hier zwischen lauter Maisfeldern in Wisconsin zu leben, wäre ich überall von Rohrzuckerplantagen und Palmen umgeben gewesen. Und ich hätte nie die Beatles und Bob Dylan gehört oder so viele Comics und Science-Fiction-Hefte gelesen: Ich wäre ich gewesen, aber kein Hippie und ganz bestimmt kein Junge, der sich in einem Maisfeld verläuft.

»Na, wie findest du das?«, fragte Gilberto, als wir uns der Farm näherten. »Ist Reiten nicht absolut toll?«

»Aber sicher«, sagte ich. Der Hintern tat mir höllisch weh. Dann stieg ich ab.

»Ich muss sie in die Reitschule zurückbringen«, sagte Gilberto. »Aber wenn du irgendwann wieder Lust hast, komm einfach rüber, und ich lass dich üben, okay?«

Dann schwang er sich in der Sattel und ritt, den Cowboyhut tief in die Stirn gezogen, davon wie ein *vaquero*, ein Cowboy in den alten Zeiten – während ich spürte, dass alles zwischen uns wieder cool war.

Aber man weiß nie, ob einem nicht schon bald wieder etwas Neues widerfährt. Ein paar Tage später, als wir auf dem Weg zur Tankstelle an der Farm der Dietrichs vorbeikamen, schwenkte Gilberto freundlich seinen Hut und hupte ein paarmal, um Dierdra zu grüßen. Sie saß neben ihrem Vater auf der Veranda und wirkte ganz verzweifelt.

»Die, die du nicht kriegst, machen dir am meisten zu schaffen!«, sagte Gilberto kopfschüttelnd.

Als wir am Silo der Dietrichs vorbeifuhren, das aussah wie ein riesiger Pimmel, sagte Gilberto, er wolle über etwas Wichtiges mit mir reden. Ich machte mich auf einen neuen Vortrag über Gottweißwas gefasst.

»Also, was gibts?«, fragte ich schließlich.

Gilberto wurde ganz ernst.

»Ich weiß nicht, wie ich dir das sagen soll, Rico«, fing er an. »Aber ich hab gestern abend mit meiner Moms telefoniert.«

»Wie gehts ihr denn?«, fragte ich.

»Sehr gut«, sagte er. »Sie hat sich von dem Geld, das sie von mir hat, ein kleines Ferienhaus bei Mayagüez im Süden von Puerto Rico gekauft. Aber wir haben nicht nur darüber geredet.«

Wir kamen an einen Bahnübergang, als gerade das rote Signallicht zu blinken anfing und die Schranke herunterging, um den gesamten Verkehr anzuhalten – nämlich uns. Ein Zug kam herangebraust, der Lokführer gab ein Pfeifsignal, dann das *Ratata-ratata-ratata* der vorbeihuschenden Waggons – zu laut, als dass man hätte reden können.

Dann war es vorbei.

»Ja, also«, sagte Gilberto, als es wieder still war und die Schranke hochging. »Wir haben über unsere Gegend geredet, und als ich sie gefragt hab, was in letzter Zeit alles los war, hat sie mir das mit deinem Pops erzählt.«

Wir fuhren über die Schienen.

»Ah, Mann, und was ist mit ihm?«, fragte ich besorgt, weil ich dachte, er hätte vielleicht wieder einen Herzinfarkt gehabt.

»Wenn sie deinen Pops auf der Straße trifft, dann ist er so fertig, dass er kaum reden kann.«

Mann, das wollte ich nicht hören.

»Und darüber hab ich nachgedacht«, sagte er.

Oh-oh.

»Ich meine, Rico, es ist jetzt ein Jahr her, dass du hergekommen bist, und, naja, auch wenn ich dich sehr mag, mein kleiner Bruder, so wie das mit deinen Leuten abwärtsgeht – das darf nicht so weitergehen.« Und er schüttelte den Kopf.

Um ehrlich zu sein, ich war ein bisschen beleidigt, dass er das sagte. Es ging mir ohnehin schon schlecht genug, weil ich jeden Tag an meine Moms und meinen Pops dachte, aber – das passte zu mir – sogar einer meiner besten Freunde sah wieder einmal in mir nicht das, was ich war: einfach jemand, der leben will, ohne anderen in die Quere zu kommen.

»Aber für mich ist es auch nicht leicht«, sagte ich. »Glaubst du, ich hör es gerne, dass mein Pops so kaputt ist?«

Gilberto fuhr an den Straßenrand und schaute mich an.

»Rico, weißt du eigentlich, wie verdammt glücklich du dich schätzen kannst, dass du deinen Pops noch hast. Wenn ich meinen Pops noch hätte, würde ich Gott auf Knien dafür danken.«

Darauf hatte ich keine Antwort. Und ich schaute ihn nicht einmal an: Ich wollte einfach bloß aus seinem verdammten Pick-up raus. Ich meine, auch wenn Gilberto ständig gesagt hatte, dass er immer auf mich aufpassen würde, hatte ich das Gefühl, dass er jetzt bloß rumeierte und nicht ehrlich genug war, mir zu sagen, dass er mich loshaben wollte. Ich verstand nicht, wieso er das wollte – ich hatte ihm für den größten Teil der Zeit Miete bezahlt, zuerst sowohl für mich als auch für Jimmy, und ich kam mit allen im Haus gut zurecht. Und hatte ich mich auch nur ein einziges Mal beschwert, wenn der Abort ausgeräumt werden sollte? Nein, verdammt nochmal. Ich hab mich in die Scheiße reingekniet und getan, was meine Aufgabe war. Ich habe meinen Beitrag geleistet, und zwar nicht zu knapp.

Und jetzt kam er daher und machte mir Schuldgefühle.

»Rico, es ist doch so«, sagte er dann, »dass du deine Eltern nicht ewig hinhalten kannst. Hast du denn nie ein schlechtes Gewissen deswegen?«

»Natürlich hab ich das«, sagte ich. »Aber, verdammt, wenn du glaubst, dass ich hierbleiben und so ein beschissener weißer Landtrottel werden will, dann liegst du ganz verdammt falsch. Ich müsste ja total verrückt sein!«

Gilberto rieb sich nachdenklich die Nase.

»Krieg dich wieder ein, ich greif dich nicht an. Ich versuch doch bloß, dir zu helfen.«

»Helfen kann man das nicht nennen, wenn du mir so zusetzt. Und es führt zu nichts! Warum machst du nicht einfach weniger Druck und lässt mich selber entscheiden, was ich tu.«

Als ich ihn anschaute, wie er in seinem lackierten Cowboyhut dasaß, ging mir auf, dass er sich absolut nicht bewusst war, wie sehr er sich verändert hatte. Er war immer noch Gilberto, schwer hinter den Mädchen her, ein guter Typ, aber er hatte wohl keine Ahnung, wie sehr er sich von dem entfernte, was er einmal gewesen war. Er wurde mit jedem Tag deutlicher von einem Puerto Ricaner zu einem Mittelwestler. Und vielleicht hatte ich Angst, dass mir das auch passieren würde.

»Also gut. Wenn du es unbedingt wissen musst«, sagte ich schließlich. »Ich hab über diese ganze Geschichte nachgedacht, und Gilberto, ich weiß schon, was ich tu, ich weiß bloß noch nicht, wie ich es anstelle, okay?« Dann konnte ich mich nicht mehr zurückhalten. »Und ... naja ...« – Ich schaute ihn an – »Ich hab irgendwie Angst.«

»Wovor denn?«

»Na, dass ich in einer Besserungsanstalt lande. Und dann meine Moms, ja? Ich meine, ich kann mir nicht vorstellen, dass meine Eltern mir verzeihen.« Und da war noch etwas anderes. »Und außerdem, wie soll ich es Sheri sagen?«

»Das liegt ganz bei dir«, sagte er und ließ den Motor wieder an. »Du kannst dich entweder wie ein Mann verhalten oder wie ein Waschlappen, aber ich sag dir eines, ich hab auch ein Gewissen. Und mir setzt die ganze Geschichte wegen deinen Leuten langsam schwer zu – sehr schwer.«

»Also schmeißt du mich raus?«, fragte ich. »Aber das ist auch nicht in Ordnung. Lass mich doch einfach selber entscheiden, okay?«

»Ja, ja«, sagte er und hob die rechte Hand, als wollte er irgendwelche bösen Geister abwehren.

Wir legten den Rest der Strecke zur Tankstelle schweigend zurück.

■   ■   ■

Ich setzte mich in der Tankstelle auf einen Stuhl und versuchte, mich von der Unterhaltung mit Gilberto nicht zu sehr runterziehen zu lassen. Er hatte ja keine Ahnung, wie ich mich jede Nacht während der ruhigen Stunden abmühte, an meine Eltern zu schreiben, und was für Probleme dabei immer auftauchten. Sollte ich meine Eltern mit »Mom und Pop« anreden oder mit »Mommy und Poppy« oder »*Mamá y Papá*«? Und sollte ich auf Englisch oder auf Spanisch schreiben, auch wenn mein Spanisch ziemlich miserabel war? Und Gilberto wusste nicht, dass ich mir eine spanische Grammatik vorgenommen und mir ein spanisches Wörterbuch besorgt hatte, das ich in der Tankstelle aufbewahrte und in dem ich immer herumsuchte, weil ich nicht nur die Gedichte von José Marti lesen wollte, sondern auch versuchte, den Brief auf Spanisch zu schreiben und mit Hilfe des Wörterbuchs mein Englisch zu übersetzen. Aber das Hauptproblem war, dass ich einfach nicht wusste, was ich schreiben sollte.

Ich schrieb zum Beispiel: *Liebe Mom und lieber Pop, ich weiß, dass Ihr wahrscheinlich wütend auf mich seid, aber ich möchte Euch sagen, dass es mir leidtut und ihr mir sehr fehlt.* Aber dann strich ich das wieder durch und fing noch mal an: *Ich wollte Euch sagen, dass ich okay bin und dass ich traurig bin und bedrückt, weil ich Euch weh getan habe ...* Das strich ich auch durch, und egal, in welcher Sprache ich schrieb, ob in Spanisch oder Englisch, es klang nie richtig. Ich bat sie immer um Verzeihung, aber wenn ich dann darüber nachdachte, fragte ich mich, wofür ich sie eigentlich um Verzeihung bat. Sollten sie mir verzeihen, dass ich weggelaufen war, weil ich nicht mehr mit ansehen konnte, was zu Hause ablief? Weil mich das fertigmachte? Oder weil ich die ganze widerliche Brutalität der Stadt hinter mir lassen wollte, oder weil ich nicht auf Pepes Militärakademie wollte – aber das war nicht so wichtig. Nein, das wollte ich nicht schreiben. Ich wollte eigentlich schreiben, dass ich durch den Abstand, den ich von ihnen gewonnen hatte, sehen konnte, dass es in meinem Leben Gutes und Schlechtes gab, dass ich nichts dagegen tun konnte, wie ich aussah, und nichts gegen die Widerlinge auf der Welt. Und dass sie mir – ja, ja – unheimlich fehlten, dass ich wusste, wie sehr sie sich um mich sorgten, auch wenn sie nicht verstanden, wie ich tickte, und dass ich schon wusste, was ich an ihnen hatte ... und ... und, und, und.

Ich habe das alles immer wieder hin und her gedreht. Und obwohl ich es nicht geschafft habe, auch nur einen Brief zu Ende zu schreiben und ihn aufzugeben, hat allein schon der Umstand, dass ich so viel an sie gedacht und begriffen habe, wie kalt und brutal ich mich verhalten habe, ohne es zu merken, allein schon das hat die schlimmen Gefühle langsam aus meinem Kopf vertrieben. Ich musste jetzt das tun, was für sie richtig war, für mich selber aber auch, ganz egal, was mich erwartete. Aber wie ich schon zu Gilberto gesagt hatte, ich wusste einfach noch nicht, wann.

Achtundzwanzig

Ich habe bisher kaum davon gesprochen, wie religiös meine Moms war: Am Sonntag in die Kirche zu gehen und sich im Haus von »*El Senor*« aufzuhalten, war immer einer der Höhepunkte ihrer Woche, und die Kirche war der Ort, an dem sie anscheinend ein bisschen Seelenfrieden fand, und der Sonntag der Tag, an dem sie am umgänglichsten war, bis wieder irgendetwas sie in Sorge stürzte. Aber sie hatte immer einen Spruch parat, und einer davon war, dass Gott einem manchmal bei schwierigen Lebensentscheidungen beisteht. Und, ja, auch wenn ich nicht wusste, was es mit diesem Superheld im Himmel auf sich hatte, schickte er mir doch in dieser Nacht ein paar seiner dunkelsten Engel, damit ich noch mehr über mich erfuhr.

Sie kamen ungefähr um drei Uhr morgens in die Tankstelle, in zwei Autos mit Nummernschildern aus Pennsylvania. In dem einen Auto saßen vier Weiße und in dem anderen noch mal drei, alle sturzbetrunken.

»Volltanken«, sagte einer von ihnen zu mir.

Sie waren zwischen zwanzig und dreißig, die meisten hatten angeklatschte Haare. Einige waren dicklich und andere muskulös, und alle hielten sich nur mühsam auf den Beinen.

In meinem Kopf ging eine kleine Alarmklingel los.

Auch wenn die Polizei mindestens einmal in der Nachtschicht vorbeikam, machten einem doch einige Leute richtig Angst, allein schon durch ihre Augen oder durch ihre Körpersprache. Oder wie sie einen anschauten. Wenn man zu lange Haare hatte oder wenn man nach ihrem Geschmack nicht männlich genug auftrat, dann wusste man schon, dass es Ärger geben würde. Als ich in dieser Nacht ihre beiden Autos auftankte, merkte ich sofort, dass einer von ihnen, ein stämmiger Typ, der mit seinem

Blick Löcher in meinen Hinterkopf bohrte, etwas gegen mich hatte.

Aber ich gab mir Mühe, ganz geschäftsmäßig zu wirken.

»Soll ich den Ölstand prüfen?«, fragte ich ihn, als er ausgestiegen war.

»Nein«, sagte er mit einem hinterhältigen Blick. »Aber sag mir mal was.« Er baute sich direkt vor mir auf und reckte die Brust heraus.

»Ja?«

»Wie ist das denn, wenn man so eine richtige Schwuchtel ist?«

»Das soll ein Witz sein, oder?«, sagte ich verblüfft.

»Wieso sollte ich denn mit ner Schwester wie dir Witze machen?« Er lachte.

Ich hob die Hände.

»Okay. Vergessen Sie, dass ich Sie was gefragt habe«, sagte ich und wollte um ihn herumgehen.

Ich wollte ins Büro, weil ich vorhatte, die Polizei anzurufen. Aber da stellte sich mir so ein dicker Typ in den Weg, der hinter dem Fiesling stand.

»Wo willst du denn hin, Süßer?«, fragte der Dicke.

»Ich hol bloß ein paar Lappen, das ist alles.«

»Nee, nee«, sagte der Typ. »Ich glaub nicht, dass du das tust.«

»Schon gut, schon gut«, sagte ich und ging einen Schritt zurück.

»Was ist denn das da in deiner Tasche, ein Geldbeutel?«, fragte der fiese Typ.

»Was?«

»Du siehst aus, als hättest du einen Geldbeutel.«

»Hören Sie, ich will keinen Ärger, okay?«, sagte ich und versuchte, ruhig zu bleiben.

»Hey, Miss Homo hier will keinen Ärger«, sagte er zu dem Dicken. »Vielleicht sollten wir ihn da rüberschleifen und ihn in den Arsch ficken! Was haltet ihr davon, Leute?«

Sie kriegten sich vor lauter Lachen gar nicht mehr ein.

Dann packte er mich an den Haaren, zog richtig fest daran, als wollte er sie mir ausreißen.

Er lächelte, und ich konnte seine vergammelten Zähne sehen.

»Also, wenn du kein Mädchen bist, wieso hast du dann so lange Haare?«, sagte er und zog noch fester daran.

»Ich weiß es nicht.«

»Du weißt es nicht!«, sagte er wütend. »Ist es nicht vielleicht, weil du eine kleine Fotze bist?«

Dann zog er ein Feuerzeug heraus, klappte es auf, und eine blaue Flamme schoss hoch. Jesus, wenn er mich damit anzünden wollte, dann würde hier alles in die Luft fliegen. Die Zapfsäule und der Wagen, der gerade vollgetankt wurde, waren nur ein paar Schritt entfernt.

»Machen Sie das aus!«, rief ich. »Sonst fangen die Benzindämpfe Feuer!«

Er schaute zu den Zapfsäulen hinüber.

»Ich erzähl keinen Quatsch«, sagte ich, um das noch einmal klar-zumachen.

»Gut, dann warte ich eben«, sagte er und klappte den Deckel des Feuerzeugs wieder zu. Dann lehnte er sich einfach an sein Auto, schaute mich an, spitzte den Mund und machte Kussgeräusche.

Ich warf einen schnellen Blick links und rechts die Straße ent-lang – kein Auto in Sicht.

Als ich die Zapfpistole in den zweiten Tank steckte, versuchte ich zu verbergen, wie stark meine Hände zitterten und dass ich eine Hand mit der anderen festhalten musste. Inzwischen hatte sich mein Magen so verkrampft, dass es weh tat.

Nach ein paar Minuten war der Tank voll, und die Zapfpistole klickte. Als ich sie zurücksteckte, fing der Fiesling wieder mit dem Feuerzeug an.

»Hat dir schon mal jemand die Haare weggebrannt, Schwuli?«, sagte er, gab mir einen Stoß und schwenkte das Feuerzeug vor meinem Gesicht hin und her.

Ich sagte nichts, hatte einfach den Blick abgewandt und hoffte, dass jemand käme. Niemand kam. Es war eine von diesen Zeiten, in denen nachts überhaupt nichts los war, was in New York nie vorkam.

»Hey, ich hab dich was gefragt, Schwuli!«, sagte er jetzt und rammte mir den Finger in die Brust.

»Nein«, sagte ich und trat wieder einen Schritt zurück.

»Was nein?«

»Mir hat noch nie jemand das Haar weggebrannt«, murmelte ich vor mich hin.

Ich hatte jetzt wirklich große Angst. Und wenn man Angst hat, gehen einem allerhand verrückte Sachen durch den Kopf.

Zum Beispiel, wieso dieser Arsch überhaupt lebte, wenn so viel anständige Leute nicht mehr lebten.

Und wo zum Teufel war Gott?

Und warum schlug kein Blitz ein, wenn man einen brauchte?

Und warum kreuzten die Cops immer dann auf, wenn man sie nicht brauchte?

Und würden diese Typen hier so großspurig auftreten, wenn sie sich plötzlich in den Sozialblocks an der 125. Straße wiederfinden würden und es mit ein paar richtig harten Typen zu tun bekämen statt mit Rico, der das Friedenszeichen trug?

Jetzt ging der Arsch auf mich zu und schnipste das Feuerzeug immer wieder an und fuhr mir damit ums Gesicht herum. Ich roch, dass er mir die Haarspitzen versengte.

»Komm jetzt, Mann, bleib cool!«, sagte ich und sprang zurück.

Dann sagte er zu dem Dicken, er solle mich festhalten, aber noch während ich versuchte, meine Arme loszureißen, und den Typ am liebsten eine reingehauen hätte, war mir klar, dass dadurch alles nur noch schlimmer würde.

Inzwischen waren die anderen herübergekommen.

»Also, was meint ihr? Sollen wir Blondie hier eine hübsche Abreibung verpassen, damit er sich an uns erinnert?«

Während der dicke Typ mich festhielt, der Fiesling mich wieder an den Haaren packte und sein Feuerzeug anmachte, dachte ich wirklich, dass sie mich fertigmachen wollten.

Aber statt mir die Haare anzuzünden, drosch er einfach auf mich ein, seine Schläge landeten auf meiner Kinnlade, dann schlug er mich in den Bauch, und er schlug so hart, dass ich dachte, der Kopf zerspringt mir. Er sagte die ganze Zeit »Na, wie ist das?« und »Tut das gut, Prinzessin?«, und er schlug immer und immer wieder, auch noch, als ich zusammensackte.

Dann wollte das Arschloch mich in die Schläfengegend treten, aber ich hob die Arme gerade noch rechtzeitig und konnte ihn abwehren.

Als ich sein hasserfülltes Gesicht über mir sah und glaubte, dass ich sterbe, dachte ich an alles, was mir fehlen würde.

Die Comics. Und die Romane.

John Cater vom Mars.

Gitarren. Raumschiffe. Hefte von *Mad*.

Die *Playboy* Centerfolds.

Huckleberry Finn.

Und Sachen zum Essen:

Saftige Hamburger, Pommes.

Dicke Roastbeef-Sandwiches.

Eis (Pistazien) und Schokoriegel.

Die mit Kokosnuss überzogenen Good-Humor-Riegel.

Der Kuchen meiner Moms.

Ihr *lechón* und *arroz con pollo.*

Chorizo und Eiersandwiches, gebratene *plátanos.*

Und dann noch:

Der Himmel.

Die Vögel. Die Sonne. Die Sterne in der Nacht.

Der schmutzige Ozean vor Coney Island.

Und auch Menschen:

Ja, Gilberto, Jimmy, vielleicht auch Sheri.

Aber am meisten meine Familie.

Patsch!!

Er schlug immer weiter, immer und immer weiter.

Spuckte mich an.

»Du scheißdreckiger Hippie!«

»Poppy!«

Wumm.

»Du kleine Prinzessin!«

»*Mamá!*«

Peng!

»Schwuchtel!«

Krach!

Und immer weiter und weiter, bis ich glaubte, ich müsste mich übergeben.

Seine Augen sagten: Verreck, verreck, verreck.

Ich stellte mir vor, was der Typ getan hätte, hätte er gewusst, dass ich nicht nur ein dreckiger Hippie war, sondern dazu noch ein Spic.

Aber einer von ihnen, ein großer Typ, der so einen gequälten Gesichtsausdruck hatte – der Einzige, dem das, was ablief, keinen Spaß zu machen schien – kam dann herüber und sagte: »Komm jetzt, Joey, das lohnt nicht. Lass den Jungen in Ruhe.«

Der Fiesling schaute ihn an, als hätte er es jetzt mit noch einer Tunte zu tun. Und dann fixierten sie sich wie zwei Revolverhelden im Kino vor dem Showdown.

»Ich meine es ernst, Mann«, sagte der Große. »Wir können keine Scherereien brauchen.«

»Ah, ich muss sowieso aufs Klo«, sagte der Fiesling, rieb sich die Wampe und warf dem großen Typ einen Blick zu, der nicht freundlich war.

Er ging zur Toilette hinüber. Fünf Minuten vergingen, in denen mich der Dicke, der mich festgehalten hatte, nicht aus den Augen ließ. Der große Typ war inzwischen in eines der Autos eingestiegen und hatte sich auf den Rücksitz gesetzt. Man sah ihm an, dass er fand, er hätte ein besseres Leben und bessere Freunde verdient. Und dann stiegen die anderen auch ein, bis auf den Dicken, der mich da am Boden immer noch nicht aus den Augen ließ, damit ich nicht losging und die Cops anrief.

Schließlich kam der Fiesling aus dem Männerklo heraus. Aber statt zu seinem Auto zu gehen, ging er ins Büro, schaute sich um und riss das Telefonkabel aus der Wand.

Dann kam er noch zu mir herüber.

Ich hatte mich aufgerichtet, kniete da und spuckte Blut aufs Pflaster.

»Also, was sind wir dir schuldig, Schätzchen?«, fragte er mich und machte dabei einen Schmollmund.

Ich war überrascht, dass er überhaupt fragte, und rechnete irgendwie alles zusammen.

»Sechzehnfünfundzwanzig.«

Er lachte.

»Träum weiter, Prinzessin.«

Und dann schlug er ganz überraschend noch einmal zu, und ich krümmte mich vor Schmerzen. Er hätte vielleicht noch mal zugeschlagen, wenn nicht einer der anderen heftig zu hupen angefangen hätte.

»Machs gut, du kleine Schwuchtel«, sagte er und ging zu seinem Auto.

Dann, als er hinter dem Lenkrad saß, ließ er den Motor an und zeigte mir im Wegfahren den Stinkefinger. Das andere Auto fuhr hinterher.

Als ich mich ins Büro schleppte und darauf wartete, dass die Polizei auf ihrer nächtlichen Kontrollfahrt vorbeikam, fiel mir etwas ein, das mein Gitarrenlehrer Mr Lopez, der unter uns wohnte, einmal zu mir gesagt hatte, als wir vor dem Hauseingang herumhingen.

»Du bist noch ein Junge, Rico, aber es gibt zwei Dinge, die du über das Leben erfahren musst. Nummer eins: Egal wie groß dir deine Probleme auch vorkommen mögen, glaub mir, es gibt immer Leute, deren Probleme viel schlimmer sind als die deinen. Und das zweite ist: Ganz egal, wie viele Idioten dir im Leben unterkommen, wenn du älter wirst, entdeckst du, dass sie nicht nur nicht verschwinden, sondern dass es immer mehr werden, weil die Welt voll von ihnen ist.«

»Und was kann man dagegen tun?«, fragte ich ihn.

»Du musst versuchen, so anständig zu sein, wie es dir möglich ist, auch wenn es schwerfällt. Du musst das tun, was dir richtig erscheint, immer, auch wenn du keine besondere Lust dazu hast.

Dann weißt du wenigstens, dass du nicht zu den Leuten gehörst, die durchs Leben ziehen und allen anderen alles versauen.«

Aber die Erinnerung an diese klugen Worte halfen mir damals nicht viel: Mit Ausnahme des großen Typs, der diesen Fiesling davon abgehalten hatte, mich noch schlimmer zuzurichten, wünschte ich ihnen allen den Tod, hoffte, dass sie im Suff irgendwo auf der Autobahn einen Unfall hatten und ihre Autos ausbrannten.

Zu allem Überfluss musste ich mich auch noch, als die Polizei wieder gefahren war, um die Tankstelle kümmern und meine normalen Aufgaben erledigen, also auch die Klos putzen.

Die Damentoilette sauberzumachen dauerte nur ein paar Minuten, aber das Männerklo war eine andere Geschichte. Dieser Widerling hatte nicht bloß den Klospiegel zerdeppert, sondern sein Geschäft auch auf den Fliesenboden platziert. Mit Scheiße beschmiertes Klopapier pappte an den Wänden. Er war so krank, dass er sogar mit seinem eigenen Dreck »Du Scheißschwuchtel!« an die Innenseite der Eisentür geschmiert hatte.

Als ich das Zeug mit einem Schlauch weggespritzt hatte und wieder im Büro saß, setzte sich das Wort »Schwuchtel« und diese ganze Gemeinheit – sogar da draußen im schönen Wisconsin – in meinem Kopf fest wie eine Botschaft. Hatte El Sénor mir diese Typen geschickt?, fragte ich mich. Und warum ist das alles passiert? Und schließlich, wieso vergeudete ich überhaupt meine Zeit mit solchen Widerlingen?

Kurz nach acht kam Tim in die Tankstelle, um mich abzulösen. Tim war ein richtiger Junge aus dem Mittelwesten, ein bisschen provinzlerisch, aber er sah gut aus, und er verwendete nur anständige Wörter. Ich habe ihn nie fluchen hören, aber als ich ihm an diesem Morgen erzählte, dass ich zusammengeschlagen worden war, sagte er: »Ach, verdammt, Rico, ich glaub, es gibt überall irgendwelche Arschgeigen.«

»Ja«, sagte ich und nickte, obwohl ich nicht so genau wusste, was Arschgeigen waren.

»Wie kommst du denn nach Hause?«, fragte er.

»Ich glaub, ich trampe«, sagte ich und hielt mir die Seite, weil ich Schmerzen hatte.

»Bis du sicher, dass du okay bist?«, sagte er. Er war sehr besorgt.

»Ja«, sagte ich. »Aber ich sags dir, Tim, nach dieser Nacht überlege ich mir, ob ich hier noch lange bleiben soll, mal ganz abgesehen davon, dass ich nicht weiß, ob ich heute abend wiederkomme.«

»Weißt du was«, sagte er. »Ich übernehme die Nachtschicht für dich.«

»Bis du sicher, Mann?«

»Ja, ich regle das später mit Mr Jenkins.«

»Mensch, danke«, sagte ich. Mir war richtig zum Heulen.

Also zog ich los, ging auf die andere Straßenseite und streckte den Daumen raus. Meistens, wenn ich nach Hause trampte, ging ich ein paar hundert Meter die Straße entlang zu McDonald's und kaufte mir was zum Frühstück, aber jetzt tat mir einfach alles zu weh, und mir war übel. Und so schön dieser Morgen mit seinem blauen Himmel auch war, der wie ein Foto aussah, und so grün alles roch, ich konnte nichts damit anfangen.

Ich war ein paar Minuten völlig fertig und bedrückt am Straßenrand gestanden, als ich Sheriff Nats Oldsmobile herankommen sah.

Er fuhr an den Straßenrand und steckte den Kopf aus dem Fenster.

»Wo willst du denn hin?«

»Nach Hause«, sagte ich und fragte mich, wo das eigentlich war. Mann, ich wollte eigentlich nur noch ein bisschen Ruhe und Frieden. Meine Moms ... meine Moms hat das immer gemacht, als ich klein war – hat mir über dem Ausguss die Haare gewaschen, und ich spürte ihre sanften Hände am Hals, während sie mir den Kopf massierte. Sie lächelte dann immer und schaute mich unheimlich liebevoll an – diese schönen Sachen sind alle passiert, bevor ich krank geworden bin. Ich muss ausgesehen haben, als würde ich unter irgendeinem Bann stehen, weil Sheriff Nat fragte: »Ist alles in Ordnung, Rico?«

»Ja«, sagte ich und war wieder ganz da.

»Na, dann spring mal rein«, sagte er und klopfte auf den Beifahrersitz, auf dem sein Hut lag.

Aber ich zögerte. Ich meine, ich fühlte mich zwar ganz kaputt, aber wollte ich wirklich, dass der Sheriff zur Farm fuhr, besonders, wo das ganze Marihuana in der Scheune hing?

»Ach«, sagte ich. »Ich will Sie nicht aufhalten. Aber trotzdem danke.«

»Hey, ich hab mit einem der Polizisten über die Geschichte geredet, die in der Nacht in der Tankstelle passiert ist. Ich weiß, was du durchgemacht hast.« Er beugte sich zur Beifahrertür herüber und machte sie auf. »Also, steig ein« – er klopfte wieder auf den Sitz – »das ist ein Befehl!«

Ich stieg ein, weil ich schließlich keine andere Wahl hatte, und ich ärgerte mich, dass mir keine Ausrede eingefallen war, zum Beispiel, dass Gilberto mich abholen würde. Aber das hätte er mir nicht abgenommen. Schließlich stand ich ja da, weil ich trampen wollte.

»Du wohnst an der Route sechsundzwanzig, stimmts?«, fragte er mich, als er losfuhr.

»Ja«, sagte ich und versuchte mich verzweifelt daran zu erinnern, ob jemand am Abend das Scheunentor zugemacht hatte.

»Willst du ein bisschen Musik hören?«, fragte er und drehte am Radio herum.

»Ja«, sagte ich und schob die Hände zwischen die Beine, damit sie zu zittern aufhörten.

Nat schaute mich an. »Sie haben dich wirklich schwer fertiggemacht, oder?«, sagte er, als er gerade einen Countrysender fand. »Aber versuch dich zu entspannen, ja? Du bist okay.«

»Ich hab eben nur nicht gedacht, dass so was hier passieren kann«, sagte ich und versuchte, das Zittern zu unterdrücken.

»Oh, so was passiert überall, wo es Menschen gibt«, sagte er. »Wenn du wüsstest, wie viel Kriminelle, Diebe, Vergewaltiger, Drogenhändler und Mörder hier rumlaufen, dann würde dir schwindlig werden.«

Als er dann in gemächlichem Tempo dahinfuhr, die linke Hand aus dem Fenster baumeln ließ und zwischendrin den Farmern zuwinkte, an denen wir vorbeifuhren, versuchte ich, ein bisschen ruhiger zu werden, aber ich musste dauernd an die Scheune denken. Aber dann fiel mir ein, dass es in diesem Oldsmobile schon manchmal nach Pot gerochen hatten, und mir ging es gleich ein bisschen besser, weil er ja vielleicht, sollte er das Marihuana wirklich sehen, wegschauen würde.

Aber das war eine ziemlich wacklige Hoffnung. Als wir noch ungefähr eine halbe Meile entfernt waren, hielt ich mich in meinem Sitz ganz fest, meine Hände krampften sich um das Leder unter mir.

»Also, Junge«, sagte er und klopfte mir aufs Knie. »Wegen letzter Nacht. Das war einfach Pech, das ist alles.«

»Oder es ist eine Botschaft«, sagte ich.

Schon bald fuhr der Oldsmobile die Auffahrt hinauf. Ich zählte still von zehn bis eins, als würde ich gleich mit einem Raumschiff abheben, schloss die Augen und wartete auf den Augenblick, in dem ich erfahren würde, ob Gilberto, und wahrscheinlich auch die anderen, ins Gefängnis kämen.

In dem Augenblick, in dem Sheriff Nat vor dem Haus hielt, machte ich die Augen auf und schaute zur Scheune hinüber. Rex stand da, hatte das Bein gehoben und pinkelte an das Scheunentor. Das zu war. Rex kam schwanzwedelnd angelaufen.

Dank dir, oh Herr, für dieses geschlossene Tor und für Hunde, die an geschlossene Scheunentore pinkeln. Danke, danke, wiederholte ich, immer und immer wieder.

Gilberto, der uns gehört hatte, kam mit einer Tasse Kaffee in der Hand auf die Veranda.

»Mein Gott, Rico«, sagte er, als er mein lädiertes Gesicht sah. »Was ist denn mit dir passiert?«

Der Sheriff erzählte ihm alles.

»Ach, Mann«, sagte Gilberto bestürzt. »Wer war das denn?«

»Ein paar weiße Typen«, sagte ich. »Wahrscheinlich irgendwelche Rowdys.«

Der Sheriff lächelte amüsiert, und ich begriff, dass er das tat, weil ein Weißer das so ausgedrückt hatte. »Kümmere dich um deinen jungen Freund hier.«

»Mach ich, Sheriff«, versicherte Gilberto.

»Für dich heißt das: Sheriff Nat«, sagte der Sheriff, und stieg wieder in den Wagen. Als er den Motor anließ, gab er mir noch einen Rat.

»Machs gut Rico, und vergiss nicht – so schlimm du dich jetzt auch fühlst, es hätte viel schlimmer kommen können.« Er zog sich den Hut tiefer ins Gesicht. »Vor ein paar Tagen ist in der Nähe von Chicago ein Tankwart, ein sechzehnjähriger Junge, bei einem Raubüberfall in den Kopf geschossen worden.«

Also, das hat mich richtig aufgemuntert.

Dann tippte er sich zum Abschied an den Hut und fuhr davon.

Der Ausdruck auf Gilbertos Gesicht veränderte sich schlagartig. Ich würde nicht sagen, dass er zornig war, aber er schaute mich an, als wäre ich verrückt.

»Es tut mir leid, dass du letzte Nacht zusammengeschlagen worden bist, aber was ist das denn bloß mit dir und den Bullen?«, sagte er und stieß die Fliegentür zur Küche auf.

An diesem Vormittag waren sie alle superfreundlich zu mir. Als Jimmy die blauen Flecken in meinem Gesicht sah, machte er etwas, das ganz untypisch für ihn war. Er legte nämlich die Arme um mich und sagte »Mein Bruder, mein Bruder!« Dann kam Wendy von hinten, massierte mir den Rücken und sagte »Oh, du armer Kerl« und »Junge, wie ich diese Leute hasse«. Bonnie machte eine Art Eisbeutel für mich, sie gab zerkleinerte Eiswürfel in eine alte Wärmflasche, die ich mir an den Kopf hielt, damit die Schwellung zurückging, und Polly bot mir welche von den Schmerztabletten an, die sie immer nahm, wenn sie ihre Tage hatte.

Curt hielt mir einen Joint hin, den er aus unserem Eigenbau gedreht hatte.

Aber ich wollte nichts als ein oder zwei Bier trinken, oder drei, oder vier.

Damit sich die Knoten in meinem Bauch lösten.

Als dann alle weg waren, stellte ich mich an mein Fenster und genoss die wunderbare Aussicht auf die Gegend: betrachtete die Farmen, die Kühe, die Maisfelder, die Silos, die Scheunen, den hübschen blauen Himmel und die kleinen Wolken, die vorbeizogen, als wären sie Freunde.

Dann schwebte eine kleine einsame Wolke langsam vorbei, als wäre sie auf der Suche nach einem Ort, an dem sie sich zu Hause fühlen konnte. Und, Mann, ich muss ganz schön komisch drauf gewesen sein, weil ich dachte, wenn ich eine Wolke wäre, dann wäre ich gerne diese Wolke da.

Eine Woche lang habe ich versucht, die blauen Flecken mit hautfarbener Pickelcreme abzudecken. Es war mir einfach zu blöd geworden, dass die Leute an der Tankstelle dauernd meine Visage anstarrten und mich fragten, wie ich so zugerichtet worden bin. Ich hätte fast gekündigt, besonders als Mr Jenkins verlangte, dass ich für das geklaute Benzin und den Klospiegel aufkomme – ganz schön mies! Aber als ich rot vor Zorn wurde und ihn anschaute, als wäre er ein billiges, eiskaltes Arschloch, ließ er es schließlich bleiben.

Es fiel mir immer schwerer, mich zur Arbeit zu schleppen. Und wenn ich mal doch hinging, dann dachte ich die ganze Nacht daran, dass ich lieber woanders gewesen wäre. Ich fragte die Fernfahrer immer, wohin sie mit ihrer Ladung unterwegs waren, und die Namen Albuquerque, Phoenix, Denver und Los Angeles lenkten meine Gedanken in eine Richtung, und Philadelphia, Boston und New York in eine andere. Dann fiel mir wieder ein, dass Sheris Mutter mir dabei behilflich sein wollte, an eine gute Schule wie die High School of Music and Art zu Hause in New York zu kommen, und ich fand, ich sollte langsam mal meinen Arsch hochkriegen und meinen Leuten endlich einen Brief schreiben. Aber dann stürmten tausend Gedanken auf mich ein: Was wäre, wenn ich zu Hause vor der Tür stand und meine Moms und mein Pops nichts mehr mit mir zu tun haben wollten? Oder wenn sie mir, statt mich zu küssen und zu umarmen, wie ich mir das erträumte, eine Tracht Prügel verpassten – als wäre das nicht schon oft genug passiert. Und was wäre, wenn Sheris Moms ihr Wort nicht hielte und ich wieder am Jo Mama's landen würde, oder, noch schlimmer, unten in Florida, wo mir soldatische Disziplin beigebracht werden sollte und lauter Sachen, für die ich wahrscheinlich nicht taugte.

Ich musste nicht mehr schikaniert und geschliffen werden.

Ich wusste nur, dass ich mich wieder fangen musste. Also las ich wieder in *Huckleberry Finn*, und zog mich wieder an den Schilderungen hoch, wie er und dieser Jim mit einem Floß auf dem Mississippi fuhren, und ich fragte mich, was dieser schlimme Junge wohl an meiner Stelle tun würde. Ja, er war ungefähr tausendmal cooler als ich, und sein saufender Vater war viel schlimmer als meiner, aber würde er jetzt dableiben, wenn er an meiner Stelle wäre?

Oder abhauen, Leine ziehen?

Oder würde er sich auf den Weg nach Hause machen?

Teil 9

Manchmal soll es eben so sein

Neununddzwanzig

Anfang Juli kam mit der Vormittagspost ein Brief. Als ich ihn auf dem Küchentisch liegen sah, wusste ich sofort, dass er von dem Comic-Verlag in New York war – auf der Rückseite des Umschlags war nämlich ein Bild von Superman, wie er die Arme in die Hüften gestemmt hatte. Aber ich traute mich nicht, den Brief gleich aufzumachen. Ich musste mich erst mal darauf einstellen – wenn es eine schlechte Nachricht war, dann würde ich mich sowieso den ganzen Tag lang mies fühlen, also war es am besten, wenn ich wartete, bis Jimmy nach Hause kam.

Ich holte mir eine Tasse Kaffee und ging ins Wohnzimmer, wo Curt unseren Eigenbau in Plastiktütchen füllte.

Vor ein paar Tagen hatte er den letzten Schwung brauchbares Marihuana von der Scheune herübergeholt. Soweit ich sehen konnte, hatte es mit seinem Plan, viel Geld zu machen, nicht ganz hingehauen, nicht so, wie er es gern gehabt hätte. Ungefähr 75 Prozent des Zeugs sahen entweder so verwelkt aus wie ein alter Kopfsalat im Gemüsefach eines Kühlschranks, oder es war verschimmelt und von diesem weißen Flaum überzogen wie vertrocknete alte Zitronen. Der Rest, ungefähr fünf Kilo, musste auf Gilbertos Anordnung schnell und zu hippiefreundlichen Preisen verkauft werden.

(Das waren ungefähr zwanzig Dollar für ein Päckchen von dreißig Gramm. Weil ich immer gern Kopfrechnen gemacht hatte, kam ich auf ungefähr dreitausend Dollar, vielleicht sogar mehr, die er und Gilberto sich teilen konnten, je nachdem, wie der Stoff verkauft wurde.)

Gilberto wollte sich mit dem Stoff nicht mehr belasten – ganz besonders, seit er ein paarmal einen Hubschrauber über unsere Gegend hatte fliegen sehen. Es ging das Gerücht, das sei ein Hubschrauber der Drogenbehörde, der nach Marihuanafarmen suchte.

Außerdem wollte er Sally für die Farm kaufen und brauchte die Scheune, weil er vorhatte, sie in einen Stall umzubauen, in dem er das ganze Heu, die Luzerne und den Hafer lagern konnte, oder was Pferde sonst eben fressen. Er sagte Curt, dass der Rest des Grases da raus müsste, egal, ob es schon so weit war oder nicht.

Aber es war immer noch eine ansehnliche Menge, auch wenn alle sich davon bedienten. Wenn Jimmy zu Hause war, rauchte er das Zeug, als wären es Zigaretten, und Bonnie und Curt machten das auch. Gilberto zog hin und wieder ein- oder zweimal an einem Joint, aber er stand hauptsächlich auf Bier. Und Wendy rauchte ab und zu, aber nicht mehr so, wie sie geraucht hatte, bevor wir vom Blitz getroffen worden waren – als wollte sie das Schicksal nicht herausfordern. Sie zog immer nur kurz an einem Joint und stieß den Rauch genauso schnell wieder aus. Polly rührte das Zeug überhaupt nicht an – sie wollte einfach nicht, dass sie von irgendwas beeinflusst wurde, während sie zeichnete.

Für mich galt dasselbe: Sobald ich mehr als ein paar Züge geraucht hatte – was ich tat, damit ich nicht zu spießig rüberkam –, gingen mir alle möglichen seltsamen Gedanken durch den Kopf.

Hauptsächlich Gedanken an meine Leute.

Ich hörte zum Beispiel die Grateful Dead, während dieses wunderschöne Licht durchs Fenster kam, das so kräftig und dicht war und in dem Staubkörnchen schwebten wie Engel, und auf einmal hatte ich das Gefühl, dass meine Moms und mein Pops in der Nähe waren. Wenn ich zu viel geraucht hatte, half es gar nichts, zu wissen, dass sie nur in meinem Kopf waren, sondern ich war mir ganz sicher, dass sie mit mir sprachen.

Rico, wo bist du denn?

Rico, warum hast du uns verlassen?

Rico, wann kommst du wieder heim?

Das hat mir einen ganz schönen Schreck eingejagt.

Wenn geraucht wurde, dann tat ich meistens nur so, als würde ich an dem Joint ziehen. Nein, das war einfach nichts für mich.

Das Marihuana wurde – zusammen mit einem Schwung Plastiktütchen und einer Waage – in einem Koffer in einem Schrank aufbewahrt, und Curt hatte bald alle Hände voll zu tun. Kaum hatte sich die Existenz dieses Heulagers an den Colleges und in den Kommunen in der Umgebung und unter Bonnies Freunden aus der Musikszene in Janesville und Madison herumgesprochen, verging kaum noch ein Tag, an dem nicht mindestens zwei oder drei Autos zur Farm kamen.

Und manchmal riefen irgendwelche Leute einfach an.

»Hallo, ich heiße Johnny Sowieso, bin ein Freund von Derek, der Pollys Freundin Cherise von der Kunsthochschule kennt. Ist Curt da?«

Sogar ein paar von den Rockern, deren Maschinen Jimmy bemalt hatte, schauten vorbei. Was sagt man denn, wenn ein halbes Dutzend protzige Harleys krachend und tuckernd in einer normalerweise ruhigen Gegend angerauscht kommen und vorm Haus halten? Und wenn dann diese Riesenkerle mit ihren schwarzen Klamotten und Lederhelmen an die Tür klopfen?

So was wie:»Ja, Sir! Kommen Sie doch bitte herein!«

Ich meine, es war schon verrückt, wenn so ziemlich jeden Tag alle möglichen Leute kamen, im Wohnzimmer rumhingen, Musik hörten und kostenlos das Gras testeten, das Curt in seinen Päck-chen verkaufte wie Bratwürste auf einem Vergnügungspark.

Aber an dem Tag, ungefähr um vier Uhr nachmittags, als ich mit Curt und Bonnie dasaß und überlegte, ob ich mich nicht überwin-den und den Brief aufmachen sollte, und ungefähr zehn Minu-ten, nachdem Gilberto von der Arbeit bei den Roaring Brook Sta-bles heimgekommen und duschen gegangen war, kam ein blaues Chevy Cabrio an, das voller Staub von den ungeteerten Straßen war.

Ich hörte die Wagentüren zuschlagen und dann ein Klopfen an der Haustür.

»Hey, Rico«, sagte Curt. »Gehst du mal hin?«

»Na klar doch«, sagte ich und ging zur Tür.

Zwei vogelscheuchendürre weiße Typen mit den längsten Haa-ren, die ich je gesehen hatte, standen auf der Veranda. Die Haare gingen ihnen bis zur Hüfte. Der eine dunkelhaarige Typ hatte so einen unangenehmen Fu-Manchu-Schnurrbart, und der andere sah aus wie ein Wikingeranführer, und seine blonden Haare fielen in großen Locken auf seinen Brustkorb. Sie trugen alle beide me-xikanische Ponchos und jede Menge Silber- und Türkisschmuck. Ich meine, sie sahen sehr cool aus.

»Frieden, Bruder, und einen schönen Nachmittag«, sagte der Blonde mit einem englischen Akzent und hielt zwei Finger zu einem V in die Höhe. »Wohnt hier ein gewisser Curt Svenson?«

»Ja«, sagte ich.

»Wir kommen gerade aus Mexiko hoch, und Freunde haben uns gesagt, dass Curt uns vielleicht behilflich sein kann, bestimmte Vorräte aufzustocken.«

»Aufstocken?« Ich war mir nicht sicher, was das bedeutete, aber ich konnte mir denken, worauf es hinauslief. »Sekunde«, sagte ich, und rief ins Zimmer: »Hey, Curt, kommst du mal und redest mit den Leuten hier?«

Curt, der selber sehr groß war, kam in den Hausflur und streckte sich, wobei er mit einer Hand fast die Decke berührte und die andere gegen die Wand drückte.

»Was kann ich für euch tun?«, fragte er.

Der englische Typ antwortete: »Also, zuerst einmal – Friede sei mit dir, Bruder. Ich heiße Rodney, und mein Begleiter hier, das ist William.« Sein Freund kniff die Augen zusammen und lächelte ein wenig, als er seinen Namen hörte. »Wir haben dir Geschenke mitgebracht.«

Und der englische Typ langte in eine seiner Taschen und holte ein großes Stück Haschisch heraus. Es sah aus wie Schafskötel.

»Nimm es, mein Bruder«, sagte er, »mit allen unseren guten Wünschen.«

Curt roch daran, um zu prüfen, ob es echt war. Wahrscheinlich war es das, weil er lächelte und fragte: »Und was kann ich für euch tun?«

»Ja, also«, sagte der Engländer. »Ein Vögelchen hat uns erzählt, dass du erstklassiges Cannabis verkaufst, und deshalb«, sagte er, verbeugte sich leicht und machte eine schwungvolle höfische Geste mit dem Arm – der Typ musste total stoned sein –, »und deshalb dachten wir, wir könnten womöglich von deinen Beständen profitieren, und wir würden dich gut dafür entlohnen.«

Curt und ich schauten uns an – diese Typen waren ernsthaft schräg, aber er war schon so an alle möglichen, meistens harmlose, Leute gewohnt, die auf die Farm kamen, dass er kaum zögerte. »Okay, kommt rein«, sagte er zu ihnen.

Die beiden Typen gingen also ins Wohnzimmer, und mir fiel

auf, dass der Dunkelhaarige sich alles genau anschaute. Aus dem Plattenspieler kam Musik, und Bonnie, die strickend auf der Couch saß, hatte den Ton am Fernseher leise gestellt und schaute sich eine Soap an. Man hörte Gilberto laut und deutlich, unter der Dusche »You've Lost That Lovin' Feelin'« singen und mit ein paar schwungvollen opernhaften, wenn auch leicht falsch gesungenen *La-la-la-las* untermalen.

Alles lief irgendwie cool, sogar richtig klasse. Die beiden saßen Curt gegenüber, als er ihnen einen brennenden Joint gab. Er war stolz auf unser Gewächs, weil das Gras ziemlich stark war. Und der Engländer, der an dem Joint zog und den Kopf im Sessel zurücklegte, fing einfach an zu lachen an, als hätte er einen Haufen wilde Träume.

»Tja – tja – wie viel«, sagte er hustend, »hast du denn davon?« Er krümmte sich zusammen, und sein Gesicht wurde rot. Als ich ihn so sah, musste ich daran denken, wie es mit Jimmy früher gewesen war. Er fing sich wieder, als sein Freund ihn kräftig auf den Rücken klopfte.

»Also, wie viel hast du denn davon?«, fragte er Curt noch einmal.

»Ich weiß nicht«, sagte Curt. »Vielleicht noch drei oder dreieinhalb Kilo.«

Der Engländer langte in seine Tasche, holte ein Bündel Hundert-Dollar-Scheine heraus, legte es auf die Truhe im Wohnzimmer und schob es zu Curt hinüber.

»Zähl es, Bruder«, sagte er. »Aber ich garantier dir, wenn du mit dem Zählen fertig bist, hast du fünftausend amerikanische Dollar vor dir.«

Curt war überrascht.

»Aber zuerst muss ich die Ware sehen«, sagte der Engländer und zog das Bündel wieder zu sich heran.

Daraufhin ging Curt, der mir begeisterte Blicke zuwarf, an den Schrank, in dem er den Koffer versteckt hatte.

Gilberto, der mit dem Duschen fertig war, kam mit einem weißen Handtuch um den Bauch am Wohnzimmer vorbei. »Hallo, Leute«, sagte er zu den beiden. Dann war er wieder weg.

Inzwischen hatte Curt den Koffer hereingebracht. Es war ein lackierter Koffer mit Aufklebern von unbekannten Orten, den Gilberto einmal irgendwo am Straßenrand gefunden hatte. Stolz und selbstbewusst legte Curt den Koffer auf die Truhe, ließ die Schlösser aufspringen und klappte den Deckel hoch. Das Marihuana lag Pfund für Pfund sauber in Plastikbeutel verpackt im Koffer.

Der englische Typ bekam ganz große Augen.

»Hervorragend«, sagte er zu Curt. Und er stieß seinen Freund mit dem Ellbogen an. »Ganz wunderbar, oder, William?«

Und dann suchte er in seinem Poncho nach etwas, und genau in diesem Augenblick änderte sich sein Auftreten. Er lächelte nicht mehr, sein sanfter, ein bisschen irrer Jesusblick wurde hart, und mir ging plötzlich auf, dass der Typ wahrscheinlich ein Drogenfahnder war und dass ich die nächsten paar Jahre in einer Gefängniszelle zubringen würde oder in einer Besserungsanstalt. Aber nein, er zog keine Dienstmarke heraus. Sondern eine Pistole, eine beschissene 45er, die aussah wie die 45er, die dieser Peppo mal in einer braunen Tüte in unserer Gegend rumgeschleppt hat!

Er richtete die Pistole auf Curt und mich, grinste und sagte: »Also, meine Herrn, vielen Dank für den angenehmen Aufenthalt.« Und während sein Freund sich den Koffer schnappte, ging dieser aalglatte Engländer, den Hahn der Pistole gespannt, rückwärts zur Tür und sagte lauter Sachen wie: »Wenn ihr hinter uns herkommt, schieß ich.«

Ein paar Augenblicke darauf schoss ihr Wagen mit kreischenden Reifen unsere Auffahrt hinaus.

Es war wie im Kino.

Aber das war erst Teil eins.

Teil zwei hatte mit einem von diesen berühmten Sätzen tun. In diesem Fall mit einem Satz, der ungefähr so geht: »Man kann den Jungen aus der Stadt kriegen, aber man kriegt die Stadt nicht aus dem Jungen.« Und dieser Satz trifft ganz bestimmt zu, denn kaum war Gilberto ins Wohnzimmer gekommen und hatte gehört, was passiert war, als er mich einfach nur anschaute und sagte: »Komm, Rico, los.«

Ich weiß nicht, was er vorhatte, aber als ich ihm sagte, dass die Typen eine echte Pistole hatten, ging Gilberto in sein Zimmer und kam mit einem Baseballschläger und einem Luftgewehr wieder heraus, das mit Stahlkugeln geladen war.

»Das ist nicht dein Ernst, oder?«, fragte ich. Er schüttelte den Kopf.

»Was sollen wir denn sonst machen? Die Cops holen? Nein. Wir kaufen uns diese Scheißer. Das können sie mit mir nicht machen!«

Ich hätte nie gedacht, dass Gilberto sich so aufregen konnte, aber Leute, die in Armut aufwachsen, mögen es einfach nicht, wenn sie ausgenommen werden. Auch wenn es sich dabei um etwas handelt, das einen bestimmt ins Gefängnis bringen würde.

Wir setzten uns also in seinen Pick-up und folgten ihren Reifenspuren – in Richtung Osten –, bis wir sahen, dass sie auf eine ungeteerte Straße gebogen waren und in ein paar Meilen Entfernung am Rand eines Felds entlangfuhren, wo ihr Chevy eine Staubwolke hinter sich her zog. Als Gilberto das gecheckt hatte, stieg er voll aufs Gas, und wir rasten in einem wahnsinnigen Tempo hinter ihnen her. Es war irgendwie aufregend, und gleichzeitig bekam man einen ziemlichen Bammel. Ich überlegte, was Gilberto tun würde, falls wir sie wirklich einholten, ob er sich mit seinem Luftgewehr auf eine Schießerei einlassen oder ob er mit dem Baseballschläger ihren Wagen zerdeppern würde, während die beiden Typen dauernd danebenschossen.

Wir rasten mit vielleicht hundertzehn Sachen dahin, als wir auf einmal eine Sirene hörten. Ich schaute nach hinten und dachte: Oh, du liebe Scheiße!

Sheriff Nat kam in seinem braunen Oldsmobile hinter uns her.

Wir gingen vom Gas und fuhren an den Straßenrand. Gilberto schob das Luftgewehr unter den Sitz.

Sheriff Nat kam mit der Hand am Pistolenhalfter auf uns zu, bis er uns erkannte. Er schüttelte den Kopf, tippte sich an den Hut und sagte: »Ah, Jungs, ich will euch ja nicht nerven, aber könnt ihr mir sagen, wieso ihr es so eilig habt?«

Ich schaute Gilberto an; er schaute mich an.

Schließlich fiel Gilberto etwas ein: »Ich musste einfach Dampf ablassen. Hab Knatsch mit meinem Mädchen gehabt.«

»Aha«, sagte der Sheriff mit einem ungläubigen Unterton. »Und der Baseballschläger, wozu ist der da?«, sagte er und beugte sich in die Fahrerkabine herein.

»Wir wollten nachher noch ein bisschen spielen«, sagte Gilberto. »Oder, Rico?«

»Ja.«

»Schaut mal, Jungs«, sagte Sheriff Nat nach kurzem Nachdenken. »Ich sollte euch jetzt einen Strafzettel wegen zu schnellem Fahren verpassen, aber wir belassen es diesmal bei ner Verwarnung. Das kommt aber nicht mehr vor, okay?«

Und dann stieg Sheriff Nat wieder in seinen Wagen.

Inzwischen war die Staubwolke mit dem ganzen Gras in der Ferne verschwunden.

Es war einfach einer von den Tagen, an denen man mal verliert und mal gewinnt.

Der arme Curt konnte es nur schwer verkraften, dass das Gras geklaut worden war, aber als er sich wieder beruhigt hatte, war die Sache für Gilberto anscheinend erledigt. »Wenn es nicht sein sollte, dann sollte es eben nicht ein«, sagte er, während er achselzuckend mit Rex nach draußen ging.

Wegen der ganzen Aufregung hatte ich nicht mehr an den Brief aus New York gedacht, bis Jimmy kurz nach sechs mit etwas deprimiertem Gesicht hereinkam, weil er gehörte hatte, dass das Gras futsch war.

»Du, Jimmy«, sagte ich. »Ich hab heut nen Brief bekommen.«

»Was denn für einen Brief?«

»Von dem Comic-Verlag«, sagte ich und nahm den Brief, der auf dem Tisch lag.

»Was steht denn drin?«, fragte er. Seine Stimme klang etwas aufgeregt, obwohl er so cool tat.

»Ich hab ihn noch nicht gelesen. Ich hab auf dich gewartet.«

»Dann mal los, Mann«, sagte er und machte eine Dose Bier auf.

Es klingt vielleicht komisch, aber in dem Augenblick, als ich den Briefumschlag aufreißen wollte, war ich viel angespannter als in dem Augenblick, als dieser Typ die Pistole herausgeholt hatte. Als würde die Zukunft eines meiner kleinen Träume auf dem Spiel stehen.

Meine Hand zitterte, und mein Herz begann schneller zu schlagen.

War es eine gute Nachricht?

Nein.

Wenn ich ein Baum gewesen wäre, dann wäre ich einfach umgekippt; wenn ich ein Stein gewesen wäre, einfach in einem Teich untergegangen.

Und das stand drin:

Lieber Ricardo,

vielen Dank für die Übersendung der großartigen Geschichte, die Du und Jimmy Ortiz entwickelt habt! Und Gratulation zur graphischen Durchführung und zum Text. Wir alle hier bei DC waren vom Schwung und der Energie der Geschichte sehr beeindruckt!

Sosehr es mir persönlich gefallen hat, wie Ihr Eure Figur, die ich großartig fand, angelegt habt, so hatte doch der Verlagsleiter, der letztlich alle Entscheidungen trifft, das Gefühl, die Figur sei »zu ethnisch« und passe deshalb nicht in unser Konzept des durch und durch amerikanischen Superhelden.

Ich wollte einen Versuch mit der Geschichte wagen, aber leider ist in letzter Zeit der Absatz von Comics zurückgegangen: Nicht einmal Superman verkauft sich so wie früher. Und mein Chef ist einfach zu vorsichtig, als dass er jetzt vom Bewährten abweichen wollte. Allerdings bin ich mir ziemlich sicher, dass der Dark Dude *eines Tages den Erfolg haben wird, den er verdient.*

Mit den besten Grüßen,

Julius Schwartz

P. S. Gebt nicht auf!!

Es war kein schrecklicher Brief, aber toll war er auch nicht.
Wie ich schon gesagt habe – es war einer von den Tagen, an denen
es mal so geht und mal so.

Natürlich musste ich Sheri sagen, dass der Traum vom Comic
geplatzt war, aber das war das kleinste Problem. Als wir am fol-
genden Samstag durch die Stadt zogen, Schaufenster schauten
und Pistazieneis aßen, musste ich gar nichts sagen: Sie spürte es
schon, wusste es. Ab und zu lächelte sie, aber es war ein trauriges
Lächeln, und sie drückte meine Hand ganz fest, als wollte sie nie
wieder loslassen. Aber ich will euch etwas sagen, euch anderen
Dark Dudes (und Dudettes), sie war so süß und ließ mir ganz ge-
duldig Zeit, so dass ich auf ein anderes Zeichen wartete, das mir
sagte, was ich tun sollte.

Am nächsten Tag stand mir der Abortdienst bevor, aber ich ging
am Morgen auf der Farm herum und durch die Umgebung und
ging über die Blumenwiese, auf der mein Freund Jimmy und
Polly gerne saßen und zeichneten. Überall zwitscherten Vögel,
die Bäume atmeten ruhig und streckten ihre Äste mächtig aus,
und alles kam mir so schön vor wie in einem dieser angenehmen
Träume, die einen an die Sommer erinnern, als man ein ganz
kleines Kind war. Es war so schön, dass sogar die Schmetterlinge, die überm Gras fröhlich ihre Schleifen zogen, nicht fröh-
licher hätten sein können. Aber wisst ihr was? Sogar mitten auf
so einem schönen Fleck Erde stößt man plötzlich auf ganz traurige Dinge. Als ich da neben einem Baum saß, sah ich ein Rot-
kehlchen liegen, dessen Flügel ganz schwach zuckten und dessen kleine Knopfaugen leer in den Himmel starrten. Ich musste
es einfach hochnehmen, und als es dann wie in einer Schale in
meinen Händen lag, spürte ich, wie sein kleines Herz ganz heftig

schlug. Okay, es klingt blöde, aber ich habe ein paar Dinge probiert, damit es wieder auf die Beine kommt – hab ihm auf den
Schnabel geblasen, den Bauch leicht massiert und sogar mit ihm
geredet – »Komm schon, bitte, bitte, wach auf, wach auf, du kleiner Kerl.«

Als ich gerade das Gefühl hatte, dass ich meine Zeit vertat und
den Vogel wieder auf den Boden legte, erwachten auf einmal die
Lebensgeister des kleinen Kerls. Zuerst stolperte er auf seinen
dürren Beinchen im Kreis herum wie ein Betrunkener, und dann
schüttelte er seinen zerrupften Kopf und schlug mit den Flügeln,
als wollte er ausprobieren, ob sie noch funktionierten. Dann
schaute er in den weiten blauen Himmel hinauf und flog einfach
davon, irgendwohin, wo kleine Vögel eben hinfliegen.

Ich kann euch sagen – das hat gutgetan. Und mir ging noch ein
Gedanke durch den Kopf – dass niemand zu Hause mir das mit
dem Vogel glauben würde, und zu Hause hieß nicht auf der Farm,
zu Hause hieß zu *Hause*.

I I I

Ein paar Tage später saßen Sheri und ich im Busbahnhof. Mein
Gott, war das schwer. Sheri weinte, und ich tat so, als wär das
alles keine große Sache, als würde es mir nicht schwerfallen.
Aber es nahm mich wahnsinnig mit, als ich sie im Arm hielt und
spürte, wie sie das Schluchzen unterdrückte, und auch wenn ich
ihr noch so oft sagte, dass ich eines Tages wieder zurückkäme,
denke ich nicht, dass sie das wirklich geglaubt hat. Wie sollte sie
auch – ich wusste ja nicht einmal selber, ob ich es glaubte. Es war
einfach bloß so ein kitschiger Satz, den man sich beim Abschied
sagt.

Aber es war eine schöne Vorstellung, die dieser Satz auslöste – dass ich eines Tages wieder zurückkommen würde. In der Nacht zuvor war ich ungefähr um drei nach draußen gegangen, und ich schaute zu diesen ganzen verrückten Sternen hoch, die so zahlreich waren, dass man sie ganz bestimmt auch über New York City oder sogar über Harlem hätte sehen können, wenn man einen Blick wie ein Superheld hätte. Aber ich wusste, dass ich das zu Hause nie sehen würde, auch wenn die Sterne da irgendwo waren. Und ich wusste, dass dieser Anblick mir fehlen würde. Und Jimmy, Mann, ich konnte mir nicht vorstellen, wie ich in unserem Block ohne meinen Freund James auskommen sollte, aber gleichzeitig sah ich ihn vor mir, wie er zusammen mit Polly auf dieser Wiese malte und ganz ruhig und abgeklärt war; nein, da durfte ich mich nicht einmischen. Und Gilberto hatte mir gerade erst beigebracht, mich auf einem Pferd zu halten und richtig zu reiten. Ich meine, nach Wisconsin zu gehen war bestimmt eine der coolsten Sachen, die ich je gemacht hatte, und gleichzeitig gab es da auch einen Haufen Scheiße, nicht bloß die Abortscheiße. Wie Gilberto einmal gesagt hatte – manchmal stellt man sich etwas ganz einfach vor, aber es ist nicht immer so einfach. Aber was solls, hab ich da draußen nicht viele Dinge begriffen? Zum Beispiel, dass es ganz gleichgültig ist, wo man sich befindet – auf dem Mississippi, dem Planeten Mars, einer Farm in Wisconsin oder in einer verkorksten Stadt wie New York –, es wird immer jemanden geben, über den man sich aufregt. Man bekommt manchmal vom Leben einen Tritt in den Arsch, weil man eben immer der bleibt, der man ist, wo man sich auch aufhält. Darüber dachte ich eine Zeitlang nach, während ich mit Sheri auf den Bus wartete, und war mehr ich selber, als ich es seit langem gewesen war – vielleicht jemals gewesen war.

Aber ich musste mit Sheri noch über etwas anderes reden, über ihren Pops, der wieder trank: Sie sollte, wenn es schlimm wurde, nicht vergessen, an mich zu denken. Wir waren nicht unsere Eltern! Aber nach einiger Zeit konnten wir nicht mehr reden, hielten uns nur noch an den Händen und umarmten uns. Schließlich brach ich das Schweigen und sagte, dass wir uns so oft schreiben würden, wie wir konnten, aber das half auch nicht. Sheri hörte nicht auf zu seufzen, sie weinte fast, aber nach einiger Zeit beruhigte sie sich, und ihre Augen, wirklich wahr, waren voll guter Wünsche für mich. Dann kam der Bus, und bevor ich, mit meiner Gitarre in der Hand, einstieg, schenkte ich ihr als Andenken mein Buch über Huck Finn. Es wäre gar nicht anders gegangen. Ich sage jetzt nicht, was ich in das Buch geschrieben habe, aber sie lächelte, als sie es las, wurde rot und rief: »Oh, Rico!« Noch ein letztes Tschüss, dann stieg ich ein, und während der Bus aus dem Bahnhof hinausrumpelte, presste ich das Gesicht an die Fensterscheibe. Sheri winkte und winkte, bis sie mich nicht mehr sehen konnte.

Freunde, ich kann euch sagen, es war nicht leicht, da wegzugehen, aber manchmal muss man einfach tun, was man tun muss. Man muss kein Genie sein, um das zu kapieren, besonders, wenn man den Abortdienst ein bisschen sattbekommen hat. Ja, genau, als ich zum letzten Mal diese wunderbaren Fäulnisprodukte unseres Aborts auf die Schubkarren lud, entschloss ich mich endgültig, wegzugehen. Und sobald ich diesen Entschluss gefasst hatte ohne Rücksicht darauf, wie schwierig das alles noch werden könnte, lud ich meine letzte Schaufel Ihr-wißt-schon-was auf einen Schubkarren, ging ins Haus, hängte mich, nach einer eiskalten Dusche, ans Telefon und wählte die Nummer meiner Leute in New York.

Als ich die Stimme meiner Moms hörte, holte ich ganz tief Luft und sagte ihr und dann meinem Pops in meinem besten Spanisch, dass ich nach Hause käme.

Danksagung

Mit herzlichem Dank an meine Lektorin Caitlyn Dlouhy sowie an Jennifer Lyons, Karen Levinson und John Giachetti.

O. H.